Nina Blazon

Fayra

Das Herz der Phönixtochter

Nina Blazon

Fayra

Das Herz der Phönixtochter

Mit Illustrationen von
Gerda Raidt

cbt

Sollte diese Publikation Links auf Webseiten Dritter enthalten, so übernehmen wir für deren Inhalte keine Haftung, da wir uns diese nicht zu eigen machen, sondern lediglich auf deren Stand zum Zeitpunkt der Erstveröffentlichung verweisen.

Dieses Buch ist auch als E-Book erhältlich.

MIX
Papier aus verantwortungsvollen Quellen
FSC® C014496

Verlagsgruppe Random House FSC® N001967

1. Auflage 2017

Umschlaggestaltung: Geviert, Grafik & Typologie
Umschlagmotive: Shutterstock
(xenia_ok, tea maeklong, Apostrophe)
Innenillustrationen: Gerda Raidt
MI • Herstellung: eS
Satz: KompetenzCenter, Mönchengladbach
Druck: GGP Media GmbH, Pößneck
ISBN 978-3-570-16493-8
Printed in Germany

www.cbt-buecher.de

I

Diesmal war es nicht ihr üblicher Albtraum, nein, in dieser Nacht wurde Fee von Gespenstern heimgesucht. Sie beugten sich über ihr Bett und gaben ein lang gezogenes Klagen von sich. Etwas Kaltes strich über Fees Stirn, zauste ihr Haar und zupfte an ihrer Decke. Sie fuhr aus dem Schlaf hoch. Nach Luft schnappend saß sie im Bett und lauschte, die Finger in die Decke gekrallt. *Nur ein Traum*, beruhigte sie sich. *Niemand ist hier!* Aber komischerweise hörte sie immer noch diesen klagenden Ton. Und als sie zum Fenster spähte – ein mondwolkenfahles Rechteck in der Nacht – erahnte sie hinter Regenschlieren ein weißes Gesicht, das ins Zimmer blickte. Fee warf sich im Bett herum, schlug nach dem Lichtschalter an der Wand – und griff ins Leere. Sie verlor das Gleichgewicht und fiel kopfüber aus dem Bett. Schmerzhaft hart landete sie auf dem Boden. Irgendwo in ihrem Hinterkopf nahm sie trotz ihrer Verwirrung wahr, dass sie nicht auf dem Teppich, sondern auf Holzdielen lag. *Das ist nicht mein Zimmer*, schoss es ihr durch den Kopf. *Wo bin ich?* Ein Donnerschlag ließ ihr Herz stolpern. Heulen und Fauchen fegte durch das Zimmer. Und als ein Blitz den Raum erhellte, sah Fee das Gespenst mit schrecklicher Deutlichkeit: flatternde Arme, die sich nach ihr ausstreckten. Fee schrie auf und ergriff die Flucht. Einige Augenblicke wusste sie nicht mehr, wo oben und unten war, sie spürte nur Holz an Händen und Knien. Beim nächsten Donnerschlag fand sie sich zu einer Kugel zusammengerollt in einer Art Höhle wieder. *Ich liege auf dem Boden*, dachte sie. *Aber wo genau bin ich jetzt?* Unter ihr bebten plötzlich die Dielen von Schritten. Es klapperte, dann war das Heulen und Fauchen wie abgeschnitten. Nur das Klagen der Gespenster hallte noch leise nach. Deckenlicht flutete die Dielen. Nun wäre Fee vor Scham am liebsten in den Boden versunken. Jetzt war klar, wohin sie in ihrer Panik geflüchtet war. Sie starrte direkt auf einen von vier metallenen Löwenfüßen, die das Bett trugen. Und nun entdeckte sie vor sich auch den mit Spitzen verzierten Saum eines Nachtkleides und zwei bloße Füße.

»Anna-Fee?« Fee schluckte. Wenn ihre Mutter sie mit ihrem ganzen Namen ansprach, war sie wirklich besorgt. »Wo bist du?«

»Ähm, hier unten!« Fee versuchte möglichst würdevoll unter dem Bett hervorzukriechen, schlug sich dabei aber auch noch den Kopf am Bettrahmen an. *Na toll*, dachte sie. Das war das Peinliche an ihrer Schreckhaftigkeit: Andere Leute machten vielleicht einen Satz zur Seite oder schrien einmal kurz auf. Und auch bei Gefahr gab es bei ihnen ziemlich viele Möglichkeiten zwischen »Kurz mal zusammenzucken« und »Kopflos hinter die nächste Hecke hechten«. Bei Fee dagegen gab es nur hundert oder null. Und hundert passierte einfach so, als würde jemand das Licht in ihrem Kopf ausknipsen, um sie dann innerhalb von Sekunden in Sicherheit zu bringen. Meistens an reichlich schräge Orte.

Ihre Mutter kniete sich hin und spähte unter das Bett. »Was machst du denn da unten, Liebes?« Fee wurde rot bis über die Ohren. Verlegen stand sie auf und suchte fieberhaft nach einer Erklärung. Aber sollte sie jetzt im Ernst behaupten, dass sie mitten in der Nacht irgendetwas unter ihrem Bett verloren hatte?

»Du hast geschrien«, fuhr ihre Mutter mit diesem viel zu sanften, besorgten Singsang fort, der Fee wieder mal vor Augen führte, was für ein Freak sie war. Beim Blick zum Fenster kam sie sich noch viel alberner vor. Natürlich war da kein Gesicht gewesen, höchstens ein Muster aus Regentropfen. Das Heulen war einfach nur der Wind. Draußen tobte nämlich ein Sommergewitter. Eine Bö hatte das Fenster aufgedrückt, das Gespenst bestand aus weißen Vorhängen, die der Sturmwind zum Flattern gebracht hatte. Und natürlich lag Fee nicht in ihrem alten Zimmer. Das hier war ihr neues Zuhause, in das sie mit ihren Eltern erst vor einer Woche eingezogen war. Ihr neues Bett, das ihre Mutter in einem Antiquitätengeschäft aufgestöbert hatte, stand hier nicht an der Wand, sondern ragte ins Zimmer. Deshalb gab es hier auch keinen Lichtschalter direkt am Bett an der Wand. Hier stand in Greifweite nur eine Nachttischlampe, die auf einer Umzugskiste thronte.

Das Einzige, was immer noch an den Albtraum erinnerte, war das verhallende Klagen. Aber auch dafür gab es eine logische Erklärung: Fees Gitarre war umgefallen. Einer der wehenden Vorhänge hatte das Instrument samt Gitarrenständer umgerissen. Die Saiten schwangen immer noch nach, als würde die Gitarre nach diesem Sturz wehleidig vor sich hinseufzen. Auf dem Holz glänzten ein paar Regentropfen. »Oh nein!« Fee hechtete zum Fenster. Wie immer, wenn sie ihr Instrument in den Händen hielt, fühlte sie sich sofort besser. Doch während sie die Tropfen abwischte, merkte sie, dass ihre Hände immer noch zitterten.

»War es wieder dieser Albtraum?« Ihre Mutter sank auf den Rand des altmodischen Betts. Und natürlich streifte ihr Blick nun über Fees vernarbte rechte Hand. Fee stellte die Gitarre hastig ab, verschränkte die Arme und verbarg die Fäuste in den Achselhöhlen.

»Nein!«, erwiderte sie mit fester Stimme. Das war ja eindeutig nicht gelogen. Schließlich war es nicht *dieser* Albtraum gewesen.

»Warum hast du dann geschrien?«, bohrte ihre Mutter weiter. »Du hast dich doch noch nie vor Gewitter gefürchtet.«

»Ich … ähm … bin im Schlaf aus dem Bett gefallen.«

Logisch. Dabei brüllt ja bekanntlich jeder los wie ein geschubstes Schaf. Tolle Ausrede, Fee.

Prompt runzelte ihre Mutter zweifelnd die Stirn. Mit einem Mal hatte Fee genug von diesem schrecklichen alten Haus, genug von ihrem neuen Zimmer und dreimal genug von diesen ewigen besorgten Blicken.

»Ist das hier ein Verhör?«, schnappte sie. »Mann, der Sturz aus diesem blöden Monsterbett hat richtig wehgetan!«

Sofort tat ihr der Ausdruck *blödes Monsterbett* leid. Denn ihre Mutter wirkte nun ehrlich bestürzt. »Ich dachte, du hast dich darüber gefreut? Die Löwenfüße und die Rosenschnitzereien fandest du doch schön?«

Fee seufzte. Ja, das Bett war schon etwas Besonderes – und außerdem war es Mamas Geschenk gewesen, das ihr den viel zu schnellen Umzug verschönern sollte. Ihre Freundin Nelly würde morgen bestimmt vor Begeisterung ausflippen. Mit den geschnitzten Rosenranken am Kopfteil war es ein perfektes Prinzessinnenbett. Nur dass Fee alles andere als eine Prinzessin war und sich auch sonst in der altertümlichen Wohnung fehl am Platz fühlte – so, als hätte sie sich auf einer unfreiwilligen Zeitreise in ein früheres Jahrhundert verirrt. Ihre Mutter aber schien genau das vorzuhaben. Ihr langes hellbraunes Haar fiel ihr offen auf das mit Spitzen besetzte Nachtkleid. Auch dieses Kleid hatte sie auf einem Antiquitätenmarkt erstanden. Vor hundert Jahren mochte es einer feinen Bürgerfrau gehört haben. Fees Mutter sah darin aus wie die Königin aus einem Märchenfilm. *Oder wie ein Gespenst*, dachte Fee. *Die weiße Frau, die im alten Herrenhaus herumgeistert.*

»Doch, klar mag ich das Bett«, murmelte Fee. »Es ist nur … alles noch so ungewohnt hier.« Das war eine sehr höfliche Umschreibung für: *Wir wohnen jetzt in einem alten staubigen Spukschloss und du läufst neuerdings als Gräfin verkleidet herum.* Diese »neue« Mutter, die plötzlich antike Nachthemden trug, wie wild alte Möbel kaufte und sich nur noch für dieses Haus interessierte, erschien ihr auch heute wieder fremd.

Draußen schwoll das Heulen des Windes zu einem orkanartigen Brüllen an. Die alten Fenster waren so undicht, dass ein Luftzug durch die Ritzen gepresst wurde. Ein kalter Hauch wie eine Mahnung, dass da draußen doch etwas war, was fauchen und atmen konnte. Und Fee bildete sich ein, dass die Fensterscheiben sich leicht nach innen wölbten, als wären sie nur eine seifenblasendünne Haut zwischen den Menschen im Haus und dem tobenden Himmel. Man konnte sogar durch die geschlossenen Fenster die Bäume im Park auf der Rückseite des Hauses ächzen und rauschen hören.

»Willst du heute Nacht lieber bei uns schlafen?«, fragte Fees Mutter.

Fee schoss das Blut in die Wangen. »Natürlich nicht!«, brach es heftiger als beabsichtigt aus ihr heraus. »Das ist doch nur ein Gewitter. Und außerdem: Ich bin fast dreizehn Jahre alt, nicht fünf.«

»Schon gut, schon gut!« Ihre Mutter lächelte und stand auf. »So habe ich es doch nicht gemeint, meine Große. Dann schlaf gut und lass dich nicht von den Wanzen beißen.«

Wenn es nur Wanzen wären. Fee seufzte. »Gute Nacht«, sagte sie freundlicher.

Sie wollte wieder ins Bett kriechen, aber ihre Mutter zog sie ohne Vorwarnung blitzschnell in eine Umarmung. »Erwischt!«, rief sie mit einem verschmitzten Lachen. »Mama-Attacke aus dem Hinterhalt. Dafür ist man nie zu alt!« Sie drückte Fee einen Kuss auf die Stirn. »Und dafür auch nicht!« Damit gab sie Fee auch noch einen Kuss auf die Nase.

Nun musste Fee doch lachen. Das war wieder ganz ihre Mutter, die sie kannte, nicht die verkleidete Gräfin. Und für einige Momente schmiegte sie sich fest in ihre Arme. Natürlich hätte sie es niemals zugegeben, aber insgeheim hätte sie nichts lieber getan, als in dieser Umarmung zu bleiben – am liebsten so lange, bis die Morgensonne durchs Fenster schien.

Aber sie kroch tapfer wieder in das große Bett zurück. Es knarrte unwillig, als sei es ein hölzernes Wesen, dessen Schlaf Fee störte, indem sie mitten in der Nacht auf seinem breiten Rücken herumturnte. Fee lauschte dem Knarren von Mamas Schritten, die sich auf dem Flur entfernten. Und als es in der Wohnung still war, brachte sie es nicht fertig, aufzustehen und das Deckenlicht auszumachen. *Stell dich nicht so an, du hysterisches Huhn!*, schalt sie sich. Aber es war, als würde die Angst nur darauf warten, dass es dunkel wurde, um Fee aus dem Schatten heraus anzuspringen.

Draußen irrlichterte das Gewitter. Ein fahler Fetzenmond leuchtete durch schwarzgraue Wolken. Und natürlich bildete Fee sich ein, darin die Fratzen von Gespenstern zu erkennen. Über ihr setzte ein unregelmäßiges Klopfen und Poltern ein, das sich zum Fenster bewegte. Es hörte abrupt auf, und Fee glaubte draußen etwas am Fenster vorbeifallen zu sehen. Hatte sich ein Stückchen Dachziegel gelöst?

Wenn ich mutig wäre, würde ich zum Fenster gehen, dachte sie. *Ich würde nachschauen, ob auf der Straße ein zertrümmerter Ziegel liegt.* Ihre Freundin Nelly wäre auch im Stockfinstern längst aus dem Bett gesprungen. Fee biss sich auf die Unterlippe. Warum war es für sie nur so schwierig, so wie Nelly und alle anderen zu sein? Für Fee lauerte in jedem Winkel eine Gefahr, jedes Geräusch ließ sie zusammenzucken. Sie fürchtete sich vor Lagerfeuern, vor Dunkelheit, vor fremden Menschen und Orten, vor einsamen Kellern und – na ja –

eigentlich vor allem, was sie nicht auf Anhieb genau einschätzen konnte. Ihre Eltern nannten sie »sensibel« und »vorsichtig«. Ihre gar nicht so nette Oma Hillu aus Berlin fand dafür ganz andere Worte. »Jetzt ist sie schon so groß und immer noch so 'n feiges Hasenherz«, hatte sie beim letzten Besuch gesagt. »Also von meiner Seite der Familie hat se das nich!«

»Von deiner Seite der Familie hat ja auch niemand einen solchen schrecklichen Unfall überlebt«, hatte sich Fees Mutter sofort erbost. »Es ist ganz normal, dass sie *vorsichtig* ist!«

Oma Hillu hatte nur abfällig geschnaubt. »Von dem Sturz weiß sie doch gar nichts mehr, sie war noch ein Baby! Also vergesst das Ganze doch endlich.«

Fee wurde jetzt noch wütend, wenn sie an dieses Gespräch dachte. Oma Hillu hatte leicht reden! Sie hatte ja keine Ahnung, wie es war, immer wieder davon zu träumen, endlos zu fallen, umgeben von Flammen und Rauch.

Vielleicht war es nun der Ärger, der ihr den Mut verlieh, aufzustehen. In der Scheibe gespiegelt sah sie sich selbst auf das Fenster zugehen, ein hochgewachsenes blondes Mädchen in einem schwarzen Shirt, auf dem das mürrische Katzengesicht von Grumpy Cat prangte. Nelly besaß das gleiche Shirt – nur trug sie es auch in der Schule, Fee dagegen ihres nur zum Schlafen. Der runde Ausschnitt gab nämlich zu viel preis. In der Spiegelung der Fensterscheibe konnte Fee die Brandnarbe erkennen, die sich vom Schlüsselbein bis zum Kinnbogen hochzog. Eine zweite Narbe prangte auf ihrem rechten Handrücken. Auch dort wirkte die Haut wie mit Echsenschuppen überzogen, was ihr in der Schule den Spitznamen »Gecko« eingebracht hatte.

Sommerwind verwirbelte ihr Haar, als sie aus dem Fenster spähte. Es roch nach Regen und nassem Asphalt. Das Gewitter zog bereits davon. Irgendwo im Süden der Stadt heulte eine Feuerwehrsirene, eine Kirchturmuhr schlug drei Uhr morgens. Fee atmete auf. Die vertrauten Geräusche brachten die Normalität zurück.

Ihr Fenster war das einzige in der Wohnung, das vorne zur Straße hinausging. Auf der gegenüberliegenden Straßenseite erhob sich ein Bürogebäude mit verspiegelten Fenstern, aber Fee konnte sich selbst nicht darin sehen: Die Straßenbeleuchtung war schon vor Stunden erloschen. Nur in der Hochhaussiedlung am anderen Ende der Stadt blinkte eine Reklameschrift in grünem Schein vor sich hin. Sie hatte einen Wackelkontakt und mindestens die Hälfte der Buchstaben war kaputt. *»Opt…ro…l & Co«*, las Fee. Sie spähte nach unten, aber die Straßenschlucht war stockfinster. Also huschte sie zu einer Umzugskiste und kramte ihre große Taschenlampe hervor. Dann knipste sie die Deckenleuchte aus und folgte dem Lichtkegel der Taschenlampe zurück zum Fenster. Unten auf dem Bürgersteig entdeckte sie tatsächlich Ziegelscherben. Eine verbeulte, leere Plastikflasche tanzte, vom Wind getrieben, über die Bruchstücke hinweg. Fee stützte sich auf dem Fensterbrett ab und verrenkte sich den Hals, um den Dachrand über sich nach fehlenden Ziegeln abzusuchen. Sie schwenkte die Taschenlampe – und hielt erschrocken inne. Der Lichtkegel erhellte ein unbeschädigtes welliges Band von Ziegelrändern, aber hatte sich rechts beim nächsten Fenstererker nicht etwas bewegt? *Bestimmt nur eine Taube*, beruhigte sie sich. Sie richtete die Taschenlampe noch zum Erker der Nachbarwohnung. Die Bewegung war nur der Lichtreflex ihrer Taschenlampe in der Scheibe gewesen. Am Erker saß natürlich keine Taube. Metalldornen, die am Fensterbrett aufragten und Vögel daran hindern sollten, Nester zu bauen, glänzten im Licht der Taschenlampe wie Zähne. *Knirschende Zähne*, schoss es Fee durch den Kopf. Denn nun hörte sie ein Scharren, als würde Stein auf Stein reiben. Vielleicht war es die Überraschung, die Fees Panikreaktion verhinderte. So stand sie nur da und blinzelte ungläubig.

Im Lichtkegel erschien eine Hand und schloss sich um eine der Metalldornen.

Sie war kräftig und wolkenhell. Ein Fuß hangelte neben dem Erker nach einem Mauervorsprung, dann zog sich tatsächlich eine Gestalt am Erker hoch. Es war kein Einbrecher, der an der Fassade hochkletterte, sondern eine Frau – *in einem weißen Abendkleid?* Auch die Frau selbst war völlig weiß. Geschickt wie ein Freeclimber erklomm sie nun das Dach des Erkers. Als sie sich aufrichtete, sah man, dass es kein richtiges Kleid war, vielmehr war die Frau in ein langes Tuch gehüllt wie eine griechische Göttin. Nur dass diese Göttin sich ihr Tuch am Gürtel hochgebunden hatte, um die Beine zum Klettern frei zu haben. Die Fremde bemerkte offenbar gar nicht, dass sie von einer Taschenlampe angestrahlt wurde. Sie wandte das Gesicht dem Himmel zu. Die Wolken trieben nun wie ein Mahlstrom kreisförmig um den Vollmond herum, als wäre er das ruhige Auge eines Wirbelsturms. Einige der Wolken erinnerten an die Umrisse von Vögeln mit riesigen Schwingen, vielleicht Adler? Doch Fee konnte nicht genauer hinsehen, sie starrte wie gebannt auf das klar geschnittene Profil der Frau. Die gerade Nase, die hohe Stirn, die hochgesteckte Lockenfrisur … sie kannte diese Frau! Aber erst als die Fremde die Arme hob und ein paar lose Locken in ihrem Nacken wieder in ihre Frisur nestelte, traf Fee die Erkenntnis wie ein Blitz. Auf dem Erker stand eine der Marmorstatuen, die normalerweise den Balkon im ersten Stock stützten.

Jetzt wäre zur Abwechslung genau der richtige Augenblick gewesen, um aus gutem Grund zu schreien – und zwar so laut, dass ihre Eltern aus dem Bett fallen und die ganze Straße aufwachen würde. Aber diesmal kam aus Fees Kehle nur ein trockenes Keuchen. Die Marmorfrau drehte sich zu Fee um. Und Fee wurde klar, dass sie den Lichtkegel gar nicht sehen konnte. Blinde, weiße Marmoraugen starrten ins Leere. Dennoch *sah* die Frau sie nun – auf irgendeine andere Art. Fee hörte ein wütendes Zischen. Die Steinfrau riss die rechte Hand hoch. Die Wolken stoben so schnell auseinander, als hätte jemand in ein Nest schwarzer Federn geblasen. Ein scharfer Wind brauste heran. Und bevor Fee begriff, was geschah, klappte der hölzerne Fensterflügel ein und raste auf sie zu. Ein Schlag explodierte an ihrer Stirn. Und der Mond wurde ausgeknipst wie eine Nachttischlampe.

2

»Sie schläft immer noch wie ein Stein«, hörte Fee ihren Vater wie aus weiter Ferne sagen. Ein Lachen schwang in seinen Worten mit. Es war komisch, dass er lachte. Schließlich fand man seine Tochter nicht jeden Morgen bewusstlos auf dem Boden liegend. Das war zumindest das Letzte, woran Fee sich erinnern konnte: der Fensterrahmen, der sie an der Stirn getroffen hatte. Sie war umgekippt, danach gab es nur noch Schwärze. Fee versuchte die Augen zu öffnen, aber ihr Schädel begann schon bei dieser winzigen Anstrengung zu dröhnen, als hauste in ihrem Kopf ein Hummelschwarm. Sie wollte ihre Stirn befühlen – und stellte fest, dass sie gar nicht mehr auf dem Boden lag. Unter ihren Fingern ertastete sie ein Bettlaken. *Bin ich im Krankenhaus?*, dachte sie benommen. Klar, das ergab einen Sinn: Ihre Eltern hatten sie noch in der Nacht gefunden und nun lag sie mit einem dicken Kopfverband in einem Krankenzimmer. Irgendetwas sagte ihr zwar, dass es dann noch komischer war, dass ihr Vater so fröhlich war. Doch wie sollte sie sonst in ein Bett gekommen sein? Aber warum gurgelte dann im Hintergrund eine Kaffeemaschine?

»Lass sie doch ausschlafen, Kai«, hörte sie ihre Mutter

sagen. »Nelly kommt erst gegen Mittag zu Besuch. Und außerdem war es für uns alle eine ziemlich unruhige Nacht.«

»*Ziemlich unruhig?*« Fees Vater lachte leise. »Das ist ja eine wirklich nette Umschreibung für den Sturm des Jahrhunderts, Silke!« Die Tür schloss sich mit einem kaum hörbaren Schnappen. Fee riss die Augen auf. Sie lag tatsächlich in ihrem eigenen Bett! Und das Fenster war fest verschlossen. Aber an ihrer Stirn prangte eine fiese Beule. Ihr wurde ein wenig schwindelig, als sie aus dem Bett schlüpfte und zum Fenster huschte. Der Riegel war so fest zugeschnappt, dass sie rütteln musste, um die Metallnase frei zu bekommen. Mit einem flauen Gefühl beugte sie sich über das Fensterbrett und schaute verwirrt zum Bürogebäude gegenüber. Jetzt, im frühen Morgenlicht, sah man in den Fensterfronten die leicht verzerrte Spiegelung von Fees neuem Zuhause. Auf der anderen Straßenseite schwebte ihr blasses Gesicht im wuchtigen Rahmen ihres Fensters im dritten Stock. Mit ihrem langen hellen Haar, das im Wind wehte, wirkte sie wie ein verlorenes Tagesgespenst. Es kostete sie allen Mut, den Blick nach unten rechts wandern zu lassen. Ihr Herz machte einen schmerzhaften Satz, als sie das Spiegelbild fand, das sie suchte: die Steinfiguren im ersten Stock, zwei griechisch anmutende Marmorfrauen. Die Arme hatten sie über den Kopf erhoben und stützten mit ihren Händen und dem Nacken den verschnörkelten Balkon ab. Fee wusste nicht, ob sie erleichtert oder jetzt erst recht verstört sein sollte. Suchend schaute sie sich um, doch auch die Taschenlampe lag hier nirgendwo auf dem Boden. »Aber es war doch kein Traum!«, sagte sie laut.

»Guten Morgen, Siebenschläfer!«, rief ihre Mutter, als Fee barfuß in die Küche tappte.

»Morgen«, murmelte Fee. Ihre Eltern saßen am Frühstückstisch, die Kaffeetassen in den Händen. Fees Mutter trug heute eine Arbeitshose und ein farbfleckiges T-Shirt. Das Haar hatte sie zu einem Knoten im Nacken zusammengebunden. Auf Zeitungspapier lagen in der Küche die Pinsel und Farbrollen bereit, denn heute sollte als Abschluss der Wohnungsrenovierung noch Mamas Arbeitszimmer einen neuen Anstrich bekommen. Fees Vater schien es damit nicht eilig zu haben, er trug noch seinen Pyjama. Wie immer wirkte er zu groß für den Tisch, ein freundlicher Riese mit glattem blondem Haar, der sich in eine Menschenwohnung verirrt hatte.

»Guten Morgen, Motte!« Er streckte sich gähnend. »Haben dich die Sirenen geweckt?«

Jetzt erst fiel Fee auf, dass draußen wieder Feuerwehrsirenen heulten. »Ähm, nö«, murmelte sie.

Ihre Mutter grinste. »Wer es schafft, einen Orkan zu verschlafen, für den sind ein paar Sirenen doch nur leise Flötenmusik, Kai.«

»Orkan?«, fragte Fee zaghaft.

»Du hast gar nichts mitbekommen?« Mama schüttelte fassungslos den Kopf. »Kaum eine Viertelstunde, nachdem ich heute Nacht dein Zimmer verlassen hatte, ging das Gewitter draußen erst so richtig los. Ich habe noch einmal nach dir geschaut, aber du hast tief und fest geschlafen.«

Fee schluckte. Sie hatte das Bett also gar nicht verlassen? Verwirrt setzte sie sich an den Tisch und strich sich die Haare aus der Stirn hinter die Ohren.

»Anna-Fee!«, rief ihre Mutter aus. »Was hast du da?« Sie umfasste Fees Gesicht mit den Händen und drehte es zum Licht. »Du meine Güte, was für eine Beule! Die habe ich heute Nacht gar nicht gesehen.«

Papa stellte seine Kaffeetasse so hart auf den Tisch, dass der Kaffee herausschwappte. »Wie ist das passiert?«

Och, keine große Sache, Papa. Eine Steinfigur hat nur dem Wind befohlen, mir den Fensterflügel an den Kopf zu knallen.

»Sie ist im Schlaf aus dem Bett gerollt«, antwortete ihre Mutter. »Und muss mit der Stirn genau auf dem Löwenfuß des Bettes aufgekommen sein.«

»Nicht bewegen!«, befahl Fees Vater und kramte hektisch eine kleine LED-Leuchte aus der Küchenschublade. Fee seufzte insgeheim. Typisch! Ihr Vater war von Beruf Krankenpfleger. Sobald jemand sich auch nur den kleinen Zeh am Mülleimer anstieß, vermutete er Hals- und Beinbruch.

»Schau genau in die Lampe!«, mahnte er. Fee versuchte nicht zu blinzeln. Ihr Vater atmete auf. »Glück gehabt. Die Pupillen reagieren völlig normal. Und dir ist auch nicht übel oder schwindelig?«

»Nein.« Was immerhin zur Hälfte stimmte. Flau im Magen war ihr nämlich schon, sobald sie an die Marmorfrau dachte. Aber hier, im Tageslicht, klang die Erklärung vom Aufprall auf dem Löwenfuß bestechend logisch. Sie dachte daran, was ihre Mutter ihr über das Haus erzählt hatte.

Dass es über zweihundert Jahre alt war. *So lange haben sich die Steinfiguren keinen Millimeter bewegt. Warum sollte eine von ihnen nachts plötzlich an der Fassade herumklettern?*

Sie betrachtete den uralten Dielenboden, über den früher Männer mit Reitstiefeln und Frauen in langen Reifröcken gegangen waren. Ihre Beule an der Stirn pochte dumpf, und Fee wusste nicht mehr, was sie glauben sollte. *Boden!*, schoss es ihr durch den Kopf. *Wenn die Taschenlampe nicht dort liegt, dann …*

»He, langsam!«, rief Papa. »Wo willst du hin?«

»Nur etwas nachschauen. Bin gleich wieder da!«

Die Umzugskiste, aus der sie heute Nacht die Taschenlampe gekramt hatte, stand scheinbar unberührt an der Wand. Wäre alles nur ein Traum gewesen, dann müsste die Taschenlampe noch in der Kiste liegen. Aber sie war fort. *Denk nach*, ermahnte Fee sich. *Du bist gefallen und hast die Taschenlampe dabei losgelassen.* Sie streckte sich auf dem Boden aus und suchte aus dieser Froschperspektive noch einmal das ganze Zimmer ab. Beim Blick unter das Bett hätte sie fast einen Schrei ausgestoßen. Dort lag die Taschenlampe. Im Schwung des Aufpralls war sie vom Fenster schnurstracks unter das Bett gerollt und hatte dabei auch noch ihre Batterien verloren. An der Wand hatte sie sich so fest zwischen den Krallen einer metallenen Löwentatze verfangen, als hätte das Bett mit der Lampe gespielt wie eine Katze mit einer Maus.

3

Nelly hob so schnell ab, dass Fee sich verdutzt fragte, ob ihre Freundin mit dem Telefon in der Hand auf den Anruf gewartet hatte.

»Ich wollte dich eben anrufen«, rief Nelly statt einer Begrüßung. »Schaut ihr es auch gerade?«

»Nein, was denn?«

»Den Bericht im Fernsehen! Euer Haus ist in den Nachrichten!«

Fee stürzte sofort zum Fenster. Doch auf der Straße entdeckte sie nichts Ungewöhnliches. Nur ein Fußgänger stand auf der anderen Straßenseite und machte mit einer Kamera Fotos vom Haus. Er war schwarzhaarig, hatte ein schmales Gesicht und eine dunkel gebräunte, fast bronzefarbene Haut. Fee schätzte ihn auf neunzehn oder zwanzig. Seine feindselige Miene ließ nichts Gutes vermuten. Und auch seine Kleidung war seltsam. Er trug ein abgewetztes, sandfarbenes Jackett mit dunklen Lederflecken an den Ellenbogen. Das Jackett war ihm zu groß und sah aus, als würde es seinem Opa gehören. Nun, das war ganz bestimmt kein Reporter.

»Vor dem Haus ist kein Fernsehteam, Nelly.«

»Doch nicht *vor* dem Haus. *Dahinter!* In der Barackensiedlung brennt es immer noch und in eurem Park ist einer der Riesenbäume nach einem Blitzschlag völlig verkohlt.«

Fee legte die Hand über den Hörer und brüllte: »Mama! Es brennt in der Siedlung und im Park. Kommt gerade in den Nachrichten!«

»Was?«, rief ihre Mutter entsetzt.

»Habt ihr wirklich nichts mitbekommen?«, fragte Nelly fassungslos.

»Ähm … nein, eigentlich haben wir nur ein paar Sirenen gehört.«

»Wie ist denn das möglich?«

»Naja, das Haus ist ziemlich weit entfernt von der Siedlung und unsere Wohnung liegt im vordersten Teil …«

»*Haus?*« Nelly lachte. »Du meinst wohl Riesenschloss! Ganz schön was los in deinem neuen Turm, Rapunzel.«

Allerdings, dachte Fee. Sofort wurde ihr wieder ganz mulmig zumute. *Wieso habe ich nicht wenigstens den Blitzeinschlag gehört?*

»Hallo?«, fragte Nelly. »Bist du noch dran?«

»Klar«, brachte Fee etwas zu kieksig heraus.

»Was ist los? Du klingst ganz komisch – oh, habe ich dich mit der Nachricht erschreckt?«

Fee atmete tief durch. »Nelly«, flüsterte sie. »Mir ist heute Nacht etwas Komisches passiert. Also … etwas … wirklich Komisches.«

»Was denn?«

Fee biss sich auf die Unterlippe. Klar, ihre beste Freundin war die Einzige, der sie die Geschichte erzählen konnte, schließlich waren sie schon seit der Grundschule ein Herz und eine Seele. Allerdings war es eine Sache, die schreckhafte Anna-Fee zu sein, die ab und zu Albträume hatte, aber eine ganz andere, Nelly zu erzählen, dass diese Albträume nun leibhaftig auf dem Dach herumkletterten.

»Fee?«, kam es ungeduldig aus dem Hörer. »Hat Grumpy Cat deine Zunge gemopst?«

Fee schluckte, aber sie begann zu erzählen, flüsternd, den Blick auf die halb offene Tür geheftet, damit ihre Eltern nichts mitbekamen. Was unwahrscheinlich war, denn draußen dröhnte nun der Fernseher, eine Nachrichtensprecherin erzählte etwas über »Straßensperrung« und »Einsturzgefahr«.

»... und die Taschenlampe unter dem Bett zeigt doch, dass es kein Traum war«, schloss Fee wispernd. »Aber mein Fenster war heute Morgen verschlossen.«

In der Leitung hörte man nicht einmal mehr einen Atemzug. Ihre Freundin war wohl sprachlos – und das wollte bei ihr wirklich etwas heißen.

»Nelly?«, fragte Fee zaghaft. Sie fürchtete, dass Nelly gleich: »Du spinnst doch!« rufen oder loslachen würde, aber ihre Freundin flüsterte nur ehrlich erschrocken: »Krass! Ich wäre vor Angst gestorben.« Fee rutschte ein tonnenschwerer Stein vom Herzen. Und dann schämte sie sich, auch nur eine Sekunde an Nelly gezweifelt zu haben. »Verriegle das Fenster und rühr dich nicht von der Stelle«, befahl Nelly. »Ich bin in zwanzig Minuten bei dir.«

Sie schaffte es mit dem Fahrrad quer durch die Stadt in zehn Minuten.

Fees Eltern zogen sich gerade die Schuhe an, als es an der Tür Sturm läutete. »So klingelt nur ein einziges Mädchen, das ich kenne«, bemerkte Fees Mutter und drückte auf den Türöffner. »Guten Morgen, Helene«, rief sie in die Gegensprechanlage. »Einen Aufzug haben wir leider nicht. Du musst die große Treppe in der Eingangshalle hochgehen. Sie gabelt sich vor dem ersten Stock, dort nimmst du die Treppe, die nach rechts führt. So kommst du in den Südflügel des Gebäudes. Unsere Wohnung liegt im dritten Stock, die allerletzte Tür im hintersten Gang ganz rechts.« Sie ließ den Knopf los, ohne Nellys Antwort abzuwarten. »Sollen wir warten, bis Nelly hier ist?«, fragte sie dann zu Fee gewandt.

Fee schüttelte den Kopf. »Nein, geht ruhig nach unten.«

Ihre Mutter lächelte. »Du weißt, dass du dir keine Sorgen machen musst, ja?«

Wenn du wüsstest, dachte Fee.

»Klar weiß sie das«, sagte ihr Vater leichthin. »Unser Haus ist ja gar nicht betroffen. Der kleine Kabelbrand in den Baracken ist längst gelöscht und alle Bewohner kamen mit dem Schrecken davon. Aber wir lassen uns die Chance nicht entgehen, endlich einmal einen Blick in den verbotenen Park zu werfen.« Er zwinkerte Fee zu und zog Mama einfach mit nach draußen.

Fee ging ins Wohnzimmer zurück, wo immer noch die Nachrichten liefen. Im Fernsehen erkannte sie die Straße vor der »Barackensiedlung« – eine Ansammlung von grauen Klotzhäusern, die sich hinter dem prächtigen Herrenhaus zusammendrängten wie eine Meute von Boxtrollen mit heimtückisch eng stehenden, trüben Fensteraugen. Alle Klötze hatten teerschwarze Flachdächer und ziemlich schäbige graue Fassaden, von denen einige mit Graffiti verschmiert waren. Am vordersten Haus prangten schwarze Flecken und Streifen. *Brandspuren*, dachte Fee mit einem Frösteln. Das war nicht nur ein *›kleiner Kabelbrand‹* gewesen, wie ihr Vater sagte.

Ein Sonnenstrahl ließ über dem Fernseher Buchrücken mit verschnörkelter Goldschrift aufleuchten. Ihre Mutter hatte ihre ganze Märchenbuchsammlung auf den Regalen aufgereiht, eine Bibliothek aus einem längst vergangenen Jahrhundert. Umso krasser wirkten daneben die modernen Fernsehbilder der Zerstörung: Zwei Fenster im obersten Stockwerk des Hauses waren verrußt. Aus einem quoll immer noch Rauch hervor, als wäre ein Drache aus einem der Märchenbücher ausgebüxt und hätte sich draußen in der Siedlung in einem Zimmer verschanzt.

»Äste wurden von den Bäumen im Park abgerissen und von dem Sturm über die Mauer geschleudert«, schnarrte ein Reporter in die Kamera. »Dort schlugen sie in das gegenüberliegende Haus ein und beschädigten eine Stromleitung, was den Brand verursachte. Experten gehen inzwischen davon aus, dass ein Tornado für die Verwüstung zuständig war …« Verwackelte Filmaufnahmen wurden eingeblendet, Untertitel: *Privat-Video*. Man erahnte einen wirbelnden Windtrichter, dessen Spitze genau in den Park reichte. »Ey, pass auf, Alder!«, brüllte jemand gegen das Heulen des Windes an. Äste und Zweige flogen dem Filmenden entgegen. »Scheiße, Mann, weg hier!« Das Bild trudelte, dann riss die Aufnahme ab, als hätte der Sturmwind dem Filmenden das Smartphone aus der Hand gerissen.

»Das ist das erste Mal, dass eine solche Windhose in dieser Gegend beobachtet wurde«, berichtete der Reporter weiter. »Es grenzt an ein Wunder, dass sie nur in einem kleinen Teil des historischen Parks wütete. Dort hatte zuvor offenbar ein Blitzschlag einen Baum in Brand gesteckt …« Er deutete hinter sich zur hohen Steinmauer, die den Park umfasste. Zwischen vom Sturm zerrauften Baumkronen ragte der verkohlte Rest eines Baumes in den Himmel. Vom Herrenhaus selbst sah man über die Mauer hinweg nur ein Stück des Nordflügels.

»… wurden alle Bewohner der angrenzenden Siedlung für die Dauer der Löscharbeiten evakuiert.« Die Kamera schwenkte zur Straße. Es war das erste Mal, dass Fee die Bewohner der Barackensiedlung zu Gesicht bekam. Es sah aus, als wäre auf der Straße ein Multikulti-Jahrmarkt eröffnet worden. Ein paar afrikanisch gekleidete Frauen mit Kinderwagen drängten sich auf dem Bürgersteig, Gruppen von Männern diskutierten miteinander. Rentner in Jogginganzügen hatten ihre Bierflaschen mit nach draußen genommen. Fee entdeckte aber auch Damen mit Lockenwicklern in den Haaren und eine alte Frau, die einen schwarzen Hund an sich drückte. Sogar von hier konnte man erkennen, dass ihr weißes Haar einen fliederfarbenen Farbstich hatte. An der Absperrung der Feuerwehr standen die älteren Jugendlichen herum, die Fees Vater nur »Die Gangsta« nannte. Fee schaltete den Fernseher aus, rutschte am Türrahmen nach unten und zog die Knie an den Körper. *Hat die Marmorfrau etwas mit dem Tornado zu tun?*, überlegte sie. *Der Wolkenwirbel vor dem Mond gestern Nacht, den hat sie doch gerufen?*

In der Stille schrillte das Telefonklingeln besonders laut. Im Display leuchtete eine Handynummer, die sie nicht kannte.

»Ich bin immer noch unten am Eingang«, japste Nelly. »Hier ist Chaos, ein Fernsehteam von einem Privatsender will durch euer Haus in den Park, aber an der Tür steht ein durchgeknallter Bodyguard in einem schwarzen Anzug und lässt niemanden rein. Du musst mich abholen, er glaubt mir nicht, dass ich dich kenne.«

Fee biss sich auf die Unterlippe. Der unfreundliche Hausmeister! Das fehlte jetzt gerade noch. »Warte draußen vor dem Haus bei den Löwen«, sagte sie. »Ich bin gleich unten.«

4

Im Treppenhaus war sie ganz allein unterwegs. Nachbarn gab es noch keine, bisher bewohnten Fee und ihre Eltern als einzige Mieter den Südflügel. Von draußen drangen Rufe und das Schnarren von Motorsägen ins Haus. Zugluft strich durch die Marmorsäulen des Treppengeländers wie Windfinger über eine steinerne Harfe. Je näher Fee dem Erdgeschoss kam, desto deutlicher wurde der Geruch von verbranntem Holz. Mit den Marmorsäulen und dem prächtigen Mosaik, das auf dem Boden schwarz-weiße Rosen erblühen ließ, hätte die Eingangshalle im Erdgeschoss als Tanzsaal durchgehen können. Fees Fahrrad und die Briefkästen wirkten darin fehl am Platz und winzig wie Spielzeug. Mitten im Raum wuchs die Treppe des Südflügels mit einer zweiten zusammen, die aus dem Nordflügel des Gebäudes herunterführte. Die beiden vereinten sich in einem gebogenen Schwung zu einer einzigen breiten Empfangstreppe. Von vorne gesehen bildete das ganze Konstrukt ein elegant geschwungenes Y. Diese Eingangshalle war das einzige Verbindungsstück zwischen dem bewohnten Trakt des Anwesens und dem leer stehenden Nordflügel. Die Treppe zum Nordteil endete jedoch schon im ersten Stock an einer verschlossenen Flügeltür.

Fee blieb atemlos stehen und spähte durch das Treppengeländer. Zum ersten Mal, seit sie im Haus wohnte, stand die Tür an der Rückseite der Halle offen. Normalerweise war sie mit drei Schlössern gesichert. Und für den, der diese Botschaft nicht verstand, prangte auch noch das Schild »Durchgang verboten!« über der Tür. Aber nun konnte Fee einen Blick in den Park hinter dem Haus erhaschen. Blaulicht blinkte überall, Feuerwehrleute liefen hektisch zwischen den Bäumen herum. Ein Mann rief: »Abstand halten!« in ein Megaphon. Ein Windstoß fuhr durch die Tür und wirbelte Ascheflocken bis hinauf zur Treppe. Wie schwarzer Schnee hefteten sie sich an Fees Haar. Dann fiel die Tür zum Park donnernd ins Schloss und Fee hörte andere Stimmen, diesmal innerhalb des Hauses: Durch den vorderen Eingang drängte sich gerade das Fernsehteam in die Halle. Eine Moderatorin fuchtelte mit einem Mikrofon und redete auf einen alten, aber kräftigen Mann in einem schwarzen Anzug ein. Doch der stellte sich den Leuten vom Fernsehen mit quer gehaltenem Besen entgegen. »Raus hier!«, bellte er. Fee zog den Kopf ein. Schon an normalen Tagen sah der Hausmeister aus, als würde er einen am liebsten fressen. Aber heute wirkte er völlig irr. Sein schlohweißer Haarkranz war zerzaust und die ebenso hellen, buschigen Augenbrauen finster zusammengezogen. Mit seiner Hakennase erinnerte er an einen mies gelaunten Geier.

»Aber Sie *müssen* uns durchlassen«, beharrte die Moderatorin. »Wir kommen auf anderem Weg nicht in den Park. Jemand hat den Zugang an der Straße abgesperrt …«

»Scharf beobachtet«, schnitt der Hausmeister ihr das

Wort ab. »Dieser Jemand war ich. Der Park ist nämlich Firmengelände. Niemand außer der Feuerwehr betritt es. Und hier haben Sie keine Drehgenehmigung.«

Der Kameramann stolperte zurück, als der Hausmeister mit dem Besen nach seiner Kamera schlug. Ein Sturm der Entrüstung brach los, jemand rief: »Das ist Sachbeschädigung!«

Fee sprang von der Treppe, drückte sich an der Wand entlang und schlüpfte unbemerkt nach draußen. Nelly wartete neben einem der Steinlöwen, die den Treppenaufgang bewachten. Seltsamerweise trug sie im warmen Sonnenschein eine Wollmütze, unter der ihr dunkles, lockiges Haar völlig verborgen war. »Na endlich!«, rief sie Fee entgegen. »Ich dachte schon, dieser komische Totengräber lässt auch keinen mehr aus dem Haus.«

»Im Gegenteil, er ist gerade dabei, den Kameramann mit dem Besen auf die Straße zu jagen. Komm, nichts wie weg.«

Nelly schnappte sich ihr Fahrrad. Kaum hatten sie sich von der Tür entfernt, stürzte schon das Fernsehteam aus dem Haus. »Sie sind ja völlig wahnsinnig!«, hörte Fee die Moderatorin schimpfen.

Die Antwort des Hausmeisters ging in Sirenengeheul unter. Ein Polizeiauto raste am Haus vorbei und brauste um die Ecke.

»Los, hinterher!«, rief die Moderatorin.

Nach weniger als einer Minute war der ganze Spuk vorbei und die Straße leer.

»He, keine Panik«, sagte Nelly sanft.

Erst jetzt merkte Fee, dass sie zitterte und dass Nelly ihre Hand umfasst hielt. Verlegen ließ sie los. »Ich habe keine Panik«, murmelte sie mit hochrotem Kopf. »Seit wann besitzt du eigentlich ein Smartphone?«

»Das gehört Izzy.« Nelly grinste Fee verschmitzt an, lehnte ihr Fahrrad an eine Straßenlaterne und schloss es ab.

Fee wunderte sich. Izzy – eigentlich Isabelle – war Nellys siebzehnjährige Cousine. Sie ohne ihr Smartphone anzutreffen war ungefähr so wahrscheinlich, wie einen Delfin beim Sonnenbaden in der Wüste zu erwischen.

»Aber es ist nur ihr altes Handy«, klärte Nelly sie auf. »Sie braucht es nicht mehr. Oh Mann! Dich hat es ja böse erwischt.«

Vorsichtig strich sie eine Haarsträhne aus Fees Stirn und begutachtete die Beule. Die sachte Berührung von Nellys Händen war tröstlich und tat unendlich gut. Es war seltsam, aber an Nellys Seite war die Welt irgendwie sofort ein sicherer Ort. *Naja, jedenfalls so sicher, wie er gerade sein kann.*

»Das ist nicht so schlimm«, sagte Fee.

Nelly verzog den Mund. »Klar«, sagte sie ironisch. »Könnte schlimmer sein. Die Steintussi hätte dich auch wie King Kong aufs Dach schleppen können.« Sie schnaubte und ging voraus zu den beiden Steinlöwen. Sie saßen rechts und links von der Eingangstür und fletschten die Zähne, als würden sie nur darauf warten, jedem Eindringling an die Kehle zu springen. *Und damit passen sie ja gut zum Hausmeister,* dachte Fee. *Könnten seine Schoßtiere sein.* Nelly legte den Kopf in den Nacken und betrachtete den Balkon.

»Welche von den Statuen war es?« Fee rieb sich unbehaglich die Arme. »Ich … weiß nicht. Die beiden Figuren sind völlig gleich.«

»Irgendeinen Unterschied muss es aber geben. Hm, am Balkon wächst Moos und Efeu. Wenn eine Figur sich bewegt hätte, müsste man doch abgekratztes Moos oder abgerissene Ranken sehen?«

Fee sank der Mut. *Bestechend logisch, Sherlock Nelly.* Aber sogar an den Händen der Figuren waren Moos und Efeu völlig unversehrt. Und das hieß, keine der Steinfrauen hatte sich von der Stelle gerührt.

»Vielleicht finden wir ja im Internet alte Fotos vom Haus«, überlegte Nelly. »Dann könnten wir vergleichen, ob die Ladys sich im Lauf der Zeit irgendwie verändert haben.«

»Dafür müssen wir gar nicht im Internet suchen«, murmelte Fee. »Meine Mutter sammelt alles über das Herrenhaus – auch alte Fotos und Postkarten.«

»Super! Dann fragen wir sie, ob sie uns die Fotos zeigt. Und ich wette, wir finden einen Beweis.« Nelly legte die Hände um den Mund und rief zu den Figuren hoch: »Hey, ihr Mooksköpfe! Uns könnt ihr mit eurem Pokerface nicht täuschen!«

Trotz allem musste Fee nun lächeln. Nelly war wirklich fest entschlossen zu beweisen, dass Fee nicht verrückt war, obwohl das hier nur noch gewöhnliche Statuen waren. Ihre Steinaugen waren seelenlos und leer. Aber warum fühlte sich Fee dann immer noch so beobachtet? Plötzlich fiel ihr der Jugendliche mit der Kamera wieder ein. Verstohlen linste sie über die Schulter zum Bürogebäude. Dort sah sie nur sich selbst und Nelly im Spiegel der Fassade. Doch im Schatten eines Eingangs glaubte sie eine Bewegung wahrzunehmen, gerade so, als hätte sich jemand dort hastig an die Wand gedrückt, um nicht entdeckt zu werden.

5

Fee hatte innig gehofft, dem Hausmeister nicht noch einmal begegnen zu müssen, aber in der Eingangshalle standen ihre Eltern an der Tür, die zum Park führte. Vor ihnen hatte sich der Hausmeister aufgebaut und klopfte mit dem Besenstiel gegen das Schild. »Können Sie nicht lesen?«, schnauzte er. »*Durchgang verboten*. Das gilt auch für Mieter.«

»Es war keine böse Absicht«, beschwichtigte ihn Fees Vater. »Wir wollten uns nur vergewissern, dass keine Gefahr besteht …«

»Und da halten Sie es für eine gute Idee, ohne Erlaubnis in den Park einzudringen?«

Papa machte schon den Mund auf, um sich zu verteidigen, aber Fees Mutter fasste ihn am Arm.

»Es kommt nicht wieder vor, Mister Danes«, hauchte sie. Fee staunte, wie sehr ihre Mutter an ein ertapptes Schulmädchen erinnerte. Ihr Gesicht glühte so rot wie die Warnlichter im Park. *In diesem Haus ist wirklich alles anders,* dachte Fee.

»Nun, das will ich auch hoffen«, murrte der Hausmeister. »Schnüffelnde Mieter kann ich bei diesem Chaos nicht auch noch gebrauchen.« Er zückte einen kiloschweren Schlüsselbund und ließ alle drei Schlösser an der Tür einschnappen. »Das gilt übrigens auch für euch«, sagte er, ohne sich zu Fee und Nelly umzudrehen. »Ich erwische jeden. Und ich vergesse niemals ein Gesicht.«

Fees Eltern wandten sich zur Treppe um. »Oh, du hast dich doch nach unten gewagt, Fee?« Es war nicht gerade schmeichelhaft, dass ihr Vater so verwundert war. Mama schien dagegen nur froh zu sein, endlich aus dem Besenradius des Hausmeisters herauszukommen. »Kommt, Mädchen, auf den Schreck könnt ihr jetzt sicher einen Kakao vertragen.«

»Den Schreck hat wohl eher deine Mutter bekommen«, raunte Nelly Fee zu. Es stimmte, Fees Mutter eilte mit ihrem Vater im Schlepptau bereits so schnell die Treppen hoch, als wäre sie auf der Flucht.

Nelly holte rasch zu ihnen auf, Fee dagegen rannte nur so lange, bis sie den Durchgang zum ersten Stockwerk passiert hatte. Dann schlich sie lautlos wieder ein paar Schritte treppab, beugte sie sich über das Geländer und linste nach unten. Der Hausmeister rückte gerade seine Krawatte zurecht und strich sich so konzentriert das Haar glatt, als müsste er mühsam seine Fassung zurückgewinnen. Fee glaubte zu erkennen, dass seine Hände dabei zitterten. Der Alte holte krampfhaft tief Luft. Seine Schultern sackten nach unten, ein trockenes Schniefen ertönte. Hastig wischte er sich mit dem Ärmel über die Augen. Fee stand wie vom Donner gerührt. *Weint er etwa?*

Der Hausmeister packte energisch den Besen und begann damit, die hereingewehte Asche wegzukehren. Fee konnte gut verstehen, warum Nelly den alten Mann vorhin »Totengräber« genannt hatte. In seinem schwarzen Anzug wirkte er nun tatsächlich wie ein Bestatter. Sogar das Rosenmosaik auf dem Boden erinnerte an Friedhofsblumen. Der alte Mann fegte die Asche so ehrfurchtsvoll zusammen, als wären es nicht nur die Reste eines verkohlten Baumes. Sie hinterließ auf den Rosen dunkle Schlieren. Fee stutzte, als ihr auffiel, wie regelmäßig diese Aschespuren waren. Mister Danes kehrte nach einem bestimmten Muster! Von hier oben gesehen bildeten die Ascheschlieren eine wolkige, ovale Struktur aus verschnörkelten Symbolen. *Fast wie ein Geheimzeichen.*

»Fee? Wo bleibst du?« Die Stimme ihrer Mutter hallte durch das Treppenhaus.

Der Alte fuhr herum. Fee zuckte vom Treppengeländer weg. Aber er hatte sie bereits entdeckt. Noch während sie die Stufen hochhetzte, glaubte sie seinen zornigen Blick im Nacken zu spüren.

Offenbar war Fee nicht die Einzige, die froh war, wieder in der Sicherheit der Wohnung zu sein. »Was für ein gruseliger Typ«, platzte Nelly heraus. »Und seit wann tragen Hausmeister schwarze Anzüge und heißen Mister Danes statt Herr Schöttle oder Herr Dackelhuber?«

»Nun, streng genommen ist Mister Danes gar kein Hausmeister«, erwiderte Fees Vater. »Er stammt aus London und hat als Anwalt für die englische Firma gearbeitet, der das Anwesen heute noch gehört. Inzwischen verwaltet er als letzter Angestellter aber nur noch den Nordflügel.«

»Und was macht die Firma?«, bohrte Nelly weiter.

»Handel mit Antiquitäten«, murmelte Fees Mutter. »Und außerdem Vermittlung und Verkauf historischer Gebäude sowie *Translocation Service*.«

Nelly runzelte die Stirn. »Trans … was?«

»Gebäudetransport«, schaltete Fees Vater sich ein. »Wenn zum Beispiel ein amerikanischer Millionär ein Schloss in Frankreich kaufte, dann sorgte die Firma dafür, dass es nach Amerika versetzt wurde. In Frankreich wurde es von Fachleuten der Firma abgebaut, jeder Stein und jeder Dachziegel wurden nummeriert und nach Amerika gebracht. Dort wurde das Schloss nach genauem Plan Stein für Stein wieder aufgebaut. Die Firma hat solche Bauten in der ganzen Welt aufgekauft. Manche hat sie in andere Länder gebracht, manche auch nur renoviert und …«

Fee hörte kaum zu, sie beobachtete besorgt ihre Mutter. Ihre Augen glänzten verdächtig und sie wischte sich verstohlen über die Wange. Fee trat zu ihr und legte ihr die Hand auf den Arm. »Warum bist du denn so traurig?«

»Ach, es ist nichts.« Ihre Mutter bemühte sich vergeblich um ein Lächeln. »Ich … war nur nicht darauf vorbereitet, dass der Park so schlimm verwüstet ist. Und ausgerechnet dieser schöne alte Baum …« Sie schniefte und schluckte schwer.

Papa legte ihr den Arm um die Schultern. »Ist schon okay, Silke«, sagte er sanft. »Man darf auch wegen Bäumen traurig sein.«

Mama winkte ab. »Unsinn, es ist doch albern, deswegen zu heulen. Das Einzige, was zählt, ist, dass den Menschen in der Siedlung nichts passiert ist. Meine Güte, Helene muss ja denken, dass alle hier im Haus völlig verrückt sind.«

»Sie meinen, verrückter als bei mir zu Hause?« Nelly zog ihre Wollmütze vom Kopf. »Elfen-Alarm!« Halb aufgelöste, zerzauste Zöpfe fielen ihr auf die Schultern. Perlen, Seidenbänder und zerknickte Federn waren darin eingeflochten und einige von Nellys dunklen Locken waren mit frostblauem Glitzerspray eingefärbt. Nelly lachte, als sie die verdutzten Gesichter von Fees Eltern sah. Und Fee hätte ihre Freundin für dieses Ablenkungsmanöver am liebsten umarmt. Ihre Mutter schien ihren Kummer nämlich zumindest im Moment vergessen zu haben.

»Das ist Isabelles Werk«, plauderte Nelly weiter. »Sie hat auf YouTube einen neuen Kanal mit Tutorial-Videos gestartet. Darin zeigt sie, wie man Fantasy-Frisuren macht – und ich durfte Modell spielen.« Sie zupfte sich eine zerfranste Rabenfeder aus einem Zopf. »Nur hatte sie gestern keine Zeit mehr, die Frisur wieder auszukämmen. Aber bevor ich darauf geschlafen habe, war das noch ein richtiger Elfenkönigin-Look.«

»Elfe nach Trollattacke«, sagte Fee und kassierte dafür von Nelly einen Knuff. Aber endlich lächelte ihre Mutter wieder.

»Fantasy-Frisuren?« Papa runzelte die Stirn. »Der Fasching beginnt doch erst in ein paar Monaten?«

Fee rollte mit den Augen. »Isabelle ist Mitglied einer Fantasy-Rollenspielgruppe. LARP: *Live Action Role Playing.* Jeder hat eine Rolle, die er bei den *Cons* – also den Spieletreffen – auch wirklich verkörpert: Elfe oder Ork, Zwergenkrieger, Heilerin …«

»Meine Cousine ist meistens als Elfe unterwegs«, setzte Nelly hinzu. »Ihr YouTube-Kanal läuft unter ihrem Elfennamen, *Izzy Green*. Sie können ja mal reinschauen.«

»Oh ja, Zöpfchen und blaue Strähnen würden mir sicher gut stehen.« Papa lachte. »Was ist nur aus der Jugend geworden? Zu unserer Zeit spielten wir noch ganz brav Räuber und Gendarm.«

»Naja, so anders waren wir gar nicht«, wandte Mama ein. »Ich habe mich oft als Prinzessin verkleidet. Und manchmal jagte ich auch mit selbst gebasteltem Pfeil und Bogen magische schwarze Hirsche. Das war auch so etwas wie *Live Action Role Playing*.« Sie zwinkerte Fee verschwörerisch zu. »Mister Danes hat kein so gutes Gedächtnis, wie er behauptet! Sonst würde er sich daran erinnern, wie oft er mich und die Nachbarskinder damals aus dem Park vertrieben hat.«

Nelly riss die Augen auf. »Sie waren als Kind hier?«

»Was glaubst du, warum wir jetzt hier wohnen?«, murmelte Fee. Fast hätte sie gesagt: *wohnen müssen*.

Mama lachte. »Hat Fee dir das nie erzählt, Helene? Ich bin in diesem Stadtviertel aufgewachsen. Damals reichte der Park noch um das ganze Herrenhaus herum. Heute ist leider nur noch das Stück um den Nordflügel erhalten, der Rest wurde zubetoniert. Doch damals war das alles mein Spielplatz.«

Sie deutete auf ein gerahmtes Bild neben der Wohnzimmertür. Fee amüsierte sich insgeheim: Nelly versuchte tapfer, interessiert zu wirken, aber jede IKEA-Bauanleitung wäre spannender gewesen als die Zeichnung aus dem Jahr 1910. Sie zeigte den Grundriss des Herrenhauses. Von oben gesehen erkannte man darauf, dass das Anwesen die Form eines klotzförmig zusammengebauten U hatte: zwei rechteckige, wuchtige Gebäude, Nord und Süd, verbunden durch das kleinere Zwischengebäude, das heute als Haupteingang diente. Die Parkmauer umfasste damals noch ein riesiges Grundstück-Quadrat, auf dessen unterer Linie das U klebte. Das Interessanteste an dem Plan waren die Zeichnungen der beiden Steinlöwen, die am Rand des Bauplans noch einmal extra dargestellt waren. »Die Löwen haben dem Gebäude übrigens seinen Namen gegeben«, erklärte Fees Vater. »Es heißt *Leo Mansion.* ›Mansion‹ bedeutet auf Englisch ›Herrenhaus‹.«

»Also ist es ein Löwenhaus«, erwiderte Nelly.

»*Unser* Löwenhaus!« Mama strahlte Nelly an, als würde sie von einem Lottogewinn erzählen. *Juhu,* dachte Fee bei sich.

»Dann führ Nelly mal herum«, sagte Papa und zog Fees Mutter mit sich zur Küche. »Wir kümmern uns um den Kakao.«

»Wartet!« Fees Ruf gellte viel zu laut durch den Flur. Ihre Eltern fuhren herum. Fee wurde rot und räusperte sich. Leiser fuhr sie fort: »Ähm, ich wollte nur wissen … wo ist eigentlich das gelbe Album?«

»Meine *Leo-Mansion*-Sammlung?«, fragte ihre Mutter verwundert. »In einer der Umzugskisten. Warum?«

»Ich will Nelly die historischen Fotos vom Herrenhaus zeigen.«

Sogar ihrem Vater fiel nun sichtlich die Kinnlade nach unten.

»Die willst du dir anschauen – *freiwillig?*«, fragte Mama.

»Vorsicht, Commissario«, raunte Papa ihr im Ton eines Agenten zu. »Ich weiß nicht, was die Verdächtigen vorhaben, aber das ist bestimmt eine Falle.«

Mama hob die Augenbrauen. »Allerdings. Normalerweise würde unsere Anna-Fee doch lieber Fischleber mit Marmelade zum Frühstück essen, als sich das – ich zitiere: ›langweilige alte Zeug‹ anzusehen. Wer auch immer du bist, Fremde, ich will wissen, was du mit meiner Tochter gemacht hast!«

»Das mit den Fotos war meine Idee«, beeilte sich Nelly zu sagen. »Izzy sucht nach neuen Looks für ihre Rollenspielgruppe. Die Steinfrauen haben tolle, altmodische Hochsteckfrisuren, aber sie sind so verwittert, dass man das Flechtmuster kaum sieht. Auf alten Bildern sind die Haare sicher noch gut zu erkennen.« Fee musste sich bemühen, nicht zu grinsen. Eine solche Ausrede aus dem Ärmel zu schütteln, ohne zu stottern und rot zu werden, das schaffte wirklich nur Nelly. »Sie haben nicht zufällig noch irgendwo ein altes Foto von den Figuren?«, setzte sie nun völlig unschuldig hinzu.

»*Eines?*«, rief Mama. »Ha! Folgt mir ins Wohnzimmer!«

Irritiert betrachtete Nelly die Bücherregale voller Märchenbände und das antike, mit Goldsamt bezogene Sofa. »Wo ist denn die blaue Sitzecke aus eurer alten Wohnung?«

»Auf dem Dachboden«, erwiderte Mama.

Sie zog eine Kiste heran und holte eine prall gefüllte

Ledermappe hervor. Ein paar schwarz-weiße Fotografien flatterten heraus und landeten mit einem sanften Schleifen auf den Holzdielen. »Da haben wir ja schon ein Bild der *Karyatiden!*« Mama deutete auf ein Foto, das neben Fees Fuß lag. »So heißen solche Figuren, die Balkone und Säulen stützen, nämlich.«

Fee und Nelly beugten sich so tief über das Foto, dass sie mit den Köpfen zusammenstießen. *Keinen Millimeter anders als heute*, dachte Fee.

»Oh, und dieses Bild hatte ich schon ganz vergessen!« Mama hob ein zweites Foto vom Boden auf. Es passte nicht zu den anderen, es war in Farbe aufgenommen worden. Doch das Grün der Bäume war ausgebleicht und der Sommerhimmel hatte einen Grauschleier. Fees Mutter seufzte tief. »Tja, Mädchen, und das ist genau die Stelle im Park, die seit heute Nacht leider nie wieder so aussehen wird wie zuvor.«

Fee hatte das Foto noch nie gesehen. Im Hintergrund konnte man einen Teil des Herrenhauses erkennen, von der Parkseite aus fotografiert. Im Vordergrund stand ein dünnes, langhaariges Kind mit einem Schal als Stirnband, in dem Gänseblümchen und Taubenfedern steckten. Es lachte mit zwei Zahnlücken in die Kamera. In der Hand hielt es einen Speer, der eindeutig aus einem Besenstiel und Pappe gebastelt war. Mama lächelte wehmütig. »Das Foto hat damals meine beste Freundin gemacht. Wir spielten Prinzessinnen auf der Flucht vor unserer bösen Stiefmutter. Wir mussten uns als einfache Jägerinnen verkleiden und …«

»Das sind *Sie?*«, rief Nelly. Auch Fee runzelte ungläubig die Stirn.

»Ja, mit sieben Jahren«, erklärte ihre Mutter. »Meine Freundin war ein wenig älter, ich glaube neun. Sie hat immer Wege gefunden, wie wir uns heimlich in den Park schleichen konnten.«

»Welche Freundin?«, wollte Fee wissen. »Tante Gaby? Sie ist doch gar nicht älter als du.«

»Nein, es war ein Nachbarsmädchen. Wir haben nur ein paar Monate zusammen verbracht, danach ist ihre Familie weggezogen. Wir haben uns nie wiedergesehen.« Mama tippte auf dem Foto auf ein Stück Hausfassade im Hintergrund. »Dort ist die Tür, die Mister Danes uns heute vor der Nase zugeschlagen hat. Und links davon, das ist …. nun ja … *das war* die Platane. Der älteste Baum im Park – und ausgerechnet der wurde heute Nacht vom Blitz getroffen.« Es schnitt Fee ins Herz, wie jäh die Traurigkeit in die Augen ihrer Mutter zurückkehrte. »Wir nannten ihn früher den Rotkäppchenbaum«, sagte sie leise. »Er blühte nämlich scharlachrot. Ich glaubte ganz fest daran, dass er Wünsche erfüllen kann.« Sie seufzte, schob das Foto zurück in die Mappe und wuchtete das Paket in Fees Arme. »Viel Spaß beim Stöbern!«

Beim Anblick von Fees neuem Bett pfiff Nelly begeistert durch die Zähne. »Du hast ja gar nicht erwähnt, dass es aus einem Disney-Märchenfilm stammt.«

Fee lächelte schief. »Meine Mutter fand, mit den Löwenfüßen passt es gut zum *Leo Mansion*.«

»Wie cool!« Nelly parkte ihre Tasse auf dem Nachttisch-Umzugskarton und warf sich mit Schwung auf die Matratze. Das Bett ächzte und knarzte wehleidig, als sie sich behaglich ausstreckte. »Sogar geschnitzte Rosen. Mann, ich würde auch gerne hier wohnen, euer Löwenhaus ist wirklich ein Schloss!«

Fee seufzte insgeheim und setzte sich nur wie eine höfliche Besucherin an den Rand des Bettes. Vorsichtig klappte sie das Album auf. Ganz obenauf lag noch das ausgeblichene Farbfoto. Fee war sich ganz sicher, dass sie dieses Foto noch nie zuvor gesehen hatte. Noch komischer war, dass ihre Mutter dieses Bild nicht in einem der Familienalben aufbewahrte. Wieder versuchte Fee ihre Mutter zu erkennen, aber irgendetwas an ihr war völlig anders als auf den wenigen Kinderfotos, die Fee von ihr kannte. Nun, wenn sie es sich recht überlegte, kannte sie eigentlich nur zwei Fotos ihrer Mutter aus Kinderzeiten. Und das waren alles Klassenfotos aus der Grundschule. Aber hatte ihre Mutter sich früher wirklich als Prinzessin verkleidet? Fee konnte noch nie etwas mit Märchen anfangen. Als Kind hatte sie lieber Comics gelesen und mit Nelly höchstens Casting-Shows aus dem Fernsehen nachgespielt. Und in hundert kalten Wintern hätte sie nicht geglaubt, dass Bäume Wünsche erfüllen können. *Andererseits hätte ich auch niemals geglaubt, dass Steinfiguren laufen können.*

»So kenne ich deine Mutter ja gar nicht«, bemerkte nun auch Nelly. »*Rotkäppchenbaum, Prinzessinnen auf der Flucht* – und die ganzen Märchenbücher habe ich bei euch noch nie gesehen.«

»In der alten Wohnung hatten wir keinen Platz dafür«, antwortete Fee. »Bis jetzt standen die Bücher in Kartons verpackt bei Gaby.«

Sie nahm einen Schluck Kakao und wollte das Foto weglegen, als ihr Blick auf Mister Danes' Tür fiel. Und dann verschluckte sie sich so heftig, dass sie um ein Haar den Kakao auf das Album geprustet hätte.

»Auf der Parkseite ist ja noch ein Balkon!« Aufgeregt tippte sie auf das vergilbte Bild. »Da, im zweiten Stock. Zwischen den Zweigen kann man ihn erkennen.« Nelly musste ein paarmal blinzeln, doch lachte sie triumphierend auf. »Es sind nicht nur zwei Figuren. Es sind vier!«

6

»Wo wollt ihr hin?«

Nelly senkte das hastig das Handy, mit dem sie noch schnell den Grundriss im Flur abfotografiert hatte. Wie immer war Fees Vater völlig aus dem Nichts aufgetaucht. Nicht umsonst nannte Fees Mutter seine Art, sich lautlos fortzubewegen, »Schleichbärengang«. Er stand nun mitten im Flur, in der Hand einen Malerpinsel, und beobachtete interessiert, wie Fee versuchte, in Rekordgeschwindigkeit ihre Sneakers zu schnüren, was nur zu Verhedderungen führte. Kurzerhand stopfte sie die Schnürsenkel lose in die Schuhe und schnappte sich ihr Halstuch von der Garderobe. »Wir machen nur eine Runde mit dem Fahrrad.«

»Dann würde ich mir aber die Schnürsenkel zubinden«, bemerkte ihr Vater.

Jetzt trat auch ihre Mutter aus dem Arbeitszimmer, auf der Wange wie Kriegsbemalung einen Streifen Wandfarbe. »Was heißt *eine Runde*? Wohin wollt ihr genau?«

Fee musste sich beherrschen, um nicht genervt die Augen zu verdrehen. »Ich will Nelly die Gegend zeigen.«

»Aber ihr fahrt nicht zur Siedlung, verstanden?«

»Wieso?«, wollte Nelly sofort wissen.

»Weil ihr da nichts verloren habt. Dort wohnen nur … Leute, mit denen man nichts zu tun haben sollte.«

»Wer wohnt denn dort?«, fragte Nelly, sobald sie an der Treppe waren. »Horror-Clowns und Zombies?«

»Orks mit Bierfahnen«, gab Fee zurück. »Und wahrscheinlich auch Autoknacker, Gangsta und Schlangenbeschwörer.«

Nelly lachte. »Meine Mutter denkt auch, jeder Typ mit einem Tattoo ist ein Krimineller. Da dürfte sie einige von Izzys Freunden nicht sehen.« Sie zückte ihr Handy und vergrößerte den abfotografierten Grundriss. »Von diesen Fenstern auf der Parkseite aus müssten wir den Balkon sehen können.«

Das stellte sich jedoch als Irrtum heraus. Egal, in welchem Stockwerk sie in leer stehenden Hallen und Fluren suchten – auf der parkzugewandten Seite fanden sie nur verschlossene Türen. Und wenn sie doch auf ein Fenster stießen, blickten sie auf Bambushecken, die die Sicht auf das Zwischengebäude versperrten. »Die Hecken hat Mister Danes bestimmt extra dort gepflanzt«, schimpfte Nelly. »Damit niemand das *Firmengelände* ausspionieren kann. Hm, laut Plan müsste am Ende des Südflügels noch ein schmales Fenster sein.«

Doch dort türmten sich lediglich Leitern und Gerümpel an einer Wand. Nelly verschob einen Karton voller Tapetenreste und staubiger Lappen. »Vorsicht!«, rief Fee, aber da kam der Gerümpelturm schon ins Rutschen, Kartons kippten ihnen entgegen, die Leiter fiel um. Sobald sich der Staub gelegt hatte, entdeckten sie eine schmale Tür, die hinter dem Gerümpel verborgen gewesen war. »Da ist eine Kammer«, rief Nelly triumphierend. Mit Feuereifer schob sie die restlichen Kartons zur Seite und stemmte die Tür auf. Drinnen war es düster wie in einer Gruft – und ehrlich gesagt roch es auch so, der Gestank von schimmeligen Tapeten brachte Fee fast zum Würgen. Nelly fand den Lichtschalter. Eine funzelige Glühbirne leuchtete auf und gab den Blick frei auf Fetzen von Spinnweben, dicht und schwarz wie zerrissene Witwenschleier. Sie hingen von der Glühbirne und hafteten an schäbigen Möbeln. Jemand hatte in dieser Abstellkammer ein paar Tische und Dutzende von Stühlen kreuz und quer zusammengeschoben. Nelly kletterte kurzerhand über die Tische zum Fenster. Staubschleier flirrten wie Nebel, als sie mit einem Satz auf einem Sessel landete. »Am Fenster hängen ja überhaupt keine Jalousien.« Sie hustete. »Jemand hat die Scheiben von innen mit Wandfarbe gestrichen und Zeitungen draufgeklebt.« Fee versuchte in die Staubschablonen von Nellys Fußabdrücken zu treten, aber trotzdem atmete sie auf dem Weg zum Fenster gefühlt zwei Kilo Staub ein. *Und wahrscheinlich auch Spinnenbeine*, dachte sie. Endlich erreichte sie das Fenster, wo Nelly versuchte, ein Stück Zeitung abzukratzen. Fee konnte ein Datum auf dem vergilbten Papier lesen. Die Zeitung war zwei Jahre alt. Fees Mutter hatte erzählt, dass der Park etwa in dieser Zeit verkleinert worden war. Ob das der Grund für die abgeklebten Fenster und die Bambushecke war? Sollte vielleicht niemand mehr freie Sicht in den verbliebenen Park haben?

Nelly rüttelte vergeblich am Fensterriegel. Dann zog sie ihr kleines Schweizer Taschenmesser hervor, das sie immer bei sich trug.

»Willst du etwa das Fenster aufbrechen?«, fragte Fee.

Nelly zuckte betont cool mit den Schultern. »Wenn der Riegel nicht nett zu uns ist, sind wir nicht nett zum Riegel.« Sie klappte den Schraubendreher aus und begann, Papier und Klebstoff von den Schraubenköpfen zu kratzen. Es knirschte, als sich die erste Schraube drehte, dann die zweite und die dritte. Quietschend öffnete sich das Fenster. Wind fuhr in den Raum und bauschte die schwarzen Spinnenschleier. »Mist«, murmelte Nelly. »Auch von hier aus ist nur Bambusgestrüpp zu sehen.«

Fee lehnte sich neben Nelly aus dem Fenster. Die Fassade des Hauses war mit rankendem wildem Wein bewachsen. Unter ihnen konnte man im Hochparterre ein vergittertes Fenster nur noch erahnen, so zugewachsen war es. Fee spähte nach rechts zur Hauskante. Dort, wo der Park früher den Südflügel umfasst hatte, hörte das Grundstück heute mit der neu angebauten Mauer als Grenzlinie auf. Ursprünglich hatte der wilde Wein wohl auch die Hausecke überwuchert, aber diese Stöcke waren abgesägt worden. Der einzige Überrest waren zwei dicke Äste, die zwar an der Hausecke gekappt worden waren, aber immer noch an der Mauer anlagen, als wären sie mit dem Haus verwachsen. Kurz vor der Mauer wuchs der dickste Ast um eine Ankerklemme aus Metall. Nelly packte den Ast und rüttelte daran. Er rührte sich keinen Millimeter. »Sieht stabil aus«, stellte Nelly fest und zog ihre Schuhe aus.

Fee schnappte nach Luft. »Du willst aus dem Fenster klettern?«

»Nur das kleine Stück bis zur Mauer.« Nelly hängte ihr rechtes Bein über das Fensterbrett und suchte mit ihrem Fuß Halt auf dem Ast. »Vielleicht sieht man von dort aus das Zwischengebäude.«

Vorsichtig schob sich Nelly nach rechts, erreichte nach wenigen Schritten mühelos ihr Ziel und strahlte Fee an. »Kommst du?«

Fee zögerte. Sie hatte keine Angst vor der Höhe, und die Mauer war so breit, dass man bequem wie auf einem Gehsteig darauf laufen konnte. Doch etwas ganz anderes ließ sie unruhig werden. Der Wind trieb stechenden Brandgeruch und Lärm zu ihr hinüber: raue Stimmen, Motoren und das Knacken von brechendem Holz. »Ich … bleibe lieber hier drin. Siehst du die Figuren?«

»Nein, bis hierhin nur Bambusbollwerk.« Nelly schlenderte auf der Mauer entlang und blieb nach zehn Metern stehen. »Aber von hier aus sehe ich das Gebäude. Bingo! Ein Balkon mit einer Steinlady.«

Fee wurde es heiß und kalt. »Nur eine Figur? Auf dem Foto waren es doch zwei.«

»Möglich, aber eine Feuerleiter versperrt die Sicht.«

»Und … sind es hier hinten die gleichen Figuren wie auf der Vorderseite?«

»Das könntest du besser beurteilen. Willst du nicht doch rauskommen?«

Fee schluckte, so trocken war ihre Kehle plötzlich. *Sei kein Feigling*, redete sie sich gut zu. »Ist schon okay«, lenkte

Nelly sofort ein. »Ich mache einfach ein Foto und wir vergrößern es nachher am Bildschirm.«

Fee atmete auf. Das war das Tolle an Nelly. Niemals wäre es ihr in den Sinn gekommen, Fee zu drängen oder zu überreden. Und vielleicht gab gerade das den Ausschlag. Kurz entschlossen streifte Fee nun ebenfalls ihre Schuhe ab und schwang sich über das Fensterbrett nach draußen. Nach wenigen Sekunden war sie auf der Mauer angelangt. Sie holte zu Nelly auf und spähte zur Steinfigur. Kein Zweifel, es war dasselbe Modell wie die Statuen auf der Vorderseite. Dort, wo sich die zweite Figur befinden musste, machten sich gerade Feuerwehrleute mit der Leiter zu schaffen. »Ich gehe noch ein Stück um den Park herum«, sagte Nelly. »Von dahinten sieht man bestimmt auch die zweite Figur.«

»Ich komme mit.«

»Cool!« Nelly strahlte sie an und Fee durchrieselte ein warmes Gefühl von Freude. Es war verrückt: Alleine hätte sie nicht einmal einen Fuß aus dem Haus gesetzt. Doch an der Seite ihrer Freundin war es möglich, mutig zu sein – so, als könnte sie in Nellys Gegenwart ein anderer Mensch sein – die Fee, die sich nicht länger fürchtete, und die es nun ebenfalls kaum erwarten konnte, das Rätsel zu lösen. Nelly huschte voraus, Fee folgte ihr im Fuchsgang. Im Laufen rückte sie ihr Halstuch zurecht und warf einen Blick nach rechts. Dort, wo sich früher der südliche Teil des Parks erstreckt hatte, befand sich nur noch aufgebaggerter Baugrund und das Betonfundament für ein neues Einkaufszentrum. Jetzt am Sonntag war die Baustelle leer, verwaiste Bagger standen zwischen Baucontainern. Nur zwei Baukräne reckten wie neugierige Metallgiraffen ihre Hälse, als würden sie sich über die zwei Mauerläuferinnen wundern.

Nelly hatte die Ecke erreicht und betrat die alte, verwitterte Mauer, die im 90-Grad-Winkel auf das neue Stück stieß. Fee wollte hinterher, als eine Bewegung auf der Baustelle sie innehalten ließ. Neben einem Baucontainer entdeckte sie eine Gestalt, die zu ihr hochschaute. Der Fremde von heute Morgen! Auch wenn er die Kamera vor das Gesicht hielt, erkannte sie das sandfarbene Jackett sofort wieder. Er stand mitten auf dem verbotenen Gelände weit hinter den Absperrungen. Das heißt: Er stand da eben noch. Im Bruchteil eines Atemzugs war er weggetaucht, als hätte der Schatten des Containers ihn verschluckt.

»Erde an Fee? Kommst du?«

Fee sprintete weiter. Auf der Quermauer wurde der Stein unter ihren bloßen Füßen uneben und rau, überwuchert von kühlem Moos. Rechts unter ihr führte nun die Straße entlang, die heute Morgen in den Nachrichten zu sehen war. Jetzt bekam Fee doch Herzklopfen. Nicht nur wegen des Gestanks nach verschmorten Leitungen, Rauch und verbranntem Plastik, der hier unerträglich deutlich war. Sondern auch, weil sie noch nie zuvor so nah an den Baracken gewesen war. Die Sperren waren aufgelöst, die Bewohner in die Siedlung zurückgekehrt. Die wenigen Schaulustigen, die noch da waren, schauten zum Glück nicht zur Mauer, sondern nur auf das Klotzhaus, in dem es gebrannt hatte. Die geschwärzten Fenster waren jetzt provisorisch mit Plastikplanen abgedichtet, aber durch andere, geöffnete Fenster konnte Fee in die Zimmer blicken: vollgestellte Räume, durch die sich Wäscheleinen spannten. Auf einem Tisch entdeckte sie einen überfüllten Aschenbecher und leere Bierflaschen. *Fast wie bei Oma Hillu*, dachte sie.

Nelly war vor einem Strauch stehen geblieben, der vor ihr mitten aus der Mauer zu wachsen schien. Bei näherer Betrachtung entpuppte er sich als ein Bündel belaubter Äste. Eine vom Sturm gefällte Kastanie war von der Mauer abgebremst worden und hatte sich mit ihren Kronenästen darin verkeilt. Der Stamm lag schräg an die Mauer gelehnt, unten im Park ragten ihre Wurzeln wie Krallenhände in die Luft. »Der Baum ist eine Leiter«, stellte Nelly mit funkelnden Augen fest. »Was meinst du? Schauen wir uns ein bisschen auf dem *Firmengelände* um?«

Fee wandte sich zum Herrenhaus um. Die Kastanie bildete tatsächlich eine schräge Brücke zwischen Mauer und Boden. Die Äste waren dick genug zum Klettern und der Stamm so knorrig, dass er wie eine Treppe wirkte. Bisher hatte die Krone des Baumes sicher auch den Bewohnern aus der Siedlung den Blick über die Mauer verwehrt, aber jetzt konnte man erahnen, wie prächtig der Park gewesen sein musste, bevor er zu einer Art Narnia-Dschungel verwildert war. Fee entdeckte halb zerfallene Brunnen, die sich wie steinerne Blüten zum Himmel öffneten, und Parkbänke aus Marmor, die von Efeu umrankt waren. An einem Weg wucherten Dornenhecken, schwer von roten Rosen. *Mamas früherer Spielplatz*, dachte Fee. Es war seltsam, einen Blick in diese Vergangenheit zu werfen.

Für einige Sekunden verstummte das Sägen. Die Stille war fast unheimlich, nicht einmal ein Vogel sang. Doch hinter sich hörte Fee ein Klicken. Sie fuhr zu den Baracken herum.

Es war unmöglich, dass der Fotograf es so schnell von der Baustelle hierher geschafft hatte, aber er stand wie herbeigebeamt unten an der Straße. Wieder hob er seine Kamera. »Hey«, rief Fee. »Hör auf damit!« Sie wich zur Seite und trat dabei Nelly auf den Fuß.

»Autsch! Was machst du?«

»Der Kerl da unten fotografiert uns!«

»Was? Wo denn?«

Natürlich war er fort – wie vorhin schien ein Wimpernschlag ihn weggeblinzelt zu haben. Schlagartig fiel Fee alles ein, was man sich in ihrer Klasse über die Siedlung erzählte. Dass oft die Polizei dort auftauchte zum Beispiel. Und dass ein paar Jungs aus ihrer Klasse sie beim Umzug bedauert hatten, weil sie jetzt im »miesesten Viertel« wohnen musste.

»Den Typen habe ich heute Morgen schon gesehen«, flüsterte Fee. »Er hat Fotos von unserem Haus gemacht, als wollte er etwas ausspähen.«

»Das war bestimmt nur irgendein neugieriger Spinner«, sagte Nelly. Unternehmungslustig rieb sie sich die Hände. »Also?«, fragte sie. »Expedition in den Park? Der Fall der Steinmonster-Lady steht kurz vor der Aufklärung!«

Fee atmete tief durch und nickte. Gemeinsam hangelten sie sich nach unten und landeten im knietiefen Gras.

Und plötzlich war alles anders. Die Bäume rauschten nur noch leise, sogar das Gras schien zu flüstern, der Duft nach Spätsommer und nassem Laub vermischte sich mit dem betäubend süßen Aroma der Rosenblüten. Der stechende

Geruch nach verschmorten Leitungen und Rauch war verschwunden, stattdessen hätte Fee schwören können, im Wind die Ahnung von harzigem Weihrauch wahrzunehmen.

Der Boden unter Fees bloßen Füßen war kühl und feucht. Steinchen piksten in ihre Fußsohlen, Wurzeln schienen absichtlich wie Fußangeln aus dem Boden zu ragen und Nelly fluchte einmal, als sich ein Dornenzweig in ihrer Mütze verfing. Der Duft nach Weihrauch wurde bei jedem Schritt stärker – bis sie schließlich fast über die Quelle gefallen wären: ein Haufen abgesägter schwarzer Äste, die jemand im hohen Gras aufgeschichtet hatte. Fee schnupperte. Das verbrannte Holz duftete tatsächlich nach Weihrauch!

Sägenlärm zerriss die flirrende Stille, dann entdeckten sie Männer in gelben Warnjacken zwischen den Bäumen. »Deckung!«, zischte Nelly. Mit einem Satz brachten sie sich hinter einer Hecke in Sicherheit. Asche wehte knisternd über sie hinweg, vermischt mit dem Funkenschlag einer Motorsäge, die mit einem Schlag verstummte. »Verdammt hart, das verkohlte Ding«, hörten sie einen Mann rufen. »Die Säge steckt schon wieder fest.«

Fee lugte zwischen den Zweigen zum Platz direkt vor der Tür … und blickte auf Chaos. Nur wenige Meter entfernt von der Bambushecke hatte der Tornado Verwüstung hinterlassen – kreuz und quer auf dem Boden lagen Sträucher und kleinere Bäume. Der Sturm hatte sie regelrecht auseinandergepflückt, als wären sie Gänseblümchen, mit denen man *Er-liebt-mich-er-liebt-mich-nicht* spielt. Dazwischen ragte der kohlschwarze Stamm der Platane auf. *Jetzt ist es ein*

Schwarzkäppchenbaum, dachte Fee. *Es war einmal.* Plötzlich konnte sie den Kummer ihrer Mutter verstehen.

»Au weia«, wisperte auch Nelly betroffen. Im Zwischengebäude waren viele Fenster kaputt, in einem steckte noch wie ein Dart-Pfeil eine entwurzelte Tanne. Und der Balkon hatte einige Säulen der Balustrade eingebüßt und wirkte nun wie ein Grinsen mit Zahnlücken. Die Marmorfrau auf der linken Seite hielt ungerührt die Stellung. Die zweite war fort. Nur eine schneeweiße Bruchkante an der Fassade zeigte, wo sie sich befunden hatte.

»Wo ist Nummer zwei abgeblieben?«, raunte Nelly. Fee kroch nach rechts, bog die Äste auseinander – und starrte direkt auf einen Haufen weißer Trümmer, den die Arbeiter eben neben der Feuerleiter auftürmten. Im Gras lag der Marmorkopf, genau neben dem Bruchstück einer Hand. *Ist sie beim Klettern abgestürzt?*, schoss es Fee durch den Kopf.

»Da drüben ist doch jemand!«, rief ein Mann. »Hallo? Das hier ist Gefahrengebiet!«

»Rauskommen, sofort!« dröhnte eine zweite, viel zornigere Stimme. Schritte stampften durch das Gras. Mister Danes!

Neben sich hörte Fee Nelly erschrocken nach Luft schnappen. Danes schnappte einem Arbeiter die Schaufel aus der Hand und rannte direkt auf Fees Versteck in der Hecke zu. Und Fee spürte, wie die Panik, die bisher nur am Zügel gezerrt hatte, sich mit einem Aufbäumen befreite und wie ein durchgehendes Rennpferd mit ihr davonpreschte.

7

Das Letzte, woran sie sich erinnern konnte, war langes Gras, das sich im Laufen zwischen ihren Zehen verhedderte. Das Erste, was sie nun wahrnahm, war fieses Seitenstechen. Sie rang nach Luft, als hätte sie einen Hundertmeterlauf hingelegt – was wahrscheinlich auch der Fall war. Sie befand sich nämlich in einem ganz anderen Teil des Parks, mit dem Rücken an eine Hausmauer gepresst. Weit und breit keine Rosen, nur dunkelgrüner Efeu und matschiges Gras, das von breiten Reifenspuren zerfurcht war. Vermutlich war das Außentor, durch das die Feuerwehr in den Park gefahren war, irgendwo in der Nähe. Nicht weit entfernt reckten knorrige Bäume Äste wie Trollarme in die Luft. Hinter den Bäumen konnte man schon die Mauer erahnen. Beziehungsweise die dicke Efeumatte, die das Gemäuer überwucherte.

Neben Fee keuchte Nelly mit verrutschter Mütze. »Auf deinen Panikmodus ist immer Verlass«, sagte sie und grinste. »Du hast mich hinter dir hergezerrt. Gut, dass du in letzter Sekunde den Laubengang gefunden hast.«

Habe ich?, dachte Fee. Wie ein Schwarm kleiner, verglühender Motten flatterte das letzte Echo ihrer Panik in ihrer Brust. »Ähm, wo sind wir jetzt?«

»Irgendwo dahinten sind wir an einem Schlammtümpel vorbeigerannt. Dann kam ein Heckenlabyrinth und jetzt sind wir auf der Außenseite des Nordflügels.«

Dann sind wir um das ganze Herrenhaus herumgerannt, dachte Fee völlig verwirrt. Normalerweise dauerte ihre Hundert-oder-null-Reaktion nur Sekunden. Aber normalerweise war auch kein irrer Hausmeister hinter ihr her.

Das Gebäude, an dem sie Schutz gesucht hatten, sah ziemlich mitgenommen aus. Die Fassade hatte ein fleckiges Muster aus Taubenspuren und abgefallenem Putz. Alle Fensterscheiben, die der Sturm unversehrt gelassen hatte, waren von innen mit brauner Pappe abgeklebt.

»He!«, ertönte eine wohlbekannte Stimme in der Ferne. »Raus aus eurem Versteck, na los!«

Dann hörten sie ganz deutlich, wie Danes mit der Schaufel gegen Hecken schlug, als wollte er Kaninchen aus ihrem Bau scheuchen.

»Komm mit, dahinten ist ein Schuppen«, flüsterte Nelly.

Hexenhaus wäre wohl die richtigere Bezeichnung gewesen. Das Konstrukt lehnte schief an der Mauer, von einem Baum gestützt, der aussah, als wollte er einen packen und fressen. Am Baum lehnte eine Holzleiter, auf der sicher schon der allererste Gärtner in der Geschichte dieses Hauses herumgeklettert war. Efeu hielt den Schuppen im Würgegriff. Doch an der Tür prangte ein nagelneues Vorhängeschloss. »Na, daran sieht man doch gleich, wessen Schuppen das ist«, bemerkte Nelly lakonisch.

Sie lauschten eine Weile und atmeten gleichzeitig auf. Mister Danes entfernte sich wieder.

»Hast du dir Statue Nummer zwei genau angeschaut?«, sagte Nelly nach einer Weile. »Sie sah aus, als wäre sie regelrecht explodiert. Wäre sie nur vom Balkon aus in den Garten gekippt, wäre sie zwar in die Erde eingeschlagen, aber doch nicht in tausend Stücke zersprungen, oder? Vielleicht ... hat ja ein Blitz die Statue weggesprengt?«

Fee schluckte. »Oder die Steinfrau ist aus sehr viel größerer Höhe vom Dach abgestürzt und deshalb in so viele Teile zerschellt«, wandte sie leise ein.

Plötzlich war ihr noch viel kälter. Mit einem Mal kam es ihr so vor, als hätten auch die Bäume ein geheimes Leben, Arme, die nur zum Schein Äste waren, und finstere Rindengesichter. Der Wind, der an ihren Haaren und ihrem Halstuch zupfte, verwandelte sich in blätterscharrendes, gieriges Kichern.

»Verschwinden wir von hier!«, flüsterte Fee.

Nelly schnaubte. »Wie denn?«

Gute Frage. Die Leiter sah nicht gerade vertrauenswürdig aus, aber immerhin ragte sie bis über das Dach des Schuppens. »Von da oben aus klettern wir auf den Baum und von dort aus auf die Mauer.«

»Und dann?«, wisperte Nelly. »Auf dem Präsentierteller um das Löwenhaus herumspazieren, als wäre die Mauer der Laufsteg von GNTM? Dann können wir uns gleich ein ›*Hier, Mister Danes!*‹-Schild um den Hals hängen.«

Aber Fee erklomm schon die Sprossen, erreichte das Dach des Schuppens und arbeitete sich von dort aus durch das Zweiggestrüpp in Richtung Mauer. Sie wollte gerade nach dem dicksten Ast greifen – als sie im letzten Moment erkannte, dass es gar kein Ast war. Sondern ein … *Arm?* Er baumelte über ihr. Die Haut war dunkler als das nasse Holz, nämlich kohlrabenschwarz, und verschmolz fast mit den Baumschatten. Fee schnappte nach Luft. Über ihr, auf einem breiten Ast, lag jemand! Nun erkannte Fee Schultern und eine Wange, die sich fest an die Rinde schmiegte. Es war ein Mädchen. Es lag auf dem Bauch wie ein schlafender Panther. Der ganze Körper war rußverschmiert und kohlschwarz und in dem zerrauften Rabenhaar hing Asche. Die schwarzen Finger zuckten einmal leicht, wie im Traum, und hielten wieder still. *Also schläft sie nur und ist gar nicht bewusstlos?*, dachte Fee.

»Hallo?«, sagte sie leise.

»Mit wem redest du?«, kam es von unten. Im selben Moment schreckte die Schlafende mit einem Keuchen hoch. Sie rang nach Luft, als wäre sie gerade aus einem Albtraum erwacht, Fee blickte in panisch aufgerissene goldbraune Augen. Sie fürchtete, das Mädchen würde gleich vom Baum fallen wie eine Schlafwandlerin, die keine Ahnung hat, dass sie nicht mehr in ihrem sicheren Bett liegt.

»Alles okay«, redete Fee beruhigend auf sie ein. »Nicht bewegen! Du hast nur geträumt …«

Weiter kam sie nicht. Das Mädchen stieß sich blitzschnell vom Ast ab und schnellte mit einem Riesensatz auf sie zu. Der Aufprall tat höllisch weh und presste Fee die Luft aus den Lungen. Bevor sie wusste, wie ihr geschah, landete sie rücklings auf dem Dach der Hütte. Über ihr glühten wie zwei lodernde Sonnen die Augen einer Wahnsinnigen. »Nelly!«, presste Fee heraus – als sich ein Unterarm gegen ihren Hals drückte und jedes weitere Wort abwürgte. Nelly hatte recht: Auf ihre Panik war Verlass. Als Fee wieder wusste, wo oben und wo unten war, traf ihre Faust gerade ein Schlüsselbein. Ohne nachzudenken kämpfte sie gegen die Angreiferin. Es gelang ihr, eine Hand frei zu bekommen und sich in das lange schwarze Haar zu krallen. Die Fremde keuchte auf. Und plötzlich war Fee frei. Sie setzte sich japsend auf, in der erhobenen Faust ein paar ausgerissene Haare. Die Furie war auf die Beine gesprungen und starrte Fees Faust an, als würde sie eben erst aus dem Traum erwachen. Ihr Mund klappte vor Überraschung auf, schneeweiße Perlzähne blitzten im schwarzen Gesicht auf. Sie wollte wohl etwas sagen, aber in diesem Moment sprang Nelly sie von hinten an und fällte sie wie ein Wrestler, der seinen Gegner einfach niederwalzt. Fee versuchte sich noch zur Seite zu werfen, aber es war zu spät. Die beiden landeten mit vollem Gewicht auf ihr. Wie eine Pampelmuse wurde sie gegen das Dach gequetscht. Sie spürte, wie etwas unter ihr nachgab, bis das Dach des morschen Schuppens nach unten sackte und durchbrach.

Wie ein Komet schlug Fee in etwas Kissenartiges ein, das nachgab und riss. Staub fauchte ihr ins Gesicht, jemand wälzte sich über sie und landete mit einem Poltern auf einem Holzboden. Die Hütte war ein Lagerraum für Gartengeräte. Und ihren Sturz hatten zum Glück mehrere Säcke mit losem Zementpulver gebremst. Fee hörte Nelly husten und erkannte das Mädchen, das sich gerade vom

Boden aufrappelte, ganz von weißem Staub bedeckt. »Finger weg von meiner Freundin!«, keuchte Nelly. Auch sie war von Kopf bis Fuß mit Staub gepudert. In den Händen hielt sie einen Gartenrechen. Mit einem Satz sprang sie schützend vor Fee und kiekste überrascht auf, so flink entwaffnete das Mädchen sie mit einem blitzschnellen, eleganten Roundkick. Der Rechen flog klappernd in die Ecke.

»Ich weiß, dass ihr hier irgendwo seid!«, ertönte draußen eine wohlbekannte Stimme. »Kommt lieber freiwillig raus.«

Fee hätte nie gedacht, dass sie sich einmal so freuen würde, Mister Danes zu hören. Nelly holte Luft, um loszubrüllen – aber bevor sie einen Pieps von sich geben konnte, war sie schon im Schwitzkasten der Fremden gefangen, unfähig, sich zu rühren, eine schwarze Hand presste sich fest auf ihren Mund.

Fee versuchte nach Mister Danes zu rufen, aber als sie nach Luft rang, drang ihr bitterer Zementstaub in Nase und Mund. Und dann geschah etwas Seltsames. Die Fremde sah sie mit Augen voller Angst flehend an. »Bitte nicht!«, wisperte sie mit bebender Stimme. »Er wird mich töten.«

Mister Danes? Spätestens jetzt hätte es Fee ohnehin die Sprache verschlagen.

Das Knacken von brechenden Zweigen unter schweren Sohlen wurde lauter.

Gehetzt schaute das Mädchen zur verschlossenen Tür, und in diesem Blick lag eine solche Furcht, dass es Fee die Kehle zuschnürte. Zum ersten Mal war da jemand, der noch mehr Angst hatte als sie!

Mister Danes rüttelte an der Türkette und dem Vorhangschloss, als wollte er prüfen, ob die Tür auch wirklich sicher verschlossen war. Das Mädchen schaute ängstlich nach oben, aber das Loch im Dach konnte Danes von seiner Position aus natürlich nicht sehen.

»Verdammte kleine Parkratte«, hörten man Danes knurren. Grummelnd stapfte er davon. Aber es dauerte noch einige Sekunden, bis Fee aus ihrer Starre erwachte. Dann wurde ihr siedend heiß bewusst, dass das Mädchen immer noch Nelly gefangen hielt. »Lass sie los«, stieß sie hervor.

Die Fremde lockerte den Griff. Nelly kroch blitzschnell zu Fee. Über ihrem Mund zeichnete sich wie Kriegsbemalung ein schwarzer Handabdruck ab. »Vielen Dank für die Hilfe!«, erboste sich Nelly. »Wieso beschützt du sie? Und wer ...«

Sie verstummte. Das Mädchen brach nämlich zusammen wie eine Marionette, deren Fäden man abgeschnitten hatte. Es rang nach Luft und zitterte am ganzen Körper, als hätte es eine Panikattacke. »Schon gut«, sagte Fee leise. »Er ist weg.« Das Mädchen brach in Tränen aus und vergrub den Kopf in den Armen. Schluchzen schüttelte den ganzen Körper. Jetzt war auch Nelly betroffen.

»Ach du Schande«, murmelte sie.

Fee zog ihre Fleecejacke aus und legte sie der Fremden behutsam über die Schultern, bereit, sofort zurückzuspringen. Nelly schielte schon wieder nach dem Rechen. Aber die Fremde zuckte unter der Berührung erschrocken zusammen und schluchzte nur noch heftiger. Nichts erinnerte mehr an die zornige Kämpferin. Jetzt war sie nur noch ein Bild des Jammers, hilflos und völlig verloren. Nach einer

Weile wurde das Schluchzen leiser, das Mädchen hob den Kopf und wischte sich über die Augen. Die Tränen hatten in ihrem weiß bestäubten Gesicht dunkle Streifen hinterlassen. Im Sonnenlicht, das von oben durch das Dach fiel, konnte man trotz des Rußes sehen, dass sie auf eine fremdartige Weise hübsch war. Sie hatte ungewöhnlich große, aber schmal geschnittene und schräge Augen, hohe Wangenknochen und ein etwas spitzes Kinn, das ihrem Gesicht etwas Füchsisches verlieh. Nun schniefte sie und schenkte Fee ein klägliches Lächeln. »*Namár*«, brachte sie mühsam hervor. »Ich danke dir so sehr.« Jetzt erst fiel Fee auf, dass sie mit einem ausländischen Akzent sprach.

»Wieso soll Danes dir etwas antun wollen?«, wandte sich Nelly an das Mädchen.

»Danes?« Das Lächeln des Mädchens verlosch. »Wer ist das?«

»Der Mann, der eben hier war. Du hast gesagt, er will dich umbringen.«

Das Mädchen sah sich um, als würde es erst jetzt bemerken, wo es sich befand. *Wie jemand, der geträumt hat und aufgewacht ist*, dachte Fee. *Nur um festzustellen, dass die Wirklichkeit der eigentliche Albtraum ist.*

»Ich … bin in großer Gefahr. Ich muss zurück nach Hause!«

»Wo ist denn dein Zuhause?«

Die Fremde biss sich auf die Unterlippe. Dann hob sie ganz vorsichtig ratlos die Schultern.

»Kommst du vielleicht aus der Siedlung?«, schlug Fee vor.

Wenn die Fremde aus der Multikulti-Siedlung stammte,

passte ihr Akzent ins Bild und auch die rußverschmierte Haut. Aber war es möglich, dass der Sturmwind das Mädchen aus dem brennenden Haus gerissen und über die Mauer in den Park geschleudert hatte? *Ja*, entschied sie. Sie musste sich nur an Fernsehbilder von Tornados in den USA erinnern: Autos und Telefonmasten, die durch die Luft geweht wurden wie Playmobil-Spielzeug.

»Siedlung?«, wiederholte das Mädchen so vorsichtig, als wäre jedes Wort ein tastender Schritt auf einem Boden, der zu brechen drohte. »Ich … kann mich nicht erinnern.«

Nelly runzelte die Stirn. »Du hast vergessen, wo du herkommst?«

Wieder ein vages Schulterzucken.

»Du kommst bestimmt aus der Siedlung«, sagte Fee. »Nur dort gab es ein Feuer. Deine Kleider sind weg – und du bist voller Ruß.«

Die Fremde sah so verwundert an sich herunter, als wäre ihr bisher gar nicht klar gewesen, dass sie nackt war. »Oh«, hauchte sie voller Bestürzung. »Mein Brautkleid!«

Fee und Nelly wechselten einen verdutzten Blick. »Du … warst auf einer Hochzeitsfeier, als das Feuer ausbrach?«, fragte Nelly. »Also, ich meine: auf *deiner* Hochzeit? Du bist doch höchstens fünfzehn oder sechzehn.«

Die Fremde zog Fees Fleecejacke vor ihrer Brust zusammen. »Ich erinnere mich nicht.« Diesmal klang ihre Stimme fest, und sie hatte einen warmen melodischen Klang, der Fee gefiel und sie an das Schwingen von tiefen Gitarrensaiten erinnerte. Nelly schien weniger fasziniert zu sein.

»Wie bitte? Du weißt zwar, dass du ein Brautkleid getragen hast, aber nicht mehr, wo die Party stattfand und wo du wohnst?«

»Ja!« Das Mädchen zog es den Kragen des Fleeceshirts so eng vor dem Hals zusammen, als wollte es sich schützen. Die Haut über den Knöcheln war ganz weiß, so fest hielt die Fremde den Stoff mit der Faust umschlossen. Sie tat Fee leid, so offensichtlich war es, dass sie verzweifelt versuchte, stark und sicher zu wirken, obwohl es in ihrem Inneren sicher ganz anders aussah. Nelly starrte immer noch finster zurück, als würden das Mädchen und sie ein Duell ausfechten. »Wenn du dich an nichts erinnerst, woher weißt du dann, dass jemand dich töten will?«

»Lass sie, Nelly«, bat Fee. »Wenn sie unter Schock steht, ist es gut möglich, dass sie Gedächtnislücken hat.«

»Aber ich erinnere mich!«, widersprach das Mädchen heftig. »Daran, dass er mich sucht. Und wenn er mich findet …« Sie verstummte.

Fee rieselte ein unbehagliches Frösteln über den Rücken. »Der Mann, der eben hier an der Hütte war? Bist du sicher, dass er es ist?«

Die Fremde sah sie völlig entgeistert an. »Natürlich nicht! Mein Tod trägt tausend Masken. Er kann jede Gestalt haben. Mann oder Frau – sogar ihr könntet es sein. Allerdings wäre ich dann schon tot.«

Dazu fiel Fee nichts mehr ein. Nelly hob die linke Augenbraue und kratzte sich vielsagend mit dem Zeigefinger an der Stirn. *Sie spinnt.* An jedem anderen Tag hätte Fee genau dasselbe gedacht. Aber jetzt …

»Niemand darf mich sehen oder von mir wissen«,

brach es aus der Fremden heraus. »Ihr verratet mich doch nicht?«

»Ähm … nein«, antwortete Fee. »Natürlich nicht.«

»Schwöre es!« Das Mädchen packte ihre Hand und drückte sie so fest an sich, dass Fee sich nicht befreien konnte. Sie hätte erschrocken sein müssen, aber unter ihrer Hand spürte sie den rasenden Puls der Fremden. Und etwas Seltsames geschah. Es war, als würde diese Berührung irgendetwas in Fee zum Schwingen bringen. Eine Saite in ihrer Seele, deren Klang sie nur zu gut kannte. *Sie hat wirklich Angst.* »Schwöre es bei deinem Leben und deinem schlagenden Herzen!«, flüsterte die Fremde und umklammerte Fees Hand, als wäre sie der einzige Halt, der sie vor einem endlosen Sturz bewahrte. Dieses Gefühl, verzweifelt nach Halt zu suchen, kannte Fee nur zu gut aus ihren Albträumen. Und aus irgendeinem Grund fiel ihr ausgerechnet jetzt Oma Hillu ein, die sie *Feigling* und *Hasenherz* nannte.

»Ich schwöre, wir verraten dich nicht«, hörte sie sich sagen. »Bei uns bist du sicher.«

»Danke, *Finjamá*!« Die Fremde lächelte Fee strahlend an.

Nelly stieß Fee den Ellenbogen in die Seite. »Wie kannst du ihr so was versprechen? Wir kennen sie doch gar nicht! Wie heißt du eigentlich?«, wandte sie sich an das Mädchen. Die Fremde ließ Fees Hand los und zuckte zurück.

»Wie kannst du es wagen, nach meinem Namen zu fragen?«

»Wenn wir dir helfen sollen, müssen wir doch wenigstens deinen Namen kennen«, erwiderte Nelly ungeduldig. »Oder hast du den auch vergessen?«

Die Fremde zögerte, als müsste sie ihre Antwort gründlich abwägen. Misstrauen irrlichterte in den braunen Augen. Prüfend schaute sie zu Fee, die sich gerade ihr Halstuch zurechtzupfen wollte. Doch der Knoten hatte sich bei dem Kampf gelöst und die Fremde schaute jetzt direkt auf ihre Narben! Hektisch strich Fee sich das Haar nach vorne über den Hals. Doch die Miene des Mädchens hellte sich auf und sie nickte erleichtert. »Du darfst meinen Namen wissen. Aber …«, sie deutete auf Nelly, »… bist du sicher, dass wir ihr vertrauen können?«

»Geht's noch?«, erboste Nelly sich.

»Sie ist meine beste Freundin«, erklärte Fee. »Wenn ich überhaupt jemandem vertraue, dann ihr!«

Nelly schob kampflustig das Kinn vor und verschränkte die Arme. Aber zum Glück sparte sie sich die bissige Bemerkung, die ihr sichtlich auf der Zunge lag.

Die Fremde beugte sich vor. »Fayra«, raunte sie Fee so leise zu, dass Nelly es garantiert nicht hören konnte. »Aber diesen Namen auszusprechen, ist für euch verboten. Ihr dürft mich nur Naara nennen. Hast du das verstanden?«

Fee nickte ein wenig verdutzt.

»Und wer bist du?«, wollte das Mädchen nun wissen.

»Fee.«

Sie hätte keinen größeren Effekt erzielen können, wenn sie behauptet hätte, Kim Kardashian zu sein. Naara schüttelte so empört den Kopf, dass Asche aus ihrem Haar stob. »Warum lügst du?« Plötzlich klang sie überhaupt nicht mehr ängstlich. Nelly rutschte unauffällig näher in Richtung Gartenrechen.

»Ich habe nicht gelogen«, gab Fee zurück.

»So?«, stieß Naara zornig hervor. »Feen gibt es aber nicht!«

Nelly blitzte Fee einen Seitenblick zu, der Bände sprach. *Verrückt! Glaubst du es jetzt?* »Eigentlich heißt sie ja Anna-Fee«, sagte sie dann.

Naara hob überrascht die Brauen. »*Anáfea? Bernstein* also!« Eben noch war sie zornig gewesen, aber jetzt strahlte sie Fee an. *Wie das Wetter*, dachte Fee verdutzt. *Gewitter und Sonne – im Abstand von Sekunden.*

»Sind alle Frauen deiner Familie nach Edelsteinen benannt?«, fragte Naara.

»Okay, mir reicht's.« Nelly stand auf. »Wir rufen jetzt die Polizei.«

»Wer ist das?«, fragte Naara. »Eine Vertraute von euch?«

»Polizisten heißen die Leute, die Menschen wie dich beschützen«, erklärte Nelly. »Sie werden dich abholen und dich an einen Ort bringen, wo du sicher bist vor mysteriösen Mör…«

Naara sprang alarmiert auf die Beine. Fees Jacke rutschte ihr von den Schultern, aber sie schien es gar nicht zu bemerken. »Niemand darf wissen, dass ich hier bin.«

»Schrei noch lauter, damit Mister Parkwächter dich auf jeden Fall hört«, fauchte Nelly.

Jetzt war auch Fee auf den Beinen. Und zu ihrem eigenen Erstaunen hörte sie sich zu Nelly sagen: »Wir verraten niemandem, wo sie ist.«

»Was?« Nelly schüttelte empört den Kopf. »Wie stellst du dir das vor? Sollen wir sie etwa einfach hierlassen?«

»Nein, wir … äh … bringen sie am besten erst einmal ins Herrenhaus …«

»Guter Plan«, spottete Nelly. »Wenn deine Eltern sehen, wie wir mit einer Halbnackten aus den Baracken anrücken, rufen sie doch sowieso die Polizei. Und wenn sie wirklich in Gefahr ist, wie sie behauptet, dann ist es bestimmt eine prima Idee, wenn sie jetzt direkt vor der Siedlung auf der Mauer herumspaziert.«

»Ich kann auf keinen Fall nach draußen gehen«, widersprach auch Naara heftig. »*Er* ist noch in der Nähe. Ich spüre es.«

»Siehst du? Sie *spürt* es«, bekräftigte Nelly mit kaum verhohlener Ironie.

Doch Fee musste plötzlich an den Kerl mit der Kamera denken. *Schleicht er seit heute Morgen um das Herrenhaus herum, weil er jemanden sucht? Vielleicht ein Mädchen aus den Baracken?*

»Dann holen wir sie eben erst ab, wenn es draußen dunkel ist. Mit dem Ruß ist sie in der Nacht gut getarnt.« Schon während sie sprach, wurde ihr ganz flau im Magen. *Das heißt, wir müssen mitten in der Nacht in den Park zurück. Zu den lebenden Steinen und den Trollbäumen.* »Danes wird heute bestimmt anderes zu tun haben, als in seiner Hütte herumzukramen, also ist sie hier fürs Erste sicher. Und … im Haus verstecken wir sie », setzte sie hinzu.

Nelly blies die Backen auf und atmete geräuschvoll aus. »Und wo? Unter deinem Bett? Oder lieber in einer Umzugskiste?«

Fee dachte fieberhaft nach. *Ein Versteck … die Rumpel-*

kammer mit den alten Möbeln, mein Schrank, irgendeine andere Kammer … Ihre Gedanken jagten weiter – und fanden plötzlich das Bild ihres ehemaligen Zimmers. Beinahe hätte sie gelacht, so einfach war die Lösung. »Auf dem Dachboden! Dort steht noch mein altes Bett.«

»Und was machen wir morgen mit ihr?« Nelly kannte wirklich keine Gnade.

»Dann … äh … sehen wir weiter.« *Wirklich ein toller Plan, Anáfea.*

Aber Naara begann wieder zu strahlen, und ehe Fee wusste, wie ihr geschah, fand sie sich in ihrer Umarmung wieder. Verwirrt machte sie sich los und brachte sich mit einem Satz in Sicherheit. »Sch … schon gut«, stotterte sie. »Wir holen dich heute Nacht ab.«

8

Mithilfe einer aufgestellten Schubkarre waren sie wieder auf das Dach geklettert. Nun huschten sie geduckt durch einen Laubengang, immer auf der Hut vor Mister Danes. Seit sie Naara verlassen hatten, hatte Nelly kein einziges Wort gesagt, und sie lief so schnell, dass Fee Mühe hatte, mit ihr Schritt zu halten.

»Nelly, warte doch mal!« Ihre Freundin blieb nur widerwillig stehen. »Du bist mir böse, oder?«, fragte Fee.

Nelly betrachtete missmutig ihre fleckigen Arme. »Wenn wir so zurückgehen, fallen wir mit den Ruß- und Zementstreifen auf wie ausgebüxte Zebras«, murrte sie statt einer Antwort. »Ich weiß, wo wir den Schmutz abwaschen können.«

Bei einem Wettbewerb der gruseligsten Drehorte für den Film ›*Die Nacht der Moorgeister*‹ hätte die Stelle des Parks, zu der Nelly sie führte, sicher den ersten Platz gemacht. Früher war es ein ovales Seerosenbecken gewesen. Jetzt war der gemauerte Beckenrand zerstört und völlig verschlammt. Die Wurzeln von Trauerweiden hatten den Stein an mehreren Stellen aufgeknackt wie eine Eierschale. Die hängenden Weidenzweige trieben wie silbrige Haare im Teich, so tief beugten sich die Bäume über das dunkle Wasser. *Als würden sich alte Frauen in einem schwarzen Spiegel betrachten,* dachte Fee. In der Mitte des Wassers thronte auf einem Steinsockel ein geflügeltes Bronzepferd. Es hatte die Vorderbeine in die Luft gereckt, als würde es gerade mit einem Sprung vom Boden abheben. Nelly rupfte wütend eine Handvoll Flechten von einer Weide, tauchte sie in das Wasser und begann sich wie mit einem Badeschwamm die Flecken von der Haut zu schrubben. Es war nicht zu übersehen, wie sehr es in ihr brodelte. »Ich kann mir denken, warum du sauer bist«, begann Fee vorsichtig. »Und du hast ja recht, ich hätte nicht einfach so …«

»*Sauer?*« Nelly schleuderte das Flechtenbündel ins Wasser. »Ich bin stinkwütend«, wetterte sie los. »Ich meine: Rettungsmission Dachboden? Echt jetzt? Und seit wann entscheidest du das wie Graf Zampano einfach ganz alleine, ohne mich auch nur zu fragen, ob ich mitmache?«

Fee senkte den Kopf. »Ja, das war blöd von mir«, gab sie zerknirscht zu. »Aber …«

»Wir sind Freundinnen, Fee! Wir passen aufeinander auf und entscheiden alles gemeinsam. Die Statuen haben wir zusammen gesucht. Aber bei Miss Rußnase hast du mich nicht einmal gefragt, ob ich damit einverstanden bin, ihr zu helfen.«

Fee schoss das Blut in die Wangen. Natürlich hatte Nelly auch damit recht.

»Hättest du mich gefragt, dann hätte ich nämlich laut und deutlich Nein gesagt!«, sprudelte Nelly weiter. »Dafür, dass sie angeblich so ein hilfloses Reh ist, kann sie nämlich ziemlich gut kickboxen. Hat sie wirklich Gedächtnislücken?

Oder verbirgt sie nur etwas? Sie will auf keinen Fall zur Polizei, obwohl ein Mörder sie verfolgt? Hallo? Vielleicht ist ihr ja gar kein Mörder auf der Spur, sondern die Polizei? Sie könnte sogar eine Brandstifterin sein …«

»… oder sie musste fliehen und der Brand im Haus ist nur zufällig im richtigen Moment ausgebrochen«, hielt Fee dagegen. »Vielleicht ist sie von ihrer eigenen Hochzeit geflüchtet?«

»Wie kommst du denn auf so etwas?«

»Könnte doch sein?« Fee hatte sich ebenfalls in Rage geredet und fantasierte einfach wild weiter: »Vielleicht hat ihre Familie sie dazu gezwungen, irgendeinen Fiesling zu heiraten? Oder sie wurde entführt? Sie sagte doch, sie muss unbedingt nach Hause zurück. Aber damit meint sie offenbar nicht die Siedlung. Möglicherweise muss sie sich ja verstecken, weil jetzt ein irrer Kidnapper nach ihr sucht?«

Nelly starrte sie an, als würden Fee Weidenzweige aus den Ohren wachsen.

»Du guckst entschieden zu viele Krimis«, sagte sie dann.

»Und du behauptest, sie ist eine verrückte Brandstifterin. Ist das vielleicht realistischer?«

Das schien Nelly wieder auf den Boden zu holen. »Nein«, gab sie widerwillig zu. »Es ist nur … ich verstehe es nicht. Sonst bekommst du schon beim kleinsten Hauch von Abenteuer Panik und plötzlich willst du eine Fremde ins Haus schmuggeln und sogar vor deinen Eltern verstecken? So kenne ich dich überhaupt nicht!«

Dann sind wir ja schon zu zweit, dachte Fee. *So kenne ich mich auch nicht.*

»Ich weiß nur, dass sie wirklich Angst hat«, erwiderte sie leise. »Und glaube ihr, dass sie in Lebensgefahr ist. In den Nachrichten wird es morgen sicher eine Vermisstenmeldung geben – dann wissen wir, woher sie kommt und wer sie sucht.«

Nellys Wut schien verraucht zu sein, aber sie war so ernst, wie Fee sie nur selten erlebt hatte. »Vielleicht verstehe ich es ja doch. Du … magst sie einfach.«

Wie immer, hatte Nelly punktgenau getroffen. Und zwar noch bevor Fee selbst es bemerkt hatte. Auch jetzt spürte sie wieder diese warme Welle von Zuneigung und Mitgefühl für das fremde Mädchen. Aber da war noch etwas anderes, das sie nicht in Worte fassen konnte. Irgendetwas an Naaras Umarmung hatte Fee irritiert. Es hatte sie erschreckt zurückzucken lassen und gleichzeitig neugierig gemacht. Sie kam nur nicht darauf, was es war. Aber sie wusste, dass sie es um jeden Preis herausfinden musste.

»Ja, ich mag Naara«, gab sie zu.

»Naara heißt sie also?«, sagte Nelly. Siedend heiß fiel Fee auf, dass sie ihrer Freundin nicht einmal den Namen verraten hatte. Jetzt hätte sie sich ohrfeigen können. An Nellys Stelle wäre sie nicht nur stinkwütend, sondern tief verletzt gewesen, so übergangen zu werden.

»Naara scheint ihr Tarn- oder Zweitname zu sein«, erklärte Fee. »Eigentlich heißt sie Fayra, aber diesen Namen dürfen wir nicht aussprechen.«

Nelly schnaubte. »Ach ja? Wer ist sie? Lady Voldemort?«

Immer noch wirkte sie verletzt und niedergeschlagen. Fee machte einen großen Schritt auf Nelly zu und umarmte sie so fest, dass ihrer Freundin die Mütze vom Kopf rutschte. »Es tut mir leid, dass ich dich nicht gefragt habe, Nelly. Das passiert nie wieder. Idiotenehrenwort!« Sie trat zurück und streckte ihr die Hand hin. »Und der Idiot … das wäre dann wohl ich.«

Nelly versuchte immer noch gekränkt dreinzuschauen, aber dann erhellte ein breites Lächeln ihre Miene. »Entschuldigung angenommen! Dann schleichen wir jetzt nach Hause und richten Naaras Geheimquartier ein.«

Fees Mundwinkel schnellten nach oben. »Du bist also dabei?«

»Was dachtest du denn?«, antwortete Nelly fast wieder beleidigt. Sie hob ihre Mütze auf und zupfte ein neues Flechtenbündel vom Baum. »Außerdem: Du glaubst doch nicht im Ernst, dass ich dich nachts allein durch den Park der tollwütigen Statuen schleichen lasse? Träum weiter, du Zebra-Schneewittchen!« Mit diesen Worten tauchte sie die Flechten blitzschnell in den Teich und klatschte den nassen Klumpen auf Fees Wange.

9

Es war ihnen gelungen, unbemerkt in die Wohnung zu schlüpfen und sich sogar umzuziehen, bevor Fees Eltern sich über ihre verstaubten Shirts und Hosen wundern konnten. Kniffliger war es, die Sachen für das Quartier aus der Wohnung zu schmuggeln. Schon zum dritten Mal erwischte ihr Vater Fee dabei, wie sie sich mit einer voll bepackten Kiste aus der Tür stehlen wollte. »Sag mal, ziehst du heimlich aus?«

»Nein, das sind nur ein paar alte Bücher und so … Für die Flohmarktkiste auf dem Dachboden.« Es hätte besser geklungen, wenn sie dabei nicht rot geworden wäre.

»Endlich hast du ein großes Zimmer, in dem alle deine Sachen Platz haben und jetzt willst du sie loswerden?« Ihr Vater schüttelte verwundert den Kopf.

Atemlos erreichte Fee wenig später die Holzstiege, die zum Dachboden führte.

Der Dachboden war ein Labyrinth aus Kammern und Abstellräumen, aber es gab einen langen, hohen Raum direkt unter dem Dachgiebel. Er erinnerte an eine düstere Kathedrale. Jedes Geräusch bekam hier einen feierlich dumpfen Klang,

»Hier drüben bin ich«, hörte sie Nellys staubgedämpften Ruf.

Fee staunte nicht schlecht. Ihre Freundin hatte aus Kartons eine Trennwand gebaut und so für Naara einen eigenen Raum abgeteilt. »Hübsche Gäste-Lounge, oder?«, sagte Nelly voller Stolz. Fee hob den Daumen. Ihr Jugendzimmerbett stand nun hinter der Kartonwand. Nelly hatte auch das alte blaue Sofa, eine Kommode und ein Regal in die Nische geschoben. Auf der Kommode entdeckte Fee eine Waschschüssel aus Porzellan und einen Krug mit Goldrand. »Wo hast du das Geschirr gefunden?«

»In einer der Truhen. Und sieh mal! Die kleinen Kartons haben wohl den Leuten von der Firma gehört, die früher hier gewohnt haben. Offenbar haben sie beim Auszug vergessen, ihre Sachen mitzunehmen.«

Sie klappte einen Deckel auf. Fee erspähte rosa Stoff mit Glitzersteinen und einen Stoffhund, dem ein Ohr fehlte. Nelly angelte einen vergilbten Zeichenblock hervor, auf dem in bunten Kinderbuchstaben der Name *LULU* gemalt war. »Sieh mal, vor wem sich schon Klein-Lulu gefürchtet hat!« Sie grinste schelmisch und klappte den Malblock auf. Das krakelige Männchen, das ein kleines Mädchen mit Wachsstiften gemalt hatte, trug einen schwarzen Anzug. Das, was wie ein Galgenstrick um den Hals baumelte, sollte wohl eine Krawatte darstellen. Das Bild musste vor vielen Jahren gemalt worden sein, denn das Haar des Mannes war noch tiefschwarz und stand wie die Borsten eines Stachelschweins nach allen Seiten ab. Sein Mund war wie bei einem Drachen weit aufgerissen und spuckte sogar einen Feuerring in die Luft. Und außerdem fuchtelte der Mann mit einem Besen, der dreimal so groß war wie er selbst.

»Danes?« Fee prustete los und Nelly platzte ebenfalls laut heraus. Sie lachten, bis ihnen die Tränen kamen und sie nur noch nach Luft schnappten.

»Der perfekte Steckbrief«, japste Nelly und machte ein Foto mit ihrem Handy von dem Bild. »Wir sollten ihn ausdrucken und als Warnung für Fernsehteams und Nachbarn an das Tor tackern.«

»Oder neben das Warnschild an der Hintertür.« Nelly ließ sich aufs Bett fallen. Dabei stieß sie Fees Kiste um. Der Deckel rutschte herunter. Der Duft von frisch gewaschener Wäsche hüllte sie beide ein und erinnerte Fee daran, warum sie eigentlich hier waren. Sie brachte vor lauter Glucksen immer noch kaum ein Wort heraus, aber sie riss sich zusammen und stand auf. »Ich beziehe jetzt das Bett«, sagte sie mit wackliger Stimme. »Du fährst nach Hause und dann zu Izzy. Aber lass dich im Treppenhaus nicht vom Drachen erwischen.«

Fees überdrehte gute Laune war inzwischen verflogen und hatte einer nagenden Ungeduld Platz gemacht. Fees Eltern hatten schon nach dem Mittagessen aufgehört, darüber Witze zu machen, wie oft ihr etwas aus der Hand fiel. Je näher der Abend heranrückte, desto größer wurde ihre Sorge um Naara. Ob es ihr gut ging? Nelly hatte dem Mädchen zwar auch noch ihren Kapuzenpulli überlassen, aber ob das genügte, um sich warm zu halten? Und was, wenn Danes heute doch noch in den Schuppen gegangen war? *Oder wenn der Kerl mit der Kamera sich in den Park geschlichen hat?*

Beim Schrillen der Türglocke zuckte Fee so heftig zusammen, dass ihr das Laptop, an dem sie Nachforschungen zu Naaras Muttersprache anstellte, fast von den Knien gerutscht wäre. Vor der Haustür stand kein wutentbrannter Danes, wie Fee im ersten Moment befürchtet hatte, sondern nur Nelly, die früher als erwartet zurückkehrte.

»Du übernachtest doch nur eine Nacht bei uns, Helene?«, wunderte sich Fees Mutter beim Blick auf ihren prall gefüllten Rucksack. »Und was willst du denn mit der Skimütze, die aus der Seitentasche ragt?«

»Ups«, sagte Nelly ungerührt. »Die ist mir gar nicht aufgefallen. Den Rucksack habe ich schon seit den Weihnachtsferien nicht mehr benutzt.«

Sie grinste Fee zu und schleppte den Rucksack ins Löwenbett-Zimmer. »Ich habe alles bekommen«, sprudelte sie dort sofort los. »Aber meine Mutter hätte mich fast nicht weggelassen. Sie will, dass wir morgen zu meiner Oma fahren.« Genervt rollte sie mit den Augen. »Ich muss morgen Vormittag um zehn wieder zu Hause sein.«

Dann bin ich ganz allein mit Naara?, dachte Fee.

»Keine Panik«, sagte Nelly sofort. »Meine Oma schläft spätestens nach zwei Stunden auf dem Sofa ein. Und sobald wir nachmittags wieder da sind, springe ich aufs Fahrrad und komme her.«

Der Abend dauerte eine quälende Ewigkeit. Und als nach weiteren hibbeligen Stunden endlich auch Fees Eltern schliefen, und Fee und Nelly sich nach draußen wagen konnten, hätte Fee schwören können, dass die Dielen heute extralaut knarrten. Sie wartete darauf, dass jeden Moment ihre Mutter im Gräfinnen-Nachtkleid auftauchen und fragen würde, warum sie mitten in der Nacht als Ninjas verkleidet aus der Wohnung schlichen. Sie trugen beide blaue Leggings und Hoodies. »Izzy sagt, Dunkelblau ist in der Nacht eine viel bessere Tarnung als Schwarz«, hatte Nelly erklärt. »In ihrer LARP-Gruppe weiß das jeder, der einen Dieb oder einen Assassinen spielt.« Sie selbst trug die dunkle Skimütze, die nur ihr Gesicht frei ließ. Fee hatte sich die Kapuze tief in die Stirn und ein Halstuch bis zum Kinn gezogen. Als sie nun aus der Haustür schlüpften, konnte Fee ihre Freundin tatsächlich nicht einmal mehr als Schattenriss erkennen.

Bei Tageslicht hatte sich alles nach einem Plan angehört, dem Fee sich gewachsen fühlte, aber kurz nach Mitternacht in einem finsteren, leeren Haus sah die Sache ganz anders aus. Nelly huschte ohne Zögern voraus zur Marmortreppe, die am Ende des Ganges wolkig hell leuchtete. Fee dagegen bekam bei jedem Schritt weichere Knie. *Los, du Angsthase!*, schalt sie sich. Naara fürchtete sich da draußen bestimmt viel mehr als sie. Aber mit jedem Meter schien ihr Mut fadenscheiniger und brüchiger zu werden, bis er anfing, sich völlig aufzulösen.

Die Rumpelkammer roch kein bisschen besser als heute Vormittag. Ein Karabiner klickte, Nelly hakte sich an dem Sicherungsseil ein, das sie am Nachmittag zwischen dem Fensterkreuz und der Ankerklemme in der Außenwand festgezurrt hatte. So konnte man sich auch im Dunkeln sicher an dem Seilgeländer entlang zur Mauer bewegen. »Oh Mann!« Sie lachte nervös. »Izzy würde durchdrehen, wenn sie wüsste, was wir mit ihren Sachen vorhaben!«

Ich drehe auch gleich durch, dachte Fee. Ihr Herz schlug inzwischen so schnell, dass es stolperte. Aber natürlich hätte sie das niemals zugegeben, nicht einmal vor Nelly. Ihre Freundin schwang sich über das Fensterbrett nach draußen. »Hak dich am Seil ein, sobald ich auf der Mauer bin«, flüsterte sie und verschwand aus Fees Blickfeld. Fee schulterte den kleinen Rucksack mit Izzys Kleidung und folgte ihr. Zumindest auf der Mauer war es nicht so gruselig, wie sie befürchtet hatte. Die Straßenlaternen waren zwar ausgeschaltet, doch die Mauer zeichnete sich im Stadtlicht und im Mondschein deutlich genug vor ihr ab. Fees Augen hatten sich zudem so gut an die Dunkelheit gewöhnt, dass ihr sogar der winzige Lichtpunkt von Nellys LED-Leuchte wie eine Festbeleuchtung vorkam. Ihre eigene, große Taschenlampe, die sie als Ersatz mitgenommen hatten, hielt sie wie einen Schlagstock fest umklammert.

An der umgestürzten Kastanie nestelte Nelly ein weiteres Seil von ihrem Gürtel. Fee ging neben ihr in die Hocke und spähte zu den Baracken. Auf Höhe der Mauer bewegten sich die Plastikfolien über den beiden rußgeschwärzten Fenstern in einer Brise und glänzten dabei wie wogendes schwarzes Wasser. Im ersten und zweiten Stockwerk waren alle Fenster dunkel. Nur im Erdgeschoss des Hauses flimmerte bläuliches Fernsehlicht und erhellte die leere Straße und ein paar schlafende Autos. Fee kam es vor, als würde sie zwischen zwei Welten schweben: Rechts das Licht, normales Leben und Sicherheit, links ein Abgrund voller Rätsel und Gefahren.

»Bereit?«, flüsterte Nelly.

Nein, dachte Fee. Doch sie zwang sich zu einem Nicken, bis ihr einfiel, dass Nelly die Geste kaum sehen würde. »Bereit«, murmelte sie.

Am Vormittag hatte die Stille im Park nur seltsam gewirkt. Aber jetzt *fühlte* Fee sie, als würde sie in schwarzes Wasser eintauchen. Am Fuß der umgestürzten Kastanie umfing sie ein Schweigen, das den Atem anzuhalten schien. »Ich habe den Parkplan auswendig gelernt.« In der gespenstischen Stille klang Nellys Flüstern ungewohnt laut. »Hoffentlich ist Danes keine Nachteule. Er hat doch keinen Wachhund, oder?«

»N… nein«, hauchte Fee. *Wenn, dann sind es Löwen.* Krampfhaft versuchte sie, nicht daran zu denken, wie die Steinlöwen nachts wie Wachhunde im Park herumstreiften. Doch genauso gut hätte sie sich vornehmen können, nicht an einen rosa Elefanten zu denken. »Fee?« Erst als Nelly sie am Arm packte, spürte Fee, dass sie schwankte. »Panikanfall? Bekommst du wieder keine Luft?«

»Geht gleich wieder«, japste Fee.

Aber ihre Freundin zog ihr den Rucksack von den Schultern und zwang sie mit sanfter Gewalt, sich auf die Baumwurzel zu setzen. »Ich hole Naara, du wartest hier und hältst die Stellung.«

»Du gehst nicht allein«, wandte Fee kläglich ein.

»Doch«, sagte Nelly in einem Ton, der klarmachte, dass sie es notfalls auf einen Streit anlegen würde. »Du wurdest gestern Nacht von einer Steinfigur bedroht und von einem Fenster k. o. geschlagen. Da würde jeder Schnappatmung bekommen. Bis gleich!« Bevor Fee antworten konnte, huschte Nelly mit dem Rucksack davon. Fee schoss das Blut in die Wangen. Das schaffte auch nur Nelly: So zu tun, als sei es logisch und völlig in Ordnung, ausgerechnet jetzt so kläglich zu versagen. Am liebsten hätte sie geheult. Und zwar nicht nur vor Scham und Enttäuschung über sich selbst, sondern auch – und das war fast noch schlimmer –, weil irgendein Teil von ihr einfach nur froh war, nicht weitergehen zu müssen. Stattdessen kletterte sie nach einer Weile wieder zur Mauer hoch und kauerte sich in den Sichtschutz der Zweige. Von dort oben aus versuchte sie Nellys Weg zu verfolgen. Wie ein Glühwürmchen blinkte ab und zu zwischen den Bäumen der Lichtpunkt der LED-Leuchte auf, bis er an der Ecke des Nordflügels verschwand. Dafür ging im obersten Stockwerk des Herrenhauses plötzlich ein Licht an. Sehr weißes, helles Licht in einem hohen Bogenfenster. Fee nestelte ihr Handy hervor und wählte Nellys Nummer. Natürlich erklang kein Klingeln in der Ferne, sie hatten beide ihre Handys auf lautlose Vibration eingestellt. Nelly ging sofort ran.

»Wo bist du?«, flüsterte Fee.

»Bei der Hütte. Bleib dran, ich steige gerade auf die Leiter.«

Ein weiches Schleifen ertönte, dann hörte sie nur noch Nellys Atmen und das Knarren von Holz. Vermutlich hatte ihre Freundin sich das Handy einfach unter der Skimütze ans Ohr geschoben, um die Hände frei zu haben.

»Nelly!«, sagte Fee eindringlich. »Mach die Taschenlampe aus. Im Nordflügel hat jemand das Licht angemacht.«

Ihre Freundin antwortete nicht. Eine Weile raschelte es nur, dann hörte Fee Naaras Stimme. »Ich dachte schon, ihr hättet mich vergessen!«

»Ging nicht schneller«, erwiderte Nelly. »Hier, zieh die Jeans von meiner Cousine an. Sie müsste dir passen.«

Ein Windstoß fegte Fees Kapuze nach hinten. Bäume begannen zu rauschen. Ein paar Tropfen trafen ihr Gesicht.

»Oh Mist, jetzt fängt es auch noch an zu regnen«, hörte sie Nelly am anderen Ende des Parks sagen.

»In dem Stoff sind … Eisenzähne.« Das war Naara.

»Hast du noch nie einen Reißverschluss gesehen?«, erwiderte Nelly ungeduldig. »Schnell, wir müssen zurück. Und zwar ohne Licht.«

Plastikfolie begann im Wind zu knattern. Fee schaute über die Schulter zur Baracke. Eine der Planen vor den Fenstern hatte sich an einer Ecke gelöst. Und plötzlich ging in der Siedlung ein Licht an. Fee kauerte sich so tief unter die Zweige wie nur möglich. Das Licht fiel nur durch ein schmales Milchglasfenster, doch diese Ahnung von Helligkeit reichte aus, damit Fee ganz deutlich sehen konnte, wie jemand flink wie ein Parkoursportler mit einem Riesensatz vom Flachdach quer über die Straße sprang und federnd an der Mauer landete. Die Gestalt klammerte sich mit den Händen fest und zog sich dann mit einem gekonnten Schwung auf die Mauer hoch. Fee erahnte im schwachen Gegenlicht nur die

Silhouette. Sie konnte nicht sagen, ob es eine Frau oder Mann war, nur erahnen, dass die Gestalt schlank war. Sie richtete sich halb auf und spähte offenbar aufmerksam in den Park. Regen fing sich in Fees Mund, aber ihre Kehle war so trocken, dass sie kaum ein Wort herausbrachte.

»Nelly!«

»Was denn?«

Fee musste sich beherrschen, um nicht ins Handy zu schreien. »Jemand ist auf der Mauer und beobachtet den Park.«

»Au! Lass meinen Arm los!«, hörte sie Nelly flüstern. Und Fee wurde ganz anders, als sie Naara mit erstickter Stimme sagen hörte: »Er ist ganz nah!«

Fee warf einen Blick zum Nordflügel und erstarrte. Am erleuchteten Fenster stand nun plötzlich auch jemand. In der Barackensiedlung erlosch das Milchglaslicht. Aber in der Sekunde, bevor die Dunkelheit wieder alles verschluckte, hatte Fee gesehen, wie die Gestalt auf der Mauer losgerannt war, als hätte sie ihr Ziel gefunden.

»Lauft!«, brach es Fee heraus. »Er rennt auf der Mauer direkt in eure Richtung!«

Am Handy hörte Fee nur Rascheln von Stoff und Nellys Schritte, bis das Brausen des Windes in den Baumkronen auch das übertönte. Regen rann ihr in Bächen an Nase und Kinn entlang in den Kragen, aber sie spürte es kaum.

»Fee?«, erklang plötzlich ein banges Flüstern von unten. »Wo bist du?«

Fee wurde vor Erleichterung ganz flau.

»Ich bin schon oben. Schnell!«

Sie ahnte mehr, als sie sah, wie die beiden ihr entgegenkletterten. Sie half Nelly hoch, dann packten sie beide Naara an der Jacke und den Armen und zerrten sie auf die Mauer. So geduckt, dass sie sich fast auf allen vieren bewegten, stahlen sie sich im Schutz der Dunkelheit davon. Und als wollte der Nachthimmel sie hinter einem Vorhang aus Wasser verbergen, platzte der Regen jetzt erst richtig los.

10

Fee konnte spüren, dass auch Nelly neben ihr zitterte, und das lag nicht nur an der durchnässten Kleidung und der Zugluft, die durch die Dachritzen strich, als würde das Haus ihnen seinen Atem in den Nacken hauchen.

»Er ist uns nicht gefolgt«, wiederholte Nelly zum dritten Mal, seit sie sich auf den Dachboden geflüchtet hatten. Es klang wie eine Beschwörung.

»Nein«, antwortete Naara völlig ruhig. »Hier ist es sicher.« Es waren die ersten Worte, die sie sprach, seit sie den Park verlassen hatten. Ihr Gesicht hatte auch der Regen nicht reingewaschen, aber im Schein von Fees Taschenlampe konnte man erahnen, dass ihr Haar nur wegen des Rußes schwarz wirkte und in Wirklichkeit wohl eine andere Farbe hatte. *Goldblond?*, vermutete Fee beim Blick auf eine hellere Strähne. In Izzys Sachen, die ihr perfekt passten, wirkte Naara fast wie ein normales Mädchen in Jeans und enger dunkelblauer Jacke. Aber nur fast. Als sie in ihr Versteck trat und sich umschaute, merkte man, wie ungewohnt solche Kleidung für sie war. Ihre Bewegungen waren so ungelenk und staksig, als hätte sie noch nie im Leben eine Jeans angehabt. Direkt vor dem Bett blieb sie stehen. Fee hatte es mit weißer Bettwäsche bezogen. Sogar ein geblümter Pyjama von Isabelle wartete hübsch zusammengefaltet auf dem Kopfkissen.

»Handtücher und Seife liegen neben der Waschschüssel.« Nelly war offenbar froh, sich wieder in die Sicherheit von Plänen und Vorkehrungen flüchten zu können. »Und genau ein Stockwerk tiefer ist sogar eine Toilette mit einem Waschbecken auf dem Gang. Wir haben dir außerdem belegte Brote gemacht und in der Thermoskanne ist Tee …«

Naara ließ sich in ihren nassen Sachen auf dem Bett nieder. »Halt!«, riefen Fee und Nelly aus einem Mund. Aber das Mädchen schlüpfte einfach so, wie es war, unter die weiße Decke. Ihr Haar hinterließ einen Fächer aus nassen dunkelgrauen Streifen auf dem Kopfkissen. »Vergiss deinen Schwur nicht«, sagte Naara mit großem Ernst zu Fee. Dann strich sie mit den Fingerspitzen über das Laken und schloss die Augen. »Keine Seide«, murmelte sie ein wenig enttäuscht und rollte sich wie eine Katze zusammen. Von einer Sekunde auf die andere wurden ihre Atemzüge tief und regelmäßig, ganz so, als wäre der Schlaf traumloses Wasser, in das man sich einfach fallen lassen konnte.

Nelly war fassungslos. »Wer ist sie? Die Prinzessin auf der Erbse? Und ein *Dankeschön* wäre ja auch ganz nett gewesen.« Eine Weile betrachteten sie ratlos die schlafende Gestalt, dann schaltete Fee ihre Taschenlampe aus.

Fee hätte schwören können, dass sie in dieser Nacht keine Sekunde schlafen könnte. Aber irgendwann musste sie wohl doch eingedämmert sein, denn sie …

… träumte.

Schon wieder von den Gespenstern, die sich murmelnd unterhielten. Stoff raschelte und irgendwo spielte jemand auf einer Gitarre. Fee öffnete die Augen und stellte fest, dass sie auf einem warmen Steinboden in einem winzigen Raum lag. Er bestand aus schwarzen Mauersteinen. Über ihr schien ein Schacht nach oben zu führen. Vor dem Ausgang stand als Absperrung ein kniehohes Metallgitter aus geschmiedeten Rosenranken. Fees Blick blieb an einem Steinquader haften. Der Stein war nummeriert. »70« prangte dort in weißer Farbe.

Langsam stand sie auf trat ans Gitter. Der von Kerzen erleuchtete Raum dahinter kam Fee vage bekannt vor, was vielleicht daran lag, dass der Boden aus einem Mosaik bestand. Nur waren es hier keine schwarz-weißen Rosen, sondern rote und goldene Blätter. Alle Fenster waren mit dunklen Tüchern verhängt. Um ein Bett hatte sich eine Gruppe von Menschen versammelt, die an Figuren aus einem Fantasyfilm erinnerten. Sie trugen lange Umhänge mit Goldstickereien. Die Frisuren der Frauen hätten aus Izzys YouTube-Videos stammen können. Es waren geflochtene Kunstwerke, geschmückt mit Bändern und Federn. Ein blonder Junge, der vielleicht zehn Jahre alt war, spielte auf einem Instrument, das einer mittelalterlichen Laute ähnelte. Säume schleiften über den Steinboden, als die Gestalten am Bett einer Frau Platz machten. Fee sah nun, dass auf dem Bett ein Mann mit geschlossenen Augen ruhte. Sein kupferrotes Haar war schon von grauen Strähnen durchzogen. Die Frau konnte Fee nur von hinten sehen, sie beugte sich über den Mann und hob vorsichtig die Decke an. Auf Höhe seiner Schulter leuchtete ein weißer Verband. Live Action Role

Playing, *dachte Fee. Izzys LARP-Gruppe stellt eine Versammlung von Elfenkriegern dar, die einen Verwundeten umringen. Die Frau spielt die Heilerin. Und dann musste sie lächeln, als sie erkannte, dass sie in diesem Traum wirklich all ihre verrückten Erlebnisse des letzten Tages durcheinandermischte.* »Namár«, *sagte die Frau in demselben Tonfall, in dem Naara dieses Wort gebraucht hatte. Fee bemerkte, dass sie die Luft anhielt, als dürfte sie sich nicht verraten. Aber es war ja nur ein Traum, also atmete sie aus. Ein Luftzug ließ die Kerzenflammen im Raum flackern. Einige erloschen. Die Musik hörte auf. Die Menschen fuhren zu Fee herum. Aber ihre Blicke gingen einfach durch sie hindurch, als wäre sie unsichtbar. Nur der blonde Junge mit der Laute starrte sie an wie einen Geist. Das Traumbild begann zu wabern und sich aufzulösen. Fee blinzelte …*

… und fand sich in ihrem Zimmer wieder. Regen trommelte gegen die Scheibe, die Morgendämmerung schlich sich an und neben ihr schlief Nelly tief und fest. Fee setzte sich vorsichtig auf. Ihr Kopf dröhnte und sie hatte furchtbaren Durst. Lautlos schlüpfte sie aus dem Bett und schlich in die Küche. Papas Laptop stand aufgeklappt auf dem Tisch. Fee holte sich ein Glas Wasser und schaltete es ein. In den Morgennachrichten und Newstickern fand sie keine einzige Meldung über ein vermisstes Mädchen. Sie gab weitere Worte ein, kombinierte und klickte sich von Ergebnis zu Ergebnis.

»So früh schon wach?« Fee wäre fast vom Stuhl gefallen. Es war ein Rätsel, wie es ihr Vater schaffte, über die Dielen zu laufen, ohne dass sie knarrten. Lautlos war er aus dem Nichts aufgetaucht und schaute Fee über die Schulter. *Leo*

Mansion, prangte dort noch als Suchbegriff. *Spukhaus – Paranormale Erscheinungen …*

Fee wollte den Browser wegklicken, erwischte aber aus Versehen nur den Zurück-Button. Die vorherige Seite poppte auf und zeigte die anderen Suchbegriffe: *Barackensiedlung Oststadt, Polizeieinsatz, Einbrecher, Brandstiftung, Entführung, vermisstes Mädchen …*

»Was liest du denn da?«, fragte ihr Vater verwundert.

Hektisch klappte Fee das Laptop zu. »Nichts. Ich surfe nur herum.«

Aber ihr Vater schloss die Küchentür und setzte sich zu ihr an den Tisch. »Ich habe es mir gestern schon gedacht, als du so verstört und fahrig warst«, sagte er sanft. »Es ist nicht nur der Tornado, der dir einen solchen Schrecken eingejagt hat. Dir sind die Bewohner der Siedlung nicht geheuer – und das Herrenhaus findest du schrecklich, stimmt's?«

Fee strich sich das Haar hinter die Ohren. »Ich finde es … irgendwie gruselig.«

Was eine wirklich freundliche Umschreibung war.

Ihr Vater lächelte. »Ich weiß, dass wir dir mit diesem plötzlichen Umzug einiges zumuten. Es ist für dich nicht leicht, dich auf so viel Neues auf einmal einzustellen.« Fee hätte gute Lust gehabt, ihrem Vater zu erzählen, dass er nicht den Hauch einer Idee hatte, was *nicht leicht* und *so viel Neues auf einmal* in diesem Haus bedeutete. Aber Naaras Worte hallten ihr im Gedächtnis. *»Vergiss deinen Schwur nicht.«*

»Die Gegend hinter dem Herrenhaus ist nicht toll«, fuhr ihr Vater fort. »Aber die Barackensiedlung gehört doch gar nicht mehr zu unserem Viertel. Und bei uns hier werden bald andere Familien wie wir einziehen. Du wirst dich zu Hause fühlen …«

»Mein Zuhause war die Lilienstraße!«, rutschte es Fee heraus.

Ihr Vater nickte. »Ich verstehe dich ja, Motte. Aber in der winzigen Hochhauswohnung haben deine Mutter und ich schon gehaust, als wir beide noch in der Ausbildung waren. Es war unmöglich, darin noch länger als Familie zu wohnen. Dein Zimmer war so klein, dass gerade mal ein schmales Bett reingepasst hat …«

»Aber es war *mein* Bett! Nelly hat nur zwei Häuser weiter gewohnt und Mama hat sich noch normal benommen …« Sie biss sich auf die Unterlippe. Aber dann setzte sie leiser hinzu: »Ist doch wahr. Außerdem war *sie* es doch, die unbedingt Hals über Kopf hierherziehen wollte, nicht du. Und mich hat keiner gefragt.«

Ihr Vater legte ihr die Hände auf die Schultern. In seinem hellblonden Haar glänzten noch ein paar Spritzer Goldfarbe vom gestrigen Streichen. *Na prima*, dachte sie missmutig. Sogar Papa verwandelte sich hier in eine Gestalt aus Mamas Märchenbüchern. Der König mit den drei goldenen Haaren, der manchmal auch die Gestalt eines schleichenden Bären annahm.

»Du hast ja recht, Anna-Fee«, lenkte ihr Vater ein. »Wir haben uns sehr schnell entschieden, ohne dich zu fragen. Und dass wir hier eingezogen sind, noch bevor alle Renovierungsarbeiten im Flügel abgeschlossen sind, war der Wunsch deiner Mutter. Sie wollte das Haus noch ein wenig für sich allein haben, bevor es hier vor Nachbarn wimmelt.

Sie träumte nämlich schon in ihrer Kindheit davon, hier zu leben. Als wir uns ein Jahr kannten, hat sie mir diesen heimlichen Wunsch anvertraut. Bei unserer Hochzeit habe ich es ihr feierlich versprochen, mit ihr eines Tages im *Leo Mansion* zu wohnen. Und zugegeben, das ist vielleicht nicht der Ort, den ich mir selbst zum Leben ausgesucht hätte. Aber deine Mutter liebt ihn, also ist er auch mein Zuhause. Auf eine Art gehören dieses Haus und deine Mutter einfach zusammen, verstehst du?«

Und außer mir findet das wohl niemand schräg, dachte Fee.

»Ihre plötzliche Begeisterung für antike Möbel und Kleider … okay, das ist vielleicht zu viel Märchengold auf einmal«, fuhr ihr Vater fort. »Aber so ist es eben, wenn Wünsche nach so langer Zeit in Erfüllung gehen. Für eine Weile ist man wie im Rausch, als müsste man all das, was man sein ganzes Leben lang so schmerzlich ersehnt und vermisst hat, in wenigen Tagen nachholen. Das wirkt bestimmt irritierend auf Töchter, die ihre Mutter so noch nicht kennen, nicht wahr? Vor allem, wenn sich eine Tochter so verloren und heimatlos fühlt, dass alle ihre alten Ängste plötzlich um ihr Bett tanzen.«

Fee senkte den Blick auf ihre Hände. Manchmal vergaß sie, wie gut ihr Vater sie kannte. In all dem Chaos des gestrigen Tages war er wie ein fester Halt, sicher und vertraut. Aber für einen Moment fürchtete sie, er könnte ihr in die Augen schauen und alles darin sehen, was sie ihm auf keinen Fall erzählen durfte.

»Ich wusste nicht, dass Mama so viel vermisst hat. Sie hat mir nie gesagt, dass sie sich die Wohnung hier so sehr wünscht. Niemals! Sie hat mir auch nie zuvor das alte Foto von sich gezeigt oder von dieser Freundin erzählt.«

Sie versuchte nicht gekränkt und enttäuscht zu klingen, aber ihr Vater zog sie in eine bärenhafte, feste Umarmung. »Das liegt daran, dass es zwei Arten von Wünschen gibt«, hörte sie ihn brummen. »Die einen sind Glühwürmchen. Sie begleiten uns, viele verlöschen auf dem Weg und an ihrer Stelle leuchten sofort neue auf. Doch manche Wünsche sind Sterne. Sie verstecken sich manchmal jahrelang hinter Wolken. Aber man weiß, sie sind trotzdem da. Wenn der Himmel klar ist, leuchten sie in tiefster Nacht so hell, dass wir niemals einsam sind. Sie weisen uns außerdem den Weg zu unserem eigenen Herzen. Nur sind diese lebenswichtigen Wünsche immer mit Geheimnissen verheiratet. Man darf sie höchstens einem anderen Menschen anvertrauen und sogar das kann zu viel sein. Bis sie sich erfüllt haben, behält man Sternenwünsche am besten ganz für sich, sonst verwandeln sie sich in … Glühwürmchen.«

»Jetzt klingst du ja auch schon wie ein Märchenonkel!« Aber ein bisschen musste Fee nun doch lachen.

Papa stand auf und verbeugte sich übertrieben vornehm. »Königin Silke wartet auf ihren Morgenkaffee«, näselte er. »Und Ihr, holde Prinzessin, habt das Privileg, Euch wieder in Euer Löwenbett zu begeben. Schließlich habt Ihr noch Sommerferien, während König und Königin zur Arbeit müssen.«

11

Nelly und Fee saßen wie auf Kohlen, während Fees Mutter am Frühstückstisch herumnestelte. »Ich verstehe euch Mädchen nicht«, sagte sie und gähnte herzhaft. »Ihr hättet ausschlafen können. Nelly muss doch erst gegen zehn wieder zu Hause sein.« Nelly zeigte ihr Sonnenschein-Lächeln, und Fee bemühte sich, harmlos dreinzuschauen, während ihre Mutter endlich aufstand. Heute trug sie wieder ihr Sekretärinnen-Outfit, das brave blaue Jackett mit Seidenhalstuch und dazu eine edlere Jeans. Das Haar hatte sie wie immer hochgesteckt. »Und habt ihr gar keinen Hunger?«, sagte sie verwundert.

»Doch, klar!«, riefen Nelly und Fee wie aus einem Mund und griffen gleichzeitig nach den Brötchen. Mama hob verwundert die Brauen. »Ist das eine Challenge? Synchrones Frühstücken? Tja dann … Viel Spaß bei deiner Großmutter, Helene. Und Fee – ich habe dir den Einkaufszettel und Geld auf den Kühlschrank gelegt. Bis später!« Fee und Nelly winkten brav und horchten, bis auch der letzte Schritt draußen verklungen war, dann warfen sie die Brötchen zurück in den Korb und schossen hoch.

Die Tassen klapperten, Kakao schwappte auf die Brötchen, als sie mit dem schwer beladenen Tablett den Dachboden erreichten. »Naara?« Fee klopfte wie ein höflicher Besucher an eine Kiste der Trennwand. Nelly stellte das Tablett auf einer Truhe ab. »Sie scheint noch zu schlafen.«

Zusammen umrundeten sie die Kistenwand und linsten zum Bett. Es war zerwühlt wie von einer unruhigen Nacht. Und außerdem leer.

»Na toll«, entfuhr es Nelly. Fee konnte gar nichts sagen. Im Bruchteil einer Sekunde irrlichterte ein Gewitter von Horrorbildern durch ihren Kopf: Naara, im Schlaf überrascht von ihrem Verfolger. Naara entführt und gefesselt, völlig orientierungslos herumirrend oder auf der Flucht …

Nelly holte sie wieder auf den Boden zurück. »Hoffentlich geistert sie nicht in Danes' Revier herum«, sagte sie nur genervt. »Dann fangen wir Aschenbrödel mal lieber schnell wieder ein.«

Von »schnell« konnte keine Rede sein. Seit einer Ewigkeit durchkämmten sie bereits jeden Winkel des Südflügels. Inzwischen rannten sie so schnell die Treppen auf und ab, dass das Echo ihrer Schritte wie Ponygalopp in den Gängen hallte. Erst auf der Treppe zum Zwischengebäude wurden sie langsamer und begannen zu schleichen. In der Eingangshalle gingen immer noch Arbeiter ein und aus. Man hörte Mister Danes im Park Befehle bellen. *Hoffentlich ist Naara nicht im Park*, schoss es Fee durch den Kopf. Aber warum sollte sie ausgerechnet dorthin zurückgehen?

Nelly zupfte an ihrem Ärmel. »Schau mal, der Durchgang zum Nordflügel ist offen.«

Fee fuhr herum. Dort, wo die Treppe zum ersten Stock bisher immer an einer fest verriegelten Flügeltür geendet hatte, standen die Flügel nun einen Spaltbreit offen. »Vielleicht ist unser Prinzesschen ja dort«, flüsterte Nelly.

Fees ganzer Rücken kribbelte vor Unbehagen, als sie auf Zehenspitzen durch die Flügeltür traten. Anders als im Südflügel führten hier keine Treppen weiter in die oberen Stockwerke. Die Fenster dieses Saals hatten den Sturm seltsamerweise alle heil überstanden. Und komischerweise duftete es betäubend nach Weihrauch und verbrannten Kräutern, obwohl es hier kein verkohltes Platanenholz gab und die Fenster geschlossen waren. »Wow!«, sagte Nelly ehrfürchtig. »Was für ein Riesensaal! Ist das echtes Gold?« Sie begutachtete fasziniert die vergoldeten Spiegel, die tief hängenden Lüster mit blattförmigen Kristallen und das Deckengemälde. Fee war sich sicher, dass ihre Mutter vor Begeisterung ausflippen würde. Das Gemälde stellte Menschen in altertümlichen farbigen Gewändern dar, die in einer märchenhaften Landschaft ein Fest feierten und tanzten. Überall blühten Rosen und Frühlingsblumen, aber auch Herbstlaub wehte schimmernd im Wind. Es schien wirklich aus Blattgold gemacht zu sein. Im Hintergrund war ein Fluss zu sehen, an dessen Ufern Schnee lag. In den eisigen Fluten tummelten sich Nixen mit Silberhaar. Und über dem Fluss entdeckte Fee einen Schwarm schlanker Drachen am Himmel. Sie flogen schlangengleich anmutig zwischen den Wolken. Ihre Augen waren rot funkelnde Edelsteine. »Verrückt«, murmelte Fee. »Wozu braucht eine Firma einen solchen Ballsaal?« Sie trat auf Zehenspitzen zum einzigen Fenster in der Reihe, das nicht mit Kartons blockiert war. Draußen konnte sie genau auf die verwüstete Fläche schauen. Der schwarze Stamm der Platane war bis auf einen Wurzelstumpf zersägt worden, aber das war es nicht, was sie irritierte. »Nelly? Schau dir den Park an.«

Nelly trat neben sie und hob erstaunt die Brauen. »Ist über Nacht der Herbst ausgebrochen?«

Gestern waren die Bäume noch grün gewesen, nur wenige Blätter hatten sich bereits herbstlich verfärbt. Aber jetzt erschien es Fee, als hätten sich die Herbstblätter aus dem Gemälde gelöst und wären nach draußen geweht worden. Die Blätter, die nach dem Sturm noch an den Bäumen hingen, hatten sich ebenfalls verfärbt. Und auch weiter hinten im Park leuchtete es herbstlich orangefarben und golden. Fee wich ein wenig zurück, als ein Gartenarbeiter in ihr Sichtfeld trottete. Sein langes Haar war zu einem Pferdeschwanz zusammengebunden. Träge begann er damit, den goldenen Blätterteppich mit einem Rechen zusammenzuschieben. Er achtete nicht auf die Frau, die wie aus dem Nichts am Fuß des Platanenstammes aufgetaucht war. Fee hielt den Atem an. Die Frau stand mit dem Rücken zu Fee, aber Fee hätte schwören können, dass es die Heilerin aus ihrem Traum war. Ihr langer goldbestickter Mantel bauschte sich leicht im Wind. Der Mann mit dem Rechen war direkt neben ihr, aber sie beachteten einander nicht, als würden sie sich gar nicht wahrnehmen.

»Siehst du die Frau, Nelly?«, wisperte Fee.

Nelly folgte mit dem Blick Fees ausgestrecktem Zeigefinger. »Nein, wo denn?«

»Na, direkt vor der Platane.« Während sie das sagte, löste sich die Gestalt einfach auf wie eine Spiegelung über heißem Asphalt.

»Das ist doch nur der Gärtner«, sagte Nelly. »Okay, mit der Frisur sieht er schon ein bisschen aus wie Frau Schmitt aus der Metzgerei.«

Fee schwieg. *Jetzt ist es so weit*, dachte sie. *Ich drehe völlig durch und sehe am helllichten Tag Traumfiguren durch die Gegend spazieren.*

»Schau mal, hinter den Kisten!« Nelly stieß sie an und zeigte aufgeregt zum Ende der Fensterreihe. »Die Statue!«

Vorsichtig und eng aneinandergedrängt näherten sie sich den Marmortrümmern. Jemand hatte die Einzelstücke der zerbrochenen Statue wie ein großes Puzzle zu einer ungefähren Gestalt angeordnet. Jedes Bruchstück war mit roter Farbe nummeriert.

»Das sieht aus wie dieser *Translocation Service*«, flüsterte Fee. »Meine Eltern haben uns doch davon erzählt …«

»Pst!« Nelly fuhr herum und lauschte zur Tür. Auf der Treppe näherte sich jemand stampfend und schnaufend. Erst jetzt fiel Fee auf, dass der Saal weder weitere Türen noch eine zweite Treppe hatte. Er war eine gigantische Sackgasse. Reflexartig hechteten sie zur Flügeltür und drückten sich daneben an die Wand. Keine Sekunde zu früh. Danes schlurfte nur einen Meter von ihnen entfernt in den Saal, in den Armen einen offenbar sehr schweren Karton. Seine Hemdsärmel waren hochgekrempelt und enthüllten einen Verband am linken Unterarm. Ohne die ungebetenen Gäste zu bemerken, ließ er sich bei der Steinfrau ächzend auf den Knien nieder. Vorsichtig wie ein Archäologe nahm er dann weitere Trümmerstücke aus dem Karton und platzierte sie an der liegenden Figur. Er wandte Fee und Nelly den Rücken zu, so konnten sie es wagen, sich aus dem Türschatten zu stehlen und auf Zehenspitzen hinauszuschleichen. Sie wären fast gestolpert, als Mister Danes zu sprechen begann.

»Für deine Zerstörung wird sie büßen, Sabina«, murmelte er. »Diese niederträchtige *Harpyie*! Gestern ist sie mir im Park entwischt. Aber ich weiß, sie ist immer noch hier und versteckt sich irgendwo. Wir werden sie aufspüren. Und sobald wir sie gefunden haben, schneide ich ihr eigenhändig ihr kaltes, verräterisches Herz heraus.«

»Bitte sag mir, dass ich mich verhört habe«, flüsterte Nelly, sobald sie wieder im Südflügel waren. »Der Typ ist ja ein Psycho! Und die Steinlady hatte einen Namen?«

Fee nickte beklommen. *Und das bedeutet, Danes weiß, dass die Statue gelebt hat.*

»Glaubst du, er hat von Naara gesprochen, Fee? Ich meine, dass er ihr das Herz …«

»Hört sich so an. Und was meint er mit *Harpyie*?«

»Im Computerspiel meines Bruders sind das fliegende Fabelwesen, halb Frau, halb Drachenvogel. Komm, wir müssen Naara finden! Du suchst noch einmal unten. Ich schaue vor dem Haus nach.«

»Du glaubst, sie ist nach draußen gegangen?«

»Vielleicht ist sie vor Danes geflüchtet. Ich lasse die Tür angelehnt und stoße dann gleich wieder zu dir.«

Fee schlich noch einmal auf Zehenspitzen durch das ganze erste Stockwerk. Heute schien das Haus von einer besonders dichten Friedhofsruhe erfüllt zu sein. Der lange Gang, der am äußersten Ende des Gebäudes an der Straßenseite lag, war ebenso leer wie vorhin. Fee wollte schon wieder umkehren, als sie ein Seufzen hörte. Und dann wurde ihr vor Erleichterung ganz schwindelig. Ein Ellenbogen ragte nun aus einer Fensternische. *Sie saß also die ganze Zeit auf dem Fensterbrett!* Trotzdem komisch, dass sie Naara vorhin übersehen hatte.

Mit untergeschlagenen Beinen und genauso schmutzig, wie sie sich gestern ins Bett gelegt hatte, kauerte das Mädchen an die Scheibe eines Fensters gelehnt und schaute hinaus zu den Autos.

»Was machst du hier?«, fuhr Fee sie an.

»Was ist das für ein fürchterliches Land?«, gab Naara zurück. »Dieser graue Fels überall und Metall auf Rädern, das sich von selbst bewegt … Ich will nach Hause!«

Ich auch, dachte Fee. *Zurück in mein Zimmer in der Lilienstraße, weg aus diesem Haus, in dem ich schon am Tag Gespenster sehe.*

»Komm mit.« Sie wollte Naara am Arm fassen und vom Fenster wegziehen, als ihr Blick auf die Straße fiel. Naara keuchte auf, als Fee sie um die Taille packte und mit aller Kraft vom Fensterbrett riss. Polternd landeten sie auf dem Boden. Rußiges Haar streifte über Fees Gesicht.

»Was soll das?«, zischte Naara.

»Jemand hat dich von der Straße aus beobachtet.«

Naara wand sich aus der Umklammerung und Fee ließ sie

nur zu gerne los. Denn wie beim ersten Mal, als sie einander berührt hatten, sträubte eine Gänsehaut sogar die feinen Härchen an ihrem Nacken. Es hatte etwas mit Naaras Haar zu tun, das Fee berührt hatte. *Irgendetwas passt hier nicht zusammen*, dachte sie völlig irritiert. *Aber was?*

»Ist *er* da draußen?«, stieß Naara atemlos hervor.

Woher soll ich das wissen?, hätte Fee am liebsten geschrien. »Möglicherweise. Kannst du dich denn wirklich überhaupt nicht daran erinnern, wie dein Verfolger aussah? Nicht einmal, ob er alt oder jung war?«

Naara schüttelte den Kopf. »Sie können jede Gestalt annehmen. Sie tragen Masken«, hauchte sie. »Masken aus Haut.« *Danke, das ist genau das Bild, das mir jetzt auch noch gefehlt hat*, dachte Fee mit einem Frösteln. Sie stand auf und spähte ganz vorsichtig aus dem Fenster. Da unten liefen nur ein paar Passanten vorbei, ohne einen Blick ans Herrenhaus zu verschwenden. Auf der Baustelle konzentrierten sich die Maurer auf den Bagger an der Baugrube. Aber Fee hätte schwören können, dass auf dem Gehsteig direkt an der Baustelle eben noch eine Gestalt zu ihnen hochgestarrt hatte.

Es war komisch, mit Naara zusammen die Wohnung zu betreten – als würden sich zwei Welten berühren, die überhaupt nicht zusammenpassten. Auch Naara fühlte sich sichtlich unbehaglich. Verunsichert betrachtete sie die Schalter an den Wänden und die Plastikfolie, die sich noch von der Maleraktion gestern im Flur ballte. Fee war erleichtert, als Nelly sofort an ihr Handy ging. Verkehrslärm rauschte im Hintergrund. »Ich habe sie«, sagte Fee statt einer Begrüßung. »Wir sind oben in der Wohnung.«

Ein Aufatmen am anderen Ende der Leitung. »Super! Ich komme gleich nach.«

Naara war nicht mehr im Wohnzimmer, nach kurzer Suche fand Fee sie in ihrem Zimmer. Sie stand am Fenster und blätterte in einem von Fees Notenheften. »Du bist eine Musikerin?«, fragte sie mit einem Lächeln.

Fee schaute seufzend auf die grauen Fingerabdrücke unter den Noten und schüttelte den Kopf. »Nein, ich übe nur ab und zu auf der Gitarre. Warum hast du dich nicht gewaschen? Wir haben dir doch Wasser hingestellt. Und dazu eine Schüssel und Seife …«

»Ich soll stehendes Wasser anfassen?« Naara hörte sich so entgeistert an, als hätte Fee ihr vorgeschlagen, ein Bad in Gulaschsuppe zu nehmen. »Ich brauche Fließwasser«, fuhr sie fort. »Bitte sag mir nicht, dass ihr in eurem schrecklichen Land nur Totwasser habt!«

Doch unter »Fließwasser« hatte Naaras sich wohl etwas anderes vorgestellt als eine Dusche in einem weiß gekachelten Badezimmer. Sie schluckte sichtlich, als sie die Fliesen betrat. Und als Fee das Licht einschaltete, riss sie die Hände vor dem Gesicht hoch, als wäre sie ein Vampir im Sonnenlicht, und sprang in den Flur zurück. »Willst du mich umbringen?«

»Das ist doch nur elektrisches Licht«, erwiderte Fee verwundert.

»Ich ertrage es nicht!«

»Okeeeey.« Fee war etwas ratlos. »Wie wär's mit Teelichten?« Naara kniff misstrauisch die Augen zusammen. »Ich meine: kleine Kerzen«, korrigierte sich Fee. Im selben Moment fiel ihr auf, dass es völlig daneben war, vor jemandem, der gerade einen Brand überlebt hatte, mit Flammen herumzufuchteln. Aber Naara wechselte von einer Sekunde auf die andere von Empörung zu Freude. »Hier gibt es also Feuer?« Sie lachte erleichtert auf. »Warum sagst du das nicht gleich?«

Das ist jetzt wirklich schräg, dachte Fee völlig verdattert.

Wenig später tauchte ein Meer von flackernden Flämmchen den Raum in goldenen Schein und ließ das Duschwasser wie einen Kristallregen schimmern. Naara streifte Izzys Kleidung ab, als würde sie wie ein Schmetterling aus einem lästigen Kokon schlüpfen. Sie schnupperte an der Rosenseife und lächelte. Dann setzte sie sich in der Wanne unter den Tropfenschauer. Es war, als würden sanfte Hände aus Wasser und Rosenschaum einen schwarzen Schleier von Naaras Haaren ziehen. Und dann konnte Fee nur noch staunend zusehen, wie sich ein Schwarz-Weiß-Foto vor ihren Augen in ein leuchtend farbiges Gemälde verwandelte. Seifenschaum wusch die letzten Schlieren von einer makellosen Haut, auf der keine Brandblase zu sehen war. Fee schielte zu ihren eigenen Armen und Händen, auf denen seit gestern jede Menge Kratzer und blaue Flecken prangten. Als Naara das Haar schüttelte, fanden sich ihre vielfarbigen Strähnen zu lockeren Wellen zusammen. In Goldblond, Blutrot und Orange glühten sie wie ein Sonnenuntergang. *Als wäre Naara die größte Flamme im Raum*, dachte Fee. »Woher kommst du?«, fragte sie leise.

Ein Schatten schien auf Naaras Gesicht zu fallen. »Ich … erinnere mich nicht.«

»Auch nicht daran, was gestern passiert ist?«

Die Flammen der Teelichte schienen sich zu ducken, zwei von ihnen ertranken zischend im Wachs. Zum ersten Mal fiel Fee auf, dass das Mädchen kaum zwinkerte.

»Nein«, erwiderte Naara. »Ich sehe nur Bruchstücke, die nicht zusammenpassen.« Sie wandte sich ab und drehte den Hahn zu.

»Bist du eine *Harpyie*?« Das rutschte Fee einfach so heraus. Schon beim Aussprechen des Wortes aus Mister Danes' Mund kam sie sich albern vor. Aber andererseits: Sie musste nur Naara betrachten, um zu wissen, dass sich von nun an gar nichts mehr albern und unwahrscheinlich anhören würde.

Für einen Moment schienen das zitternde Kerzenlicht tiefe Schatten in Naaras Miene zu malen. Doch dann lachte sie plötzlich schallend los. Das war noch viel irritierender: Fee hatte das Mädchen noch nie lachen gehört. Es klang wie eine Melodie, kraftvoll und schön. Fee kam es so vor, als würden die Mauern des Hauses davor zurückschrecken und das Schweigen in dem Raum zischend und trippelnd davor fliehen. »Sehe ich aus wie eine *Harpyie*?«, fragte Naara.

Nein, dachte Fee. *Du siehst aber auch nicht wie ein normales Mädchen aus.* »Und … du hast auch noch nie eine lebende Steinfigur gesehen?«, bohrte Fee weiter. »Zum Beispiel in der Sturmnacht?«

Naara zog die Beine eng an den Körper und stützte das Kinn auf die Knie. Ihre Augen waren unbewegt auf Fee gerichtet, der lächelnde Mund gab nichts preis. »Nein. Warum fragst du? Gibt es in deinem Land nicht nur Metall, das sich von selbst bewegt, sondern auch Stein mit Herzschlag?«

Fee wich diesem intensiven Blick aus. »Manchmal vielleicht«, sagte sie vage. »Was … bedeuten die Worte, die du gestern gesagt hast? Du sagtest *Namár*. Und außerdem hast du mich *Finjamá* genannt.«

Naaras Lächeln bekam etwas Warmes, Weiches. »*Namár* bedeutet in meiner Sprache *Danke*«, antwortete sie sanft. »Und *Finjamá* heißt *Kleine Schwester*.« Mit einer anmutigen Bewegung strich sie sich das Haar über die Schultern zurück. Fee entdeckte zwei längliche, spitz zulaufende Narben genau auf Naaras Schlüsselbeinen. Sie schienen von einer alten Verbrennung zu stammen. Und genau wie bei Fee wirkte die Oberfläche der Narben ein wenig wie Echsenhaut.

»Wir sind einander ähnlich.« Naara streckte die Hand aus und strich mit dem Zeigefinger sacht über Fees Kinnbogen. Fee hätte zurückweichen müssen wie immer, wenn jemand auch nur in die Nähe ihrer Narben kam. Aber etwas Seltsames geschah. Naaras Berührung war ein warmes Kribbeln, das ein spinnenzartes Band zwischen ihnen wob.

»Deshalb vertraue ich dir«, sagte Naara. »Und du … vertraust mir doch auch?«

Fee nickte. Es stimmte wirklich. So irritierend und fremd

das Mädchen auch war, Fee konnte gar nicht anders, als auf ihrer Seite zu sein. Auch der letzte kleine Anflug von Zweifel löste sich auf, als Naara ihr nun strahlend zulächelte.

»Du hast ein gutes, aufrichtiges Herz«, flüsterte Naara. »Lass niemals zu, dass es dir jemand raubt.«

12

Die Türklingel hörte nicht auf zu schrillen, bis Fee den Hörer der Gegensprechanlage von der Station riss. »Mach auf!«, hörte sie Nelly rufen. »Schnell!« Ein paar Minuten später stürmte ihre Freundin in die Wohnung, als wäre eine Horde von Orks hinter ihr her. »Was ist passiert?«, rief Fee.

»Du hattest recht«, japste Nelly. »Es ist nicht nur Danes. Es gibt noch Verfolger Nummer zwei, der uns und Naara nachspioniert. Nachdem du vorhin angerufen hattest, bin ich noch kurz zu den Baracken gegangen. Mann, deine Mutter hatte wirklich recht. Da wohnen vielleicht kaputte Gestalten! Eine alte Hexe hat mich blöd angemacht und wollte ihren Hund auf mich hetzen. Und als ich zum Löwenhaus zurückgegangen bin, taucht oben auf der Mauer plötzlich dieser Typ auf, genau an der Stelle, wo auf der anderen Seite der Schuppen steht. Er hat bei dem Baum, auf dem du Naara gefunden hast, herumgeschnüffelt.«

Fees Herz machte einen Satz. »Hatte er eine Kamera dabei und trug ein altmodisches Jackett?«

Nelly nickte atemlos.

Also doch, dachte Fee. Der Kerl mit der Kamera hatte Naara von der Baustelle aus am Fenster beobachtet.

»Er ist losgerannt, als wollte er mich wie Spiderman von

oben anspringen«, haspelte Nelly weiter. »Als ich endlich wieder vorne an der Tür war, ist mir eingefallen, dass ich sie vorhin zugemacht hatte, damit keiner ins Haus schleichen kann. Deshalb habe ich geklingelt.« Endlich holte sie Luft. »Aber ich habe ihn abgehängt.«

»Warum warst du überhaupt bei den Baracken?«

»Ich dachte, wenn ich schon draußen bin, kann ich mir auch kurz das verbrannte Stockwerk anschauen.«

Das war Sherlock Nelly: Furchtlos ging sie in die Höhle des Löwen. Ihre Augen funkelten, als hätte sie ein großartiges Abenteuer erlebt. »Nummer zwei rennt nicht besonders schnell. Er ist sogar ziemlich huflahm, so, als hätte er sich den Knöchel verknackst. Gut zu wissen, oder? Wo ist eigentlich Aschenbrödel?« Nelly sah sich um entdeckte den Kerzenschein in der halb offenen Badezimmertür. »Huch! Ist der Strom ausgefallen?«

»Nein, Naara erträgt kein elektrisches Licht.«

»Sie *erträgt* es nicht?« Nelly hob die linke Braue. »Was braucht Ihre Hoheit noch? Handtücher aus Samt und einen roten Teppich?«

»Nelly, warte, du solltest wissen …«

Aber ihre Freundin war schon ins Badezimmer geschlüpft. Es dauerte genau eine Sekunde, bis ein Aufschrei durch den Flur gellte. Als Fee das Bad betrat, starrte Nelly Naara mit offenem Mund an. Und es war ein Anblick, der auch Fee den Atem verschlug. Naara saß am Rand der Wanne und hatte sich in Mamas Kimono-Bademantel gehüllt. Der Stoff war mit Mohnblumen verziert. Das Rot der Blüten brachte Naaras Haut noch mehr zum Leuchten. Das Haar war erstaunlich schnell getrocknet und umfloss sie nun wie ein irisierender Mantel. »Fee?«, raunte Nelly, ohne den Blick von Naaras dreifarbigem Haar zu wenden. »Sag mir bitte, dass das nur gefärbt ist.«

Fee musste sich nun doch ein Lächeln verkneifen. »Ich glaube nicht.«

»Warum nennst du sie Fee?«, wandte sich Naara ein wenig verärgert an Nelly. »Sie heißt *Anáfea*.«

»Nein, so heiße ich nicht«, widersprach Fee sanft. »Ich habe auch mehrere Namen, so wie du. Mein Vater hat mich Anna genannt. Und meine Mutter hat den zweiten Namen für mich ausgesucht. Erst wollte sie mich auf Englisch *Faye* nennen, aber dann hat sie sich doch für die deutsche Version entschieden. Ich heiße also tatsächlich *Fee*.«

»Oh!« Naara war ehrlich bestürzt. »Deine Mutter muss dich sehr hassen.«

»Wie kommst du denn darauf?«, rief Fee.

»Namen haben Macht über uns«, erklärte Naara mit großem Ernst. »Sie hallen in uns wider, sie sind Zauber oder Fluch. Ein Name zeichnet den Weg, den du gehen musst. Ein Mädchen, das *Anáfea* heißt, hat die Aufgabe, eine Bewahrerin zu sein, das Gedächtnis ihres Clans. Wie der Bernstein, der Kostbarkeiten umschließt und sie noch nach Jahrtausenden sichtbar und unversehrt verwahrt, hütet sie die Schätze und Erinnerungen ihrer Vorfahren. Aber *Fee*? Es war grausam von deiner Mutter, dich so zu verfluchen. Sie verdammt dich dazu, dein Leben im Schatten eines Namens zu fristen, dem du niemals gerecht werden kannst. Niemand kann etwas werden, was nicht existiert. Es ist, als wollte deine Mutter dich auslöschen. Wollte sie dich nicht haben? Oder bist du gar nicht ihr leibliches Kind?«

Fee war viel zu perplex, um darauf zu antworten. Dafür ergriff Nelly das Wort. »So ein Blödsinn!«, empörte sie sich. »Ihre Mutter liebt sie heiß und innig. Deshalb hat sie ihr so einen tollen und besonderen Namen gegeben. Niemand erwartet, dass Fee irgendwann den Zauberstab zückt und einen Kürbis in eine Kutsche verwandelt. Bei uns nennen manche Leute ihre Kinder sogar *Paris* oder *Apple,* und kein Mensch rechnet damit, dass ihnen irgendwann der Eiffelturm aus dem Kopf wächst oder Apfelblüten aus den Ohren.«

Naara schüttelte den Kopf. »Dann sind diese Leute sehr dumm.«

»Was bedeutet denn dein Name?«, fragte Nelly. »*Mangamädchen, das an allem nur herummeckert?*« Der frostige Blick, der sie traf, hätte eigentlich die Flammen verlöschen lassen müssen. Doch Nelly fuhr ungerührt fort: »Wenn du dich schon so gut an die Namen aus deiner Welt erinnerst, weißt du auch sicher wieder genau, wer du bist und …«

»Sie erinnert sich nicht«, fuhr Fee dazwischen.

»Schade«, konterte Nelly spitz. »Falls Danes ihr das Herz rausschneidet, wird sie nicht einmal wissen, warum.«

»Nelly«, zischte Fee. »Was soll das?«

Ihre Freundin zuckte betont cool mit den Schultern. »Schocktherapie. Vielleicht hilft das ihrem Gedächtnis ja auf die Sprünge?«

»Du glaubst mir also nicht«, sagte Naara scharf.

»Na so was, du kriegst ja doch was mit«, konterte Nelly im selben Tonfall.

Wow, was ist denn hier los?, dachte Fee. Die beiden funkelten sich an wie Streithähne, die sich jeden Augenblick die Federn ausrupfen würden.

Nelly verschränkte die Arme. »Ich habe nie gesagt, dass ich dir nicht glaube. Aber du wirkst nicht wie ein armes Waisenkind, das alles vergessen hat. Offenbar bist du ja nicht einmal ein Mensch.«

Naaras Lächeln war sichelfein und bitter. »Ist es so erstrebenswert, ein Mensch zu sein?«

Fee erschrak über die Feindseligkeit, die in diesen Worten mitschwang.

Nelly ließ trotzdem nicht locker. »Was bist du dann?«

Ein Schatten von Schmerz huschte über das klare Gesicht. Naara senkte den Blick auf ihre Hände. »Eine Verlorene«, erwiderte sie kaum hörbar. »Die nicht weiß, wer oder was sie ist.«

»Wir wollen dir helfen«, versicherte ihr Fee. »Aber wenn wir überhaupt keine Anhaltspunkte haben …«

Naara schluckte und schloss die Augen. »Ich weiß nur, dass ich ein Brautkleid trug und auf dem Weg zu einem Fest war. Aber ich wurde hinterrücks niedergeschlagen. Das Nächste, woran ich mich erinnern kann, ist Feuer und ein rundes Zeichen über einem Tor. Ich rannte und *sie* folgten mir. Es waren zwei, aber nur einer holte mich ein. Ich konnte ihn im Rauch nicht erkennen, fast blind habe ich mich gewehrt. Mein Sichelmesser zerschnitt Stoff und ich spürte, dass ich meinen Gegner verletzt hatte. Er ließ mich los – und ich floh mitten durch das Feuer.« Sie schlug die Augen auf und sah Fee an. »Danach erinnere ich mich nur noch an Wind und Sturm, ich bin herumgewirbelt worden und wurde ohnmächtig. Und als du mich gefunden hast, lag ich an einem ganz anderen Ort. Aber der einzige Weg zurück führt durch das Tor mit dem Zeichen. Durch die Flammen.«

Sogar Nelly war nun blass geworden. »Niemand kann durch Flammen gehen.«

Aber Naara lächelte nur müde und streckte die Hand nach einer Kerze aus. »Ich schon.«

Fee und Nelly schrien gleichzeitig »Nein!«. Doch Naara hatte die Hand schon so dicht über die Kerze gesenkt, dass Flammen zwischen ihren Fingern hervorzüngelten. Aber sie verbrannte sich nicht daran. Die Haut wurde hell, als würde sie von innen heraus zu leuchten beginnen. Dieses Licht breitete sich aus, bis das ganze Mädchen von warmem Schein durchdrungen war. Dort, wo der Kimono die Haut nicht bedeckte, leuchtete Naara hervor wie die Sonne zwischen Blättern. Sie hob den Blick und sah Fee an. Ihre Augenfarbe hatte sich von Braun zu transparentem Gold gewandelt. »Das Feuertor«, sagte sie leise. »Finde es, *Finjamá*, sonst muss ich sterben.«

13

»Okay, keine Panik.« Nelly versuchte sachlich zu klingen, aber ihre piepsige Stimme verriet sie. »Faktencheck: Wir haben ein feuerfestes magisches Mangamädchen, einen Psycho-Hausmeister, der sie sucht und Nummer zwei, der offenbar auch hinter ihr her ist.«

Fee nickte atemlos. »Sie hat gesagt, sie hat ihren Verfolger verletzt. Danes hat einen Verband am Arm …«

»… und Nummer zwei hinkt.«

»Er muss sich aber später verletzt haben«, wandte Fee ein. »Gestern Nacht konnte er noch wie ein Parkoursportler von der Baracke auf die Mauer springen. Aber vielleicht gehören Danes und Nummer zwei zusammen? Naara erzählte ja, es waren zwei Verfolger. Vielleicht haben sie gestern beide den Park bewacht. Einer vom Herrenhaus aus und der andere auf der Mauer? Und hast du gehört, was Danes vorhin gesagt hat? ›Wir werden sie aufspüren.‹ *Wir*!«

Nelly nickte und schaute besorgt zu Fees Bett. Naara hatte sich darauf ausgestreckt und schlief. Der Glanz ihrer Haut war wieder erloschen, nur das Haar breitete sich wie ein Fächer in allen Farben des Sonnenuntergangs über das Kissen.

»Zumindest wissen wir jetzt, dass sie garantiert nicht in

den Vermisstenmeldungen der Polizei auftauchen wird«, raunte Nelly. »Ist dir aufgefallen, dass sie von einem *Clan* gesprochen hat? Als hätte sie im Mittelalter in Schottland gelebt und eine Zeitreise gemacht.«

Fee nickte beklommen. »Und bei ihrem Clan gehören offenbar Messer zum Brautschmuck.«

Nelly pfiff leise durch die Zähne. »Feuertor … Das scheint eine Art Portal zu sein, durch das sie sich in unsere Welt gebeamt hat. Es muss sich irgendwo in den Baracken befinden, vermutlich in den ausgebrannten Räumen. Als sie dort landete, hat der Sturm sie mitgerissen und sie landete im Baum …«

Sie schreckten zusammen, als Nellys Handy klingelte. Fee fiel auf, dass ihre Freundin Klein-Lulus Kinderbild vom tobenden Danes als Display-Hintergrundbild eingespeichert hatte. »Das ist meine Mutter.« Nelly rannte zum Telefonieren in die Küche. Fee trat näher ans Bett und betrachtete Naara. Vorhin im Bad war ihr gar nicht aufgefallen, dass das Mädchen so tiefe Schatten unter den Augen hatte. Ihre Hand lag lose ausgestreckt auf dem Bett und berührte den Stapel mit frischer Kleidung von Isabelle. Ein weißes Shirt und eine grüne Fleecejacke, außerdem eine weite, an der Seite geknöpfte Cargo-Hose, die schon längst aus der Mode war.

»Fee!« Nelly winkte sie aufgeregt in den Flur. »So ein Mist, ich muss sofort nach Hause. Es ist schon längst zehn, meine Eltern sind stinksauer.« Sie schnappte ihre Jacke. »Wenn ich heute Nachmittag zurück bin, sehen wir uns in der Siedlung um.«

Es war seltsam, allein mit Naara zurückzubleiben. Plötzlich erschien Fee ihr neues Zuhause wie ein Museum. Die Jacken ihrer Eltern an der Garderobe, die Reihen von Schuhen und all die anderen vertrauten Sachen wirkten wie Ausstellungsstücke, die daran erinnern sollten, wie ihr ganz normales, sorgloses Leben noch vorgestern ausgesehen hatte. Fee holte sich auf Zehenspitzen ihre Gitarre und verkroch sich damit in die Küche. Sie griff mehrmals daneben, aber schnell fand sie sich in den schrägen Sound ihrer Lieblings-Ska-Band ein. Es war wie ein befreiendes Atemholen. Die Gedanken lösten sich in Klang auf, bis es nur noch Fee und die Melodie gab. Erst als sie zwischen zwei Akkorden hörte, wie der Schlüssel sich im Schloss drehte, hielt sie erschrocken inne. »Hallo Große!« Ihre Mutter kam gut gelaunt in die Küche. »Oh, wie nett, ihr habt ja den Frühstückstisch abgeräumt.«

Fee brach der Schweiß aus. Die Uhr über der Küchentür zeigte, dass es schon nach zwölf war. So lange hatte sie gespielt und die Zeit vergessen?

Ihre Mutter stellte ihre Tasche auf einen Stuhl. »Seit wann übst du in der Küche?«

»B… bessere Akustik«, antwortete Fee.

»Warum sprichst du so leise?«

Fee schielte in den Flur zu ihrer Zimmertür, die nur angelehnt war. »Nur so.«

Ihre Mutter entdeckte auf dem Kühlschrank den Einkaufszettel und das unberührte Geld.

»Ach, Anna-Fee!«, rief sie genervt aus. »Ich hatte dich doch gebeten, einzukaufen. Du weißt doch, ich muss heute noch einmal ins Büro.«

»Habe ich vergessen«, sagte Fee ehrlich zerknirscht.

Ihre Mutter seufzte. »Wo hast du in letzter Zeit nur deinen Kopf?«

Ein Getöse ließ sie herumfahren. »Oh nein«, stöhnte Mama auf. »Ich wusste doch, dass das Buchregal in der alten Wand nicht halten würde.«

Sie eilte ins Wohnzimmer. Fee nutzte den Moment und hechtete zu ihrem Zimmer. Naara war nicht mehr im Bett. Der Kimono-Mantel hing über dem Notenständer und Izzys Sachen waren verschwunden.

»Oh, hallo!«, hörte sie ihre Mutter im Wohnzimmer sagen. »Ich wusste ja gar nicht, dass Fee Besuch hat.«

Das Regal hing noch, aber die ganze Reihe mit den Märchenbüchern war wie bei einer Domino-Kettenreaktion umgefallen und auf den Boden gehagelt. Naara stand zwischen den verstreuten Büchern, aufgerichtet und wachsam, in der einen Hand ein Märchenbuch, auf dem ein mit Rosen überwuchertes Schloss in einem Märchenwald abgebildet war, die andere Hand hatte sie hinter dem Rücken versteckt. Sie trug Izzys Kleidung, die weite Hose hatte sie allerdings verkehrt herum angezogen. Aber wer solches Haar hatte, konnte auch in Bananenschalen gekleidet sein, und es würde niemandem auffallen. Fees Mutter jedenfalls bemerkte weder die Hose noch ihr Lieblingsmärchenbuch, das aufgeklappt direkt vor Naaras bloßen Füßen lag. Mit wenigen Schritten war Fee bei Naara, nahm ihr das Buch ab und sammelte die restlichen Bände vom Boden auf. *Goldmarie und Pechmarie*, las Fee unter einer Illustration.

»Das ist … äh … Marie«, haspelte sie. »Sie gehört zu

Isabelles Gruppe und ist nur kurz vorbeigekommen, weil … Isabelle ein Gitarrenintro für ein Video braucht.«

Wow, dachte sie. *Fünf Ausreden in vier Sekunden. Das würde nicht einmal Nelly schaffen.*

»Ach, für das Frisuren-Tutorial?« Ihre Mutter lächelte. »Du bist sicher ein tolles Modell, Marie. Aber das ist doch nicht dein richtiges Haar, sondern eine Perücke, stimmt's?«

Naara sah fragend zu Fee, die ein Nicken andeutete.

»Ja«, sagte Naara. Es klang eher wie eine Frage.

Eine unbehagliche Pause entstand.

»Sie wollte sich deine Sammlung ansehen«, brach Fee das Schweigen. »Sie liebt alte Bücher und Märchengeschichten.«

Mamas Augen begannen auf der Stelle vor Freude zu leuchten. »Na endlich mal ein Mädchen, das sich für meine Bücher interessiert! Welche Art von Märchen liest du denn gerne? Ich habe sogar welche, die keiner mehr kennt …«

»Mama«, murmelte Fee.

»Schon gut.« Ihre Mutter seufzte. »Anna-Fee kann man mit Märchen leider jagen. Du isst doch bei uns zu Mittag, Marie? Dann können wir uns unterhalten. Es gibt allerdings leider nur belegte Brote …«

»Sie muss nach Hause«, fiel ihr Fee ins Wort. *Immerhin das ist nicht gelogen.*

»Ja, nach Hause.« Naara rang sich ein entschuldigendes Lächeln ab.

Fees Mutter schien ernsthaft enttäuscht zu sein. »Hat mich trotzdem gefreut, dich kennenzulernen. Dann hoffentlich bis bald.«

»Hoffentlich … bis bald«, wiederholte Naara, als würde sie fremde Vokabeln nachsprechen. Wieder entstand eine komische Pause.

»Weißt du was?«, sagte Fee, bevor ihrer Mutter noch weitere Gesprächsthemen einfallen konnten. »Ich gehe einfach jetzt zum Einkaufen.«

Ihre Mutter hob überrascht die Brauen. »Dann reicht es aber nicht mehr für ein gemeinsames Mittagessen. Ich muss in einer Stunde wieder im Büro sein.«

»Ich beeile mich. Weißt du, wo die blaue Einkaufstasche ist?«

»In der unteren Schublade in der Küche.«

»Da habe ich sie aber nicht gefunden.«

Mama rauschte in die Küche. Naara wehrte sich nicht, als Fee sie am Ärmel packte und zur Haustür zog.

»Wo hast du denn deine Augen?«, rief Mama. »Hier ist sie doch.«

»Warte an der Treppe auf mich«, flüsterte Fee Naara zu. Diese nickte und huschte barfuß davon. »Tschüss, Marie!«, schickte Fee ihr laut hinterher.

»Oh, musste Marie so schnell weg?« Mama kam in den Flur, in der Hand die Einkaufstasche. »Nettes Mädchen. Ich wusste ja gar nicht, dass du dich mit Isabelles Gruppe angefreundet hast. Die sind doch alle älter als du. Und Fantasy fandest du doch immer genauso albern und langweilig wie Märchenfilme?«

»Ich helfe ja auch nur bei der Musik.«

Zum Glück ersparte ihr das Telefonklingeln weitere neugierige Fragen. Am anderen Ende hörte man Gerumpel und eine ziemlich aufgelöste Nelly. »Fee? Es ist etwas ganz Blödes passiert!«

»Was ist das für ein Krach?«

»Das ist ein Umzugswagen. Meine Eltern haben mir nicht gesagt, dass wir meiner Oma beim Umzug helfen müssen. Sie zieht ja zu meinem Onkel und wir übernachten bei ihm. Das heißt, ich komme erst morgen zurück.«

Fee rutschte das Herz bis fast zu den Knien. »Das geht nicht! Dann bin ich ganz allein mit …« Sie schaute zu ihrer Mutter. »… mit dem ganzen Kram.«

»Ich weiß«, kam es unglücklich zurück. »Meine Mutter behauptet, sie hätte mir das mit dem Umzug schon letzte Woche gesagt, und ich hätte nur nicht richtig zugehört.« In der ratlosen Pause hörte man, wie Nellys Vater nach ihr rief. »Ich muss wieder reingehen. Kommst du allein zurecht?«

Auf keinen Fall, wollte Fee rufen. Aber es blieb ihr nichts anderes übrig, als möglichst normal »Ja«, zu antworten. Ihre Mutter lehnte nämlich mit verschränkten Armen am Türrahmen und beobachtete sie mit gerunzelter Stirn.

»Am besten, Naara verschanzt sich auf dem Dachboden, bis ich zurück bin«, flüsterte Nelly hastig. »Ich melde mich später wieder.«

Es knackte, dann war Fee so allein wie noch nie in ihrem Leben.

»Du bist plötzlich ganz blass um die Nase«, bemerkte ihrer Mutter. »Schlechte Nachrichten?«

»Nö«, murmelte Fee. »Alles ganz prima.«

Naara hatte nicht an der Treppe gewartet, Fee fand sie auf dem Dachboden. In einem staubigen Streifen Sonnenlicht saß sie im Schneidersitz auf dem Bett. Jetzt erkannte Fee, was das Mädchen im Wohnzimmer die ganze Zeit hinter dem Rücken versteckt hatte: Mamas antiker Brieföffner in Form eines kleinen Dolchs steckte seitlich am Bund der Cargo-Hose. »Was hattest du denn damit vor?«

»Ich habe beim Kampf meine Kupfersichel verloren, ich brauche eine neue Waffe.«

Fee wurde ganz flau. »Das ist aber nur ein Brieföffner«, sagte sie zaghaft. »Meine Mutter wird ihn vermissen, das gibt nur Ärger.« Sie streckte die Hand aus. »Bitte gib ihn mir zurück.«

Naara zögerte. Aber zu Fees Erleichterung überreichte sie ihr schließlich widerwillig den Metalldolch. Fee atmete auf. »Hier bist du doch in Sicherheit.«

»Sicherheit!«, widerholte Naara nur bitter.

Wie unnahbar sie plötzlich wirkt, dachte Fee. »Warum hast du dir die Bücher meiner Mutter angeschaut?«, fragte sie nach einer Weile. Naaras Miene verdüsterte sich noch mehr. »Sie haben mich an Zuhause erinnert.«

»Du weißt also wieder, woher du stammst?«

»Nein, ich sehe nur wirre Bilder. Wie … Echos. Was ist mit dem Tor?«

Fee schluckte. »Wir suchen danach, sobald Nelly morgen wieder zurück ist. Und bis dahin …«

»Morgen? Dann ist es vielleicht schon zu spät. Sieh mich doch an!«

Naara streckte ihre Hände aus. Ihre Haut wirkte blasser

als vorhin im Badezimmer. Als hätte sie noch mehr Glanz verloren. Und Naaras Augen waren umschattet, als hätte sie drei Nächte nicht geschlafen. »Ich habe keine Zeit zu verlieren«, sagte Naara eindringlich. »Jede Stunde in diesem Land lässt mich schwächer werden.«

Fee schluckte. Noch nie hatte sie Nelly so sehr vermisst. »Du … hast gesagt, über dem Tor, durch das du geflohen bist, befand sich ein Zeichen? Kannst du es beschreiben?«

Naara blickte sich furchtsam um, dann schüttelte sie den Kopf und beugte sich so nah zu Fee, dass sie ihr ins Ohr flüstern konnte. »Dieses Haus ist nicht leer«, raunte sie kaum hörbar. Fee sah sich unbehaglich in dem leeren Raum um. Ihr Blick fiel auf die Kiste, auf der immer noch das Frühstückstablett von heute Morgen stand. Darunter ragte der Malblock hervor.

»Siehst du etwa auch Menschen, die … nur in deinem Kopf existieren?«, fragte Fee leise. »Ich meine Traumfiguren? Sie tauchen auf und verschwinden einfach. Und nach einer Weile ist man gar nicht sicher, ob man sie wirklich gesehen hat?«

Naara schüttelte den Kopf. »Ich soll mir *Menschen* einbilden? Nein! Aber spürst du nicht auch diesen fremden Atem? Als wäre das Haus lebendig und würde uns belauschen.«

Als hätte dieser Satz irgendetwas im Raum aufgestört, bewegte ein Luftzug die Spinnweben an den Dachbalken. Fee sprang auf wie elektrisiert.

»Nein!«, rief sie so laut in die staubige Stille, als könnte sie alles vertreiben, was ihr Angst machte. »Das ist nur Zugluft. Niemand hört uns zu.«

Sie holte den Malblock, klappte eine leere Seite auf und suchte in der Einkaufstasche nach dem Bleistiftstummel, der dort für Einkaufsnotizen bereitlag. »Aber wenn du dich belauscht fühlst und das Zeichen nicht beschreiben willst, dann mal es wenigstens auf.«

Naara begann zu strahlen. »Ich wusste, du lässt mich nicht im Stich!«

Es klang so erleichtert und dankbar, dass Fee sofort ein schlechtes Gewissen bekam. Naara rechnete also fest damit, dass Fee sich auch ohne Nelly auf die Suche nach dem Feuertor machen würde. Naara strich sich das leuchtende Haar auf eine Seite, beugte sich tief über das vergilbte Papier und begann konzentriert zu zeichnen. Isabelles Jacke war ihr über die Schulter gerutscht und über dem Halsausschnitt des Shirts konnte man einen Teil der Narbe erkennen. Fee räusperte sich. »Warum hast du eine Verbrennung, wenn Feuer dir nichts anhaben kann?«

Naara hob überrascht den Kopf. »Das ist keine Verbrennung, sondern ein Geburtsmal. Du hast doch auch eines.«

»Nein, meines ist eine Narbe.«

Das schien Naara wirklich zu erstaunen. »Eine Narbe?«

»Ja, ich hatte als Kind einen Unfall bei einem Camping-Urlaub …«

Naara legte beim Wort *Camping* fragend den Kopf schief.

»Das bedeutet, man fährt von Zuhause weg und übernachtet in Zelten«, setzte Fee hastig hinzu. »Am Abend hatten meine Eltern am Rand einer Schlucht ein Lagerfeuer gemacht. Mein Vater sagt, ich mochte damals alles, was hell war oder flackerte. Deshalb nennt er mich auch heute noch ab und zu *Motte*. Vielleicht wollte ich deshalb wieder zu diesem Feuer und bin mitten in der Nacht aus dem Zelt entwischt. Unter der Asche muss noch Glut gewesen sein. Ich muss mich daran verbrannt haben und dann bin ich wohl vor Schreck zurückgestolpert und einen Abhang hinuntergestürzt. Ich war erst eineinhalb Jahre alt und erinnere mich nicht daran. Mir ist jedenfalls nichts passiert. Naja, fast nichts.« Sie hob die vernarbte Hand.

»Du erinnerst dich also nicht.« Naara lächelte und gab Fee den Block zurück. »Dann sind wir uns ja noch ähnlicher, als ich dachte.«

14

Die Arbeiten im Park schienen beendet zu sein. Die Empfangshalle war leer und verlassen und die Tür zum Ballsaal wieder fest verschlossen. Mister Danes hatte sich wie ein Drache in seine Höhle irgendwo im Nordflügel zurückgezogen. Fee rannte die Treppe hinunter und trug ihr Fahrrad an den Löwen vorbei auf die Straße. Der Kerl mit der Kamera war nirgends zu sehen. Fee atmete auf schwang sich auf ihr Fahrrad. Zum Laden musste sie in Richtung Zentrum fahren, aber schon vor der ersten Kreuzung wurde sie langsamer. *»Morgen ist es vielleicht zu spät!«*, hallten Naaras verzweifelte Worte in ihr wider. Fee versuchte, sich auf die Ampel zu konzentrieren, aber es war unmöglich, die Erinnerung an die umschatteten Augen und die blasse Haut wegzuschieben. Noch schlimmer war das hoffnungsvolle Strahlen in Naaras Augen. *»Ich wusste, du lässt mich nicht im Stich!«* Fee beschleunigte das Tempo, aber mit jedem Meter fühlte sie sich mehr wie eine Verräterin. Und als der Laden in Sicht kam, wurde ihr klar, dass sie auf keinen Fall einfach nur einkaufen gehen und Naara vertrösten konnte.

Es war, als würde sie ein anderes Mädchen dabei beobachten, wie es so scharf bremste, dass einige Passanten sich erschrocken nach ihr umschauten. Ihr Herz stolperte schon beim bloßen Gedanken an die Baracken und den Mauerwächter, aber sie wendete und trat so fest in die Pedale, wie sie konnte.

In weitem Bogen umfuhr sie das Herrenhaus und bog scharf rechts ab. Wie sie vermutet hatte, landete sie hinter der Barackensiedlung. Wenn die Vorderseite schon nicht besonders hübsch war, dann hätte die Rückseite den Preis für die schäbigste Gegend aller Zeiten gewonnen. Fee musste vom Fahrrad absteigen, so viele Risse hatte hier der Asphalt. Blaugrau gestrichene Häuser reihten sich hier auf. Es roch nach Frittenfett und gärenden Gullys. Auf der anderen Straßenseite entdeckte sie einen Durchgang in das Siedlungsviertel, eine Art Graffiti-Tunnel. Sie nahm ihren ganzen Mut zusammen und schob ihr Fahrrad hindurch. Sie war überrascht, in einem ganz passablen Innenhof zu landen. Sogar spärliches Gras wuchs hier. Wäscheleinen spannten sich zwischen klotzförmigen Balkonen. Links von ihr befand sich ein Spielplatz mit einer verrosteten Schaukel. Drei ältere Teenie-Mädchen lungerten dort herum und unterhielten sich kichernd. Als sie Fee sahen, verstummten sie abrupt. Auch zwei alte Männer, die an einem Campingtisch Schach spielten, hielten inne und starrten Fee an, als wäre sie ein Einbrecher. Fee rückte verstohlen ihr Halstuch zurecht und zog den Ärmel über ihren narbigen Handrücken. »Ey, haste dich verirrt?«, tönte es plötzlich von oben. *Oh nein. Rentnerkino.* Sie wurde von mehreren Balkonen aus angestarrt. An einer Metallbrüstung lehnte außerdem einer der halbstarken *Gangsta.* »Schönes Bike«, rief er spöttisch. »Darfst du schon ohne Stützräder fahren?« Die

Mädchen prusteten los. Fee biss die Zähne zusammen und schob das Fahrrad mit hochrotem Kopf weiter zu den vorderen Wohnblöcken. Sie erschrak fast zu Tode, als aus einem Durchgang eine Art schwarze Kanonenkugel auf sie zuschoss. In der nächsten Sekunde stand sie drei Meter weiter rechts und hielt ihr Fahrrad wie ein Dompteur quer zwischen sich und einen dicken Hund, der sie wie ein hüpfendes schwarzes Sofakissen umkreiste.

»Ja, schnapp sie dir!«, hörte sie ein Mädchen rufen. Höhnisches Gelächter vermischte sich mit dem Knurren des Hundes.

»Lass sie«, sagte jemand hinter Fee. Das schwarze Biest plumpste mit dem Hinterteil auf den Boden. Fee erkannte nun, dass es ein Mops war. Oder eher ein kurzbeiniger Mopsdoggendackel, der aussah, als wäre er mit der Nase gegen eine Wand gelaufen. Statt eines Halsbands trug er ein pink geblümtes Tuch um den Hals. Die Glupschaugen schienen in verschiedene Richtungen zu blicken, eine zartrosa Zunge hing ihm aus dem Maul, und er hechelte, als würde er gleich einen Herzinfarkt bekommen.

»Was willst du hier bei uns?«, ertönte eine raue Stimme hinter ihr. »Fotos für Facebook machen von den ausgebrannten Zimmern?« Vor einem Hauseingang saß eine blasshäutige Oma auf zwei umgedrehten Getränkekisten und strickte. Ihr Gesicht war von scharfen Falten durchzogen. Aber wirklich alt sah sie seltsamerweise nicht aus. Sie hatte eine Lockenfrisur, die an die englische Queen Mom erinnerte. Ihr weißes Haar hatte einen Lilastich, der prima zu ihrem rosa Lippenstift und ihrem zeltartigen Blümchenkleid passte. Aber dazu trug sie Hauspuschen aus weißem Plüsch, die aussahen wie zwei überfahrene Kaninchen.

Fee erinnerte sich daran, die Frau schon einmal gesehen zu haben: Als im Fernsehen über den Tornado berichtet wurde, hatte sie mit anderen Bewohnern an der Straße gestanden. Und vielleicht war sie die »Hexe«, die damit gedroht hatte, den Hund auf Nelly zu hetzen?

»Euereins redet wohl nicht mit den armen Schluckern aus den Baracken«, bemerkte die Frau. »Denkst, du bist was Besseres, hm?«

»Das … stimmt nicht.«

»So? Warum kannst du dann nicht höflich grüßen wie jeder anständige Mensch?«

»Ey, haste dich verirrt«, ist auch nicht gerade ein höfliches Hallo, hätte Fee am liebsten erwidert. Aber sie hielt lieber den Mund. Sie hatte nicht gewusst, dass man zornig stricken konnte. Aber diese Alte war ziemlich gut darin. Ihre Nadeln klapperten regelrecht vorwurfsvoll gegeneinander.

»Oder hast du einfach zu viel Bammel, um den Mund aufzumachen?«

»Ich habe keinen Bammel!«

»Und ich bin Lady Gaga«, erwiderte die Frau trocken. »Wieso schleichst du dann mit Angstschweiß auf der Stirn herum, als wäre unser Hof eine Raubtierarena und die Mädchen ein Rudel Hyänen?«

Vielleicht, weil sie wie Hyänen lachen?, dachte Fee.

Die Alte zupfte an ihrem Kunstwerk und prüfte die Maschen. Jetzt erst fiel Fee auf, dass sie an einem grünen Jäckchen arbeitete. Es sollte wohl so etwas wie ein Drachenkostüm werden, denn die Lappen am Kragen hatten die Form von Schuppen. Aber erst als der Hund zu der Frau stapfte und neben den Getränkekisten einfach umfiel, wurde Fee klar, dass das Kostüm für ihn gedacht war. *Alles klar*, dachte sie. *Gangsta, kichernde Tussen und eine verrückte Oma, die Drachenjöppchen für ihre Mopsdogge strickt.*

»Also dann …«, sagte sie. »Ich wünsche Ihnen noch einen schönen Tag.«

»Siehst du hier irgendwas Schönes?«, kam die grantige Antwort. »Außer dir natürlich, Goblin.« Sie beugte sich hinunter und tätschelte ihrem dösenden Hund den Kopf.

Eine Mopsdogge namens Goblin. Das wurde ja immer besser.

»Du hast mir meine Frage nicht beantwortet«, beharrte die Alte. »Was hast du hier verloren?«

»Ist es etwa verboten, durch eine Siedlung zu laufen?«

Die Frau hob den Blick und funkelte sie an. Sie hatte sehr hellblaue Augen und einen stechenden Blick, der sie noch jünger wirken ließ. *Als wäre ihr altes Gesicht nur eine Maske*, dachte Fee irritiert.

»Im Grunde musst du mir auch gar nichts erzählen«, knurrte die Frau. »Du gehörst zur Familie Fischer …«

Fee schrak zusammen. »Woher wissen sie das?«

»Vielleicht hast du schon mal von einer Lebensform namens *Postbote* gehört? Im Herrenhaus gibt es bisher nur ein einziges Namensschildchen neuer Mieter.« Die Alte grinste. »Ja, wir wollen ganz genau wissen, wer unsere Nachbarn sind. Auch wenn Leute aus dem feinen *Leo Mansion* uns ›Barackenpack‹ noch nie als Nachbarn bezeichnet haben.«

Fee ärgerte sich, dass sie rot wurde, als hätte die Alte sie ertappt. Sie erinnerte sich nur zu gut daran, was ihre Eltern von der Siedlung hielten. Und sie selbst fühlte sich hier fehl am Platz wie in einer fremden, bedrohlichen Welt.

»Du bist mit deinen Eltern erst kürzlich im Herrenhaus eingezogen«, fuhr die Alte fort. »Aber ich wette, deine Mutter ist schon hin und weg von dem Spukschloss. Lass mich raten: Sie ist sogar ganz besessen davon, als hätte das Haus sie sich geschnappt wie eine Falle die Maus.« Fee spürte, wie ihr das Blut aus den Wangen wich. Die Frau bemerkte es und lächelte triumphierend. »Habe ich recht?«

»Meine Mutter … mag das Haus«, gab Fee vorsichtig zu.

Die Frau lachte, als hätte sie einen Witz gehört. »*Mögen* kann man Marzipan und kleine Kätzchen. Das hier ist etwas ganz anderes. Das Haus ist ein Rattenfänger, vor allem Kinder werden magisch davon angezogen. Und wer einmal drin war, vergisst es niemals wieder und sehnt sich sein restliches Leben danach, es wieder zu betreten. Es zieht dich immer tiefer in seine Geheimnisse hinein, bis du dich darin verlierst.«

Fee umklammerte den Lenker viel zu fest. »Was meinen Sie damit?«

Die Frau lächelte wie eine Sphinx. »Wirst schon sehen.«

»Sie … kennen das Herrenhaus also?«, fragte Fee vorsichtig. »Waren Sie oft dort?«

Die Frau winkte ab. »Kein einziges Mal. Aber ich wohne schon lange genug in der Siedlung, um zu wissen, dass dort ungute Dinge vor sich gehen. Vor Jahren sind ein paar Kinder in den Park geschlichen und wurden nie wieder gesehen. Sie sind bis in alle Ewigkeit im Haus gefangen. Manchmal sehe ich die kleinen Geister an den Fenstern, wie sie sehnsüchtig nach draußen schauen. Und man sagt, in manchen Nächten hört man ihre klagenden Stimmen im Wind.«

Fee lief ein Schauer über den Rücken. »Sie … sehen Gespenster?«

Die Frau sah sie ernst an. Aber plötzlich begannen ihre Mundwinkel zu zucken und sie brach in schallendes Gelächter aus. »Natürlich nicht, du leichtgläubiges Kaninchen! Gespenster gibt es nicht. Ich wollte nur mal sehen, ob du wirklich keine Angst hast. Ha! Erwischt.«

Sie kicherte in sich hinein und strickte zufrieden weiter an der grünen Grässlichkeit.

Gespenster gibt es nicht?, dachte Fee grimmig. *Hast du eine Ahnung!*

»Dieser schreckliche Engländer treibt jetzt nur noch im Nordflügel sein Unwesen, hm?«, fragte die Frau plötzlich.

Fee zuckte zusammen. »Sie kennen Mister Danes?«

Die Alte zuckte mit den Schultern, was ein Ja oder ein Nein sein konnte. »Komm ihm nicht in die Quere. Er hat was zu verbergen.« Plötzlich war sie ernst geworden, aller Spott war aus ihrem Tonfall verschwunden. Sie beugte sich vor und senkte die Stimme. »Hör zu, Kleine. Es ist kein Witz, dass Kinder im *Mansion* verschwinden. Und der Engländer hat etwas damit zu tun. In eurem Schloss geht es nicht mit rechten Dingen zu. Also komm nicht noch einmal auf die Idee, mit deiner Freundin auf der Mauer herumzurennen. Neugierige Kinder mag Danes nämlich nicht.«

Fee schluckte. »Sie … haben uns beobachtet.«

»Nein. Nur zufällig gesehen. Von meinem Wohnzimmer aus schaue ich direkt auf die Mauer. Mir ist fast die Teetasse aus der Hand gefallen, als ich euch gestern früh entdeckt habe. Dachte erst, ich träume. Danes sieht alles. In diesem Sinne wünsche ich *dir* noch einen schönen Tag.« Sie hob vielsagend die Brauen, dann klapperte sie grimmig weiter mit den Nadeln. Fee ging nicht weiter.

»Was willst du denn noch?«, knurrte die Alte, ohne den Blick zu heben.

»Ich habe nur eine Frage. Haben Sie gestern zufällig auch jemanden mit einer Kamera gesehen?«

»Wie soll dieser Jemand denn aussehen?«

»Jung, ziemlich dünn und groß, schwarze, lockige Haare und dunklere Haut. Und er trägt ein gelbes Jackett, es ist alt und sehr schäbig.«

Die Frau schüttelte den Kopf. »Noch nie gesehen. Aber weil er schäbig angezogen ist, denkst du automatisch, er wohnt hier bei uns. Sehr nett, *little Miss Perfect*!«

»Das wollte ich damit überhaupt nicht sagen!«

Die Alte schnaubte verächtlich. »Schon klar, du Piepsmäuschen …«

»Und Piepsmäuschen heiße ich auch nicht!«, rutschte es Fee viel zu laut heraus.

Die Stricknadeln sanken herab. Die blauen Augen blitzten amüsiert auf. »Oh, der kleine Hasenfuß hat ja doch eine Stimme!«

Hasenfuß. Das traf wie ein Boxhieb in den Magen. Fee musste sich beherrschen, um nicht etwas Unhöfliches über Kaninchenpuschen und grüne Hundekostüme zu sagen.

Aber sie riss sich zusammen. Immerhin war die Frau ihre Chance, mehr über die Siedlung zu erfahren.

Fee holte Naaras Zeichnung hervor und faltete sie auseinander. Sie stellte fünf spitz zulaufende Formen dar, die sich kunstvoll verschnörkelt zu einem Ring verbanden, vielleicht waren es Federn, vielleicht aber auch Flammen. »Das hier muss hier irgendwo in der Siedlung zu finden sein. Vielleicht ist es eine Wandverzierung, ein Bild oder möglicherweise auch nur ein Graffiti. Haben Sie es schon einmal gesehen?«

Die Alte nickte. »Klar, aber es ist kein Graffiti, sondern ein Steinornament.«

Fees Herz machte einen Satz. »Wo ist es? In … einem der ausgebrannten Zimmer, nicht wahr?«

»Unsinn.« Die Alte lachte. »Da gibt es nur Kacheln und alte Tapeten. Nein, das Ornament hängt in Pauli Hansens Wohnzimmer. Ich glaube, er hat es als Souvenir von einer Reise mitgebracht.«

Fee versuchte zu verbergen, wie aufgeregt und hibbelig sie war. Die Mopsdogge merkte es natürlich trotzdem und wälzte sich alarmiert schnaufend auf die Beine. »Und … wo finde ich Pauli Hansen?«

»Im ersten Block, die grüne Tür im Erdgeschoss. Sag Pauli einen Gruß von Laverne und gib ihm den hier zurück.« Sie nestelte einen schwarz angelaufenen, klobigen Schlüssel aus der Tasche ihres Kleides und warf ihn Fee einfach zu. »Laverne bin ich«, erklärte sie. »Und das ist der einzige Schlüssel für den Waschkeller im ganzen Wohnblock. Also verlier ihn nicht.«

Fee nickte hastig. »Werde ich nicht. Und … danke!«

Laverne winkte genervt ab. »Verschwinde, bevor du hier noch Wurzeln schlägst.« Fee lächelte und steckte den Schlüssel ein.

Pauli Hansen war sicher hundert Jahre alt. Fee musste durch den Türspalt schreien, weil er halb taub war, aber sobald er den Schlüssel sah, entriegelte er die Türkette. Doch Laverne hatte sich getäuscht. Das einzig Runde in seinem Wohnzimmer war ein Zierteller, auf dem das Logo des Fußballclubs *FC St. Pauli* prangte. Eine halbe Stunde später kannte Fee Herrn Hansens Lebensgeschichte. Als Arbeiter auf Transportschiffen war er in der ganzen Welt herumgekommen. Beim Abschied betrachtete er noch einmal Naaras Zeichnung. »Kann dir nicht helfen, *Deern*«, krächzte er. »Keine Ahnung, wer der Rumtreiber mit dem Fotoapparat sein soll. Und das runde Ding hier … klingel doch mal bei der ollen Fotini. Die könnte so was haben. Gib ihr auch den Schlüssel. Ich muss heute nicht in die Waschküche.« Fotini entpuppte sich als griechische Rentnerin mit fünf Katzen – aber ohne Ornament. »Versuch's im zweiten Stock bei den Afrikanern«, schlug sie vor. »Nimm den Schlüssel wieder mit, ich habe erst gestern gewaschen.« Doch niemand im Haus besaß ein Ornament, niemand kannte den Kerl mit der Kamera und niemand wollte den Schlüssel haben. Zuletzt landete Fee im dritten Stock. Schon auf der Treppe schlug ihr der Gestank nach verschmorten Kabeln entgegen. Quer über den Gang spannte sich ein Absperrband der Polizei. Fee bildete sich ein, dass ihre Narben sich mit einem unbehaglichen, warnenden Kribbeln meldeten und kämpfte gegen den Drang an, einfach wegzulaufen.

Aber als sie an Naara dachte, stellte sie etwas Erstaunliches fest. Auch ohne Nelly konnte sie mutig sein. Zumindest dann, wenn es um das Leben eines Mädchens ging, das weitaus mehr Angst hatte als Fee. Sie presste den Ärmel gegen die Nase und schlüpfte todesmutig unter dem Band hindurch. Man konnte in die Zimmer schauen, die Türen lehnten ausgehebelt an den verrußten Wänden. Durch die Plastikplanen vor den Fenstern fiel genug Licht. Das Tapetenmuster war stellenweise noch zu erkennen und die gekachelten Wände über einer verschmorten Küchenzeile nur verschmutzt. Aber wie Laverne schon gesagt hatte: kein Ornament weit und breit. Fee schlüpfte wieder unter der Absperrung hindurch und setzte ihre Schnitzeljagd fort. Doch als sie an der nächsten Tür klopfte, war sie so verwirrt, als wäre sie wie in einem verrückten Labyrinth im Kreis gelaufen. Hinter der Tür kläffte Mopsgoblin. Laverne öffnete die Tür. Der Blick in den Flur enthüllte Blümchentapeten und eine Glasvitrine voller Porzellanhunde und Ziertassen. Auch ein paar alte Fotos in Silberrahmen standen darin. Auf einem war ein kleines, pummeliges Mädchen zu erkennen, das ein Stofftier an sich drückte.

»Oh, mein Schlüssel«, sagte Laverne. »Danke.«

Fee war viel zu verdattert, um zu reagieren, als sie ihr einfach den Schlüssel aus der Hand pflückte und in das Schloss der Vitrine steckte. »Na, fündig geworden?«, setzte die Alte mit einem diebischen Lächeln hinzu. »Lass mich raten: Nein?«

Endlich fand Fee ihre Sprache wieder. »Sie … jagen mich mit einem falschen Schlüssel durch das ganze Haus, obwohl das Ornament in Ihrer Wohnung ist?«

»Seh ich aus, als würde ich meine Wände mit solchem Kitsch verschandeln?« Laverne schüttelte pikiert den Kopf. »Nein, Mäuschen, das Ring-Ding auf deiner Zeichnung habe ich noch nie gesehen.«

Fee schoss die Wut so heiß durch die Adern, dass sie gar nicht anders konnte als zu schreien. »Warum haben sie mich angelogen?«

Laverne zuckte mit den Schultern. »Pauli bekommt nicht oft Besuch«, sagte sie leichthin. »Und jeder, der bei uns neu ist, dreht erst einmal die Schlüsselrunde zum Kennenlernen. Gesetz der Siedlung.« Beim Blick in Fees fassungslose Miene grinste sie. »Tja, man muss nur den richtigen Schlüssel haben, dann öffnet sich jede Tür. Aber wo du das Ornament findest? Keine Ahnung. Viel Glück beim Suchen.«

»Finden Sie das witzig?«, erboste sich Fee.

Laverne gluckste ein Lachen. »Ziemlich«, antwortete sie und knallte ihr die Tür vor der Nase zu.

15

»Du bist wirklich in die Siedlung gefahren?«, rief Nelly. »Ich meine: Du? Ganz allein? Freiwillig?«

Es war nicht gerade schmeichelhaft, dass ihre Freundin so ungläubig klang. Fees Laune war ohnehin mies, aber jetzt sackte sie unter den Teppich. »Du tust ja gerade so, als wäre ich zu feige, um allein vor die Tür zu gehen.«

»So habe ich es nicht gemeint. Ich dachte nur … ich habe nicht damit gerechnet, dass du auf eigene Faust ermittelst.«

»Es hat ja auch nichts gebracht«, murmelte Fee. »Es gibt kein Feuertor in der Siedlung.«

»Keine Sorge, wir finden es.«

Schön, dass wenigstens eine von uns beiden so sicher ist, dachte Fee.

»Was sagt denn unsere Prinzicke dazu?«, fragte Nelly.

»Was soll denn dieser Name?«

Nelly lachte. »Na, Prinzessin und Zicke. Ich finde, sie ist beides.«

Heute konnte Fee über so etwas überhaupt nicht lachen. »Du kannst sie wirklich nicht leiden, oder?«

»Ich weiß nur noch nicht, was ich von ihr denken soll. Also halte ich mich an das, was sie von sich preisgibt. Und das ist ja nicht gerade viel.«

»Als ich vorhin bei Naara war, hat sie geschlafen. Ich wollte sie nicht wecken.«

Das war nur die halbe Wahrheit. In Wirklichkeit war Fee erleichtert gewesen, sich wieder unbemerkt vom Dachboden schleichen zu können, ohne von ihrer Niederlage berichten zu müssen. Und wenn sie an Lavernes fieses Lachen dachte, bekam sie sofort wieder einen heißen Wutknoten im Bauch.

»Sie schläft viel«, bemerkte Nelly. »Vom Zeitreisen scheint man einen Jetlag zu bekommen …«

Das Schrillen der Türklingel in Fees Wohnung unterbrach sie. Viermal kurz, zweimal lang.

Nelly lachte. »Izzy ist ja ausnahmsweise mal pünktlich.«

»Das ist Isabelle?«

»Jepp. Sie schuldet mir noch einen Gefallen dafür, dass ich ihr YouTube-Model bin. Ich habe ihr gesagt, dass sie um sieben vorbeikommen soll. Ach ja, und das ist übrigens ab jetzt unser Klingelzeichen-Code.«

»Wieso schickst du deine Cousine zu mir?«

»Sie bringt neue Anziehsachen für Naara und nimmt das verrußte Zeug mit. Auch die Jacken, die wir Naara in der Hütte geliehen hatten.«

Fee richtete sich stocksteif auf. »Du hast Isabelle eingeweiht?«

»Ich habe nur gesagt, dass wir einem Mädchen aus der Siedlung helfen, das von zu Hause weggelaufen ist. Familienprobleme wegen tätowiertem Freund und so. Du versteckst sie für ein paar Tage in eurem Löwenhaus, bis sie zu ihrem Freund ziehen kann.«

»Nelly! Wir haben geschworen, nichts zu verraten.«

»*Ich* habe Naara gar nichts geschworen« schnappte Nelly. »Das warst *du* allein, Fräulein Bernstein. Und wie willst du deinen Eltern erklären, dass du rußige Klamotten in Izzys Größe in die Waschmaschine stopfst?«

»Fee?« Ihr Vater steckte den Kopf in die Küche. »Besuch für dich.«

»Bitte schön, gern geschehen!« Nelly legte beleidigt auf. *Na super*, dachte Fee niedergeschlagen. *Wenn das mal nicht der perfekte Tag ist.*

Kurze Zeit später rauschte Isabelle in den Flur. Heute hatte sie wohl ihren Gothic-Tag. Der neonfarbene Rucksack bildete einen stechenden Kontrast zu ihrem schwarzen Spitzenkleid. Ihr herzförmiges Gesicht war totenblass gepudert, die Augen dramatisch geschminkt. Ihr schwarzes Haar mit einigen rot eingefärbten Strähnen war kunstvoll zu einer Seite hin geflochten. An dem frei liegenden Ohr baumelte ein Ohrring in Form eines Spinnennetzes.

»Na sowas, Isabelle?« Fees Mutter trat aus dem Wohnzimmer. »Lange nicht gesehen. Du siehst ja so … äh … anders aus!«

Fees Vater reagierte cooler. »Hi«, sagte er nur. »Interessantes Kostüm.«

Isabelles Mundwinkel zuckten, als würde sie sich ein Grinsen verkneifen. »Das ist kein Kostüm, Herr Fischer«, antwortete sie in ihrer lässigen, leicht ironischen Art. »Ich gehe heute nur mit ein paar Leuten zu einem Konzert. Und übrigens tragen wir bei unseren *Cons* niemals *Kostüme*. Es heißt *Gewandung*.«

»So etwas besitze ich auch«, konterte Fees Vater ungerührt und griff nach seiner Jacke. Fee erinnerte sich daran, dass er sich heute mit ein paar Freunden zu einem langen Fußball-Fernsehabend traf. »Und was führt dich zu uns, Isabelle?«

»Es geht bestimmt um das Video, bei dem Fee mitmacht«, beantwortete ihre Mutter die Frage. »Einen Teil von Maries *Gewandung* konnten wir übrigens bereits bewundern, Isabelle. Was für einen Charakter spielt deine Freundin denn?«

»Die … Feuerelfe, die sich in einer verlassenen Burg versteckt«, sprang Fee ein. »Marie hat mir heute ihre neue Perücke gezeigt, Izzy. Die mit dem langen roten Haar …«

Isabelle war wirklich cool. »Ihr LARP-Charakter heißt Anonyma«, erklärte sie ohne mit der Wimper zu zucken. »Erst ganz zum Schluss kommt raus, wer sie wirklich ist. Mehr hat sie uns auch noch nicht verraten.«

Sie zwinkerte Fee zu.

»Ich muss gehen.« Fees Vater küsste Fees Mutter zum Abschied und umarmte Fee. »Viel Spaß mit Gräfin Dracula«, raunte er so leise in ihr Ohr, dass Isabelle es nicht hörte. Fee musste lächeln.

Isabelle war wirklich mit Nelly verwandt. Genau wie ihre jüngere Cousine pfiff sie beim Anblick des Löwenbettes begeistert durch die Zähne. »Hier müssen wir das nächste Video drehen!« Sie grinste Fee an. »Euer Flüchtling aus den Baracken heißt also Marie. Und du hast sie nicht gut genug vor deiner Mutter versteckt.«

»Ja, das war eine Panne«, murmelte Fee. »Hast du die neuen Sachen dabei?«

Isabelle leerte den Rucksack auf dem Bett aus. Unterwäsche, Shirts, Jeans und neongrüne Sneakers fielen heraus. »Jetzt erzähl doch endlich!«, drängte Isabelle. »Warum musste sie von zu Hause abhauen? Ist das so eine Multikulti-Geschichte, bei der die Tochter keinen Freund haben darf?«

»Das darf ich nicht sagen. Ich habe es ihr versprochen.«

»Und warum trägt sie eine Perücke?« Isabelles Augen leuchteten fasziniert auf. »Hey, ihr versteckt doch nicht etwa jemanden, der von der Polizei gesucht wird?«

Genau das hatte Fee befürchtet. Im Geiste trat sie Nelly zum dritten Mal ans Schienbein. »Es ist alles ganz harmlos«, beteuerte sie. »Nur ein Familienstreit wegen ihres Freundes, den … äh … ihr Vater nicht ausstehen kann. Aber es darf trotzdem keiner wissen, dass sie hier ist. Okay?«

Isabelle hob ihre linke Augenbraue. »Bin ich etwa WikiLeaks? Aber ich darf sie doch wenigstens kennenlernen?«

»Was? Nein!«

Isabelle hob beschwichtigend die Hände. »Schon gut, krieg dich wieder ein. Meine Güte, du machst dir ja genauso ins Hemd wie Nelly. Mission Marie wächst euch wohl jetzt schon über den Kopf, hm?«

Schon möglich, dachte Fee.

Isabelle warf ihr den leeren Rucksack zu. »Pack die Beweistücke ein. Nicht dass deine Mama doch noch Verdacht schöpft.«

Fee ging mit weichen Knien zum Schrank und zog das Bündel aus seinem Versteck hervor. Sie hatte die geschwärzte Kleidung, die Naara getragen hatte, in ein Handtuch gewickelt. Als sie alles in den Rucksack stopfte, verrutschte das Handtuch und der Duft von Weihrauch stieg ihr überwältigend stark in die Nase. Sogar Isabelle fiel es auf. »Puh, Räucherstäbchen«, bemerkte sie. »Sag bloß, Marie ist so eine Esoterik-Trulla?« Fee konnte nichts antworten. In ihrem Kopf wirbelte alles durcheinander. Für einen Herzschlag lang stand sie wieder im Ballsaal und atmete den Duft ein, der den Raum durchzog. *Weihrauch!* Und als hätte ihr jemand einen Schleier vor den Augen weggerissen, wusste Fee plötzlich, was sie schon bei ihrer ersten Berührung von Naaras Haar so irritiert hatte.

16

Nelly ging wieder nicht ans Handy, also tippte Fee auf dem Weg zum Dachboden schnell eine SMS. *Hör endlich auf beleidigt zu sein, du Torfkopf. Ruf mich an. Ich weiß, wo wir nach dem Feuertor suchen müssen.*

Naara war nicht in ihrem Versteck, nur ihre Kleidung lag auf dem Bett. Als Fee nach Naara rief, antwortete nur Stille. Fee wollte schon wieder nach unten rennen, als sie ganz am Ende des Dachbodens bestickten Stoff glitzern sah. Sie erstarrte, so sicher war sie, wieder eine Traumgestalt zu erblicken. Aber es war Naara. Reglos stand sie unter einer staubigen Fensterluke. Sie trug ein vergilbtes Kleid mit Schleierärmeln. Als Fee näher kam, erkannte sie den rosa Stoff mit den Glitzersteinen. Das Kleid stammte aus derselben Kiste, in der sich auch Klein-Lulus Malblock befunden hatte. Offenbar war Lulus Karton nicht der einzige, den Naara durchstöbert hatte. An der Wand lehnte Fees alte, ausrangierte Kindergitarre aus der Flohmarktkiste. *Hat sie versucht, darauf zu spielen?*, dachte Fee.

»Naara?«

Das Mädchen reagierte immer noch nicht, es hörte nicht einmal die Dielen, die unter Fees Schritten knackten. Mit schief gelegtem Kopf horchte Naara nur in die Stille des

Hauses, ohne einen sichtbaren Atemzug und ohne ein einziges Mal zu zwinkern. *Wie eine Statue*, dachte Fee mit einem Frösteln. Vorsichtig berührte sie Naara am Arm. Sie holte Luft, als würde sie aus einem Tagtraum aufschrecken, und wandte sich Fee zu. Die Schatten unter ihren Augen waren noch viel tiefer geworden waren. *Sie verändert sich tatsächlich*, dachte Fee besorgt. »Hast du das Tor gefunden?«, fragte Naara.

Fee biss sich auf die Zunge. Zuerst musste sie mit Nelly sprechen. »Noch … nicht.«

Naara konnte ihre Enttäuschung kaum verbergen. Sie wandte sich brüsk von Fee ab und schritt katzenhaft geschmeidig in Richtung Tür.

»He, wo willst du hin?«

»Ich suche selbst nach dem Tor «, antwortete Naara, ohne sich umzudrehen.

»Halt, nein!«

Aber Naara beschleunigte nur ihre Schritte. »Mein Leben verrinnt hier wie Sand in einer Sanduhr. Ich werde nicht tatenlos unter dem Dach herumsitzen und Atemzüge verschwenden.«

Oh nein. Fee rannte ihr hinterher. »Bleib hier!«

Naara hielt an der Tür inne und wirbelte herum. Fee schrak zurück. Naaras Augen waren plötzlich dunkel wie roter Bernstein. Es war, als würde Naara aus zwei völlig verschiedenen Mädchen bestehen. Vor Fee stand nicht länger das hilflose Mädchen aus der Hütte. Sondern eine stolze, kämpferische Prinzessin in einem Reich aus Silberstaub. Und Fee wurde bewusst, wie recht Nelly hatte: So sehr sie

Naara mochte und sich ihr verbunden fühlte – im Grunde wusste sie gar nichts von ihr.

»Du willst mir etwas *verbieten*?« Naara hob das Kinn. »*Du*, Menschenmädchen?«

Fee spürte schon, wie die Panik in ihr hochkroch. Aber sie schaffte es, einigermaßen ruhig zu antworten. »Ich verbiete dir gar nichts. Ich *bitte* dich nur darum. Es ist zu gefährlich für dich, alleine im Haus herumzulaufen …«

»Gefährlich?« Ein bitteres Lachen ließ Naara noch unberechenbarer wirken. »Du weißt doch überhaupt nicht, was Gefahr ist. Für dich und deine Freundin ist alles nur ein Spiel.«

Damit ließ sie Fee einfach stehen. *Sag irgendetwas*, schrie es in Fee. *Halte sie auf!* Aber sie wagte nicht sich zu rühren. Izzy hatte recht gehabt. Das hier war zu groß für sie. Aber kurz bevor Naara die Schwelle überschritt, rief sie ihr hinterher: »Ein Spiel? Hast du eine Ahnung, was Nelly und ich für dich riskieren?«

Immerhin blieb Naara stehen. Und mit einem Mal platzte alles, was sich seit Tagen in Fee angestaut hatte, einfach aus ihr heraus. »Bis vorgestern hatte ich noch ein ganz normales Leben, und jetzt kann ich keine Minute mehr ruhig schlafen und keinen Schritt mehr machen, ohne vor Angst fast zu sterben, weil lebende Statuen oder bewaffnete Psychos uns verfolgen! Ich lüge meine Eltern an und schleppe heimlich Proviant in dein Geheimversteck, damit du vor Danes sicher bist. Ich habe nicht mal als Kleinkind an den Weihnachtsmann geglaubt. Und trotzdem suche ich jetzt nach einem magischen Tor und setze alles daran, um eine feuerfeste Disneybraut mit Amnesie nach Hause zu bringen – ohne zu wissen, wo das überhaupt sein soll!« Sie holte tief Luft. »Und das Mindeste, was du tun kannst, um das Ganze nicht noch schlimmer zu machen, ist, ein paar Stunden in deinem Versteck zu bleiben.«

Naara drehte sich um. »Niemand sagt mir, was ich zu tun habe. Schon gar nicht ein *Mensch*.« So, wie Naara das Wort Mensch aussprach, hörte es sich wie eine Beleidigung an. *»Prinzicke!«*, hörte Fee im Geiste Nelly sagen. Sie ballte ihre Hände so fest zu Fäusten, dass ihre Nägel schmerzhaft in ihre Handflächen drückten. Und als Naara sie ein zweites Mal stehen ließ, geschah etwas mit ihr. In ihr brodelte ein Zorn hoch, den sie noch nie zuvor gespürt hatte. Er war glasklar, sirrend scharf – und offenbar größer als ihre Angst. Sie sprintete los und versperrte Naara den Weg zur Stiege. »Ich bin vielleicht *nur ein Mensch*«, hörte sie sich mit fester Stimme sagen. »Und du bist in deiner Welt bestimmt eine wahnsinnig gefährliche Superheldin. Aber hier bist du nicht in deiner Welt, sondern in meiner. Wenn du hier überleben willst, hörst du besser auf Nelly und mich, denn wir kennen uns hier aus – und du hast keine blasse Ahnung!« Das hatte offenbar gesessen. Naara starrte sie völlig perplex an. »Und außerdem …«, setzte Fee nach, »… hast du doch behauptet, dass wir einander vertrauen. Aber wenn wir für dich nur dumme *Menschen* sind, dann suche ohne uns weiter. Doch wenn wir einander vertrauen, dann müssen wir auch zusammenhalten.« Sie war selbst überrascht, was für eine Wirkung ihre Worte hatten. Naara wurde rot und biss sich auf die Unterlippe. Die Spannung wich aus ihrer Haltung. Jetzt sah sie wieder aus wie ein erschöpftes, verlorenes Mädchen, das sich als Prinzessin verkleidet hatte. »Ich halte dich überhaupt nicht für dumm«, sagte sie leise. »Entschuldige meine Worte. Und ich vertraue dir wirklich … Fee.«

Jetzt war es an Fee, überrascht zu sein. Noch nie zuvor hatte Naara ihren Namen ausgesprochen. Es war ein naher, schwebender Moment voller Möglichkeiten, die im Raum aufzublühen schienen. Namen hatten tatsächlich Macht, das erkannte Fee nun. Und sie konnten viel mehr sein als Zauber oder Fluch. Sie waren auch Türen, die sich zwischen zwei Herzen öffneten. Fees Name aus Naaras Mund war das Versprechen, dass sie nicht länger Menschenmädchen und Kriegerin waren. Sondern einfach nur Fee und Naara.

»Dann bleibst du also in deinem Versteck, bis Nelly morgen Vormittag wieder da ist?«

Naara nickte. »Du kannst ja ganz schön herrisch sein«, bemerkte sie mit einem Lächeln. »So hätte ich dich gar nicht eingeschätzt.«

Willkommen im Club, dachte Fee nur.

In der Abenddämmerung verwandelten Kerzen den Dachboden in eine Höhle voller Feenlichter. »Ich habe dir auch Märchenbücher mitgebracht«, erklärte Fee. »Außerdem Kleidung, Obst, Brote … und meine Lieblingsmusik, damit dir nicht langweilig wird.« Sie zog ihre Schätze aus der Tasche: den Kopfhörer und den iPod mit ihrer kompletten Ska-Sammlung. Naara ließ es zu, dass Fee ihr den Kopfhörer aufsetzte. Eine Weile lauschte sie Fees Lieblingssong mit einem Gesichtsausdruck, als müsste sie ein Konzert topfschlagender Affen ertragen. Dann schüttelte sie mit einer heftigen Kopfbewegung den Hörer einfach ab. »Warum schreit dieser Mann? Hat er Schmerzen?«

Fee glaubte sich verhört zu haben. »Das ist der tollste Sänger der Welt. Von der Band *The Skankaroos*!«

»So etwas nennt ihr *Gesang*?« Naara verzog den Mund. »Bei uns würde man damit die Wölfe vertreiben.«

Fee versuchte vergeblich, nicht gekränkt zu sein.

»Aber danke für die Kerzen«, fügte Naara gnädig hinzu.

Immerhin, dachte Fee verstimmt.

Naara streckte die Hand nach einem Teelicht aus. Schon bei dem Gedanken an die Hitze kribbelte Fees Brandnarbe unangenehm. Rasch schaute sie weg und packte die Frühstückssachen von heute Morgen in die Tasche. »Ich komme morgen Vormittag mit Nelly wieder. Du … hältst doch so lange durch?«

»Ich bin immer noch hier«, antwortete Naara. »So schnell verlischt das Feuer in deinem Land wohl nicht.« Ihre Haut hatte das Leuchten der Flammen aufgesogen und ihre Augen waren nun golden. In dem sanften Glanz, der von Naara ausging, wirkte das rosa Kleid regelrecht matt.

»Hast du das Kleid angezogen, weil es deinem Brautkleid ähnelt?«, fragte Fee. »Versuchst du dich auf diese Weise daran zu erinnern, wen du heiraten musstest?«

Naara lachte überrascht auf. »Oh, du glaubst also, ich bin eine geraubte Braut? Nun, der Mann, der so etwas versucht, würde es schnell bereuen.«

Sie drückte den Docht mit zwei Fingern zusammen. Die Flamme erlosch mit einem Zischen. Fee lief ein Schauer über den Rücken.

»Ich … dachte nur … du siehst nicht aus wie achtzehn.«

»Ich bin sechzehn«, antwortete Naara. »Aber was hat das mit Hochzeiten zu tun?«

»In meinem Land ziemlich viel. Du *wolltest* also heiraten? So früh? Haben deine Eltern das erlaubt?«

Naara zog die Brauen zusammen, als würde sie überlegen, ob Fee sich über sie lustig machte. »Jeder Clan bestimmt bei der Geburt der Kinder, wen sie mit sechzehn heiraten werden. Du hast doch auch einen Versprochenen?«

»Wie bitte? Nein!«

Das schien Naara wirklich zu erstaunen. »Warum nicht?«

»Hallo? Ich bin zwölf! Und meine Eltern würden mich nie irgendjemandem versprechen. Das würde ich mir übrigens auch nicht gefallen lassen. Ich bin doch kein Schaf, das man auf dem Viehmarkt verschachert. Und wenn ich mal heiraten sollte, dann nur jemanden, den ich mir selbst aussuche und den ich wirklich mag.«

Naara musterte sie mit einem erstaunten Respekt. »Du bist also nicht nur herrisch, sondern auch noch eigenwillig und achtest keine Tradition. In deinem Clan bist du sicher als Rebellin verschrien.«

Rebellin. Klar doch. Im Geiste hörte Fee Oma Hillu meckernd lachen.

»Dann erinnerst du dich aber wieder an deinen Clan und an deinen Verlobten?«, tastete sie sich weiter vor. Über Naaras Miene huschte ein Schatten. Sogar die Flammen flackerten, als wollten sie zurückweichen. »Hör endlich auf zu fragen«, sagte Naara gequält. Sie wandte sich ab und rollte sich auf dem Bett zusammen. »Lass mich allein«, hörte Fee sie flüstern. »Ich bin ich müde. So müde.«

17

Das Handy surrte, als Fee gerade mit ihrer Taschenlampe eine Wand im dritten Stock abklopfte.

»Hallo Salami-Nase, hier ist Torfkopf«, tönte es schnippisch aus dem Handy.

»Nelly, endlich!« Es tat unendlich gut, die Stimme ihrer Freundin zu hören. »Tut mir leid wegen heute Vormittag. Du hattest recht, Izzy ist schon in Ordnung.«

»Na, da bin ich aber erleichtert«, konterte Nelly ironisch. Aber es war deutlich zu hören, wie sehr sie sich über die Entschuldigung freute. »Ich konnte nicht früher anrufen. Hier ist Chaos, alle streiten sich wegen Oma und meine Mutter hatte sogar mein Handy einkassiert. Aber jetzt erzähl schon! Wo ist das Tor?«

»Vermutlich im Nordflügel.«

»Hä? Wie kommst du denn darauf?«

Fee senkte die Stimme. »In den ausgebrannten Zimmern in der Siedlung stinkt es nach verbranntem Plastik und verschmorten Kabeln. Genauso hätte Naaras verrußtes Haar riechen müssen. Aber es hat nur nach Weihrauch geduftet – genau wie …«

»… der Ballsaal!« Nelly wurde ganz aufgeregt. »Das heißt, Naara war nicht in den Baracken, als sie durch das Feuertor geflohen ist. Sondern im Löwenhaus. Fräulein Bernstein, du bist ja ein Genie!«

Fee durchrieselte ein warmer Schauer von Stolz. »Ich glaube nicht, dass es der Ballsaal ist. Zumindest habe ich dort kein Ringornament gesehen. Und gebrannt hat in diesem Raum auch nichts. Aber es muss ein Zimmer in den unteren Etagen sein. Dort ist Naara durch ein beschädigtes Fenster nach draußen in den Park geflüchtet.«

»Logisch! Das heißt, wir müssen nur den Nordflügel durchsuchen …«

»Es gibt keinen Zugang.« Fee richtete ihre Taschenlampe auf den Boden. Dort lag der Block mit dem Grundriss des Herrenhauses, den sie abgezeichnet hatte. »Auf dem Plan von 1919 führen zwar Durchgänge ins Zwischengebäude und von dort aus kam man früher in den Nordflügel. Aber überall, wo damals Türen waren, sind heute nur noch Wände.«

»Woher weißt du das?«

»Ich habe fast alles abgesucht. Gerade stehe ich vor der letzten Wand, die an das Zwischengebäude grenzt.« Sie klopfte mit der Taschenlampe wieder gegen die Tapete.

»Wie kommt Danes eigentlich in den Nordflügel?«, überlegte Nelly. »Verwandelt er sich nachts in eine Fledermaus und flattert durch das Dachfenster?«

»Ich schätze, er hat einen geheimen Eingang.«

»Du musst das Album deiner Mutter durchforsten«, ereiferte sich Nelly. »Sag mal, was klopft denn da so nervig?«

»Ich. Holz klingt hohl, Stein nicht. Ich dachte, vielleicht sind hinter den Tapeten ja alte Türen … ups!«

»Was?«

»Die Wand hat an einer Stelle wohl eine Lücke. Ich bin mit der Taschenlampe dran hängen geblieben und habe ein Stück Tapete weggefetzt.«

»Und? Ist eine Tür dahinter?«

Fee seufzte. Der abstehende Tapetenstreifen enthüllte nur Mauerstein. »Die Verbindungstüren sind zugemauert worden.«

»Dann steigen wir eben durch ein Fenster ein!«

Nelly Rabiata. Fee musste lächeln.

Ihre Freundin stieß am anderen Ende der Leitung genervt die Luft aus. »Mann, wie soll ich es nur bis morgen aushalten! Was macht eigentlich Miss Amnesie?«

Fee machte schon den Mund auf, um Nelly alles zu erzählen, aber dann zögerte sie. Es war seltsam, aber irgendetwas in ihr flüsterte, dass ihr Sieg und dieser besondere Moment zwischen Naara und ihr etwas Kostbares und Zerbrechliches war. So, wie es Sternenwünsche gab, gab es offenbar auch Momente, die man hüten und für sich behalten musste, zumindest für eine Weile.

»Naara mag die *Skankaroos* nicht«, antwortete sie stattdessen.

»Ach, echt?«, sagte Nelly ironisch. »Versuch's mal mit *Joey and the Firefighters*.«

Sie platzten beide gleichzeitig los. Es tat unendlich gut, mit Nelly zu kichern. Doch dann verstummte ihre Freundin abrupt. »Oh, Mist … meine Eltern kommen. Ich muss Schluss machen. Aber morgen starten wir Mission Feuertor! Und bis ich zurück bin, hältst du die Hufe still und startest keine gefährlichen Aktionen mehr, verstanden?«

»Aye, Käpt'n«, schnarrte Fee. Aber sie hatte ein breites Lächeln im Gesicht, als sie auflegte. Es war schön, wieder im Team zu ermitteln. Und obwohl sie immer noch in einem verlassenen, dunklen Flur stand, fühlte sie sich nicht allein. Sie kniete sich vor die Wand und versuchte den Tapetenfetzen mit Spucke und viel Druck wieder anzukleben, als es knackte und ihre Finger in die Lücke zwischen zwei Mauersteinen rutschten. »Autsch!«, entfuhr es ihr. Als sie die Hand zurückzog, bröselte ein halber Steinbruch aus der Wand, ein weiteres Stück Tapete löste sich. »Na toll«, murmelte Fee. Aber dann stutzte sie und leuchtete mit der Taschenlampe noch einmal auf die Lücke. Am liebsten hätte sie gejubelt. Zwischen zwei Steinen leuchtete helles Holz wie von einer Tür. Offenbar hatte jemand alte Steine dafür verwendet, die Verbindungstüren unsichtbar zu machen. Das erklärte wohl auch, warum zwischen den Steinen kaum Mörtel war, sie waren einfach übereinandergelegt und verkeilt worden. Fee zog das Buttermesser von Naaras Frühstück aus der Tasche und schnitt einen rechteckigen Tapetenlappen auf. Zum Vorschein kamen weitere Steine, auf denen Reste getrockneter Flechten klebten. Darauf prangten Nummern in weißer Farbe. *Genau wie auf dem Mauerstein aus meinem Traum*, dachte Fee verwundert. Ein weiteres Zupfen an der Tapete enthüllte die angrenzende eigentliche Wand: Das waren fest vermauerte, glatte Steine. *Aber sie sind ebenfalls nummeriert*, stellte Fee fest. Wieder fiel ihr ein, dass die Firma früher ganze Gebäude versetzt hatte. Jetzt fand sich alles zu einem Bild. Das Löwenhaus war ursprünglich also gar nicht an dieser Stelle erbaut worden. *Wahr-*

scheinlich stammt es aus England, dachte Fee. *Würde ja passen, wenn eine ausländische Firma das eigene Bürohaus gleich mitbringt.*

Die Mauerbrocken vor der Tür waren ungleich groß, ein kleinerer Klotz saß locker und schien nur eine Lücke zu füllen. Fieberhaft kratzte und stocherte Fee mit dem Messer, bis es ihr gelang, den kleineren Stein aus der Mauer herauszuruckeln. Und dann hätte sie am liebsten einen lauten Triumphschrei losgelassen. Im Licht der Taschenlampe kam eine Türklinke zum Vorschein. Früher war sie vielleicht silbern gewesen, jetzt aber war sie schwarz angelaufen, ähnlich wie der klobige Vitrinenschlüssel von Laverne. Fee stutzte bei diesem Gedanken, aber dann schüttelte sie den Kopf. Laverne hatte mit dem Herrenhaus gar nichts zu tun und war noch nie hier gewesen.

Sie schob ihre Hand zwischen den Steinen hindurch. Als sie die Klinke umfasste, kribbelte ihre Haut, als würden Ameisen über ihre Narbe laufen. Die Klinke gab mit einem Quietschen widerwillig nach. Doch die Tür war abgeschlossen.

»Fee? Was machst du denn da?«

Fee klappte ertappt den Block zu und versuchte Mamas Album hinter dem Laptop zu verstecken. »Kannst du nicht klopfen, Mama?«, entfuhr es ihr. Sie wirbelte mit ihrem Schreibtischstuhl herum und stutzte. Au weia. *Cinderella-Alarm.* Ihre Mutter hatte Jeans und Shirt gegen einen bodenlangen Samtrock und eine Seidenbluse mit Rüschen eingetauscht, ihr offenes Haar zierte ein antiker Haarkamm mit Perlen. »Ich habe geklopft«, erwiderte Mama. »Ich dachte, du hörst mit Kopfhörern Musik, und da ich mit dir reden will …« Ihr Blick fiel auf das Chaos auf dem Schreibtisch. »Du schaust dir schon wieder mein Album an?«

»Ich wollte etwas für Izzy herausfinden. Sie ist vom Herrenhaus so begeistert, dass sie hier ein Video drehen will.« Was ja nicht gelogen war.

Mamas Miene hellte sich sofort auf. »Was will sie denn über das Haus wissen?«

»Alles über den Nordflügel. Ich dachte, vielleicht hast du Fotos davon.«

»Nein. Aber die Räume sind genauso aufgeteilt wie die im Südflügel. Die beiden Häuser sind bis auf ein paar Erker und Türmchen Spiegelbilder.«

Eben nicht, dachte Fee. »Aber gab es nicht mal einen Umbau?«, fragte sie auf gut Glück.

»Davon weiß ich nichts. Aber wir können ja Mister Danes fragen.«

»Haha. Sehr lustig.«

Ihre Mutter grinste. »Komm mal mit«, sagte sie geheimnisvoll. Als Fee ihr in das Arbeitszimmer folgte, war ihre Mutter schon dabei, Ordner und Mappen aus einem Schrank zu holen. Fee hatte immer gedacht, im Schrank sei nur langweiliger Bürokram, aber jetzt sah sie, dass Mamas Sammlung viel größer war als gedacht. *Portolion & Co*, las sie auf mehreren Ordnern. Darunter prangten Jahreszahlen und ein Firmenlogo, das eindeutig die zwei Steinlöwen zeigte. »Das sind Jahresberichte der Firma«, erklärte Fees Mutter. »Und hier …« Sie zückte eine rote Mappe, »… findest du Infos zur Architektur. Das Herrenhaus ist etwas Besonderes, denn es ähnelt zwar einem viktorianischen Prachtbau aus dem neunzehnten Jahrhundert, aber in Wirklichkeit ist es eine seltsame Mischung vieler Baustile. Und manche davon scheint der Architekt erfunden zu haben. Leider weiß man nicht mehr, wer dieses Genie war. Alle Aufzeichnungen über ihn und seine Baupläne sind verloren gegangen.«

Fee horchte auf. »Und in welchem Land stand das Herrenhaus ursprünglich? Ich meine, bevor die Firma es hierher versetzt hat?«

»Du meinst mit dem *Translocation Service*?« Mama lachte, als hätte sie einen Scherz gehört. »Wo hat Isabelle denn diesen Unsinn aufgeschnappt? Nein, das Anwesen wurde im Jahr 1840 genau hier erbaut.«

Logisch, deshalb sind auch die Steine nummeriert, dachte Fee bei sich. »Izzy … hat mich noch etwas gefragt«, sagte sie möglichst beiläufig. »Stimmt es, dass im Herrenhaus mal Kinder verschwunden sind?«

Es war seltsam, wie schlagartig ihrer Mutter das Lachen verging. »Ich hätte nicht gedacht, dass diese Räubergeschichte immer noch kursiert. Vermutlich in irgendeinem Spuk-und-Gespenster-Forum im Internet?«

Fee deutete ein vages Nicken an und preschte einfach vor: »Manche glauben sogar, Mister Danes hat etwas mit der Geschichte zu tun.«

Ihre Mutter schüttelte den Kopf. »Dann müsste er schon ein unsterblicher Vampir sein. Die Schauergeschichte von Kindern, die im Haus herumspuken, existiert schon, seit es das Herrenhaus gibt. Irgendwann hat jemand wohl Danes damit in Verbindung gebracht. Wer weiß, vielleicht war er es sogar selbst, um neugierige Mädchen, wie ich damals eines war, vom Park fernzuhalten?«

Fee wunderte sich. Ihre Mutter wirkte so nervös, als wäre ihr das Thema unangenehm. »Schluss mit den Schauergeschichten.« Sie drückte Fee die rote Mappe in die Hände. »Niemand ist hier jemals verschwunden. Danes ist zwar ein Ekel, aber bestimmt kein Kidnapper.«

Klar, natürlich nicht, dachte Fee.

»Ach, Fee, mach doch nicht so ein besorgtes Gesicht!«, rief ihre Mutter plötzlich ungewöhnlich heftig aus. »Hier gibt es nichts zu fürchten!«

Was ist denn jetzt los?, dachte Fee. »Okay«, murmelte sie. »Und … danke für die Mappe.«

Sie wollte hinausgehen, aber ihre Mutter legte ihr die Hände auf die Schultern und drückte sie sanft, aber bestimmt auf ihren Schreibtischstuhl. »Anna-Fee, hör mir zu«, sagte sie ernst. »Genau deshalb wollte ich vorhin mit dir reden. Papa und ich machen uns Gedanken, weil du seit dem Einzug so … anders bist.«

Ich? Fee schaute ungläubig zu ihrer Mutter hoch. Ihr Haarkamm glänzte in ihrem offenen Haar. Und genau über ihrem Kopf leuchtete die verschnörkelte Goldverzierung an der Wand, die noch nach frischer Farbe roch. Es war wirklich schräg, aber von Fees Position aus wirkte es so, als trüge Mama eine zierliche Krone.

»Dein Vater und ich glauben, dass du dir über irgendetwas Sorgen machst«, fuhr ihre Mutter fort. »Seit ein paar

Tagen bist du fahrig und vergesslich und scheinst dich hier nur wohlzufühlen, wenn Nelly bei dir ist. Du nimmst jede Gelegenheit wahr, um die Wohnung zu verlassen, als wärst du auf der Flucht, und bleibst lange weg. Und dann unser verpasstes Mittagessen …«

Fee senkte den Blick. »Ich habe mich doch schon entschuldigt …«

»Papa hat mir außerdem erzählt, du hast im Internet nach Begriffen wie *Spukhaus* und *vermisstes Mädchen* gesucht?«

Na toll, dachte Fee. *Vielen Dank, König Petznase.*

»Es ist wirklich nichts los«, beteuerte sie. »Ich habe nur für Izzy geforscht.«

Ihre Mutter seufzte. »Na schön«, sagte sie sanft. »Dieses Haus … es bedeutet mir wirklich viel. Kannst du nicht wenigstens versuchen, es zu mögen? Mir zuliebe?«

Jetzt war Fee wirklich irritiert. Diesen bittenden, bangen Tonfall kannte sie von ihrer Mutter nämlich nicht. Ihr fiel ein, was ihr Vater gesagt hatte: *»Auf eine Art gehören dieses Haus und deine Mutter einfach zusammen.«*

Mama sah sie immer noch an, als würde sie auf eine Antwort warten.

»Ich … versuch's doch«, murmelte Fee. Aber mit einem mulmigen Gefühl erinnerte sie sich plötzlich auch an Led Lavernes Worte: *»Ich wette, deine Mutter ist schon hin und weg von dem Spukschloss. Lass mich raten: Sie ist sogar ganz besessen davon, als hätte das Haus sie sich geschnappt wie eine Falle die Maus.«*

18

Fee war beim Lesen eingenickt. Das Licht brannte, als sie aus einem Dämmerschlaf hochschreckte. Der Wecker zeigte elf Uhr nachts. Auf ihrem Bett reihten sich ihre Notizen wie eine Bettdecke aus Papier und Tinte; die rote Mappe lag aufgeschlagen neben ihrem Kopf. *Keine einzige Information über den Nordflügel*, erinnerte sich Fee. *Kein Feuertor-Zeichen*. Nur die Schwarz-Weiß-Gesichter von Zeitungsartikeln wirbelten durch ihren Kopf. Männer in Anzügen, Frauen in strengen Kostümen, die auf Firmen-Gruppenfotos auf der Löwentreppe standen. In der Stille des Zimmers glaubte Fee ihr höhnisches Flüstern zu hören. *Gib endlich auf, Menschenmädchen!*

»Haltet die Klappe«, murmelte Fee. Sie löschte das Licht und zog sich die Decke über den Kopf. Erschöpft schloss sie die Augen und …

… wurde in den Schlaf gerissen wie jemand, der in einem Wildwasserfluss das Rettungsseil losgelassen hat. Fast war sie erleichtert, nur in ihren üblichen, vertrauten Traum gespült zu werden. Wie jedes Mal verlor sie den Halt und fiel endlos tief durch Schleier von Rauch. Sie spürte das Kribbeln im Bauch, als würde sie auf einer Achterbahn in die Tiefe sausen. Das war sonst immer der Moment, in dem sie mit einem Keuchen hochschreckte, froh darum, sich mit Zähnen und Klauen ans

Aufwachen klammern zu können. Diesmal aber staunte sie nur darüber, wie schön der Himmel war, der über ihr davontrudelte. Er hatte die Farbe von Naaras Haar. Spitzen von Tannen drehten sich und tanzten über ihr oder vielleicht war sie es selbst, die sich im Fallen drehte. Und dann bemerkte sie, dass sie gar nicht mehr fiel. Sie schwebte. Irgendwo erklang Musik, so schön und sehnsuchtsvoll, dass es ihr die Kehle zuschnürte. Im Zwerchfell spürte sie das Schwingen der tiefsten Gitarrensaite, die den Takt vorgab. Und darüber – wie hellerer Gesang von Wasser, das über Steine floss, eine glasklare Melodie. Fee sah sich suchend um und …

… blickte blinzelnd auf den grünen Lichtpunkt am Laptop, der anzeigte, dass der Akku wieder geladen war. Als sie die Nachttischlampe anmachte, rutschte eine Kaskade von Papieren vom Bett. Wie müde Vögel flatterten sie zu Boden und blieben gestrandet liegen. Doch es kehrte keine Stille ein. Fee schaute verwundert zu ihrer Gitarre, die unberührt am fest verriegelten Fenster stand. Sie hörte eindeutig Gitarrenmusik, allerdings so gedämpft, als würde sie in einem anderen Raum gespielt. *Dachboden?*, schoss es Fee durch den Kopf. Denn nun fiel ihr mit siedend heißem Schreck ihre Kindergitarre ein. War Naara etwa aufgewacht und spielte mitten in der Nacht in dem hellhörigen Haus Gitarre? »Das darf doch nicht wahr sein!«, murmelte Fee. Sie schnappte sich ihre Taschenlampe und hechtete aus dem Bett. An der Haustür stellte sie fest, dass die Musik nicht vom Dachboden kam, sondern aus dem Treppenhaus. *Sie hat ihr Versteck verlassen!* Jetzt war Fee nur noch sauer. Leise schloss sie die Haustür und sprintete los. Als sie um die Ecke bog, war ihr klar, warum die Melodie durch das ganze Haus hallte. Jetzt hätte sie Naara am liebsten gepackt und geschüttelt. Das Mädchen saß mit dem Rücken zu Fee auf einer Treppenstufe und nutzte den Hall des Treppenhauses wie bei einem Konzert. »Sag mal, spinnst du?«, zischte Fee schon von weitem. »Hör sofort auf!«

Naara reagierte nicht. Als Fee sie mit der Taschenlampe anleuchtete, sah sie, dass das Mädchen sich in eine Decke eingewickelt hatte, unter dem auch das Haar verborgen war. Sie war so versunken in das Spiel, dass sie gar nichts hörte. Fee biss die Zähne zusammen und beschleunigte ihre Schritte. Mit einem Riesensatz landete sie bei Naara auf der Treppenstufe und fasste sie an der Schulter. »Hey!«

Naara schoss hoch und wirbelte zu ihr herum. Fee fürchtete, sie würde vor Schreck auf der Treppe ausrutschen. Aber dann hätte sie selbst fast den Halt verloren. Weit aufgerissene grüne Augen starrten sie an. Ihre Taschenlampe erleuchtete das Gesicht eines blonden Jungen. Er war sicher nicht älter als zehn Jahre, aber so hoch aufgeschossen, dass er nur wenig kleiner war als Naara. Jetzt hätte Fee schwören können, dass sie fiel. Zumindest fuhr ihr Magen Achterbahn, denn ihr wurde bewusst, dass sie einer Figur aus ihren Träumen gegenüberstand. Das war der Junge, der am Lager des Verletzten das traurige Lied gespielt hatte. Es war keine Gitarre, die er in den Händen hielt, sondern eine Laute. Der kunstvoll geschnitzte Steg hatte die Form eines geschuppten Drachenhalses. Am gehörnten Kopf des Ungeheuers war ein schwarzes Band befestigt, an dessen Ende eine rote Feder hing. Das, was Fee für eine Decke gehalten hatte, entpuppte sich als dunkler Umhang mit einer Kapuze, die dem Jungen vom blonden Haar gerutscht war. *Er ist keine Traumgestalt!*, hallte es in Fee. Sie hatte ihn berührt und den Samt unter ihrer Hand gespürt. Der Junge wich stolpernd zurück, eine Stufe nach unten, noch eine. Gehetzt blickte er um sich. Seine Augen suchten und sahen nicht, und Fee wurde klar, dass er weder das Taschenlampenlicht noch sie wahrnahm. Aber er hatte doch ihre Hand gespürt!

»Wer bist du?«, stieß er hervor. Angst schwang in seiner Stimme. Und vielleicht war es das, was Fee den Mut gab, zu antworten: »Siehst du mich denn nicht?«

Zumindest konnte er sie hören. Er schrak zusammen und wurde blass.

»Wer bist *du?*«, fragte Fee. Aber er drehte er sich nur um und floh die Treppe hinunter.

»Warte!« Fee rannte los. Das Licht der Taschenlampe jagte dem flatternden Mantel hinterher. Im zweiten Stock verlor sie ihn aus den Augen, aber dort, wo die Treppen im ersten Stock zusammenwuchsen, sah sie ihn wieder deutlich. *Zu deutlich*, dachte sie verwundert. *War es nicht eben noch Nacht gewesen?* Jetzt war das Zwischengebäude von Sonnenschein durchflutet. Und endlich wurde ihr klar, dass sie …

… immer noch träumte. Ein Traum im Traum?, *dachte sie völlig verblüfft.* Ich bin vorhin also gar nicht in meinem Zimmer aufgewacht. *Im Vorbeilaufen sah sie, dass die Flügeltüren geöffnet waren. Im Ballsaal standen geschnitzte Stühle mit metallenen Adlerfüßen. Das Gold der Spiegelrahmen war nicht mehr angelaufen und glänzte so hell, dass es Fee fast blen-*

dete. Der Raum war mit Bändern und Stoffen für ein Fest geschmückt, aber einige Stühle waren umgeworfen, ein Spiegel zeigte ein Spinnennetz aus Bruchlinien. Auf dem Boden lagen die Scherben eines Kristalllüsters, zerfetzter Stoff und ein zerbrochener Kelch.

Ganz von selbst trug der Schwung der wilden Jagd Fee weiter treppab. Der Junge sah über die Schulter, aber wieder blickte er durch Fee hindurch. Mit einem Satz landete sie hinter ihm auf dem Bodenmosaik und erwischte ihn am Mantel. Sie fielen beide hin. Doch bevor Fee den Mund aufmachen konnte, warf sich der Junge herum und schwang die Laute blindlings durch die Luft. Fee konnte sich gerade noch ducken, bevor das Instrument gegen ihre Schläfe krachen konnte. Sie packte den Steg mit beiden Händen. »Hör auf! Ich will doch nur mit dir re…« Weiter kam sie nicht. Mit einem Ruck wurde ihr die Laute entrissen. Blattgold stob auf, als der Junge durch das mit Laub bestreute Gras davonrannte. Wind brauste durch den Empfangssaal. Goldene Herbstblätter umwirbelten Fee, und sie erkannte, warum es hier so hell war. Es gab keine Wand mehr und keine Hintertür, die Mister Danes mit drei Schlössern sicherte. Das Zwischengebäude war im Erdgeschoss zum Park hin offen. Und draußen glühte ein feuergoldener Herbst. Fee kam auf die Beine und stolperte nach draußen. Ein Flüstern von Laub wallte auf, als würden die Bäume aufgeregt miteinander wispern. Und dann blieb ihr vor Staunen die Luft weg. Es war, als wäre sie mitten auf dem Gemälde im Ballsaal gelandet. Die Baukräne und die Stadtsilhouette waren verschwunden, es gab nur einen glutroten Abendhimmel, der Berge und Hügel jenseits der Mauern in rosa Licht tauchte. An einem Abhang glitzerte ein Wasserfall wie lebendiges Silber. Die Luft duftete süß nach Rosen und reifen Äpfeln. Fee wurde so schwindelig, dass sie sich an einen Baum lehnen musste. Es war die Platane. Sie war nicht verbrannt, aber ihre Rinde war weiß wie ausgebleichte Knochen, und an ihren Ästen hing kein einziges Blatt mehr. In all dem Gold und Grün wirkte sie wie das Skelett eines Baumes. Fee schaute sich um und blinzelte. Die Farben des Gartens waren so intensiv, dass es fast wehtat, hinzusehen. In polierten Brunnen aus grünem und rotem Marmor flüsterte klares Wasser, Schwärme von Faltern mit kristallinen Flügeln flatterten über kelchförmige Blumen, die Fee noch nie gesehen hatte. Weiße und rote Rosen wucherten an Stämmen hoch, als trügen die Bäume Gewänder aus Dornen und Blüten. Es war ein Garten, der märchenhaft schön und hell war – und in den Schatten und Winkeln gleichzeitig wild, wuchernd und düster. So sieht es hier also in Wirklichkeit aus, *dachte Fee.* Genauso wie in Mamas Märchenbüchern. *Es war ein völlig widersinniger Gedanke, aber komischerweise fühlte dieser Traumgarten sich viel realer an als der Park des Herrenhauses in ihrer Welt.* Meine Welt?, *dachte sie benommen. Sie drehte sich zum Haus um und erschrak. Der Südflügel sah völlig anders aus. Wuchtiger und viel älter. Giebel und Erker saßen an ganz anderen Stellen. Es gab sogar einen runden Wehrturm. Zumindest konnte man ihn erahnen, denn das ganze Gebäude war nur noch eine zerfallene Ruine mit leeren Fensteraugen. Himmelsrot leuchtete hindurch, als wäre das Gemäuer durchbrochener Spitzenstoff, fadenscheinig und fast nicht mehr real. Das Zwischengebäude und den Nordteil dagegen erkannte sie dagegen sofort wieder. Aber auch diese Gebäude sahen nicht mehr genauso aus, wie Fee sie kannte.*

Zwar war der Balkon im ersten Stock immer noch beschädigt und die rechte Steinfigur fehlte. Aber es gab keinen Zerfall und keine abgeklebten Fenster. Außerdem schmückten Fabeltiere und andere Verzierungen aus Stein die Fenstergiebel und Erker. Fee entdeckte ein Einhorn und einen Drachen, die miteinander kämpften. Sie sah Greife und sphinxartige Frauen, halb Vogel, halb Mensch. Der helle Marmor der Fassade schien zu flirren wie Silberhaut, als hätte das Gebäude ein eigenes Leben, einen Atem aus Wind und Augen aus Glas. Und hinter den spiegelnden Fensterscheiben erahnte Fee nun auch die Silhouetten von Menschen. Sie drängten sich näher zum Fenster und schauten zum Himmel. Wieder erkannte Fee Figuren aus ihrem Traum: Die Frauen trugen rote Gewänder mit Goldstickereien und Federn und Perlen im Haar. Warum schauen sie alle nach oben?, *dachte Fee. Ein Wolkenschatten fiel auf die Fenster und ließ die Gestalten unsichtbar werden. Fee fiel auf, dass der Wind sich gelegt hatte und nicht einmal mehr ein Vogel sang. Stattdessen nahm sie ein Rauschen großer Schwingen wahr. Sie schaute nach oben und presste sich mit einem erschrockenen Keuchen an die Platane. Direkt über ihr hatten sich Wolken zu einem dunklen Ring aus Raubvögeln zusammengezogen, der Ring zerstob – und stieß auf Fee nieder. Sie schrie auf und rannte los. Aber offenbar funktionierte ihre Panikreaktion nicht in diesem Traum. Jede Sekunde dehnte sich zu einer schrecklichen Ewigkeit. Ein Stoß traf sie an der Schulter, ein riesiger Flügel streifte über ihren Kopf, was sich anfühlte wie ein Schlag mit einer gefiederten Keule. Fee strauchelte und überschlug sich im Sturz. Die Vögel umkreisten sie so dicht, dass ihre dunklen Schwingen das Laub aufwirbelten. Sie erinnerten an schwarz-*

weiße Adler, aber sie waren so groß wie Kälber, ihre Augen glommen schwarz in einem Kranz aus helleren Federn, die ihnen die Anmutung von grimmigen Gesichtern gaben. Sie hatten schwarze Schnäbel, feuergelbe Beine und Krallen, lang und scharf wie Sicheln. Fee rappelte sich hoch und stürzte weiter, während schrille Vogelschreie in ihren Ohren gellten. Als sie sich das nächste Mal unter einem Flügelschlag wegduckte, flogen Mosaikrosen unter ihren Sohlen dahin. Sie sprang zur Treppe – und prallte gegen eine unsichtbare, weiche Wand, die sie mitten im Lauf bremste … und umschlang. Mit aller Kraft schlug sie um sich, aber das Ding umklammerte sie nur noch fester und jemand rief: »Fee! …

… Wach auf! Es ist nur ein Traum!«

Keuchend schnappte sie nach Luft und riss die Augen auf. Sie sah nichts, aber der wohlvertraute Duft von Rasierwasser stieg ihr in die Nase. Ihr Vater war hier! Er hielt sie in seinen Armen und sie klammerte sich an ihn wie eine Ertrinkende. Und als ihr Vater den Arm ausstreckte, flutete mit einem *Klick* Licht die nachtdunkle Eingangshalle. Fee blinzelte verwirrt ins Licht wie ein Maulwurf, der aus seiner Höhle gesprengt worden war. Ehrlich gesagt fühlte es sich genauso an. Ihr Vater war wohl gerade von seinem Fußballabend zurückgekommen, er trug noch seine Jacke und seine Hände waren kalt vom Fahrradfahren. »Um Himmels Willen, Motte! Seit wann wandelst du denn im Schlaf?«

»Keine Ahnung«, kiekste Fee. Das Blut rauschte in ihren Ohren, immer noch hatte sie kribbelnde Gänsehaut am ganzen Körper.

»Du zitterst ja.« Ihr Vater zog die Jacke aus und hüllte Fee ganz in seiner Wärme ein. »Keine Angst, alles ist gut. Komm, ich bringe dich ins Bett.«

Fee schlang ihre Arme um seinen Hals und drückte ihre Wange gegen seinen Hals. Und als er sie hochhob und die Treppen hinauftrug, rutschte ihre völlig aus ihrer Bahn geschleuderte Welt zumindest wieder ein bisschen in die richtige Spur. Die Rückwand der Halle war wieder da und auch Danes' Tür mit den drei Schlössern. Unter ihr schwebte die Treppe dahin. Keine Spur mehr von dem Herbstlaub, das eben noch auf den Stufen getanzt hatte. Und über die Schulter ihres Vaters hinweg erblickte sie die Stelle, an der die Flügeltür sein müsste. Nun befand sich dort eine frisch gemauerte Wand voller Wasserflecken. »Danes … hat den Zugang zum Nordflügel dicht gemacht?«, flüsterte sie.

Bartstoppeln kitzelten ihre Schläfe, als ihr Vater nickte. »Ja. Verrückter Kerl, was?«

Fee schluckte und schwieg. *Verrückter Traum*. Sie wollte sich tiefer in Papas Umarmung schmiegen, als ihr auffiel, dass sie mit ihrer linken Faust irgendetwas umklammerte. Es kostete Mühe, die verkrampfte Hand zu öffnen.

»Was hast du denn geträumt?«, fragte ihr Vater besorgt.

Fee schloss die Hand sofort wieder so fest, dass sich ihre Faust so anfühlte, als würde darin ein gefangenes, panisch schlagendes Herz pochen. Und dann hörte sie sich sagen: »Ich erinnere mich nicht.«

19

Fees Kopf dröhnte, als hätte sie die Nacht zwischen zwei Lautsprechern verbracht, aus denen in voller Lautstärke *Heavy Metal* Musik fetzte. Sie lag in ihrem Bett, der Wecker zeigte acht Uhr morgens, draußen im Flur klackten Absätze auf den Dielen, dann klappte die Haustür zu. Mama ging also gerade zur Arbeit, doch im Badezimmer rauschte die Dusche. Also war ihr Vater noch da. Schemenhaft erinnerte sich Fee an ein geflüstertes Gespräch, das sie mitten in der Nacht nur noch am Rande ihre Bewusstseins mitbekommen hatte, bevor sie völlig erschöpft in eine Art traumloses Koma gefallen war: »Das ist bestimmt nur eine Phase, Kai. Sie ist eben sensibler als andere Kinder. Sobald sie sich hier eingelebt hat, wird alles wieder normal sein.«

»Ich hoffe es, Silke«, hatte Fee Vater bekümmert geantwortet. »Aber wir müssen ein Auge auf sie haben. Sie ist mir heute Nacht schlafend entgegengerannt! Nicht auszudenken, wenn sie auf die Straße gelaufen wäre. Und sie hätte auch auf der Treppe stürzen und sich verletzen können.«

Ich bin Schlaf gerannt? Fee schoss hoch und riss die Matratze ihres Bettes an der Ecke hoch. Und dann wusste sie nicht, ob sie erleichtert sein sollte, weil sie nicht verrückt wurde – oder aus demselben Grund zu Tode erschrocken. Unter der Matratze lag immer noch das Stück Band, das sie beim Handgemenge wohl von der Laute des blonden Jungen abgerissen hatte. Der Stoff war seidenglatt und von einem so lichtlosen Schwarz, dass er nicht einmal glänzte. Und an seinem Ende war mit Goldfaden die kleine rote Feder angenäht.

Nellys Handy war noch ausgeschaltet, also schickte Fee ihr eine SMS und fuhr auch noch das Laptop hoch. *Ruf mich sofort an*, tippte sie hektisch eine Mail. *Vielleicht spinne ich, aber ich glaube, ich bin heute Nacht in Naaras Welt gelandet.*

Sie hielt inne. *Naaras Welt.* Ihr Herz begann sofort wieder zu rasen. Aber sie erinnerte sich an die Zeichnung auf dem Märchenbuch, das Naara aus dem Regal genommen hatte. Das von Rosen überwucherte Dornröschenschloss hatte tatsächlich Ähnlichkeit mit dem halb zerfallenen Südflügel von heute Nacht. *»Das erinnert mich an Zuhause.«* Das waren Naaras Worte gewesen.

Fee rief die Suchmaschine auf und tippte Suchbegriffe von *Adler* bis *Zeitreise* ein. Zumindest bei *Adler* wurde sie fündig. Sie erschauerte vor Unbehagen, als sie das Bild eines schwarzweißen Vogels mit hellgrau gefiedertem Gesicht fand. Schwarze, lange Federn standen kämpferisch aufgerichtet vom Kopf ab und wirkten wie Hörner. Diese Vögel waren zu Fees Überraschung keine Fabeltiere. Die riesenhaften Adler gab es wirklich – allerdings nur in Mittel- und Südamerika. Doch als Fee den Namen dieser Vogelart las, wurde ihr ganz anders zumute: *Harpyie.* Hatte Danes Naara nicht genauso genannt?

Fee schnappte sich Lulus Block. *Meine Traumfiguren = Naaras Clan?*, kritzelte sie auf ein vergilbtes Blatt. *Harpyienadler: Geflügelte Wachhunde des Clans?* Hatte der Junge mit der Laute die Adler herbeigerufen, weil ihn eine Unsichtbare angegriffen hatte? *Im Gegensatz zu ihm haben die Harpyien mich gesehen*, überlegte Fee. Mit einem Mal ergab auch vieles andere plötzlich einen Sinn. Sie rief sich die Nacht, als der Tornado im Park getobt hatte, ins Gedächtnis. Jetzt wusste sie ganz sicher, dass sie nichts geträumt hatte: Um den Mond hatte in jener Nacht tatsächlich derselbe dunkle Mahlstrom aus fliegenden Raubvögeln gekreist. *Vielleicht war ich diesem Moment auch in der anderen Welt?*, überlegte sie. Aber warum erkannte Naara das Herrenhaus überhaupt nicht wieder?

»Weil sie den Nordflügel noch nie bei Tageslicht gesehen hat«, beantwortete sie sich diese Frage selbst. Nachts im Regen konnte Naara den dunklen Umriss nicht deutlich genug wahrnehmen, um in dem schäbigen Gebäude einen schwachen Abglanz ihres eigenen Hauses zu erkennen. Von den Fenstern des Südflügels aus konnte man die anderen Gebäudeteile dank der Bambushecke nicht sehen. Und der Südflügel selbst glich nicht dem halb zerfallenen Gebäude mit dem Wehrturm, das Naara aus ihrer Welt kannte. *Also weiß sie tatsächlich nicht, wo sie hier ist.*

Nun erinnerte sie sich auch an den Ballsaal, in den sie heute Nacht einen Blick geworfen hatte. Der Raum war für ein Fest geschmückt gewesen. *Naaras Hochzeit?*, schrieb Fee auf. Dann wäre der Raum nicht vom Sturm verwüstet worden, sondern bei einem Angriff auf die Hochzeitsgesellschaft.

Das Handyklingeln schreckte sie auf. Der Block rutschte ihr aus der Hand und klatschte auf den Boden. Fast hätte sie auch noch das Handy fallen gelassen. Auf dem Display stand eine unbekannte Festnetznummer. »Guten Morgen«, rief Nelly, sobald Fee das Gespräch angenommen hatte. »Hast du schon in deine Mails geschaut? Ich habe dir heute Nacht etwas geschickt.«

»Ich sitze gerade am Laptop. Da ist keine Mail von dir.«

»Dann schau in den Spamordner.«

»Hast du denn meine Mail oder die SMS noch gar nicht gelesen?«, fragte Fee mit schwacher Stimme.

Nelly seufzte. »Mein Vater hat gestern Nacht das Handy einkassiert, als er mich am Computer meines Onkels erwischt hat. Ich konnte gerade noch eine Mail vom Account meiner Tante abschicken und sofort löschen. Und gerade rufe ich heimlich vom Festnetztelefon an. Na los, schau dir die Mail an! Ich habe was Sensationelles herausgefunden!«

Fee öffnete den Spamordner. *NELLY AN FEE!!!!* stand im Betreff der einzigen Mail. Der Inhalt war nur ein Bild. Fee runzelte verwundert die Stirn. »Warum schickst du mir denn das Foto von Naaras Zeichnung wieder zurück?«

»Scroll weiter runter.«

Fee gehorchte – und entdeckte, dass Nelly ein Stück aus Lulus Kinderbild ausgeschnitten und unter Naaras Zeichnung wieder eingefügt hatte. Der Feuerring, den Mister

Danes wütend in die Luft spuckte, prangte nun genau unter Naaras rundem Ornament.

»Erkennst du's?« Nelly war ganz aufgeregt. »Fünf Flammen, die einen Ring bilden. Es sieht nur so aus, als würde Danes Feuer spucken. In Wahrheit brüllt er nur vor dem Feuertor herum. Mit etwas Fantasie erkennt man trotz Krakel-Faktor, dass Lulu den Ring genauso wie Naara dargestellt hat. Klein-Lulu muss also vor vielen Jahren schon in dem Raum mit dem Feuertor gewesen sein. Danes hat sie damals verscheucht. Das heißt aber, das Feuertor existiert wirklich – und Danes bewacht es immer noch.« Nelly hatte wohl erwartet, dass Fee wie ein Cheerleader zu jubeln begann. Aber Fee konnte sich nur ein »Ähm … verstehe« abringen.

»*Ähm … verstehe?*«, stieß Nelly fassungslos hervor. »Na, jetzt bin ich aber wirklich gespannt, was *du* für tolle Neuigkeiten zu bieten hast!«

Fee schaute zu dem schwarzen Band und der Feder. Dann holte sie sehr tief Luft und begann zu erzählen.

Sie hätte keinen größeren Effekt erzielen können, wenn sie Nelly gestanden hätte, nachts à la Hannah Montana heimlich als Rockstar aufzutreten. Es rumpelte, als wäre Nelly beim Hinsetzen mit einem Stuhl gegen die Wand gerumst. Und als Fee ihren Vortrag beendet hatte, hallte am anderen Ende der Leitung nur noch fassungslose Stille. »Nelly? Bist du noch da?«

»Und Naara regt sich auf, weil es keine Feen geben darf?«, kam es mit piepsiger Stimme zurück.

Fee musste sich ein Grinsen verkneifen.

»Aber das … das heißt ja, dass das Löwenhaus selbst das Portal ist, das wir für Naara suchen«, hauchte Nelly. »Wir waren schon die ganze Zeit mittendrin?«

Fee schielte zur Tür. »Ja, ich glaube, dass Naaras und unsere Welt im Herrenhaus irgendwie gleichzeitig existieren, so wie Schablonen, die übereinandergelegt werden. Dasselbe Herrenhaus, aber zwei verschiedene Wirklichkeiten. In jeder davon sieht das Haus ein bisschen anders aus, aber im Kern ist es dasselbe Gebäude. Und wenn wir durch die Räume gehen, dann sind Naaras Leute und wir gleichzeitig da, aber wir nehmen uns gegenseitig nicht wahr. So, als wären wir im selben Raum, aber durch Schleier getrennt. Als wir beide gestern im Ballsaal waren, hat sich dieser Schleier kurz gehoben. Deshalb konnte ich die Frau im Park sehen. In ihrer Welt existiert der Platanenbaum noch. Außerdem ist Naara davon überzeugt, dass das Mansion nicht leer ist. Vielleicht nimmt sie ja ganz am Rande ihres Bewusstseins die Gegenwart ihres Clans in einer anderen Sphäre wahr?«

»Glaubst du wirklich, dass deine Traumgestalten Naaras Clan sind?«

»Zumindest sprechen sie Naaras Sprache. Die Frau hatte an dem Lager des verletzten Kriegers *Namár* gesagt. Das bedeutet *Danke*.«

Noch während sie das sagte, fiel ihr auf, dass der Junge mit der Laute gestern in ihrer Sprache gesprochen hatte. *Oder ich in seiner?* War es möglich, dass die Grenzen vollkommen aufgehoben waren, sobald sie Naaras Welt wirklich betrat? »Vielleicht … sollte der Junge auf ihrer Hochzeit spielen«, überlegte sie weiter. »Und der ältere Mann mit dem kupferfarbenen Haar ist vielleicht ein Wächter, der bei dem Versuch verletzt wurde, Naara vor ihren Entführern zu beschützen …«

»Und warum konntest du die Frau im Park sehen und ich nicht?«

Fee zuckte zusammen. *Weil ich der Freak von uns beiden bin?* »Keine … Ahnung«, murmelte sie.

Nelly stieß scharf die Luft aus, als würde sie zusammensinken wie ein Luftballon. »Mann, Fee, du bist wirklich der einzige Mensch, der es schafft, auch noch im Schlaf in Lebensgefahr zu geraten. Was machen wir denn jetzt?«

»Ich werde Naara alles erzählen. Vielleicht erinnert sie sich wieder, wenn ich ihr beschreibe, was ich …«

»Fee, stopp! Warte, bis ich wieder da bin.«

Noch nie hatte Nelly sich so besorgt angehört. Wenn Fee es nicht besser gewusst hätte, hätte sie sogar geglaubt, dass Nelly Angst bekommen hatte. »Wir brauchen erst einen Plan, hörst du?«, fuhr Nelly fort. »Denn wenn das alles so ist, wie du es vermutest, dann … ist es wirklich eine gefährliche Sache. Wenn du Naaras Wirklichkeit betreten kannst und Naara bei uns ist, dann … suchen die auf der anderen Seite doch bestimmt schon nach Wegen, sie zurückzuholen. Was, wenn plötzlich bewaffnete Krieger mit einem *Harpyiengeschwader* eure Wohnung stürmen?«

Fee wurde ganz anders. Daran hatte sie noch gar nicht gedacht.

»Geh bloß nicht allein zu Naara«, beschwor Nelly sie.

»Wer weiß, was du mit deinen Superkräften sonst wieder entfesselst. Und wer weiß, was passiert, wenn Naara sich tatsächlich schlagartig wieder an alles erinnert? Vielleicht fällt ihr dann ein, dass Menschen die Todfeinde ihres Clans sind?«

Fee kaute nervös auf ihrer Unterlippe herum. Naara hatte tatsächlich ziemlich verächtlich über *Menschen* gesprochen. »Aber Naara weiß doch, dass wir nicht ihre Feinde sind«, wandte sie zaghaft ein.

»Sie schon, aber ihr Clan vielleicht nicht«, kam die prompte Antwort. »Und was, wenn sie wirklich eine *Harpyie* ist, wie Danes gesagt hat? Hast du inzwischen mal im Internet geschaut, wie *Harpyien* in Sagen dargestellt werden? Sie sind immer die Bösen! Killerwesen, halb Mensch, halb Vogel. Manche spucken sogar Feuer. Vielleicht besteht Naaras Clan aus Gestaltwandlern, die sich in Geierdrachen verwandeln und dann Menschen fressen, mit denen sie gestern noch nett geplaudert haben. So wie bei Werwölfen, die nach der Verwandlung nicht mehr wissen, wen sie in ihrer Wolfsgestalt einen Kopf kürzer …«

»Nelly!«, rief Fee entsetzt.

»'tschuldige.« Nelly schnappte nach Luft. »Hör zu, *Agent Faye*. Du schaust dir jetzt niedliche Katzenbabys auf YouTube an, bis ich wieder da bin. Wir packen hier schon für die Heimfahrt. Ich bin um spätestens zehn bei dir. Und dann überlegen wir, wie wir am schnellsten das Feuertor klarmachen.«

Fee atmete auf. Das war wieder Nelly, die immer wusste, was zu tun war.

»Katzenbabys, im Ernst?«, fragte sie. Nelly lachte nur nervös und legte auf.

Fee sank auf dem Schreibtischstuhl zusammen. *Gestaltwandler.* Natürlich musste sie sofort wieder daran denken, dass Naara kaum blinzelte und ihr Blick dadurch manchmal starr und wenig menschlich wirkte. Aber konnte sie tatsächlich vergessen haben, dass sie eine *Harpyie* war?

Fee hob Lulus Block auf und schoss erschrocken hoch, als es an ihrer Zimmertür klopfte. »Bist du wach, Motte?«, fragte ihr Vater.

»Ja!«, rief sie viel zu laut.

Eine Wolke von Seifenduft wallte in ihr Zimmer. Ihr Vater steckte den Kopf durch die Tür. Aber wenn er sich darüber wunderte, seine Tochter frühmorgens totenblass und stocksteif neben dem Schreibtisch stehend vorzufinden, einen Block fest an sich gepresst, dann überspielte er es gut. »Guten Morgen. Hast du noch gut geschlafen?«

»Klar.« Fee zwang ihre Mundwinkel nach oben. »Warum bist du noch nicht bei der Arbeit?«

»Ich habe mit einer Kollegin den Dienst getauscht. Ich dachte nämlich, vielleicht hast du Lust, den Tag mit mir im Schwimmbad zu verbringen? Und danach vielleicht Eis essen im Café, oder wir drehen eine Runde durch den Musikladen? Ich habe gehört, eine gewisse Lieblingsband hat ein neues Album rausgebracht.«

Nichts hätte Fee lieber getan, als begeistert *Ja!* zu rufen. Sie schluckte schwer, aber sie konnte kaum verbergen, dass ihr plötzlich zum Heulen zumute war. Und es passierte das, was auf keinen Fall passieren durfte. Ihr Vater kam zu ihr und beugte sich hinunter, bis er ihr direkt in die Augen sehen konnte. »Was bedrückt dich?« fragte er sanft.

Fee presste die Lippen zusammen. Aber ihr Vater hatte Zauberkräfte. Wenn er sie weiter so anschaute, würde sie sich verplappern. Also wandte sie sich brüsk zum Tisch um und warf den Malblock betont missmutig neben die Tastatur: »Mich bedrückt überhaupt nichts! Mama hat mich gestern auch schon damit genervt. Und nur weil ich einmal im Schlaf gewandelt bin, glaubt ihr jetzt wohl, dass ihr mich rund um die Uhr bewachen müsst?«

Ihr Vater war ehrlich betroffen. »Ich wollte dir wirklich nur eine Freude machen.«

»Tut mir leid, ich bin schon verabredet.« Sie wich seinem Blick wieder aus und fügte hinzu: »Mit … Marie. Von Izzys Rollenspielgruppe.« Es tat weh, ihren Vater so auflaufen zu lassen, aber manchmal, das erkannte Fee nun, hatte man nur die Wahl zwischen bluffen und gnadenlos entlarvt werden.

»Oh«, murmelte Papa. »Schade. Macht ihr heute eines dieser Fantasy-Spiele?«

»Mhm«, bestätigte Fee. *Türen aufbrechen, Zeitreisen, Feuertor suchen und so …*

Im selben Moment wurde ihr mit siedend heißem Schreck bewusst, dass ihr Vater den ganzen Vormittag hier sein würde. »Aber du gehst doch trotzdem ins Schwimmbad?«, brachte sie heraus. »Bestimmt hast du dich schon darauf gefreut. Sonst hast du ja nie Zeit dafür.«

»Hört sich ja fast so an, als wolltest du mich loswerden. Findet eure Aktion etwa hier bei uns statt?«

»Was? Wie kommst du denn darauf?«

»Weil Danes offenbar mitspielen soll.« Ihr Vater deutete auf den Block. Die erste Seite war umgeklappt und Lulus Bild sprang ihnen schreiend bunt entgegen. Fee schoss das Blut in die Wangen. »Das Bild hat gar nichts damit zu tun.«

Möglichst beiläufig packte sie den Block zur Seite und tat so, als müsste sie ihre Sachen zusammensuchen. Das schwarze Band schob sie verstohlen in ihre Hosentasche. »Aber falls du ohnehin zum Schwimmen gehst«, plauderte sie weiter, »könntest du auf dem Rückweg im Musikladen etwas für mich holen? Ich brauche neue Gitarrensaiten.« Sie lächelte ihn bittend an. Ihre Mutter wäre jetzt erst recht misstrauisch geworden, aber bei ihrem Vater hatte sie offenbar auch Zauberkräfte, denn sein fragendes Stirnrunzeln verschwand auf der Stelle. Und dann sagte er zu Fees unendlicher Erleichterung: »Ich war wirklich schon lange nicht mehr schwimmen. Und klar, ich bringe dir die Saiten mit.«

»Danke!«, erwiderte Fee aus vollem Herzen. »Dann bis heute Abend.«

Ihr Vater seufzte. »Tja, so ist das wohl, wenn man eine große Tochter hat.« Fee erwiderte sein Lächeln, aber sobald ihr Vater das Zimmer verlassen hatte, sackte sie einfach in sich zusammen und atmete auf. *Gerade noch mal gut gegangen.*

Hi Izzy, tippte sie ins Handy. *Falls jemand fragt: Ich bin heute mit dir und Marie in Sachen LARP unterwegs.*

Draußen klappten Schranktüren, ihr Vater suchte seine Badesachen zusammen. Doch sobald er sich verabschiedet hatte und seine Schritte verklungen waren, stellte Fee fest, dass YouTube-Videos das lauernde Schweigen des Hauses nicht vertreiben konnten. Beklommen warf sie einen Blick auf die Uhr. Es war erst kurz nach acht Uhr, das hieß, sie musste zwei Stunden ausharren in diesem Haus, das zweifach existierte. Nervös griff sie zum Notizblock, als ihr auf der Rückseite des Blocks eine raue Stelle auffiel, die sich unter ihren Fingern wie Blindenschrift anfühlte. Ein Bleistift hatte dort Rillen in den Karton gegraben. Zwar war die Schrift wegradiert worden, aber wenn man den Block schräg ins Licht hielt, erkannte man noch etwas. Sie nahm einen Bleistift und schraffierte den Karton, bis die Buchstaben als helle Schrift in der dunklen Fläche hervortraten. *»Property of …«*, stand dort auf Englisch. Bedeutete das nicht übersetzt: *»Eigentum von …«*? Und als sie auch noch Namen und Adresse entzifferte, fühlte sie sich, als hätte sie gestern nicht nur eine Tür gegen die Nase bekommen, sondern auch einen fiesen Boxhieb gegen die Brust.

20

Fee war unendlich froh, einen Grund zu haben, dem Haus zumindest für eine halbe Stunde zu entkommen. Doch das Herrenhaus schien seine Fühler sogar hier draußen noch nach ihr auszustrecken. Es war ein nebliger, trüber Spätsommertag, doch Naaras leuchtende Wirklichkeit schwappte wie Farbe über den Rand eines Eimers und kroch bis in die Nebenstraßen. An einer roten Ampel wirbelten Fee ganze Schwärme goldgelber Blätter entgegen, die der Wind über die Parkmauer des Herrenhauses geweht hatte. Leute blieben mitten auf der Straße stehen und wunderten sich über den herbstlichen Farbentanz.

In der Siedlung stand wohl niemand früh auf. Die Klotzhäuser träumten noch mit geschlossenen Fensteraugen und heruntergelassenen Rollladen, auch der Hinterhof war verwaist wie eine leere Westernstadt. Fee klemmte sich den Block unter den Arm und rannte, bis sie schwer atmend vor der blumenverzierten Tür stand. Viel zu laut hämmerte sie gegen das Holz. Die Tür erbebte in den Zargen, als hätte jemand von innen einen Zementsack dagegengeworfen, dann kläffte Mopsgoblin los. *Jetzt ist sie jedenfalls wach*, dachte Fee voller Genugtuung. Aber als Laverne zornig die Tür aufriss, prallte Fee überrascht zurück. Lavernes Queen-

Frisur war bereits perfekt gestylt, sie trug heute einen dunkelblauen Rock mit passender Bluse und sogar Schuhe mit Absätzen statt Hauspuschen. In der Rechten hielt sie ein zierliches Opernglas. »Gob«, sagte sie nur. Der Hund verstummte so abrupt, als hätte man ihm den Stecker gezogen. Laverne wandte sich zu Fee, die unwillkürlich einen Schritt zurückwich. Gestern war ihr gar nicht aufgefallen, wie groß die Alte war. »Was willst du denn jetzt schon wieder?«

Fee umklammerte den Block fester. »Sie waren also noch nie ihrem Leben im Herrenhaus? Und das Ringornament haben Sie auch noch nie gesehen. Komisch, dass sie es als Kind dann gemalt haben.« Sie hob die Zeichnung. »Es befindet sich im *Leo Mansion*, wo sie als Kind noch gewohnt haben. Und das ist Mister Danes.« Sie tippte auf das Krakelmännchen mit dem Besen. »Nur dass er damals viel jünger war und noch schwarze Haare hatte.«

Laverne verschränkte die Arme. »Du kommst her, um mir Kindergekritzel zu zeigen?«

Fee hielt ihrem zornigen Blick stand. »Laverne ist Ihr Nachname«, fuhr sie tapfer fort. Sie deutete auf die Schrift auf der Rückseite. »Hier steht: *Eigentum von L. Laverne*. Die Adresse ist das Herrenhaus. Dieser Block gehörte einem Mädchen, das mit Vornamen Lulu hieß. Das … waren Sie, nicht wahr?«

Laverne schnaubte nur verächtlich. »Seh ich so aus?« Für einen Moment war Fee tatsächlich verunsichert. Doch dann schielte sie zum Vitrinenschrank im Flur. Ihr fiel auf, dass der Schlüssel nicht mehr darinsteckte. Aber das schwarz-weiße Bild des kleinen Mädchens mit dem Stoffhund, das ihr gestern schon aufgefallen war, stand immer noch an seinem Platz. Und obwohl Jahrzehnte zwischen dem Kind auf dem Foto und dem heutigen Tag lagen, war es nicht schwierig, Lavernes rundes Gesicht und die Locken darauf wiederzuerkennen.

»Ich finde schon, dass Sie wie Lulu aussehen«, beharrte Fee. »Und Ihr Malblock ist übrigens nicht das Einzige, was ich auf dem Dachboden gefunden habe. Im Karton, den Ihre Familie beim Auszug dort vergessen hat, ist auch ein rosa Ballkleid und der Stoffhund, den sie auch auf ihrem Kinderfoto auf dem Arm haben. Nur dass er damals noch beide Ohren hatte. Heute fehlt sein linkes.«

Laverne starrte Fee eine ganze Weile nur an, dann blinzelte sie mehrmals und runzelte die Stirn. Es war, als hätte eine glatte Porzellanoberfläche plötzlich feine Risse bekommen. Irgendwo in der Wohnung piepste etwas. Mopsgoblin spitzte die Ohren und fegte davon.

»Den Dachboden hast du also auch schon ausspioniert, ja?«, fragte Laverne plötzlich barsch. »Dir ist wirklich nicht zu helfen!« Sie drehte sich auf dem Absatz um und marschierte ihrem Hund hinterher. Dass sie die Tür offen ließ, sollte wohl heißen, dass Fee ihr folgen durfte. Vorsichtig betrat Fee die Wohnung. Sie hatte Plüschkissen und Häkeldeckchen erwartet, doch im Wohnzimmer stand nur ein klotziger blauer Sessel direkt am Fenster. Der Rollladen war fast ganz heruntergelassen.

Laverne schloss die Tür zu einem Nebenraum, ließ sich in den Sessel fallen und spähte mit dem Opernglas durch den Spalt nach draußen. *Von wegen: »Ich habe euch nur zufällig auf der Mauer gesehen!«*, dachte Fee.

»Kannst du mir erklären, was da drüben vor sich geht?«, murrte Laverne, ohne das Opernglas abzusetzen.

Fee lächelte kühl. *Netter Versuch.* »Sie haben meine Frage nicht beantwortet. Geben Sie es zu, Sie heißen Lulu und haben im Herrenhaus gewohnt!«

Laverne lehnte sich zurück. »Wenn du schon darauf bestehst, mich beim Vornamen zu nennen, dann sag Luna zu mir. Die Einzige, die mich jemals Lulu nennen durfte, war nämlich meine Mutter.«

Fee hätte am liebsten die Fäuste in die Luft gereckt und triumphierend »Yay!« gerufen. »Dann haben Ihre Eltern für die Firma gearbeitet?«, tastete sie sich weiter vor. »Bis vor wenigen Wochen durften ja nur Angestellte in das Herrenhaus …«

»Sieh an, Mäuschen Schlau spielt Detektiv«, sagte Luna spöttisch. »Ja, meine Mutter war als Schreibkraft engagiert worden, weil mal wieder jemand fristlos gekündigt worden war. Das passierte bei *Portolion & Co* ständig, Leute kamen, Leute gingen. Die einfachen Angestellten wurden im Südflügel untergebracht. Sie machten nur den öden Verwaltungskram. Die Leute aus dem Nordflügel bekamen wir kaum zu sehen. Ich war damals sechs Jahre alt, das einzige Kind im Haus, und ich langweilte mich fürchterlich.« Sie zog den Mundwinkel hoch. »Geht dir wohl nicht anders, wenn du auch schon den Dachboden als Abenteuerspielplatz entdeckt hast.«

»Aber sie waren doch bestimmt einmal in den anderen

Teilen des Gebäudes. Sonst hätte Danes keinen Grund gehabt, sie zu vertreiben …« Jetzt schlug Fees Herz bis zum Hals. »Ich meine, aus dem Raum, in dem sich das Ornament befindet. Irgendwo im Nordflügel, stimmt's?«

Luna lächelte kryptisch. »Wie wäre es, wenn du zur Abwechslung mir etwas vom Herrenhaus erzählst?«, fragte sie auffallend freundlich. »Zum Beispiel, warum es so wichtig für dich ist, das Ornament zu finden? Wer hat die Zeichnung gemacht, die du mir gestern gezeigt hast? Und warum dachtest du, das Ornament müsste sich hier bei uns in den Baracken befinden?«

War doch klar, dass sie das fragen wird, Schlaukopf, schalt sich Fee. *Hast du wirklich geglaubt, sie verrät dir einfach so, wo das Feuertor ist?*

»Was ist?«, drängte Luna. »Ich habe dir die Wahrheit gesagt, jetzt schuldest mir auch ein paar Antworten.«

Verstohlen sah Fee über die Schulter und vergewisserte sich, dass der Rückweg zur Tür frei war. »Das … ist eine lange Geschichte«, improvisierte sie. »Sie hat etwas mit Fantasy-Rollenspielen zu tun und …«

Ein dumpfer Schlag gegen das Fenster ließ sie beide zusammenzucken. Glas bebte und ein Schatten fiel ins Zimmer. Fee hatte einen Satz nach hinten gemacht und starrte ungläubig den Vogel an, der auf dem Fensterbrett gelandet war. Zum Glück war es keine *Harpyie*, aber es war schräg genug, dass nun ein Bussard in den Raum äugte. Als Luna mit der Hand gegen die Scheibe schlug, flog er davon. »Sah so aus, als wollte er zu dir, Mädchen«, bemerkte Luna. Fee wurde noch mulmiger zumute. Draußen erklangen nun schrille Vogelrufe. »Sieh dir das an.« Laverne zog den Rollladen halb hoch. Fee blieb die Spucke weg. Der Blick aus diesem Fenster war ein Logenplatz, wenn es darum ging, die Mauer und den Park auszuspähen. Von außen fiel es nicht auf, aber Luna hatte am Fensterrahmen zudem noch verstellbare Spiegel befestigt, mit denen sie auch die Straße im Auge behalten konnte. Spätestens jetzt war klar, dass dieses Zimmer ein Beobachtungsposten war. *Hat sie nachts auch Naara auf der Mauer gesehen? Und warum behauptet sie, den Mauerwächter niemals entdeckt zu haben?* Luna konnte ihn gar nicht übersehen haben. Ein Fensterspiegel zeigte sogar einige Fußgänger, die unten an der Straße stehen geblieben waren und mit ihren Smartphones Fotos von den Parkbäumen machten. Kein Wunder: Hinter der Mauer trugen inzwischen alle Bäume grell leuchtende Gewänder aus Gold und Kupfer. Das Herrenhaus wirkte hinter der glühenden Kulisse des märchenhaften Herbstwaldes wie ein Schattenriss. Doch der Herbst war nicht das Einzige, was die Leute draußen auf der Straße so irritierte. Es waren die Vögel. Unzählige Bussarde und Falken drehten suchend Runden direkt über dem Park. *Sie wirken wie Späher*, dachte Fee voller Unbehagen.

»Inzwischen sind es mindestens hundert Vögel«, murrte Luna. »Was zum Henker war bei euch heute Nacht los? Hast du irgendetwas getan, das die ganzen Geier angelockt hat?«

»Nein!«, rief Fee.

Luna sah sie scharf von der Seite an. Langsam wusste sie überhaupt nicht mehr, was sie von dieser seltsamen Alten zu halten hatte, die sie nun plötzlich wieder zuckersüß anlächelte. »Ach je, du bist ja ganz verschreckt«, säuselte sie. »Ich mache uns eine Tasse Tee. Und dann erzählst du mir, was du heute Nacht gesehen und gehört hast.«

Ehe Fee protestieren konnte, war Luna schon aufgestanden und schob sie zum Sessel. »Hier, behalte das Geflügel im Park gut im Auge«, befahl sie und drückte Fee ihr Opernglas in die Hand. Dann rauschte sie in die Küche. Sobald sie hinter der Tür verschwunden war, sprang Fee wieder auf. Sie wollte schon hinausschleichen, als die Tür zum angrenzenden Raum nach innen aufschwang. Mopsgoblin manövrierte sich durch den Türspalt und stampfte schnaufend zur Küche. *Aber Luna hat die Tür doch vorhin zugemacht?*, dachte Fee irritiert. Der dicke Mops konnte ganz sicher nicht bis zur Klinke hochspringen.

»Na, schon wieder Hunger, alte Fellschnecke?«, hörte sie Luna in der Küche sagen. Fee schaute zur halb offenen Tür, und dann tat sie etwas, was ihre Eltern bestimmt entsetzen würde. Wie ein Dieb schlüpfte sie lautlos in das Zimmer. Es war eine Art Büro. Auf einem Schreibtisch stapelten sich Ordner und Papiere. Daneben stand eine gerahmte Fotografie, die eine Frau in einem langen Kleid zeigte. Vermutlich war das Lunas Mutter, die eindeutig das rosa Ballkleid trug. Der Computer war noch eingeschaltet, der Bildschirmschoner zeigte springende Bälle. Rechts vom Monitor war ein Farbdrucker aufgestellt, dessen Papierstau-Lampe rot blinkte. Wahrscheinlich war das vorhin das Piepsen gewesen.

»Irgendwas Neues im Park?«, rief Luna plötzlich zwischen Geschirrklappern und Besteckrasseln.

»Ein paar … Falken sitzen auf dem Dach« , erwiderte Fee. Sie war beruhigt, als Luna weiterklapperte. Sie huschte zum Tisch und war plötzlich wie elektrisiert. Hier war der Schlüssel! Er steckte schief in einer der Schreibtischschubladen, obwohl er da ganz offensichtlich nicht ins Schloss passte.

Sie zog ihn heraus. Er erinnerte tatsächlich an die Klinke der Verbindungstür im Herrenhaus, leicht uneben und rau durch Kratzer. Außerdem war er dunkel angelaufen, aber die Kratzer glänzten hell und zeigten, dass er aus Silber bestand. *Was, wenn Klein-Lulu diesen Schlüssel tatsächlich aus dem Herrenhaus mitgenommen hat?*

»Weißt du, ich meine es nur gut mit dir, Mäuschen«, hallte es aus der Küche. »Das Haus hat seine Tücken und Fallen und auch seine geheimen Wege, vor denen man sich hüten muss. Die meisten führen nämlich direkt zu Danes.«

»Echt?«, rief Fee über die Schulter. Sie hoffte, ihre zu hohe Stimme würde sie nicht verraten.

»Stell dich nicht dumm«, kam es verärgert zurück. »Du weißt genau, wovon ich rede. Als Kind war der Dachboden auch mein geheimes Labyrinth. Pfefferminztee?«

»Was? Ähm, ich vertrage nur Fencheltee.« Im Geiste hörte sie Nelly für diese Verzögerungstaktik anerkennend durch die Zähne pfeifen.

»Sonst noch Wünsche?«, grummelte Luna. Aber sie begann offenbar zu suchen.

Fee sah sich weiter um und entdeckte, dass im Farbdrucker ein erst halb ausgedrucktes Bild im Papierstau feststeckte. Sie beugte sich über den Tisch, bis sie das Motiv erkennen konnte. Und musste die Hand vor den Mund schlagen, um keinen Laut von sich zu geben. Das Foto zeigte sie und Nelly bei Tageslicht auf der Mauer.

Vorsichtig stupste Fee die Maus neben der Tastatur an. Der Bildschirmschoner schnappte weg und gab den Blick frei auf eine Fotoserie, die Luna zum Ausdrucken auf dem Desktop aufgereiht hatte. Fee hatte das Gefühl, dass ihre Knie gleich wegsacken müssten. Luna kannte also den Mauerwächter nicht nur, sie besaß sogar seine Fotos! Auf einem Bild war Fee mit wehendem Haar zu sehen, während sie am Morgen nach dem Sturm aus dem Fenster ihres Zimmers zur Straße schaute. *»Ja, wir wollen ganz genau wissen, wer unsere Nachbarn sind«*, hallten Lunas Worte von gestern Fee im Ohr.

»Ich habe noch Ingwerplätzchen«, schallte es auf der Küche.

Fee ließ die Maus los und fuhr herum. Luna redete weiter, aber Fee hätte ohnehin nichts mehr gehört, sie starrte nur auf einen langen metallenen Garderobenständer neben der Tür. Beim Reinkommen hatte sie gar nicht zu dieser Wand geschaut, jetzt aber wurde ihr klar, was mit Luna Laverne nicht stimmte. An der Garderobenstange hing das Blümchenkleid, die Häschenpuschen standen fein säuberlich darunter, als wären es Teile eines Kostüms. Auf einem anderen Bügel war ein streng geschnittenes Oberteil aufgehängt, dunkel wie die Anzüge der Portolion-Leute. Es gab Jacken und Kleider von verschiedenstem Schnitt, als wäre der Schrank die Kostümkammer eines Schauspielers. Und als Fee auch noch das helle Jackett des Fotografen entdeckte, das jemand über eine Stuhllehne geworfen hatte, traf sie die Erkenntnis mit der Wucht einer Ohrfeige.

»Sie tragen Masken«, hörte sie Naara flüstern. *»Masken aus Haut.«*

21

Sie erinnerte sich nur vage daran, wie sie aus der Wohnung geflüchtet war. Ihr Herz hämmerte so heftig in der Kehle, dass sie glaubte, jeder Passant müsste sich erstaunt zu ihr umdrehen. *»Sie können jede Gestalt annehmen«*, hallte Naaras Stimme in ihrem Kopf. Fee erinnerte sich daran, wie verwundert sie über Lunas Gesicht gewesen war, das alt und gleichzeitig jung wirkte. Und das schwarze Jackett in der Garderobe war vom selben Schnitt wie die der Portolion-Mitarbeiterinnen auf den alten Firmen-Gruppenfotos. Fee hatte also recht gehabt mit der Annahme, dass der Park von zwei Seiten beobachtet wurde. Von Danes – und von Luna, die zur Tarnung die Gestalt einer alten Dame annehmen konnte. Und vielleicht auch in der Gestalt des Mauerwächters mit der Kamera unterwegs gewesen war? Oder vielleicht war es auch umgekehrt: Der Kerl lieh sich das Aussehen einer ehemaligen Herrenhaus-Bewohnerin. Die Vorstellung war logisch, aber so bizarr, dass Fee ein Schauer über den Rücken lief. *Und ich Idiot habe dieser Gestalt auch noch verraten, dass ich oft auf dem Dachboden bin.* Jetzt hatte sie nur noch Angst um Naara. *Ich muss sie in unserer Wohnung verstecken.* Im Fahren schaute sie auf die Uhr. Es war noch nicht zehn. Aber jetzt konnte sie nicht länger auf

Nelly warten. Sobald Luna Alarm schlug, wär es nur noch eine Frage der Zeit, bis Danes auf dem Dachboden auftauchen würde.

Sie war überrascht, dass vor dem Eingang des Herrenhauses ein Umzugswagen stand. Türen klappten, der Motor startete schon. Fee stellte ihr Fahrrad ab und pirschte sich im Sichtschutz parkender Auto heran. Sie konnte nicht direkt sehen, wer als Letzter in den Wagen stieg, von ihrer Position aus erkannte sie nur ein Bein, das gerade hinter die Tür gezogen wurde. Schwarzer Anzug und schwarzer Schuh. Danes verließ also das Haus. Dass er weg war, bestätigte sich kurz darauf an der Tür. Wie immer, wenn der Verwalter aus dem Haus ging, schloss er doppelt hinter sich ab.

Die Stille schien in ihren Ohren zu rauschen und sie glaubte die Gegenwart der Unsichtbaren aus Naaras Wirklichkeit zu spüren. *Vielleicht nehmen sie mich auf der anderen Seite auch wahr?*, dachte sie. *Als plötzlichen Lufthauch, wenn ich an ihnen vorübergehe?* Atemlos erreichte sie den dritten Stock und rief Nelly an. Nur die Mailbox meldete sich, also hinterließ Fee eine geflüsterte Nachricht. Noch während sie sprach, glitt ihre Linke in die Jackentasche. *Danes ist fort*, überlegte sie. *Und auf ein paar Minuten kommt es jetzt auch nicht mehr an.* Lunas Schlüssel schmiegte sich kühl und einladend in ihre Handfläche. *Los*, drängte eine hibbelige, neugierige Stimme in ihr. *Probier ihn aus!*

In der dunklen Sackgasse des Ganges fiel der Schaden an der Wand auch im Tageslicht kaum auf. Die Tapetenfetzen hatte Fee gestern mit dem Frühstückshonig wieder über den Steinen befestigt. Ihre Finger waren völlig verklebt, als sich endlich der letzte Streifen löste. Nelly würde ihr für die Aktion jetzt sicher in die Rippen boxen und sie fragen, ob sie noch ganz dicht war. Aber Fee konnte nicht anders. Luna musste als Kind ja irgendwie in den Nordflügel gelangt sein, oder? *Und es ist ja nur ein Test, ob der Schlüssel passt*, beruhigte sie sich. *Keine gefährliche Aktion.*

Eine Ecke von Lunas Zeichenblock, den Fee sich unter die Jacke geschoben hatte, pikste bei jeder Bewegung gegen ihr Schlüsselbein, also legte sie ihn auf den Boden. Es gelang ihr, einen größeren Brocken aus der Wand zu bekommen. Die Klinke lag nun frei, darunter befand sich ein Schloss in der Form eines weit aufgerissenen Löwenmauls. *Wie passend*, dachte Fee. Vorsichtig schob sie den Schlüssel in Richtung Schloss, während wie Newsticker Katastrophenmeldungen durch ihren Kopf klickerten. *Mieter wegen Wandbeschädigung verklagt – Wahnsinniger Hausmeister flippt völlig aus – Neugieriges Mädchen von einer Steinlawine erschlagen.* Und natürlich: *Anna-Fee Fischer (12), spurlos im Herrenhaus verschwunden.*

Lunas Schlüssel fand mühelos ins Schloss. Die Tür hinter der Mauer öffnete sich völlig lautlos. Fee drückte sie nur so weit auf, dass sie die Klinke wieder erreichen konnte und zog ihre Hand mit dem Schlüssel heraus. Dann presste sie Kinn und Stirn an das Mauerwerk und spähte in den Raum.

Bücher und Ordner reihten sich im Halbdunkel eines holzgetäfelten Raums auf Regalen. Auf einem zierlichen Sekretär entdeckte Fee einen Kerzenleuchter, geformt aus fünf Nixen, die blaue Kerzen hielten. Daneben lagen ein Smartphone und Papiere. Vor dem Sekretär stand ein klappriger Bürostuhl auf Rollen. *Mister Danes' Büro?*

Im Luftzug, der Fee durch die Ritze entgegenzog, rutschte ein Papier über den Tischrand und flatterte zu Boden. Fee reckte den Hals, um mehr zu sehen, und zuckte erschrocken zurück. Jemand trat in ihr Sichtfeld. Es war ein Mann mit kurzem braunem Haar, den Fee noch nie gesehen hatte. Er trug einen schwarzen Anzug und war eindeutig ein Mitarbeiter von Portolion & Co. Fee brach der Schweiß aus. Der Mann bemerkte die halb offene Tür nicht, sondern hob das Papier auf und setzte sich mit dem Rücken zu Fee an den Sekretär. *Mach die Tür zu!*, schrie es in ihr. Aber die Panik tackerte sie fest. Eine Frau außerhalb von Fees Sichtfeld sagte: »Ich verstehe einfach nicht, wie das passieren konnte.« Sie klang jung und sie sprach auf Deutsch, doch mit einem deutlichen englischen Einschlag. »Es muss ein Mensch daran beteiligt sein. Vielleicht sind es sogar mehrere.«

Absätze schlugen auf Parkett, dann trat die Frau ins Bild. Ihr Gesicht konnte Fee nicht sehen, nur straff zurückgestecktes dunkles Haar und die strenge Portolion-Uniform, die Fee schon von Fotos kannte. Endlich wagte sie, ihre zitternde Hand auszustrecken und nach der Klinke zu hangeln. Zum Glück bewegte sich die Tür völlig lautlos. *Noch drei Zentimeter, noch zwei …*

»Dann müsste es aber jemand sein, der wusste, dass wir

diesen Stützpunkt aufgeben und die Wächter schon abgezogen haben«, sagt der Mann. »Und jemand, der weiß, wie man das Tor wieder aktiviert.« Fee ließ die Tür einen Zentimeter weit geöffnet und lauschte mit angehaltenem Atem.

»Vielleicht ist es ihnen ja gelungen, die Barriere auch ohne menschliche Hilfe zu durchbrechen?«, fuhr der Mann fort.

»Unmöglich«, widersprach die Frau. »Das hier ist eines unserer sichersten Tore. Es gab hier seit Jahren keinen Übergriff mehr. Ich glaube nach wie vor, dass wir einen Verräter in den eigenen Reihen haben.« Sogar Fee spürte, dass die Stille im Raum unangenehm wurde. Diese Art von Schweigen kannte sie aus ihrer Klasse: Dann, wenn alle Augen vielsagend zu einem Verdächtigen schweiften.

»Und wer könnte das wohl sein, hm?«, herrschte eine zornige Stimme aus dem Off die Frau an. »Der alte Verwalter. Ich war schließlich der Einzige, der in der Tornadonacht alleine für das Tor verantwortlich war. Das denkt ihr doch?« Fees Herz setzte einen Schlag lang aus. *Danes?* Er war also gar nicht weggefahren. Ein anderer Mann war in den Umzugswagen gestiegen. *Wie viele von ihnen sind denn noch im Haus?*

»Ich darf euch daran erinnern, dass ich nicht der einzige Mensch bin, der diesen Stützpunkt betreten kann«, wetterte Danes weiter. »Und ihr wisst, wie ich dazu stehe, dass die Firmenleitung den Südflügel für Mieter freigegeben hat. Geld hin oder her: Menschen so nahe an einer solchen Grenze einzuquartieren, wird immer gefährlich sein, ganz egal, wie gut das Tor versiegelt ist. Es bleibt immer ein Tor und …«

Laute Ska-Musik plärrte in Fees Jacke los und erschreckte sie fast zu Tode. Ihr SMS-Signalton. Eine Sekunde später wurde Fee mit der Tür nach vorne gerissen. Im ersten Schreck konnte sie die Klinke nicht loslassen, erst als jemand sie grob am Arm packte, warf sie sich mit ihrem ganzen Gewicht nach hinten. Eine sehnige Hand und ein Stück Unterarm mit verschorften Kratzern ragten aus dem Loch in der Wand. Danes umklammerte ihr Handgelenk. Fee schrie auf und schlug seine Fingerknöchel gegen eine Steinkante. Ein Fluch jenseits der Wand ertönte, dann war sie frei und flog wie ein Flitzgummi, das jemand losgelassen hatte, nach hinten. Mitten in der Wand prangte Danes' wütende Miene wie die Fratze eines Wasserspeiers. Sein Blick fiel auf den Schlüssel, der ihr aus der Hand gefallen war. »Na sieh mal einer an«, knurrte Danes verächtlich. »Natürlich wieder mal ein *Kind*!«

Fee schnappte sich den Schlüssel und rappelte sich auf. Wie in einem Film sah sie ihre eigenen Beine laufen. Sie hörte ihren keuchenden Atem und deutsche und englische Rufe, von denen sie nur *»Get her!«* – »Schnappt sie euch!«, verstand. Steine polterten auf den Boden. Ein Blick über die Schulter zeigte ihr, dass das Mauerwerk vor der Tür durchbrochen worden war. Danes übersprang die Trümmer und hetzte ihr hinterher. Die Zeit zerfiel in ein Blitzlichtgewitter von Blackouts. Als sie das nächste Mal wusste, wo sie war, kam schon die Treppe in Sicht. Fast wäre sie instinktiv zur Dachbodenstiege gelaufen, doch hinter dem

Nebel aus Panik gab es einen sehr klaren Gedanken: Sie musste die Portolion-Leute wenigstens von Naaras Spur wegführen. Hoffentlich hatte das Mädchen den Tumult gehört und würde sich verstecken. Fee raste zur Treppe – und kam in einer Vollbremsung schlitternd zum Stehen. Von unten aus dem zweiten Stock kam ihr der Braunhaarige auf der Treppe entgegengefegt. Offenbar gab es auch in den anderen Stockwerken geheime Verbindungstüren in den Wänden zwischen den einzelnen Gebäudeteilen. Fee machte kehrt und hetzte weiter, aber sie merkte schon bald, dass sie nur in die nächste Falle lief. Die dunkelhaarige Frau sprang aus einer Nische hervor und versperrte Fee den Weg. »Ganz ruhig, Kleine.« Sie hob die Hände, als wollte sie ein entlaufenes Känguru beruhigen. »Wir tun dir nichts!«

Der Braunhaarige hatte das Ende der Treppe erreicht und von hinten näherte sich Danes schnaufend wie eine Lokomotive. Fee drehte sich um sich selbst, aber jeder Ausweg war versperrt.

»Sie hat einen Schlüssel gestohlen!«, keuchte Danes. »Packt und fesselt sie!«

»Versucht es und ich steche euch die Augen aus!«, brüllte Fee. Schwer atmend stand sie da, den Schlüssel wie eine Waffe in der Faust. Erstaunlicherweise schien die lächerliche Drohung zu wirken, warum auch immer. Keiner der drei kam näher.

»Tiberius«, sagte die Frau tadelnd zu Danes. »Das ist doch keine von ihnen, sondern nur ein Mädchen. Und seit wann fesseln wir denn Kinder?« Mit einem Lächeln, das sie richtig hübsch aussehen ließ, wandte sie sich an Fee. »Sei vernünftig. Gib uns den Schlüssel und sag uns, wo sie sich versteckt. Oder sind es mehrere?«

Es klang wirklich besorgt. Fee schluckte und antwortete nicht.

»Ich verstehe ja, dass du helfen willst«, fuhr die Frau leise fort. »Aber das hier ist nicht dein Krieg. Du denkst, diese Kreaturen aus der Anderwelt sind deine Freunde, aber das ist eine Lüge. Sie sind gut darin, Herzen zu gewinnen und Mitgefühl zu wecken. Aber das ist nicht ihr wahres Gesicht. Sie benutzen dich nur und gaukeln dir Freundschaft vor. Sie sind Meister der Tarnung und Verwandlung. Du meinst es nur gut, aber du spielst mit Mächten, die uns alle in große Gefahr bringen …«

»Cassandra, hinter dir!«, schrie der Braunhaarige auf.

Mit einem misstönenden Klang barst Gitarrenholz. Die Frau keuchte überrascht auf und ging zu Boden – um den Hals wie ein bizarrer Halsschmuck Fees geborstene Kindergitarre, die mit schiefem Klang ihr Schicksal bejammerte. Fee blieb fast das Herz stehen. Sie hatte nicht gesehen, wie Naara hinter der Frau blitzschnell aus der Nische gesprungen war. Nun richtete sie sich mit flammendem Blick über der Liegenden auf, schrecklich und schön wie dunkle Lavaglut aus geschmolzenem Stein. »Zurück!«, befahl sie den Männern mit einer Stimme, die wie Wasser auf heißen Kohlen fauchte. So drohend, als würde sie ein Schwert auf sie richten, deutete sie mit gestreckten Fingern auf die Liegende. Diese krümmte sich mit einem Entsetzenslaut zusammen. Hinter Fee holte Danes erschrocken Luft. »Claudius, Waffe runter!«, raunzte er. »Spiel nicht den Helden, tu, was sie sagt!«

Fee hörte, wie hinter ihr etwas Metallenes auf den Boden fiel. Naara lächelte grimmig, ihre Augen wurden schmal und erinnerten Fee plötzlich an die scharfen Augen eines Raubvogels. Noch gestern wäre Fee vor dieser fremdartigen Gestalt zurückgeschreckt. Aber als Naara ihr nun die Hand hinstreckte, sprintete Fee los, und ergriff sie ohne zu zögern.

22

Naara war so schnell, dass sie Fee mit sich zog. So flogen sie über den Gang, bis Naara scharf zur Stiege abbog. »Nein, nicht«, wollte Fee noch rufen, aber dann wurde ihr bewusst, dass sie gar keine andere Wahl hatten. Hinter ihnen trappelten bereits Schritte, und Danes rief so etwas wie: »Holt die Netze.« Also hetzten sie treppauf und flüchteten auf den Dachboden. Naara warf die Tür zu und schob den Riegel vor. In Windeseile zogen sie schwere Kisten und Möbel zur Tür und verbarrikadierten sie.

»Wenn wir hierbleiben, sitzen wir in der Falle«, flüsterte Fee. »Sie holen bestimmt Verstärkung.«

»Ich weiß.« Naara schaute sich um. »Wir müssen aufs Dach klettern.«

Aber ein Blick zu den viel zu hohen Luken zeigte, dass sie dafür fliegen müssten. Sie huschten weiter und tauchten in den nächsten Raum, das Labyrinth von Holzverschlägen und abgeteilten Kammern, in dem sie Spinnen und Asseln aus ihrem Dämmerschlaf rissen. Aber hier waren die vergitterten Fensterscharten viel zu schmal. Donnernde Schläge echoten in der Ferne. Es hörte sich so an, als würden Danes & Co nun versuchen, die Stiegentür zu durchbrechen. *Und lange wird sie nicht standhalten*, dachte Fee verzweifelt. Naara war nicht länger ein Wesen aus Lava und Zorn, sondern wieder das blasse Mädchen in dem rosa Ballkleid, das stolperte, als würde die Kraft sie verlassen. Fee umfasste ihre Hand fester. Sie war so heiß, als hätte Naara Fieber. In Fees anderer Hand dagegen strahlte der Schlüssel eisige Kälte ab. *Schlüssel*, überlegte Fee.

»Als Kind war der Dachboden auch mein geheimes Labyrinth.« Das hatte Luna vorhin gesagt. Und auch an ihre Warnung erinnerte sich Fee nun: *»Das Haus hat seine geheimen Wege, vor denen man sich hüten muss. Die meisten führen nämlich direkt zu Danes.«*

Heißt das: Ins Zwischengebäude?, dachte Fee. Was, wenn Klein-Luna früher einen Weg vom Dachboden ins Zwischengebäude gefunden hatte? Es war nur der Funke eines sehr verzweifelten Gedankens, aber sie flüsterte: »Wir müssen zur Zwischenwand.« Sie hetzten dorthin, wo nicht einmal mehr das Licht hinkam und die Schatten sich zusammendrängten wie ungehaltene Hausherren, die keine ungebetenen Gäste mochten. Fee zückte ihr Handy und schaltete das Display als Taschenlampe ein. *Alles klar bei dir? Was macht Marie?*, leuchtete die SMS von vorhin auf dem Display.

Vielen Dank, Izzy, dachte Fee grimmig. *Perfektes Timing!*

Die Wand ganz am Ende des Dachbodens war mit Brettern und ausgehängten Türen verstellt, die schräg an der Mauer lehnten. Heere von Asseln ergriffen die Flucht, als Naara und Fee das Gerümpel zur Seite wuchteten. Diese Wand war nicht tapeziert, dafür mit alten Filmplakaten beklebt. Auf dem größten fletschte ein Vampir dolchlange Zähne. Fee holte ihren Haustürschlüssel hervor, der einen gezackten Rand hatte, und begann das Poster damit von der Wand zu fetzen. Naara begriff und bearbeitete das Papier mit ihren Fingernägeln. In großen Streifen ließ es sich abziehen – und enthüllte eine kohlschwarze, altertümliche Tür, die gut in das Haus der sieben Zwerge gepasst hätte. Sie ging Fee nur bis zu den Knien und war höchstens so breit wie eine Getränkekiste. »Woher wusstest du, dass hier ein Durchgang ist?«, flüsterte Naara.

»War nur eine Vermutung.« Fee leuchtete mit dem Handy dorthin, wo das Schloss sein musste. Vor Enttäuschung wurde ihr ganz schlecht. Da war zwar ein Schloss, aber das Löwenmaul war grimmig zusammengepresst und als Schlüsselloch unbrauchbar. »So ein Mist. Wir kommen nicht weiter.«

Naara beugte sich herunter, bis ihr Gesicht gespensterhaft im Handyschein leuchtete. Zu Fees Überraschung lächelte sie. »Das ist eine Fluchttür mit einem atmenden Schloss. Ich wusste nicht, dass ihr so etwas besitzt. Solange der Löwe schweigt, kann keine Macht der Welt das Holz durchbrechen.«

»Toll, aber schweigende Löwen nützen uns nichts«, wisperte Fee.

»Du hast einen Schlüssel, also benutze ihn«, befahl Naara ungeduldig. »Na los!«

Fee runzelte die Stirn, aber sie gehorchte. Und dann hätte sie fast den Schlüssel fallen gelassen. Sobald Metall an Metall stieß, leuchtete der Löwe in einem blauweißen Licht auf – und öffnete mit einem knirschenden Geräusch das Maul. Naara stieß mit dem Fuß die Tür auf. Weihrauchduft wehte ihnen entgegen. Naara wand sich mit den Füßen voran geschmeidig wie eine Schlange durch die enge Öffnung. Sie verschwand so abrupt, als hätte die dunkle Öffnung sie eingesogen wie ein Staubsauger eine Fluse. Die Tür fiel zu und Fee saß alleine da – mit einem Löwenmaul, das wieder geschlossen war. Hastig zog und zerrte sie eine Tür und einige Bretter als Tarnung wieder vor den Durchgang, dann kroch sie dahinter und weckte das atmende Schloss ein zweites Mal. Hinter der Tür war nur Dunkelheit, aber sie hörte Naara nach ihr rufen. Naaras Beispiel folgend schob sie sich mit den Füßen voran hindurch. Sie rutschte über die Schwelle – und konnte sich mit einem Aufschrei gerade noch festhalten. Es war ein Sog, der sie davonzog – und zwar waagrecht, als wäre sie in einem Windkanal gelandet. Nur an ihren Händen an der Schwelle hängend pendelte sie in der Luft, bis sie begriff, dass sie hing! Ein Blick über die Schulter ließ sie aufschreien. Der Raum hier oben war düster, aber viel zu weit unter ihren Füßen glitzerten Kronleuchter aus gelben Kristallen. Und Naara balancierte auf einer frei stehenden Treppe, die etwa drei Meter unter Fee im Nichts einfach aufhörte. »Spring!«, rief sie und breitete die Arme aus.

Niemals!, wollte Fee brüllen. Es war, als wäre sie mitten in ihrem Albtraum gelandet, kurz vor dem Fall in die Unendlichkeit. In der Ferne krachte etwas, als hätten ihre Verfolger die Tür zum Dachboden geknackt. Aber es war Naara, die Fee aus ihrer Schreckstarre holte. »Vertrau mir, Fee«, sagte sie sanft. »Ich fange dich auf!« Es war völliger Wahnsinn, aber Fee presste die Augenlider zusammen und … ließ tatsächlich los. Die Achterbahn sauste im Bauch los, doch sie landete sicher in Naaras Armen. Beide fielen sie fest umklammert auf die Plattform. Fee blinzelte ungläubig nach oben. Die Tür hing tatsächlich als Klappe von der Decke des Raumes herunter. Jetzt schlug sie wie von Zauberhand von selbst zu. »Wie … wie kann das sein?«, stammelte Fee. »Ist das Haus umgekippt?«

Naara lachte und sprang auf. »Hatte ich nicht erwähnt, dass die kleinen Fluchttüren stets Falltüren sind?«

Nein, hast du nicht, dachte Fee irritiert. *Und du hast auch nie etwas von atmenden Schlössern erzählt.*

Die Treppe führte auf eine Art hölzerner Galerie, die auf Höhe der Kronleuchter an der Wand klebte. Naara übersprang ohne zu zögern die Kluft und landete im Kronleuchter wie auf einer großen Schaukel. Trauben von Kristallen klimperten wie Weihnachtsglöckchen, als sie Schwung nahm und zu Fee zurückpendelte. »Nimm meine Hand.« Fee ließ sich zwischen Kristallgeklimper ziehen. Zu ihrer Überraschung zupfte Naara an einem der Kristalle. Ketten begannen zu klackern, der Kronleuchter senkte sich bis zum Boden, bis sie abspringen konnten. Sofort wurde der Lüster nach oben gezogen. Fee taumelte zu einer Wand und stützte sich ab. Sie war zittrig und das lag nicht nur an der halsbrecherischen Aktion. *Naara kennt sich viel zu gut aus*, dachte sie. *Sind wir in ihrer Welt?* Sie befanden sich in einem langgezogenen Saal mit vielen Türen, der ganz aus Bernstein gemacht war. Alles schien zu flirren. Wie bei einer Discokugel ließen die Kristalle des schwingenden Lüsters Lichtreflexe über die Wände tanzen. Die Wand neben Fee war übersät mit Sternen aus hellem Bernstein. In der Mitte jedes Sterns befand sich ein faustgroßer polierter Stein, rotbraun und transparent wie Honig. »Das ist der Saal der Erinnerungen«, hörte sie Naara hinter sich sagen. Fee strich mit den Fingerspitzen über einen polierten Bernstein und entdeckte, dass in jedem solchen Stein ein Stück Papier eingeschlossen war. Mit Buchstaben, so winzig wie Spinnenschrift, stand etwas darauf geschrieben, vielleicht ein Name, vielleicht aber auch der Anfang einer Geschichte. *Anáfea*, dachte Fee. Sie erinnerte sich daran, was Naara ihr über Mädchen mit diesem Namen erzählt hatte: *»Wie der Bernstein, der Kostbarkeiten umschließt und sie noch nach Jahrtausenden sichtbar und unversehrt verwahrt, hütet sie die Schätze und Erinnerungen ihrer Vorfahren.«*

Als Fees Augen sich an das flirrende Licht gewöhnt hatten, war sie fast ein wenig enttäuscht festzustellen, dass sie nicht in Naaras Wirklichkeit sein konnten. Aktenordner, auf denen das Portolion-Logo prangte, stapelten sich auf metallenen Rollwagen. Ebenso modern waren der Teppichboden und die stahlgrauen, mit Akten beladenen Schreibtische an den Fenstern. Durch die Spalten zwischen den Vorhängen schimmerte das gelbe Laub von Baumkronen. Der Saal lag also im dritten Stock des Zwischengebäudes, mit bester Sicht auf den Park. *Das muss die Portolion-Kommandozentrale sein*, dachte Fee beklommen.

»Wir müssen nach unten«, sagte Naara mit großer Bestimmtheit. Zielsicher steuerte sie auf die fünfte Tür zu. Wer auch immer der Architekt gewesen war, er musste das Zwischengebäude nach einer Nacht voller verrückter Wahnträume geplant haben. Wendeltreppen führten ins Nichts und Kammern entpuppten sich als Sackgassen und tote Winkel. In manchen Räumen gab es überhaupt keine Türen, sie mussten durch Fenster in das nächste Zimmer klettern, doch Naara ließ sich nicht beirren. *Sie kennt sich aus*, dachte Fee mit einem mulmigen Gefühl. Im Geiste hörte sie die Warnung dieser Frau namens Cassandra: *»Du denkst, diese Kreatur aus der Anderwelt ist dein Freund, aber das ist eine Lüge. Sie benutzt dich nur und gaukelt dir etwas vor.«*

»Hier entlang«, befahl Naara nun und rannte genau auf einen mannshohen Spiegel zu. Sie kletterte einfach in die Spiegelfläche hinein. Fee beugte sich skeptisch nach vorne und entdeckte steinerne Vorsprünge, die wie Leitersprossen nach unten führten. Weihrauchduft wehte ihr entgegen. Naara war schon fast unten. *»Habe ich es nicht gleich gesagt?«*, hörte Fee Nellys Stimme. *»Von wegen Amnesie!«*

»Worauf wartest du?«, rief Naara ungeduldig.

Mit weichen Knien folgte Fee. Und als sie mit einem Sprung in einem Durchgang auf einem geschwärzten Boden landete, fühlte sie sich wie an der Grenze von Traum und Wirklichkeit. Genau wie in ihrem Traum war einer der Mauersteine über ihr mit der Zahl 170 markiert. Noch ehe sie sich umsah, wusste sie, dass am Ausgang ein kniehohes Metallgitter aus geschmiedeten Rosenranken warten würde und dass sich dahinter ein Bodenmosaik aus roten und goldenen Blättern erstreckte. Naara war schon über das Gitter gestiegen, und auch Fee trat an die Stelle, an der sich in ihrem Traum das Lager des Verletzten befunden hatte. Aber jetzt war dieser Ort nur ein alter, verwitterter Saal, in dem die Leere wie ein Echo hallte. Die Fensterscheiben waren im Sturm zerbrochen und mit Pappe und Folien notdürftig abgedichtet worden, Scherben lagen wie zerbrochenes Eis in den Ecken. Ein Tannenzögling, den der Sturm wie ein Geschoss durch das Fenster geschleudert hatte, lehnte schräg an einer Wand. Naaras Augen schienen aufzuglühen, als sie etwas über Fees Kopf entdeckte. Ihr triumphierendes Lächeln war scharf wie eine Sichelklinge. Und als Fee sich umdrehte, setzten sich auch die letzten Bruchstücke aus Traum und Wirklichkeit zu einem Bild zusammen. Sie waren eben aus einem mannshohen Kamin getreten. Am oberen Steinrand prangte ein Ringornament aus Kupfer. Es waren keine Flammen, die zu einem Ring angeordnet waren, sondern fünf spitz zulaufende, lange Federn. Naara hob die Hand, als wollte sie den Kupferring berühren. *Der Kamin ist also das Feuertor,* dachte Fee. *Und Naara hat es die ganze Zeit gewusst.* »Du hast uns von Anfang an belogen.« Ihre Stimme verlor sich klein und piepsig in der Weite der Halle. »Du hattest niemals vergessen, wer du bist und woher du kommst. Und du kennst dieses Tor.«

»Ja«, gab Naara ohne zu zögern zu. »Ich wusste nur nicht, wo ich in eurer Welt gelandet war. Hätte ich geahnt, dass das Tor so nahe ist, hätte ich eure Hilfe nicht gebraucht.«

Fee biss die Zähne zusammen. *»Sie sind gut darin, Herzen zu gewinnen und Mitgefühl zu wecken«,* hörte sie Cassandra sagen. *»Aber das ist nicht ihr wahres Gesicht.«*

»Lügnerin!«, stieß sie hervor. »Du hast mir also nur vorgemacht, meine Freundin zu sein?«

Naaras Augen glühten auf wie Kohlen, die der Wind

streifte. »Ich konnte dir nicht die Wahrheit sagen. Du bist ein Mensch und …«

Fee stieß einen empörten Schrei aus. »Und was bist du?«, schleuderte sie Naara entgegen. Das Mädchen hob das Kinn. Ihre Miene wurde hart. Und als hätte sie die Raubvögel gerufen, gellten mit einem Mal draußen unzählige Schreie. Fee duckte sich unwillkürlich, aber die Enttäuschung war schlimmer als jede Angst. »Was für eine Kreatur bist du?«, wiederholte sie. »Ein *Harpyienwesen*, das in unsere Welt eingedrungen ist? Die ganze Geschichte mit der Entführung ist ja bestimmt auch nur ein Märchen.«

Naara wollte etwas erwidern, aber über ihnen ertönte Gepolter, als würde eine Horde Wikinger eine Holzstiege herunterrennen. *Das Einsatzkommando*, dachte Fee. Aus irgendeinem Grund war sie erleichtert. Naara wirbelte zum Kamin herum und drückte ihre Hand mit gespreizten Fingern mitten in den Ring. Der Raum schien knarrend auszuatmen. Über Fees Narben schien ein Heer von Ameisen zu laufen. Ihre glatten Strähnen begannen zu fliegen wie elektrisch aufgeladen und auch Naaras langes Haar wurde lebendig wie fließendes Feuer. Licht brach aus dem Kamin, grell wie das Innere eines Schmiedeofens. Flammen züngelten hervor und der Kupferring begann zu glühen. Fee schrie entsetzt auf und stürzte zur nächsten Tür. Aber bevor sie vor dem Feuer flüchten konnte, war Naara schon bei ihr und ergriff ihre Hand. »Schnell. Das Tor bleibt nicht lange geöffnet. Du kommst mit mir.«

»Lass mich los!« Fee wehrte sich mit Händen und Füßen, sie trat und schlug um sich, bis sie schwer atmend am anderen Ende des Raumes stand, mit dem Rücken an eine Tür gepresst. In ihre Handfläche drückte sich frostkalt ein silbernes Schloss.

Sind die Kinder durch das Feuertor verschwunden?, schoss es ihr durch den Kopf. *Entführen die Harpyienwesen Kinder in ihre Welt?* Dann hätte Luna die Wahrheit gesagt.

»Bist du deshalb hier?«, stieß sie hervor. »Um mich in deine Welt zu verschleppen?«

Zu ihrer Überraschung huschte Schmerz über Naaras Miene. »Ich will dich nur in Sicherheit bringen. Sie werden gleich hier sein.«

Vielleicht war es die Sorge in ihrem Tonfall, die Fee wieder an ihrem Verdacht zweifeln ließ. Plötzlich wunderte sie sich, warum sie sich Naara so mühelos hatte entwinden können, aber dann fiel ihr auf, dass das Mädchen zurückgetaumelt war und schwankte, als hätte es alle Kräfte verbraucht.

»Was bist du?«, wiederholte Fee. »Eine Harpyie?«

Naara zuckte zusammen. »Was sagt dir dein Herz?«, fragte sie mit bebender Stimme. »Ja, ich habe gelogen, um dich zu schützen. Aber bin ich eine Harpyie mit einem Herzen aus Stein und einer Seele, so mitleidlos und kalt wie der eisigste Winterwind?«

Ihr gequälter Blick gab Fee einen Stich ins Herz. Vor ihr stand das Mädchen, mit dem sie gelacht hatte, das sich vor elektrischem Licht fürchtete und dessen Lachen eine Melodie war, die in Fees Seele widerhallte. Das Mädchen, dem Fee noch vor wenigen Minuten ihr Leben anvertraut hatte. Und nein, ihr Herz fühlte keine Winterkälte.

»Sag mir die Wahrheit«, flüsterte Fee. »Was bist du?«

Naara schluckte schwer und schien mit sich zu ringen. »Mein Clan sind nicht die *Harpyia*«, antwortete sie dann leise. »Ich gehöre zu den … *Phönia*.«

Es war, als würde sich dieser Name im Raum verdichten wie ein roter Funkenregen. Und diesmal wusste Fee ganz sicher, dass sie die Wahrheit gehört hatte. Sie wurde traurig, als hätte sie etwas unendlich Kostbares gerade erst gefunden, das sie sofort wieder zurücklassen musste.

Denn das Trampeln wurde lauter. Jeden Moment würden Danes & Co den Saal stürmen. *Und Naara wird sich nicht lange wehren können.*

Als Naara ihr die Hand hinstreckte, schüttelte Fee den Kopf. »Geh!«, schleuderte sie dem Mädchen entgegen.

Naara rührte sich nicht. »Ich mag eine Lügnerin sein«, sagte sie gekränkt. »Aber ich lasse meine Freunde nicht zurück.«

Fee ballte die Hände zu Fäusten. »Verschwinde!«, schrie sie. »Ich bin ein Mensch, sie werden einem Menschen nichts tun. Aber dich werden sie töten! Und das lasse ich nicht zu.« Als Naara immer noch zögerte, setzte sie hinzu: »Wenn du nicht sofort gehst, stoße ich dich durch das Tor.«

Es war ein seltsam vertrauter Moment, als Naaras Mundwinkel zuckten. Mitten im Chaos flammte ein kleines Lächeln in ihrem Gesicht auf. »Rebellin«, sagte sie. Danes rief etwas, was von einem ganzen Chor von Raubvögeln niedergekreischt wurde. Und endlich gab Naara sich geschlagen. »Leb wohl, *Finjamá*«, sagte sie mit erstickter Stimme.

Dann nahm sie Anlauf und sprang mitten in die Flammen.

23

Die Luft im Raum verschob sich wie eine Welle, die Fee auf die Knie warf. Eine Windbö erfasste sie und schob sie wie einen Hockeypuck an die Wand unter einem Fenster. Dort kauerte sie sich zusammen, die Arme über dem Kopf. Etwas knallte mit einem metallischen Klingen an eine Wand. Als Fee zwischen den Armen hindurchblinzelte, entdeckte sie das verbogene Rosengitter ein paar Meter neben sich. Und Naara war immer noch hier, ein Schattenriss vor dem Feuertor. Aber sie stand nicht, sie … lag auf Knien und Händen, als wäre sie gestrauchelt. Nun erfasste sie ein gleißender Wirbel. Wie eine Puppe, die ein wütendes Kind an die Wand warf, wurde sie vom Tor weggeschleudert und landete zwischen zwei Fenstern. Dort rutschte sie zu Boden.

»Naara!« Fee sprang über das Rosengitter und stürzte zu ihr. Das Mädchen setzte sich stöhnend auf und griff sich an den Kopf. »Au«, sagte es mit brüchiger Stimme. Im Raum war es schlagartig still geworden. Der Wind war verschwunden und mit ihm die Flammen. Nun war der Saal in Schatten getaucht, nicht einmal durch die Fensterritzen fiel genug Licht, so, als hätte der Himmel sich draußen verdunkelt. Platzregen rauschte wie ein Wasserfall im Park und Donner grollte in der Ferne.

»Was ist passiert?«, flüsterte Fee. »Warum bist du noch hier?«

Naara wirkte wie das völlig verwirrte Opfer eines bösen Streichs. »Das … das Tor ist verschlossen.«

Sie wollte aufspringen, doch sie knickte ein, als wären ihre Beine aus Gummi. Fee fing sie auf und legte ihr den Arm um die Taille. Bei dieser engen Berührung sträubten sich in ihrem Nacken alle Härchen. Zwei Welten schienen ineinanderzufließen und sich zu überlagern wie die Bilder in einem Kaleidoskop. Schemenhafte, halb durchsichtige Gestalten standen an den Fenstern und sahen hinaus in den Park.

Sind wir etwa beide auf der anderen Seite des Tors gelandet?, schoss es Fee durch den Kopf. Sie konzentrierte sich mit aller Kraft – und als könnte sie damit tatsächlich Naaras Welt herbeirufen, wurden die Gestalten deutlich und klar. Mitten am Tag floss bläuliches Mondlicht über die Wände und mit einem Mal war Fee ganz und gar in der anderen Wirklichkeit. Der Junge mit dem blonden Haar stand mit den anderen Gestalten am Fenster und schaute in den Park. »Hey«, rief Fee leise. »Hörst du mich?«

Er fuhr zu ihr herum. Und heute hatte Fee den Eindruck, dass er sie sah.

»Mit wem redest du?« Naara schien von all dem überhaupt nichts zu bemerken.

»Da stehen Leute am Fenster«, wisperte Fee aufgeregt. »Dein Clan!«

Naara schaute sich ratlos um. »Hier ist niemand.«

Als hätte ihre Stimme die Vision vertrieben, löste sich

alles mit einer Sekunde wieder auf. Jetzt war Fee völlig verwirrt. *Warum konnte ich Naaras Welt sehen und sie nicht?*

Plötzlich ertönte hinter ihr ein dumpfer Schlag. Und jetzt keuchte auch Naara vor Überraschung auf. In einer Fensterpappe klaffte ein Loch. Ein marmorweißer Arm ragte in den Raum, eine zweite Hand erschien und vergrößerte den Riss. *Oh nein*, schrie es in Fee. *Danes hetzt uns die zweite Steinlady auf den Hals!*

Naara stellte sich schützend zwischen Fee und die Marmorfrau. »Lauf weg«, befahl sie. »Sie wird dir nicht folgen, sie sind nur hinter mir her.« Es war eine interessante Entdeckung, dass Fees Panikreaktion in Naaras Gegenwart sie völlig im Stich ließ.

»Klar«, presste sie zwischen zusammengebissenen Zähnen hervor. »Ich bin ja nur ein Mensch. Und wir lassen unsere Freunde zurück.«

Naara fuhr zu ihr herum, packte sie an den Schultern und stieß sie zur Tür. Und bevor sie sich wieder umdrehte, sagte sie etwas Erstaunliches: »Das ist nicht dein Krieg, Fee.«

Ein Ratschen und die Pappe teilte sich wie der Vorhang auf einer Bühne. Ein Bein, an dem Moos klebte, erschien. Hinter der Marmorfrau sah man die weiße Balustrade des Balkons, der auf den Park hinauszeigte. Fee riss den Schlüssel aus der Tasche. Das Löwenmaulschloss schnappte auf. Keinen Moment zu früh. Mit donnernden Sätzen, die den Boden zum Beben brachten, galoppierte die Steinfigur auf Naara zu. Erst jetzt sah Fee, wie riesig sie war. Doch für einen Ohnmachtsanfall war keine Zeit. Bevor Naara zum

Angriff übergehen konnte, schlang Fee beide Arme um Naaras Taille und riss sie mit aller Kraft über die Schwelle. Stein donnerte gegen Holz, als Fee die Tür zuknallte. *Direkt auf die Nase*, dachte Fee. *Mann, wird die sauer sein*. Aber wenn es stimmte, was Naara über diese Art von Türen gesagt hatte, dann musste die Marmorfrau sich jetzt einen anderen Weg suchen. *Super, und wohin jetzt?*, schrie es in ihr.

»Hier entlang!«, befahl Naara. Der Weg führte durch einen Irrgarten voller Treppen und steiler Schneckengänge, während das Donnern von Stein auf Stein in der Ferne hallte, als würde die Statue mit wütendem Stampfen einen Umweg suchen. Zum Glück schien sie in die falsche Richtung unterwegs zu sein.

Fee hatte schon Seitenstechen, als Naara eine schmale Tür entriegelte und Fee hindurchschubste. Fee fiel hin und schlitterte zwischen Bücherregalen in einen dunklen, holzgetäfelten Raum. Mit der Schulter rammte sie ein Tischbein. Papiere flatterten auf den Boden und ein schwarzes Smartphone hagelte direkt vor ihr auf den Boden. Ihre Schulter tat weh, aber dennoch lachte sie vor Erleichterung auf. Sie waren in Danes' Büro gelandet. Die Durchgangstür zum Südflügel stand immer noch weit offen. Dort, wo ihre Verfolger vorhin einfach durch die Wand gebrochen waren, gähnte ein Trümmerloch mit einem Fetzenvorhang aus honigverklebten Tapetenresten. Und dahinter, zwischen Steintrümmern, lag auf dem Gang Lunas völlig zerknickter Malblock.

Bitte lass niemanden in der Eingangshalle sein, betete Fee, während sie die Treppe im Südflügel hinuntereilten. Im Laufen versuchte sie einen vernünftigen Plan zu entwerfen, wohin sie Naara bringen würde, sobald sie das Haus verlassen hatten. Sie erreichten das nächste Stockwerk und lauschten an der Ecke, bevor sie sich weiterwagten. Doch kaum hatten sie die nächsten Stufen hinter sich gebracht, hallten aufgeregte Stimmen aus der Eingangshalle herauf. Jemand rief englische Befehle – und zu allem Überfluss hörten sie die dröhnenden Schläge von Stein auf Stein. Ohne einen Laut machten sie kehrt und hetzten wieder nach oben. Erst als Naara ihre Hand losließ, schaute Fee sich um. Und wünschte sich, sie hätte es nicht getan. Die Marmorfrau kletterte von außen seitlich am Treppengeländer hoch. Mit einem katzenhaften Satz stieß sie sich ab und sprang wie ein Panther auf Naara. Naara tauchte flink unter der Angreiferin weg. Die Treppe erbebte, als die Statue mit vollem Gewicht aufprallte. Naara strauchelte, eine Steinhand streifte ihren Fuß, aber sie sprang hoch und stürmte weiter. Bevor Fee um die Ecke rannte, sah sie über die Schulter. Im selben Moment brach die Treppe unter der Figur wie Eierschale unter einem Ziegelstein. Das Letzte, was Fee von der Statue sah, war ein Stück Faltengewand voller Flechten, das in einer Steinlawine verschwand. Dort, wo die Treppe gewesen war, gähnte nun eine riesige Lücke. Von unten echote Gepolter. Husten erklang und wie Nebel stieg feiner Staub auf. *Die gute Nachricht ist, dass die Portolion-Agenten die Treppe nicht mehr benutzen können*, dachte Fee. *Die schlechte ist, dass das auch für uns gilt.* »Wohin?«, stieß Naara hervor.

Fees Mund war so trocken, als hätte sie ein Kilo Marmorstaub geschluckt. »Den Gang entlang«, krächzte sie. »Wir müssen irgendwie über die Mauer nach draußen.«

In der Rumpelkammer lagen die Seile und Haken noch genauso da, wie Nelly und Fee sie vor zwei Tagen hinterlassen hatten. Naara stolperte hinter Fee in den Raum und sackte auf den Boden. Sie atmete keuchend und hielt sich das linke Bein. Dort, wo die Steinfrau den Knöchel mit der Hand gestreift hatte, zeichneten sich vier graue Fingerspuren auf Naaras Haut ab. Sie wirkten wie Brandspuren auf Papier.

»Sie hat dich verletzt?«, stammelte Fee.

»Nicht schlimm«, erwiderte Naara tapfer. Aber sie sah aus wie ihr eigenes Gespenst, aschgrau im Gesicht, sogar ihr Haar schien verblasst zu sein.

Fee riss ihr Handy ans Ohr. Sie hätte heulen können, als bei Nelly wieder nur die Mailbox ranging. Doch als sie auf gut Glück bei ihr zu Hause auf dem Festnetz anrief, wäre sie vor Erleichterung am liebsten zusammengesackt.

»Hi!«, rief eine fröhliche, atemlose Nelly. »Ich weiß, ich bin spät dran. Es gab Stau, wir kommen gerade erst zur Tür rein. Ich suche nur kurz meine Regenjacke und …«

»Nelly, wir sitzen hier in der Klemme.« Fee versuchte in fünf Sätzen zusammenzufassen, was passiert war, und sprudelte weiter: »Wir müssen uns irgendwie auf die Baustelle abseilen. Halten deine Seile unser Gewicht aus?«

Nelly sagte sieben ewige Schocksekunden lang gar nichts. Und Fee liebte sie dafür, dass sie nicht in Ohnmacht fiel. »K…keine Panik«, stotterte ihre Freundin los. »Äh …

Nimm das rot-weiße Seil, das ist stabil genug. Es ist allerdings nicht besonders lang. Mach trotzdem ein paar Knoten rein, sonst rutscht ihr ab. Befestige es unbedingt mit zwei Karabinerhaken direkt an der Ankerklemme. Ich schnappe mir ein Taxi und hole euch ab, so schnell ich kann. Ich melde mich!«

24

Es war kein Regen, der sie draußen erwartete, es war eine Sintflut, die es unmöglich machte, auch nur das Ende der Baustelle zu erkennen. Über der Stadt hatte sich der Gewitterhimmel verdunkelt wie bei einer Sonnenfinsternis, Donner grollte. Die Bauarbeiter hatten sich vor dem Sturzbach in ihren Bauwagen geflüchtet und auch die Straßen waren wie leer gefegt. Fee hatte ihre Schuhe abgestreift und hangelte sich an der Hauswand entlang zur Mauer, bis sie die Ankerklemme fand. Wie Nelly es ihr beschrieben hatte, befestigte sie das Seil und ließ es zur Baustelle ab. Naara kam neben ihr an. Der Regen hatte das magische Mädchen durchnässt. Das Kleid klebte wie eine zweite Haut an ihrem Körper. Ihr Haar hatte sich in eine triefende Nixenmähne verwandelt.

»Ich seile mich als Erste ab«, sagte Fee. *Dann kann ich dich unten abfangen, falls dich die Kraft verlässt.* Das sprach sie nicht laut aus, aber voller Sorge bemerkte sie, dass Naara vor Schwäche und Erschöpfung blinzelte.

Die Muskeln in Fees Armen und Beinen brannten, aber sie schaffte es, sich wie ein Klammeraffe Knoten für Knoten am Seil nach unten zu arbeiten. Kies pikste in ihre Sohlen, als sie den fehlenden Meter zum Boden übersprang und auf der Baustelle landete. *Bitte lass Naara durchhalten*, flehte sie. Regen rauschte noch lauter auf, als Naara sich nach dem Seil bückte. Eine Bö erfasste sie und ließ sie schwanken. Sie richtete sich wieder auf und wich zurück.

»Was machst du?«, brüllte Fee gegen das Heulen und Prasseln an. Aber dann blieb ihr jedes Wort im Hals stecken. Der Himmel verdichtete sich in Sekunden zu kochendem Schwarzgrau. Ein Mahlstrom aus Vogelschwingen kreiste über Naara, so tief, dass Fee jedes einzelne Tier erkennen konnte. Bussarde waren dabei, Falken und sogar Krähen. Aber viel beängstigender waren die hellen Geistergesichter der *Harpyienadler*, die es hier überhaupt nicht geben durfte. »Nimm das Seil!«, kreischte Fee.

Aber Naara machte kehrt und floh auf der Mauer entlang. Ein aus der Luft heranschnellendes Wurfnetz verfehlte sie nur knapp. Cassandra lehnte sich aus einem Fenster im Südflügel. In den Händen hatte sie eine Art Armbrust, in der das Fangnetz eingespannt gewesen war. Im Regenschleier erahnte Fee am anderen Ende der Mauer eine weitere Silhouette. Das war sicher der Braunhaarige, der Claudius hieß. Er lief Naara entgegen. *Sie kesseln sie ein*, erkannte Fee. Jetzt hatte Naara ihn auch entdeckt und bremste abrupt. Drei Adler lösten sich aus dem Geschwader und setzten zum Sturzflug an. Fee rannte unten an der Mauer entlang. Im Laufen hob sie einen Stock auf, der auf der Baustelle herumlag, und rief zu Naara hoch: »Fang auf!« Der Stock trudelte wie ein Betrunkener. Es war ein Wunder, dass Naara ihn aus der Luft fischte. Im selben Schwung wirbelte sie wie ein Kickboxer herum und traf mit dieser

Waffe *Harpyie* Nummer eins, die flatternd abstürzte. Fee hob einen Stein auf und schleuderte ihn nach rechts. Sie war selbst überrascht, dass sie tatsächlich traf. Federn stoben, *Harpyie* Nummer zwei trudelte in der Luft. Dann änderte sie den Kurs. Fee schrie auf, als die *Harpyie* sich über die Mauer auf sie stürzte – und einfach verschwand, als hätte sie sich in Luft aufgelöst. Naara duckte sich unter einem weiteren Netz, das diesmal aus dem Park heranschnellte. Vermutlich hatte Danes es abgefeuert. Es erwischte jedoch nur *Harpyie* Nummer drei, kurz bevor sie die Krallen in Naaras Arm schlagen konnte. Der Vogel stieß einen wütenden Schrei aus und wurde mit gefesselten Flügeln in den Park gerissen. Regen nahm Fee die Sicht. Fast wäre sie gegen einen Bauschutt-Container gelaufen, der in der Nähe der Mauer abgestellt war. Dicke Tropfen prasselten auf Plastikplanen, die sich darin ballten. »Hierher!«, rief sie Naara zu. »Du musst springen!«

Aber Naara hörte sie wohl nicht, zu laut krächzten die Krähen, die sie nun umflatterten. Zwei weitere *Harpyien* lösten sich aus dem Mahlstrom. Der Angreifer oben auf der Mauer begann zu rennen. Fee wollte auf den Container klettern, als sie aus dem Augenwinkel eine Bewegung wahrnahm. Unten auf der Baustelle lief jemand genau auf sie zu. Der Kerl mit der Kamera! Heute trug der Fotograf allerdings ein schwarzes T-Shirt, das vom Regen durchweicht war. Und statt der Kamera hielt er so etwas wie einen Kampfstock in den Händen. *Ist er in Wirklichkeit Luna?*, dachte Fee. Zusammen mit den anderen Verfolgern schloss sich mit ihm der Ring um Naara.

Fee packte ein Brett, das aus dem Container ragte und schleuderte es dem Fotografen, der sie auf der Baustelle schon fast erreicht hatte, entgegen. Volltreffer. Das Holz brachte ihn zu Fall. »Au, verdammt!«, fluchte er. »Spinnst du?« Er rappelte sich auf und hob den Kampfstock auf. Nun erkannte Fee, dass es nur ein Besenstiel aus Plastik war. Er war voller Flecken, als hätte er auf der Baustelle zum Rühren von Zement gedient. Der Fotograf holte aus und schleuderte den Stiel hoch zur Mauer. Kreiselnd wie ein Bumerang sauste er durch die Luft und verhedderte sich in den Beinen des Mauerläufers. Fee sah nur aus dem Augenwinkel, wie Naaras Angreifer strauchelte und in den Park stürzte.

Hinter der Mauer knackten Zweige, als wäre er wie ein Komet in einen Busch eingeschlagen. Ein Schwarm von Raubvögeln stieß herab wie ein Geiergeschwader, das Beute erblickt hatte.

Der Fotograf kletterte auf den Container und erklomm die Mauer. Wie Nelly schon erzählt hatte, hinkte er zwar ein wenig, aber er war mit zwei Sätzen bei Naara. *Der Typ mit der Kamera .... hilft Naara?*, dachte Fee völlig verwirrt. Jetzt verstand sie gar nichts mehr.

Naara taumelte schon, doch nun mobilisierte sie ihre letzten Kräfte. Mit einem Kampfschrei stürzte sie sich auf ihn. Ihr Stock wirbelte so schnell, dass Fee keine Bewegung mehr sah. Es gab einen dumpfen Schlag, der Kerl wurde rücklings auf die Mauer geschleudert. Fee hörte ihn in einer fremden Sprache wüst fluchen, als er stöhnend wieder auf die Beine kam. Naara dagegen sackte zusammen, als eine schwarze Schwinge sie hart an der Schläfe traf. Doch in der

Sekunde, bevor *Harpyie* Nummer vier sie packen konnte, war der Fremde bei ihr. Er schlang beide Arme um Naaras Taille und riss sie nach hinten. Wie bei einem Stunt fielen sie rücklings von der Mauer und landeten auf den Folienballen im Container. Die *Harpyien* schossen ihnen hinterher – und verblassten wie Traumgestalten, sobald sie über die Mauer segelten. Fee war immer noch starr vor Schreck und Überraschung. Der Kerl mit der Kamera hatte Naara gerettet. Zwischen Wind und Regen hörte sie Cassandras enttäuschten Aufschrei und irgendwo Danes' tiefe Stimme. Fee bildete sich ein, fast unsichtbar im Regenschauer eine menschenähnliche Gestalt zu erahnen, die sich mit ausgebreiteten Vogelschwingen aus dem Park in den Himmel erhob. Aber wahrscheinlich war das nur eine optische Täuschung. Denn nun flatterten Krähen und Falken direkt über sie hinweg auf die Baustelle. Immer noch völlig verdattert sah Fee zu, wie Naaras Retter einen Ballen Plastikplane aus dem Container warf. Naara war offenbar bewusstlos, der Fremde zog sie vorsichtig vom Container. Er bettete sie auf die Plane und hüllte sie darin ein, als wollte er ein Mordopfer verstecken. Krähen umflatterten ihn krächzend. Jetzt erst sah Fee, dass Naara den Fremden voll erwischt hatte. Er hatte Nasenbluten und an seiner Wange prangte ein rotes Schlagmal. Seine schwarzen Locken klebten nass an seiner Stirn. Und nun, aus der Nähe, erkannte Fee, dass er jünger war, als sie aus der Ferne vermutet hatte. »Was ist?«, schnauzte er Fee an. »Spielst du weiter Publikum oder hilfst du wenigstens dabei, diese Mistkrähen auf Abstand zu halten?« Er sprach mit einer weichen Melodie und betonte manche Wörter falsch, so, als hätte er Fees Sprache erst spät gelernt. Nun wuchtete er das ganze Bündel über eine Schulter und trug Naara so schnell er konnte davon. Fee hob Naaras Stock auf und folgte ihm. Sie war so damit beschäftigt, die aufdringlichen Krähen in Schach zu halten, dass sie erst nicht merkte, wohin der Junge sie führte. Es ging bergab in eine flache Baugrube, dort schlüpften sie durch eine schmale, provisorische Tür, die Fee vor den Krähen schloss. Dann folgte sie dem Jungen durch niedrige, betonierte Hallen. »Wo sind wir?«, rief sie ihm hinterher.

»In der Tiefgarage des Einkaufszentrums«, kam es zurück. »Zumindest wird das eines Tages die Tiefgarage sein. Noch ist es ein Rohbau.«

Fee keuchte schon, als wieder eine Treppe in Sicht kam. Der Fremde warf ihr einen Schlüsselbund zu. »Nimm den kleinsten Schlüssel und öffne das Vorhangschloss.«

Das Schloss prangte vor einem Gittertor, dahinter war eine verlassene Unterführung, die wohl nicht mehr benutzt wurde. Das Hinken des Jungen wurde stärker, aber er schleppte Naara verbissen weiter. Sie erklommen Treppen und überquerten überdachte Höfe. Schließlich landeten sie hinter einem blaugrau gestrichenen Haus. Fee erinnerte sich, dass sie hinter der Barackensiedlung solche Häuser gesehen hatte. *So weit sind wir unterirdisch gelaufen?* Den gefiederten Spähern waren sie jedenfalls entwischt. Der Fremde blieb vor einer Hintertür stehen. »Aufmachen«, befahl er. »Eckiger Schlüssel.«

25

An den kleinen Fenstern über ihren Köpfen waren die Vorhänge zugezogen, sodass niemand vom Bürgersteig aus in die Tiefparterre-Wohnung schauen konnte. Das Wohnzimmer war so winzig, dass es eher wie ein möblierter Schrank wirkte. Ein schmales Sofa stand darin, die Matratze an der Wand diente wohl als Schlaflager. Mehrere Teppiche lagen ausgerollt kreuz und quer übereinander wie in einem Beduinenzelt. Schränke gab es nicht. Kleidungsstücke und Schuhkartons, in denen allerlei Kram lag, stapelten sich direkt an der Wand. Das sandgelbe Jackett hing an einem Kleiderbügel an der Tür. *Lebt er etwa hier?*, dachte Fee beklommen. *Oder ist das nur sein zweiter Unterschlupf?*

Der Junge trug Naara zu dem Sofa und legte sie vorsichtig auf die Kissen. Die Plane verrutschte und ihr Feuerhaar ergoss sich wie ein Lavastrom über das Polster und den Boden. Im Gegensatz zu ihrem Kleid war es bereits wieder völlig trocken und glomm wie Glut unter der Asche des Halbdunkels. Der Junge zuckte erstaunt zurück. Fieberhaft suchte Fee nach einer Erklärung, doch bevor ihr etwas einfallen konnte, sprang er auf und fasste nach dem Lichtschalter. »Nicht!«, rief Fee, aber da flutete schon grelles Licht die Kammer. Naara riss die Augen auf und schrie erschrocken auf. Sie versuchte vor dem Licht zu flüchten und stürzte auf den Boden. Fee hechtete zum Lichtschalter und schlug darauf.

Naara kauerte auf dem Boden, als würde sie sich zu einem Sprung bereitmachen. Ihre Augen glühten im Halbdunkel gefährlich auf. Fee befürchtete, dass sie sich gleich wieder auf den Jungen stürzen würde.

»Hey, langsam!« Er hob die Hände und trat einen Schritt zurück. »Spring mir nicht gleich wieder ins Gesicht!«

»Tu ihm nichts«, setzte Fee hastig hinzu. »Er hat dich gerettet und uns in Sicherheit gebracht.«

Naaras Augen wurden noch schmaler. »Er ist ein *Menschen*krieger!«, sagte sie in einem Tonfall, als würde sie Fee erklären müssen, dass Haie keine harmlosen Goldfische sind.

»Bei ›Mensch‹ stimme ich dir zu«, antwortete der Junge. Er wischte sich vorsichtig über seine lädierte Nase. Es tat wohl weh, er verzog den Mund. »Aber wenn ich ein Krieger wäre, hätte ich mich wohl kaum von zwei Mädchen auf einmal verprügeln lassen.« Fee schaute zu seinem T-Shirt. Dort, wo sie ihn mit dem Brett erwischt hatte, hatte der Stoff einen Riss. »Ihr seid wohl Schwestern«, bemerkte er mürrisch. »Erst schlagen, dann fragen, hm?«

Darauf fiel Fee keine Antwort ein. Naara blinzelte und schwankte. Alle Farbe wich aus ihrem Gesicht. Fee stürzte los, aber der Fremde war schneller. Bevor Naara umkippen konnte, hatte er sie ein weiteres Mal aufgefangen und bettete sie vorsichtig wieder auf das Sofa. Die Plane knisterte, als er sie wegzog, dann lag Naara da wie ein barfüßiges

Dornröschen, das zur falschen Zeit im falschen Turm gelandet war. Die Striemen an ihrem Fuß verfärbten sich langsam tiefschwarz. »Sie braucht Feuer«, rief Fee. »Hast du Kerzen? Schnell!«

Der Junge zögerte keine Sekunde. Er holte aus den Schuhkartons einige Kerzenstumpen, die Fee so dicht an das Sofa stellte, dass das bewusstlose Mädchen die aufsteigende Wärme spüren würde. Es war komisch, dass der Junge keine Fragen stellte.

»Tut mir leid«, sagte er nur mit einem Blick auf die schwarzen Striemen an Naaras Fuß. »Ich … wusste nicht, dass elektrisches Licht ihr schadet.«

»Es ist nicht das Licht«, antwortete Fee. Und nun sprang sie der ganze Schrecken, den sie bisher verdrängt hatte, hinterrücks an. Von einer Sekunde auf die andere zitterte sie am ganzen Körper, sogar ihre Zähne klapperten, als würde sie auf einem Rüttelbrett stehen. Sie wollte nicht heulen, nicht vor diesem Fremden, der möglicherweise sogar Luna in anderer Gestalt war. Doch sie konnte nichts dagegen tun. Zwischen zwei Schluchzern spürte sie, wie er ihr vorsichtig eine Decke um die Schultern legte und ihr tröstend auf die Schulter klopfte. »Ja, Leute mit Waffen machen einem verdammt viel Angst«, hörte sie ihn erstaunlich freundlich und mitfühlend sagen. »Aber es ist vorbei, also atme tief durch.« Fee gehorchte und fühlte sich tatsächlich getröstet. Sie hob den Kopf und sah ihm ins Gesicht. Aus der Nähe betrachtet hätte er einer der Elftklässler aus ihrer Schule sein können. Es waren wohl nur der viel zu ernste, bittere Zug um seinen Mund und die tiefen Schatten unter seinen Augen, die ihn aus der Ferne viel älter und bedrohlich finster aussehen ließen. Doch seine Augen blickten freundlich und auch ein wenig traurig. Sie waren mandelförmig und so dunkelbraun, dass sie fast schwarz wirkten. *Mitternachtsaugen*, dachte Fee. Auf eine seltsame Art waren sie jung und alt zugleich, als hätten sie vieles gesehen. *Ganz anders als Lunas Augen*, dachte Fee. Langsam wusste sie nicht mehr, was sie denken sollte.

»Warum … hast du uns geholfen?«

»Weil man nun mal die Hand ausstreckt und hilft, wenn man jemanden in Not sieht«, kam die trockene Antwort. »Egal, wer es ist. Das hat mein Vater mir beigebracht.« Mit einem Kinnrucken zeigte er zu Naara. »Wer verfolgt sie?«

Die Men in Black, dachte Fee. *Das Portolion-Killerkommando. Ach ja – und außerdem magische Harpyien aus der Parallelwelt.*

Ihre Zähne begannen sofort wieder zu klappern.

»Schon gut«, sagte er hastig. »Ich will es auch gar nicht wissen. Das gibt nur Ärger.«

»Mit Luna?«, rutschte es ihr heraus.

Er verzog den Mund zu einem spöttischen Lächeln, das ihn eigentlich ganz nett aussehen ließ. »Mit Laverne bekommst wohl eher *du* Probleme. Sie mag es nämlich gar nicht, wenn man ihre Sachen klaut.«

»Keine Ahnung, wovon du redest.«

Er lachte auf. »Du bist keine gute Schwindlerin. Und als Diebin musst du auch noch üben. Regel Nummer eins für Einbrecher: Prüfe immer, ob sich jemand hinter der Tür versteckt. Ich war heute Morgen in Lavernes Hinterzimmer, als du ihren Schlüssel gestohlen hast.«

Fee zog die Decke enger um sich. »Ach ja?«, sagte sie lahm. »Wieso hast du mich dann nicht auffliegen lassen?«

»Weil dir Laverne sofort den Kopf abgerissen hätte. Und wenn du klug bist, bringst du den Schlüssel zurück, bevor sie merkt, warum du so schnell abgehauen bist.« Er seufzte und fuhr sich durchs Haar. »Was für ein Chaos. Du scheinst Schwierigkeiten anzuziehen. Und Krähen und Bussarde auch.«

Fee schluckte. Wenn es stimmte, was er sagte, würde das zumindest erklären, warum die Tür für Mopsgoblin plötzlich offen gewesen war und warum sein Jackett dort gelegen hatte. Und ehrlich gesagt, wäre ihr das viel lieber als die Gestaltwandler-Theorie.

»Dann … arbeitest du also für Luna?«

Er schüttelte den Kopf. »Bis du heute bei ihr aufgekreuzt bist, habe ich nicht einmal gewusst, dass Laverne einen Vornamen hat. Ich bin erst seit ein paar Wochen in der Stadt.«

Er klang absolut aufrichtig. Und das hier war wohl wirklich seine Wohnung, denn nun entdeckte sie auch seine Kamera, die in einem Schuhkarton lag. Offenbar lag sie mit Gestaltwandler-Luna tatsächlich völlig daneben.

»Aber Luna hatte doch deine Fotos auf dem Rechner«, bohrte sie weiter.

Er zuckte ungeduldig mit den Schultern. »Wir haben einen Deal. Ab und zu helfe ich ihr dabei, Altkleider auf Flohmärkten zu verkaufen. Davon lebt sie.« Jetzt kam Fee sich fast ein bisschen dumm vor. Auf so eine einfache Lösung wäre sie nie gekommen. *Aber Luna besitzt trotzdem ein Portolion-Jackett*, dachte sie. *Und das ist ganz sicher nicht Secondhand.* »Im Gegenzug kann ich ihren Internetzugang und ihren Drucker benutzen«, fuhr der Junge fort. »Und wenn sie danach fragt, überlasse ich ihr manchmal das eine oder andere Foto vom Herrenhaus oder seinen Bewohnern. Wie du gemerkt hast, ist Laverne ziemlich neugierig, was ihre Nachbarn angeht.«

Fee schrak zusammen. »Hast du ihr auch Fotos von *ihr* gegeben?«

»Seh ich aus wie ein Verräter?«, erwiderte er verärgert. »Von eurem heimlichen Gast weiß Laverne nichts. Ihr habt es geschickt angestellt. Dass ihr jemanden versteckt, ist nur mir aufgefallen.«

»Wie … aufgefallen?«, fragte Fee lahm.

Er zog den linken Mundwinkel zu einem ironischen Lächeln hoch. Dann fischte er aus einem Schuhkarton einen Foto-Ausdruck und hielt ihn Fee vor die Nase. Es war das Foto, das Fee und Nelly auf dem Rückweg zum Herrenhaus auf der Mauer zeigte an dem Tag, an dem sie Fayra im Schuppen gefunden und sich mit ihr geprügelt hatten. »Ihr seid in den Garten geklettert – mit Jacken. Aber zurück kamt ihr ohne Jacken, mit Rußflecken auf der Haut und verschmutzten Jeans. Das machte mich neugierig. Denn entweder hattet ihr die Jacken ausgezogen, weil euch jemand am Kragen gepackt hatte und eure einzige Chance zu entkommen war, aus den Jacken zu schlüpfen und sie zurückzulassen. Oder ihr habt eure Kleidung jemandem dagelassen, der sie nötiger brauchte als ihr. Jemand, der sich nach dem Tornado aus irgendeinem Grund verstecken musste. In diesem Fall würdet ihr bald in den Park zurückkehren und diesen Jemand ins Herrenhaus mitnehmen.« Er hob vielsagend die Brauen. »Am nächsten Tag bin ich auf die Mauer gestiegen und habe im Park die Hütte mit dem Loch im Dach entdeckt.«

Fee war sprachlos.

»Aber da ihr das Mädchen verstecken müsst, geht es vermutlich niemanden etwas an, wer sie ist«, fügte er hinzu. »Nicht einmal mich.«

Sicher sah er ihr an, dass ihr ein Stein vom Herzen fiel. »Gesetz der Siedlung«, sagte er ernst. »Hier kümmert sich jeder um seinen eigenen Kram. Ich hoffe, daran hältst du dich auch. Ich will keinen Ärger wegen euch, verstanden?«

Fee nickte.

Er musterte sie so intensiv, dass Fee die Decke bis über ihr Kinn hochzog. Aber vermutlich hatte er ihre Narbe längst bemerkt.

»Danke für deine Hilfe«, sagte sie leise.

Er antwortete nicht, sondern betrachtete nun Naara, die im Schein der Flammen ruhig schlief. Mit dem Feuer in ihrer Nähe erholte sie sich bereits. Die Farbe war in ihre Wangen zurückgekehrt und die dunklen Striemen an ihrem Fuß verblassten. *Als wäre sie fast erloschen und könnte nun wieder aufflackern*, dachte Fee.

»Wie heißt sie?«, wollte der Junge wissen.

Fee hoffte, dass sie es schaffte, ein möglichst glaubwürdiges Gesicht zu machen. »Marie.« Aber es war offenbar wirklich schwer, ihm etwas vorzumachen. »Alles klar«, sagte er ironisch und streckte ihr die Hand hin. »Gestatten: Justin Bieber.«

Fee hätte von ihm alles erwartet, aber bestimmt nicht diese Art von bissigem Nelly-Humor. Blöderweise wurde sie so rot, dass jeder Idiot gesehen hätte, dass sie bei einer Lüge ertappt worden war. »Wir … ähm … nennen sie Marie«, murmelte sie.

Erstaunlicherweise schien ihm diese Auskunft zu genügen. »Mein Name ist Junis. Aber offiziell kennst du mich nicht und hast mich nie gesehen, klar?«

So wie Pauli und die anderen?, dachte Fee. Sie nickte. »Und ich bin Anna-Fee.«

Seine Augen blitzten amüsiert auf. »Ich weiß, wer du bist.«

Stimmt. Du hast mir ja hinterherspioniert.

»Warum darf niemand wissen, dass du hier wohnst? Musst du dich auch verstecken?«

Sein Lächeln verschwand. »Ich dachte, ich hätte dir das Gesetz der Siedlung gerade erklärt.« Er holte eine Wolldecke und breitete sie so behutsam über Naara, dass Fee seltsam berührt war. *Er ist wirklich besorgt um sie.*

Fees SMS-Musik zerriss die Stille. *»Seid ihr in Sicherheit?«*, kam es von Nelly.

»Deine Freundin, hm?«, bemerkte Junis.

Fee nickte hastig und rief Nelly zurück.

»Oh, Gott sei Dank!«, rief Nelly sofort. »Geht es euch gut?« Obwohl sie laut sprach, war sie kaum zu verstehen. Ein Hupkonzert im Hintergrund und Sirenen machten einen ohrenbetäubenden Lärm.

»Alles in Ordnung«, antwortete Fee. »Wo bist du?«

»Auf der Straße vor dem Löwenhaus. Ich sitze noch im Taxi, mitten im Stau. Hier parken nämlich lauter Autos mit englischen Kennzeichen kreuz und quer, außerdem ist schon wieder die Feuerwehr da und drei Danes-Klone sperren das Gebäude und den Eingang ab. Und diese Alte aus den Baracken streift mit ihrem Speckimops auch hier herum. Laverne heißt sie, richtig?«

Fee warf einen verstohlenen Blick auf Junis. Jetzt kam sie sich endgültig albern vor. *Masken aus Haut? Is klar, Hasenherz.*

»Mhm«, bestätigte sie.

»Außerdem flattern hier tollwütige Falken und Krähen herum«, setzte Nelly aufgeregt hinzu.

»Das sind Späher«, antwortete Fee. »Sie suchen uns. Pass bloß auf, dass sie dich nicht beobachten oder dir folgen.«

Junis runzelte besorgt die Stirn.

»Wohin sollen sie mir nicht folgen?«, haspelte Nelly. »Wo versteckt ihr euch?«

»In … einer Wohnung.«

»Was?«, schrie Nelly. »Wo?«

Fee sah Junis an. So laut, wie Nelly in den Hörer gerufen hatte, hatte er ihre Frage wohl gehört. Er biss sich auf die Unterlippe und schien zu überlegen. Aber dann nickte er knapp. »Sag ihr, sie soll zur Haafstraße weiterfahren und dort am Zeitungskiosk warten. Ich hole sie ab.«

Ohne ihre Antwort abzuwarten, lief er aus der Wohnung.

»Wer war das eben, Fee?«

»Der … äh … Typ mit der Kamera.«

»Der huflahme Irre von der Mauer? Das ist doch Danes' Komplize!«

»Ich … glaube nicht. Er hat Naara vor den Portolion-Leuten gerettet. Es ist wohl alles anders, als wir dachten.«

Wirklich alles, dachte sie mit einem Blick auf Naara. Die Decke war verrutscht und gab den Blick frei auf ihren linken Fuß. Die Striemen waren verschwunden.

26

Fee kniete sich vor das Sofa und zog vorsichtig Naaras Hand über eine Kerze. Es war beruhigend zu sehen, dass ihre Haut das Licht sofort annahm. Naara atmete tief ein und schlug die Augen auf. Fee wurde es ganz warm, als das Mädchen sie anlächelte. »Fee!«

»Hey«, erwiderte Fee leise. »Wie geht es dir?«

Naara schluckte schwer und hob nur die Hand. Auch Fee fiel auf, dass ihr Licht schneller verblasste als sonst.

»Ich verlösche«, sagte Naara kaum hörbar. Es tat weh zu sehen, wie die Angst in ihren Augen aufflackerte. Ruckartig setzte sie sich auf und sah sich gehetzt um. »Warum sind wir hier? Was ist geschehen?«

Fee fing bei Cassandra und Claudius an und endete beim Angriff von *Harpyie* Nummer vier. »Junis hat dich von der Mauer gezogen«, schloss sie. »Die *Harpyie* wollte dir hinterherfliegen, aber offenbar haben sie außerhalb des Parks keine Macht, sie lösen sich auf wie Traumgestalten. Nur die Vögel aus meiner Welt konnten uns folgen. Aber wir haben sie abgehängt und jetzt bist du in Junis' Wohnung.«

Es war komisch, wie selbstverständlich sie schon »Junis« sagte, als wäre er nicht immer noch ein Fremder. Naara schwieg, aber die Flammen verrieten sie. Sie duckten sich, als wollten sie am liebsten verschwinden. Fee tastete sich weiter vor. »Die *Harpyia*, die dich vorhin angegriffen haben …«

Naara unterbrach sie mit einem bitteren Lachen. »Du meinst die Adler? Oh nein, das sind nicht die *Harpyia*, nur die Diener dieses Clans. Die Vögel sind ihre lebenden Waffen und Späher, weiter nichts. Glaub mir, wenn du einer echten *Harpyia* begegnet wärst, würdest du es wissen.«

Fee lief ein Schauer über den Rücken. »Dann … haben die *Harpyia* dich also auf deiner Hochzeit entführt? Sind eure Clans verfeindet?«

Sie war überrascht, dass Naara ein weiteres Mal lachte. »Wieso sollten wir denn verfeindet sein?«

»Du hast es doch selbst gesagt: ›*Sie haben Herzen aus Stein und eine Seele, so mitleidlos und kalt wie der eisigste Winterwind*‹.«

»Natürlich! Sonst wären sie ja keine *Harpyia*.«

»Okay«, sagte Fee gedehnt. »Das heißt also, Herzen aus Stein sind … in Ordnung?«

»Sie sind Teil unserer Ordnung«, erklärte Naara mit großem Ernst. »Jeder Clan hat seine eigene Seele, sein Element, seine Diener und seine Bestimmung. Aber wir sind niemals verfeindet, so, wie Wasser und Feuer keine Feinde sind. Sie sind nur Elemente von völlig unterschiedlicher Art. Die Waffen der *Harpyia* sind Stein und Wind, ihre Stimmen haben große Macht. Ein Befehl aus ihrem Mund ruft Stürme herbei, lässt Herzen, die warm und weich waren, erkalten und versteinern und haucht auch kältestem Stein geliehenes Leben ein.«

Wie bei den Marmorfrauen. Fee wollte sich gar nicht vorstellen, dass ein Wesen, das so etwas bewirken konnte, im Herrenhaus-Park sein Unwesen trieb. Aber sie konnte mit einem Mal verstehen, warum Danes und seine Helfer solche Angst vor diesen *Kreaturen* hatten, wie Cassandra sie genannt hatte.

»Der Clan der *Aguana* befiehlt dem Wasser und den Wolken«, fuhr Naara fort. »Sie sind die Hüter der Tiefen und der Geheimnisse der Seelen. Sie rufen Regen und tragen Halsketten aus silbernen Bächen. Es gibt den Clan der *Zemlá*, deren Element die Erde ist und deren Diener die Tiere, die sich am tiefsten vor ihr verneigen – die Schlangen. Es gibt die *Dryáda*, deren Reich hoch oben in den größten Bäumen liegt. Nur ganz selten berührt der Fuß einer *Dryáda* den Boden, in Jahresringen lesen sie wie andere in Büchern und ihr Schmuck sind die Blüten und Früchte der Bäume. Alle Clans sind getrennt und doch verwoben, denn kein Element kann ohne das andere existieren. Erde braucht Wasser, Feuer braucht Luft, Holz braucht Wurzeln in der Erde – und nichts kann ohne Wind werden, vergehen und sich erneuern.«

Fee bekam eine Gänsehaut. Aber diesmal nicht vor Furcht. Vor ihren Augen erstanden fantastische Wesen, märchenhaft, fremdartig – und so faszinierend, dass sie im Raum aufzuleuchten schienen. »Ihr seid also Elementarwesen?«

»So kann man es nennen. Und neben unseren Clans gibt es in meiner Welt noch die unbedeutenden, schlichten Lebensformen: Wandler, Tierblüter, Fiederschlangen, Hautwanderer und … äh … *andere.*«

Immerhin war sie diesmal höflich genug, nicht wieder mit dieser herablassenden Betonung »Menschen« zu sagen.

»Und die *Phönia?*«, fragte Fee. »Dein Clan?«

Naara lächelte traurig. »Wir haben flammende Herzen und Seelen, die heller und heißer brennen als die Sonne.« Wieder betrachtete sie ihre Hand, und Fee tat es leid, sie an ihr Schicksal erinnert zu haben. »Ich kann nicht zurück!«, sagte Naara mit erstickter Stimme. »Das Tor ist verschlossen. Ich werde meine Kraft verlieren und sterben wie eine Flamme ohne Luft. Wenn *er* mich nicht vorher findet. Aber genau das war wohl von Anfang an ihr Plan – mich in eure Welt zu bringen und zu warten, bis ich schwach genug bin, dass sie mich überwältigen können.«

»Wen meinst du?«

Naara schnaubte. »*Menschen*«, stieß sie voller Verachtung hervor.

»Ein Mensch bin ich auch. Aber wir können keine Tornados rufen. Und wie soll ein Mensch Steinfiguren zum Leben erwecken?«

»Mit einem *Harpyiaherz*«, antwortete Naara. »Der Jäger, der mich durch das Tor in eure Welt gezogen hat, besitzt eines.« Die Kerzen erloschen, als hätte ein scharfer Wind die Flammen ausgeblasen. Naara kreuzte die Hände über der Brust, als wollte sie ihr Herz schützen. Fee wurde kalt vor Entsetzen. »Dein Entführer … Er will also dein Herz haben«, hauchte sie. »Weil er damit … deine Macht über das Feuer nutzen kann?«

Naara nickte mit flackerndem Blick. »Ihr jagt uns«, flüsterte sie. »Ihr tötet Elementare wie mich, indem ihr uns das

Herz nehmt. Jeder Mensch, der ein solches Herz erbeutet hat, kann es für seine Zwecke nutzen. Natürlich ist dieser Zauber stets nur ein schwacher Abglanz unserer Macht, aber wie du gesehen hast, ist er immer noch stark genug.«

Allerdings. Wenn der Tornado und die tobenden Marmorfrauen nur ein *schwacher Abglanz* gewesen waren, wollte Fee lieber nicht wissen, was eine echte *Harpyia* im Park entfesselt hätte. Sie sprang erschrocken hoch, als die Tür aufging. Nelly stürmte in den Raum, ein Wirbelwind in einem pinkfarbenen Regencape. »Fee!« Im nächsten Moment war Fee in einer regentriefenden Umarmung gefangen. »Ich bin vor Angst um dich fast gestorben.« Und ehe Naara zurückweichen konnte, war Nelly mit einem Satz auch bei ihr und umarmte sie ebenfalls. »Mann, bin ich froh, dass dir nichts passiert ist.« Sie hatte sich offenbar wirklich Sorgen um das magische Mädchen gemacht. *Also mag sie Naara doch mehr, als sie zugeben will*, dachte Fee. Junis beobachtete das Wiedersehen mit finsterer Miene. Doch seine Augen waren trauriger als vorhin. Er zog seinen Schlüsselbund hervor und warf ihn Fee zu. »Nicht stehlen!«, sagte er mahnend. »Wenn ihr gehen wollt, bevor ich zurück bin, schließt ab und werft den Schlüsselbund in den Briefkasten von Rainer Schmitt. Das ist seine Wohnung.«

»Wohin gehst du?«, rief Fee ihm noch hinterher, aber da klappte schon die Tür, und er war fort. Fee erwischte ihn gerade noch am Ende des Flurs. »Junis, warte!«, flüsterte sie. »Weiß Luna eigentlich, dass du hier wohnst?«

»Nein, das weiß niemand. Warum?«

Fee atmete auf. »Wenn du … wirklich keinen Ärger

willst, solltest du dich eine Weile bei Luna nicht mehr blicken lassen. Sie gehört zu den Leuten, die hinter Marie her sind. Und die Späher haben gesehen, dass du sie gerettet hast. Also werden sie auch nach dir suchen.«

Junis zog die Brauen zu einer Gewitterstirn zusammen. »Luna soll gefährlich sein? Und du meinst, die Falken und Krähen sind *Späher*?«

»Ich weiß, es klingt komisch. Aber hast du die schwarzweißen Adler gesehen, die sie auf der Mauer angegriffen haben?« Wie sie erwartet hatte, schüttelte er den Kopf. Dann wandte er sich einfach ab und ging.

»Wer ist der Kerl?«, wollte Nelly wissen, als Fee wieder ins Zimmer trat. »Er wollte mir auf dem Weg hierher kein Wort sagen. Warum wohnt er bei Rainer Schmitt und wieso gehört er plötzlich zu den Guten?«

Fee fiel auf, dass sie keine dieser Fragen beantworten konnte. Dennoch fühlte sich der Schlüsselbund in ihrer Hand beruhigend an, wie ein Versprechen aus Metall, dass ihr Gefühl für Freund und Feind sie diesmal nicht trog.

»Hallo? Seid ihr stumm geworden?«, rief Nelly verärgert. »Erzählt mir hier vielleicht mal irgendjemand, was passiert ist?«

Naara versteifte sich sofort und sah alarmiert zu Fee.

»Wenn du mir vertraust, musst du auch Nelly vertrauen«, beantwortete Fee ihre stumme Frage. Naara zog ihre Arme an den Körper, als würde sie frieren, aber dann deutete sie ein Nicken an.

»Na, vielen Dank«, murmelte Nelly eingeschnappt.

27

Bei der Beschreibung der Flucht aus dem Herrenhaus wurde Nelly mit jedem Satz blasser. Und als Fee von Naaras Welt erzählte, wagte sie kaum zu atmen. »Deshalb also hasst ihr die Menschen so sehr«, sagte sie dann zu Naara.

»Wir haben euch lange vertraut«, erwiderte Naara. »Vor Jahrhunderten fingen wir an, eure Welt zu erforschen. Wir schufen Tore, durch die wir eure Welt betreten konnten. Manche von uns schlossen Freundschaft mit den Menschen. Manche von euch durchwanderten unsere Länder. Einige schrieben sogar Bücher über uns. Es entstanden magische Portalgebäude im Grenzland zwischen eurer und unserer Welt. Aber in Wirklichkeit habt ihr uns belauert und ausspioniert. Denn eines Tages … fanden die Menschen heraus, auf welche Weise man uns töten und unsere Magie erbeuten kann. Es begann die Zeit der Kriege, aber es gelang uns nicht, alle Menschen auszurotten und zu vertreiben.«

Das meinte Naara also damit, als sie sagte, es sei nicht mein Krieg, dachte Fee mit einem Frösteln. Cassandra hatte genau dieselben Worte gebraucht.

»Mein ganzes Leben lang habe ich gelernt, auf der Hut vor Menschen zu sein«, fuhr Naara fort. »Wir sind tausendmal mächtiger als ihr. Aber je mehr Herzen diese Jäger erbeuten, desto stärker werden sie. Sie wollen die Herrschaft über meine Welt und die Magie aller Clans.« Sie holte tief Luft und sank noch tiefer in die Sofakissen. »Die Menschen, die mich entführt haben, müssen auch ein *Aguanaherz* besitzen. Die Clans des Wassers sind Meister der Täuschungen und Spiegelungen. Mit ihrer Kraft können die Jäger ihre Gestalt wechseln und fremde Augen täuschen. Nur so konnten sie unsere Wächter in die Irre führen und sich einschleichen. Wie es bei uns Tradition ist, verbrachte ich die letzte Stunde vor meiner Hochzeit allein mit meinen Flammen im Kaminsaal. Plötzlich hörte ich Kampflärm. Menschenjäger waren in den Festsaal eingedrungen, doch als ich meine Kupfersichel nahm und meinem Clan zu Hilfe eilen wollte, erkannte ich, dass es eine Falle war. Die Angreifer sollten nur die Festgesellschaft ablenken, um zwei anderen Jägern Zeit zu geben, mich allein abzupassen. Bevor ich sie mit meinem Feuer vernichten konnte, wurde ich von einem der Angreifer durch das Feuertor gerissen. Auf der anderen Seite kämpfte ich gegen ihn weiter, aber er besaß ein erbeutetes *Harpyiaherz* und entfesselte dessen Magie. Sie war nicht stark, aber fern von meiner Welt ließ meine Kraft viel zu schnell nach.« Sie lächelte bitter. »Das wussten sie.«

»Es gab also gar keinen Blitzschlag in der Tornadonacht«, murmelte Nelly. »Du hast die Platane abgefackelt.«

Naara richtete sich stolz auf. »Der Mensch kämpfte mit Wind und lebendem Stein gegen mich. Aber ich war immer noch stärker als er. Zumindest stark genug, um ihm zu entkommen, bevor die Kraft mich verließ.«

Fee und Nelly wechselten einen unbehaglichen Blick. Und Fee wusste, dass sie beide dasselbe vor sich sahen: die im Kampf von Naara zertrümmerte Marmorfrau und die Platane, die bis zum Stumpf verkohlt war. Fee musste noch an etwas anderes denken: die Art, wie Naara ihre Hand drohend auf Cassandra gerichtet hatte. Jetzt verstand sie, welche Waffe diese Hand sein konnte.

»Wow«, sagte Nelly mit zittriger Stimme. »Ist *Phönia* dann so etwas wie ein Phönixvogel? Ich meine, bist du so etwas wie dieser unsterbliche Feuervogel, der verbrennt und aus seiner Asche immer wieder neu geboren wird? »

»Ein *Vogel?*« Naara sprang entrüstet auf. »Du denkst, ich stamme von *Vögeln* ab?«

»'tschuldigung«, beeilte sich Nelly zu sagen. »Ich dachte nur … Wegen dem Namen *Phönia.* Und so verkohlt, wie wir dich auf dem Baum gefunden haben, könnte man doch denken …«

»*Phönia* sind *Drachen*blütler«, zischte Naara mit einer Stimme wie Glut und Rauch. »In uns fließt das uralte Blut der Phönixdrachen, die einst aus den Vulkanen unseres Nordlandes geboren wurden. Und ich bin eine Phönixtochter, das bedeutet, mein Herz ist stärker und machtvoller als die Herzen aller lebenden *Phönia* meines Clans. Deshalb wollen die Jäger mein Herz und kein anderes.«

Fee hatte sich tiefer in die Sofakissen gedrückt. *Drachen zwinkern nicht*, dachte sie. Und auch die Male an Naaras Schlüsselbeinen wirkten nicht mehr wie Brandnarben, sondern wie die Überreste eines uralten Erbes. *Das Geburtsmal, von dem sie gesprochen hat, ist also Drachenhaut.* Fee fröstelte.

»Bedeutet das dein Name?«, fragte sie leise. »Naara – die *Erbin der Drachen* oder so ähnlich?«

Naara richtete sich auf. Die Luft schien vor Spannung zu knistern. »Naara heißt nur *Roter Funke*. Das ist ein bedeutungsloser Kindername, der keine Seele hat. Wir gebrauchen ihn nur als Rufname, um unseren wahren Namen zu verbergen. Der wahre Name ist der Clansname. Meiner lautet *Fayra*. Das bedeutet: *Flamme, die am hellsten brennt*. Das ist mein Erbe. Und meine Bestimmung.«

»Der Name, den wir niemals aussprechen dürfen«, hauchte Fee fasziniert.

»Unwürdige dürfen das niemals«, sagte das *Phöniamädchen* ernst. »Aber ihr verdient es, mich ab jetzt bei meinem wahren Namen nennen zu dürfen, obwohl ihr Menschen seid.«

Fayra, sprach Fee den Namen in Gedanken aus. Er passte eigentlich viel besser zu dem Mädchen. Aber es war nicht nur das, was Fee zum Lächeln brachte. Ein Name konnte viele Bedeutungen haben. Und *Fayra* war in diesem Raum nur ein anderes Wort für Vertrauen, das sogar stark genug war, um Feinde in Freunde zu verwandeln.

Nelly schien das jedoch ganz anders zu sehen. »So, wir *verdienen es also*, welche Ehre!«, schnappte sie. »Und du hast uns nicht nur mit dieser ganzen Amnesie-Geschichte angelogen, sondern uns auch noch einen bedeutungslosen Kindernamen genannt. Weil wir *Unwürdige* sind. Super, vielen Dank!«

»Ich habe euch mehr verraten, als ein Mensch jemals wissen dürfte!«, rief Fayra.

»Um Mensch oder Nichtmensch geht es doch gar nicht«, wetterte Nelly zornig los. »Wir waren von Anfang an auf deiner Seite und du hast uns trotzdem die ganze Zeit über kein Stück vertraut. Vielleicht nennen wir dich ab jetzt lieber Pinocchio? Das bedeutet übrigens so viel wie Lügennase.«

»Du beleidigst mich?«, brauste Fayra auf. Alle Kerzenflammen entzündeten sich von selbst und verpufften fauchend zu Stichflammen in der Luft.

»Hey, beruhigt euch«, versuchte Fee dazwischenzugehen. Aber es war, als wäre Nelly der Flintstein und Fayra der Zunder, der den Funken sofort fing.

»Und jetzt weihst du uns gnädigerweise ein«, schimpfte Nelly weiter. »Nachdem du Fee heute in Lebensgefahr gebracht hast?«

»Ich habe nur aus einem Grund nicht die Wahrheit gesagt«, rief Fayra hitzig. »Ich wollte euch beschützen. Ihr seid noch Kinder! Und ihr lebt in einer Welt, die so lächerlich harmlos ist, dass ihr nicht in der Lage seid zu begreifen, was mir zugestoßen ist.«

Jetzt blieb auch Fee die Luft weg. »Wir begreifen es sehr wohl. Und unsere Welt ist alles andere als harmlos!«

»Ihr versteht also, wie es ist, verraten und wie ein Tier gejagt zu werden?«, sagte Fayra. »Ihr wisst, wie es ist, von seiner Familie fortgerissen zu werden, völlig auf sich gestellt zu sein, seine ganze Welt zu verlieren, seine Hoffnung – und vielleicht das Leben?« Sie presste die Lippen zusammen und schüttelte den Kopf. »Nein. Niemand kann verstehen, was ich fühle und was ich durchgemacht habe.«

»Da irrst du dich.«

Fee und Nelly fuhren erschrocken herum. Und auch Fayra zuckte zurück. Niemand hatte gehört, wie Junis in die Wohnung gekommen war. *Wie viel hat er mitbekommen?*, schoss es Fee durch den Kopf. Seelenruhig durchmaß Junis mit seinem leicht unregelmäßigen Gang das Zimmer und legte einen Kleiderstapel auf der Sofalehne ab. Fee erkannte das Leoprint-Muster eines Shirts. Sie war sich ziemlich sicher, dass eine der Teenie-Hyänen in Lavernes Hinterhof es vor zwei Tagen getragen hatte.

Junis trat direkt vor Fayra. »Ich kenne Verrat und habe meine Familie verloren, da war ich jünger als du. Dass ich noch am Leben bin, ist reines Glück. Glaub also nicht, dein Schicksal sei etwas Einzigartiges, *Dschinniya*. Ich hatte zudem niemanden, der mir in der Fremde zur Seite gestanden hätte. Du hast zwei Mädchen mit den Herzen von Löwinnen, die für dich kämpfen. Schade, dass du das nicht zu schätzen weißt. Denn etwas Kostbareres als solche Freunde wirst du nirgendwo finden.«

Fee zog unwillkürlich den Kopf ein. Aber erstaunlicherweise brach ihm Fayra für diese Zurechtweisung nicht die Nase.

»So. Glaubst du?«, gab sie nur kühl zurück.

»Oh, du willst also wissen, woran ich glaube?«, erwiderte Junis. »Ich glaube, es ist egal, ob man jung oder alt ist, Kind oder Erwachsener. Es ist egal, woher man kommt, was man erlebt hat und wie verschieden man ist. Das Einzige, was zählt, ist das hier.« Er deutete auf Fayra und führte die Bewegung zu sich, als wollte er den Raum zwischen ihnen umfassen. »Zwei Herzen – und das, was sie verbindet. Nicht das, was sie trennt.«

Fee wartete auf eine Erwiderung von Fayra. Aber zu ihrem Erstaunen schwieg die Phönixtochter. Ein Piepsen durchbrach die Spannung. Nelly kramte das Handy hervor. »Hi Izzy. Ich hätte dich auch gleich angerufen …« Sie verdrückte sich in eine Ecke und telefonierte flüsternd weiter. Junis wandte sich von Fayra ab und überreichte Fee den Kleiderstapel. »Zieht euch etwas Trockenes an. Zum Bad geht es im Flur. Die Tür rechts.«

»Danke«, sagte Fee etwas verdattert. Junis ging in das Nebenzimmer. Die Tür schlug zu, dann hörte man gedämpftes Klappern wie von Geschirr. Fayra sah ihm immer noch mit zornschmalen Augen nach. Erst als Fee zu ihr trat, entspannte sie sich. »Bist du auch so wütend auf mich wie deine empfindliche Freundin und dieser hinkende Troll?«, fragte sie.

Langsam, aber sicher reichte es nun auch Fee. »Erstens: Meine *Freundin* heißt Nelly und sie hat allen Grund, *empfindlich* zu sein«, antwortete sie verärgert. »Und zweitens: Dieser *Troll* hat dich gerettet.« Doch als Fayras Mundwinkel zu zucken begannen, erkannte sie verdutzt, dass es nur ein Scherz gewesen war. Das Mädchen vor ihr trug nun einen anderen Namen. Aber eines hatte sich wohl überhaupt nicht verändert. *Von Gewitter zu Sonne*, dachte Fee. *Innerhalb von Sekunden*. Und jetzt musste Fee trotz allem auch lachen.

»Nein, ich bin nicht wütend. Dann … nennen wir dich ab jetzt also bei deinem Clansnamen?«

»Nur du und Nelly«, erwiderte Fayra.

Dann können wir nur hoffen, dass Junis nicht lange genug gelauscht hat, dachte Fee bei sich. Nelly drehte sich zu ihnen um.

»Eine gute und eine schlechte Nachricht«, haspelte sie aufgeregt. »Die Gute: Wir haben einen neuen Unterschlupf für Fayra. Einer von Izzys LARP-Gruppe kann sie für ein paar Tage im Partykeller seiner Eltern verstecken. Und ein anderer hat ein Auto organisiert. Sie warten an der Haltestelle Europaplatz.«

Fee bekam ganz weiche Knie, so erleichtert war sie. »Und die schlechte Nachricht?«

»Dein Handy scheint kaputt zu sein. Dein Vater erreicht dich nicht und hat schon dreimal bei Izzy angerufen.«

Oh nein! Bestimmt war ihr Vater früher vom Schwimmen heimgekommen und stand nun vor einem halb zerstörten Südflügel. Fee holte ihr Handy hervor. Kaputt war es nicht, aber tot. »So ein Mist! Der Akku ist leer. Mein Vater dreht bestimmt durch vor Sorge.«

»Unsinn, offiziell bist du doch mit den Rollenspielern unterwegs. Izzy hat ihn beruhigt und ihm irgendwas von Handyverbot beim Dreh im Wald erzählt.« Sie hielt Fee ihr Handy hin. »Ruf ihn an.«

»Ich kann doch seine Handynummer nicht auswendig.« Und das Festnetztelefon zu Hause war für ihren Vater unerreichbar. Langsam dämmerte Fee, was die ganze Aktion für sie und ihre Familie bedeutete. Nelly verstand es offenbar falsch, dass sie schlagartig totenblass wurde und sich auf das Sofa setzen musste.

»Keine Panik, dein Vater wird sich schon wieder bei Izzy melden«, sagte sie beruhigend. »Jetzt bringen wir erst einmal …«

Sie verstummte, als Junis zurückkam. Er kramte Teebeutel und einige Löffel aus einem Karton hervor. Offenbar war der Nebenraum doch keine Küche.

»Ich soll mein Versteck verlassen?«, fragte Fayra. Es klang, als hätte Nelly ihr vorgeschlagen, in ein Becken voller Giftnattern zu springen. Entschieden schüttelte sie den Kopf. »Ich bleibe hier.«

Junis fuhr mit den Löffeln in den Händen zu ihnen herum. Er wirkte alles andere als begeistert.

»Wie bitte?«, rief auch Nelly empört. »Wir reißen uns zwei Beine für dich aus und du willst bei diesem Fremden bleiben? Außerdem haben wir ein viel besseres Versteck für dich organisiert und Izzy wartet schon mit einem Auto …«

Fayra legte den Zeigefinger über die Lippen. »Hört ihr sie nicht?«

In der sprachlosen Sekunde hörten sie es trotz der geschlossenen Fenster ganz deutlich: Falkenrufe, gefährlich nah.

»Sie suchen das Siedlungsviertel nach dir ab«, hauchte Fee.

Fayra nickte ernst. »Bis wir einen Plan haben, ist das hier das beste Versteck für mich.« Sie nahm Fee die trockene Kleidung aus den Händen und rauschte mit wallendem Haar ins Badezimmer. Erst als die Tür zuklappte, erwachte Junis aus seiner Schockstarre. »Moment mal!«, rief er aus. »Fragt mich vielleicht jemand, ob ich damit einverstanden bin?«

»Gewöhn dich lieber gleich daran«, erwiderte Nelly trocken. »Fragen ist nicht ihre Stärke. Und wenn sie etwas will, kann sie ein richtiger Drache sein.«

28

Unbemerkt von den Spähern, die in einiger Entfernung über der Barackensiedlung kreisten, hatte Junis sie über Schleichwege in die andere Richtung geführt. Jetzt standen Nelly und Fee in einer U-Bahn-Station, in die sich hoffentlich keine Bussarde verirren würden. Trotzdem zog Fee die Kapuze von Nellys pinkfarbenem Regencape als Tarnung noch tiefer ins Gesicht. Nellys Regenstiefel waren ihr zu klein, aber barfuß hätte sie sicher die Blicke auf sich gezogen. Nelly trug ihre *Plan B-Schuhe*, weiche Ballerinas, die sie zusammengerollt in ihrer Tasche immer bei sich hatte. »Und es ist in Ordnung, dass du bis heute Abend alleine bei Fayra bleibst?«, fragte Fee.

»Du hast dich gestern um sie gekümmert, heute bin ich dran«, erklärte Nelly in ihrer resoluten Art. »Außerdem hast du jetzt Wichtigeres zu tun.« Fee wurde beim Gedanken an ihre Eltern ganz flau. Aber Nelly kannte sie zum Glück gut genug, um nicht mitleidig dreinzuschauen oder irgendeinen Unsinn wie »Das kommt schon wieder in Ordnung« zu murmeln.

»Ich bin echt froh, dass dir nichts passiert ist«, sagte ihre Freundin stattdessen. Fee lächelte. Dann griff sie in ihre Hosentasche und überreichte Nelly das Smartphone. »Das habe ich aus dem geheimen Büro mitgenommen. Ich glaube, es gehört Danes.«

»Du hast *was*?« Nelly bekam große Augen.

Fee wurde rot. »Vielleicht hat Danes darauf Infos zu den Toren gespeichert.«

Nelly schluckte nur und wurde noch blasser.

»Keine Sorge, es ist ausgeschaltet und kann nicht geortet werden«, fügte Fee hinzu. Aber Nelly sah sie seltsam unsicher an. »Wir … sind aber schon noch beste Freundinnen, oder?«

»Nelly!«, rief Fee entsetzt aus. »Natürlich! Was soll denn diese blöde Frage?«

Nelly verzog den Mund. »Naja, kaum bin ich einen Tag weg, verändert sich alles. Naara-Fayra und du – ihr seid plötzlich ein Team. Und früher hättest du mich erst angerufen, bevor du dich getraut hättest, den Schlüssel auszuprobieren. Beziehungsweise: Du hättest nie im Leben ohne mich die Tür aufgemacht. Und jetzt bist auf einmal so furchtlos, dass du sogar ein Smartphone stiehlst, das einem gefährlichen Psycho wie Danes geh…«

»Ich bin überhaupt nicht furchtlos. Das mit der Tür war einfach nur leichtsinnig von mir. Und dann ging alles so schnell, dass ich gar keine Zeit hatte, um in Schockstarre zu verfallen. Wäre Junis nicht gewesen, dann hätten sie Fayra erwischt. Und das Smartphone habe ich nur mitgenommen, damit wir besser ermitteln können. Denn das einzige Team hier sind Sherlock Nelly und Agent Faye.«

Nelly schien ein Riesengebirge vom Herzen zu fallen. Die Bahn fuhr ein und verwirbelte Fees Cape. Und zu Fees

Erleichterung drückte Nelly sie zum Abschied fest an sich. »Ruf mich an!«, rief sie noch, dann war Fee schon Teil des Menschenstromes, der in den Waggon drängte.

Der Europaplatz befand sich nur eine Station weiter, aber es fühlte sich an, als würde Fee ihre beste Freundin alleine unter Ungeheuern in einem fremden, gefährlichen Land zurücklassen. *Sei nicht albern*, schalt sie sich. Wenn es ein Mädchen auf der Welt nicht nötig hatte, ausgerechnet von jemandem wie Fee beschützt zu werden, dann war es ja wohl Nelly.

Izzy lehnte lässig an einem weißen Lieferwagen mit dem Logo einer Computerfirma. »Nelly hat mir schon Bescheid gesagt«, rief sie Fee schon von weitem entgegen. »Romeo und Julia haben es geschafft, Marie ist bei ihrem Freund? Cool!«

Geht es noch lauter?, dachte Fee. Sie rannte zum Auto. »Hast du meinen Vater auf deiner Rufliste?«, japste sie. »Ich muss ihn sofort anrufen.«

Izzy grinste. »Beruhige dich erst mal. Du keuchst ja wie ein asthmatischer Hamster. Und keine Sorge, wir fahren dich gleich zu deinem Papa nach Hause.«

Nur, dass ich kein Zuhause mehr habe, dachte Fee. Aber für einen Nervenzusammenbruch ließ ihr Izzy keine Zeit. »Das ist übrigens Gizmo«, sagte sie und klopfte aufs Autodach. Der hochgewachsene Typ, der sich nun aus dem Auto herausfaltete, wirkte mit seinem hüftlangen schwarzen Haar wie eine Mischung aus Metal-Musiker und Vampir. Als er

Fee mit einem lässigen Nicken begrüßte, bemerkte sie, dass er im rechten Auge eine gelb und schwarz eingefärbte Kontaktlinse trug. Es sah aus, als hätte er ein Echsenauge. Und seltsam kalt und starr war auch der Blick, mit dem er Fee von Kopf bis Fuß musterte. »H...hallo«, stotterte sie.

»Steig ein«, befahl Izzy. »Dein Vater hat mir schon die Adresse durchgegeben, bei der wir dich abliefern sollen. Café Casablanca in der Fahrionstraße.«

Fee biss sich auf die Unterlippe. Das war die Adresse der Firma, in der ihre Mutter als Sekretärin arbeitete. Das Café lag im Erdgeschoss. Klar, ihr Vater wollte verhindern, dass Mama die Katastrophe im Herrenhaus live vor Ort erlebte, und fing sie deshalb im Büro ab, um ihr die Nachricht vorsichtig beizubringen. Aber wie schonend konnte man jemandem sagen, dass der Sternenwunsch, von dem er sein ganzes Leben lang geträumt hatte, in wenigen Sekunden zu Steinschlag, Marmorstaub und Treppentrümmern zerfallen war? Jetzt hätte Fee am liebsten geheult, und irgendwie fühlte sie sich schuldig.

Sie wollte gerade ins Auto steigen, als Izzys verwundertes »Hey, was macht ihr denn hier?«, sie herumfahren ließ. Zwei langhaarige Jungs in Izzys Alter tauchten auf, völlig außer Atem vom Rennen. Der Rothaarige war dünn und hatte einen spärlichen Ziegenbart. Der Dunkelhaarige war einen Kopf größer als er und trainierte wohl im Fitnessstudio. Als wollte er betonen, wie muskulös seine Arme waren, trug er ein ärmelloses Shirt und dazu auch noch Armschützer wie ein mittelalterlicher Schwertkämpfer. Seinen Hals zierte ein handbreites Lederband mit Nieten, und zu allem Überfluss waren seine Augen mit schwarzer Schminke umrandet, die im Regen allerdings zu einem Waschbären-Look verlaufen war. Er verbeugte sich übertrieben tief vor Izzy. »Eure Diener sind zur Stelle«, sagte er gestelzt. »Wo ist Maid Marie, die unserer Hilfe bedarf?« Izzy lachte, doch Fee stöhnte nicht nur wegen des dämlichen Spruchs innerlich auf. *Na prima, inzwischen weiß schon Izzys halbe Truppe Bescheid.*

»Habt ihr meine Nachricht nicht gelesen?«, erwiderte Izzy. »Die Rettungsaktion hat sich erledigt. Marie ist bei ihrem Freund, alles easy, Mission beendet. Trotzdem danke, Jungs!«

Ziegenbart schnaubte genervt. »Ich habe sogar eine Matratze organisiert. Und Tarom hat in Rekordzeit den Partykeller aufgeräumt.«

Fee runzelte die Stirn. *Gizmo, Tarom* … Anscheinend redeten sich hier alle nur mit ihren Rollenspielnamen an. Der Dunkelhaarige hob vorwurfsvoll einen Schlüsselbund mit einem kitschigen Herzchen-Anhänger in die Höhe. »Ich habe meiner Schwester sogar den Ersatzschlüssel für den Partykeller abgejagt.«

Izzy lachte und schlang die Arme um seine Taille. »Mein Held«, rief sie theatralisch und strahlte ihn an. Jetzt war Fee wirklich sprachlos. Die coole Izzy war doch nicht etwa in diesen eitlen Affen verliebt? Jetzt grinste er auch noch Fee so selbstgefällig an, als müsste sie hingerissen vor ihm auf die Knie sinken.

»Das ist übrigens Nellys beste Freundin«, sagte Izzy zu ihrer Truppe. »Fee, das ist Aldrion Elbenherz, derzeit unser Spielleiter.« Sie deutete auf Ziegenbart. »Und unser Barde heißt Tarom vom Schattental.« *Schattenauge wäre passender*, dachte Fee. Aber wieder strahlte Izzy ihn an, als wäre er die letzte Cola in der Wüste. *Eindeutig verliebt*, dachte Fee. Sie rang sich ein höfliches Lächeln ab. »Danke für eure Hilfe«, murmelte sie. »Kann ich jetzt endlich meinen Vater anrufen?«

Natürlich war es nicht möglich gewesen, Mama die Nachricht schonend beizubringen. Die Papiertaschentücher hatte sie im Lauf des Nachmittags komplett vollgeheult, und obwohl es schon Abend war, schniefte sie immer noch traurig vor sich hin. »Was für ein Glück, dass wir alle außer Haus waren, Kai!«, stieß sie mit erstickter Stimme hervor. »Nicht auszudenken, wenn Fee oder du genau in diesem Moment auf der Treppe gewesen wärt …«

Sie presste wieder ihr Taschentuch gegen den Mund.

Tja, ich war *auf der Treppe*, dachte Fee nur bei sich.

»Uns ist doch nichts passiert, Silke«, tröstete Papa sie. »Schon morgen begutachtet eine Baufirma den Schaden. Im Hotel müssen wir nur die nächsten drei Tage bleiben, dann ziehen wir übergangsweise in die Einliegerwohnung meines Kollegen. Aber sicher können wir bald schon in unsere Wohnung zurück und bekommen sogar eine neue Treppe.«

Dazu sagte Fee lieber nichts. Wer diese *Baufirma* war, konnte sie sich denken. Schon am Nachmittag war die Wohnung im Herrenhaus ausgeräumt worden. Angeblich aus Sicherheitsgründen. Alle Möbel und Kartons waren nun in einem Containerlager untergestellt.

»Hast du mit Mister Danes gesprochen?«, fragte Fee. »Ich meine … weiß er, in welchem Hotel wir sind?«

»Nein, die Verwaltung hat mir nur per Mail die Telefonnummer der Umzugsfirma geschickt, die unsere Möbel eingelagert hat.«

Fee atmete insgeheim auf. Zumindest musste sie nicht befürchten, dass die Portolion-Leute heute im Hotel aufkreuzen würden.

»So, ich muss los.« Papa seufzte tief. »Den Nachtdienst konnte ich heute nicht auch noch tauschen. Aber ich hole nach der Arbeit noch ein paar unserer Sachen aus dem Containerlager.«

»Vergiss meine Gitarre nicht«, bat Fee.

Ihr Vater lächelte schief. »Eher vergesse ich meinen Kopf in der U-Bahn, Motte. Kommt ihr beiden klar, bis ich wieder zurück bin?«

Mama nickte tapfer. »Fee und ich bestellen uns Pizza«, sagte sie. »Das hilft bei Kummer doch immer.«

Es half überhaupt nicht. Egal, wie sehr sie versuchten, im größeren der beiden Hotelzimmer eine heimelige Atmosphäre zu schaffen, nichts konnte darüber hinwegtäuschen, dass sie nun heimatlos waren. Noch nie hatte Fee sich so verloren gefühlt. Als es draußen dunkel wurde, zog sie sich in das kleinere Zimmer zurück und rief zum fünften Mal Nelly an. Ihre Freundin hatte schon ganz hibbelig auf ihren Anruf gewartet. »Ich habe gerade mit Junis telefoniert«, flüsterte sie. »Alles ruhig, Fayra schläft.«

Fee atmete auf. »Und Junis? Ist er immer noch sauer?«

»Na ja, begeistert ist er nicht«, raunte Nelly.

Kein Wunder, dachte Fee.

»Er ist weggegangen und kam erst spät wieder«, fuhr Nelly fort. »Aber dann hat er die Wohnung für Fayra so umgestellt, dass sie ganz für sich sein kann. Er ist wohl doch ganz okay. Auch wenn ein Grab im Vergleich zu ihm eine Klatschtante ist. Immerhin habe ich aus ihm rausgekriegt, warum er mir neulich auf der Mauer nachgelaufen ist. Angeblich wollte er mich nur warnen, weil ich nicht auf die Autos aufgepasst habe und mich ein Lieferwagen fast gestreift hätte. Und er sagt, er war nicht der Parkourläufer, der in der Nacht, als wir Fayra aus dem Park holten, von den Baracken auf die Mauer gesprungen ist.«

Nein, das war bestimmt Claudius, dachte Fee bei sich. *Vielleicht war er vorher noch bei Undercover-Agentin Luna.*

»Junis hat auch telefoniert«, fuhr Nelly fort. »Scheint ein Sprachgenie zu sein, er kann Türkisch und Italienisch und noch eine Sprache, die ich noch nie gehört habe. Dann ist er mit einem Werkzeugkasten verschwunden. Als er zurückkam, hatte er Ölflecken an den Händen. Ich schätze, er repariert Zeug für die Mieter.«

»Für Luna macht er tatsächlich Reparaturen «, bestätigte Fee. »Im Tausch gegen Internet und Farbdrucker.«

»Von Luna wird er sich jetzt erst einmal fernhalten.« Nelly senkte die Stimme.

»Er hortet übrigens auch Schulbücher in verschiedenen Sprachen. Ein bisschen komisch ist er ja schon.«

»Nicht halb so komisch wie Izzys Freund.« Seltsamerweise hatte Fee das Gefühl, Junis verteidigen zu müssen.

Nelly lachte. »Welchen meinst du? Aldrion Ziegenbart oder Tarom Schattenhirn?«

Fee prustete los. Und Nelly setzte natürlich sofort nach: »Wahrscheinlich müssen sie sich Fantasy-Namen geben, weil sie in Wirklichkeit Winnie Pickelfratze und Günther Hühnerträne heißen.«

Es war eine Erleichterung, alle Anspannung einfach wegzulachen, bis sie keine Luft mehr bekamen.

»Unfassbar, dass Izzy auf Angeber mit Muskeln steht«, sagte Fee dann.

»Das liegt nur daran, dass Tarom in einer Gothic-Schülerband spielt«, erwiderte Nelly. »Schau mal bei YouTube nach. Die Band heißt *Anagramm*. Izzy ist schon lange ein Fan und mailt schon ewig mit Tarom. Bei seinem letzten Konzert hat sie ihn dann persönlich getroffen, seitdem hängen die beiden zusammen. Ach, übrigens habe ich Izzy auf dem Heimweg Danes' Smartphone vorbeigebracht.«

Fee saß sofort kerzengerade im Hotelbett. »Was soll denn Izzy damit anfangen?«

»Sie kennt jemanden, der Passwörter knacken und jedes Phone entsperren kann.«

»Du willst irgendeinem Fremden das Smartphone einfach so überlassen?«, zischte Fee. »Ohne ihn zu kennen?«

»Hm, lass mal überlegen«, konterte Nelly ungerührt. »Du hast Fayra einfach so Junis überlassen? Ohne ihn zu kennen?«

Fee fühlte sich ertappt. Da war etwas dran. Aber dennoch …

»Keine Panik, Fräulein Bernstein«, beruhigte Nelly sie. »Izzy sagt, er ist in Ordnung. Und mit den Daten allein kann niemand etwas anfangen. Aber wir wissen vielleicht schon morgen, wie wir Fayra zurückbringen können. Wäre doch cool, wenn Danes die Koordinaten und Zugangscodes aller Tore auf seinem Phone gespeichert hätte?«

Zugangscodes? Nelly verwechselte das Ganze wohl mit Star Wars und das Herrenhaus mit dem Todesstern. Andererseits hatte sie ja auch nichts von dem, was Fee nun über die Tore wusste, selbst gesehen. *Magie*, dachte Fee. *Elementare*. Noch vor einer Woche hätte sie eher geglaubt, dass die Erde eine Scheibe ist. Und voller Unbehagen musste sie an diese unheimliche fliegende Gestalt denken, die sie sich im Regen hoffentlich nur eingebildet hatte. Gänsehaut kribbelte über ihren Rücken, und sie spürte die Woge von Panik bereits auf sich zurollen.

»Du bist so still«, hakte Nelly nach. »Alles in Ordnung?«

»Nein«, würgte Fee hervor.

»Oh, Panik-Alarm?« Nelly wurde schlagartig ernst. »Leg nicht auf.« Es vergingen ein paar Sekunden, dann hörte Fee Laufschritte mit einem Hall, als würde Nelly durch ein Treppenhaus rennen. »Schau mal zu uns herüber.«

Fee schlüpfte aus dem Bett und spähte zu Nellys Hochhaus, das vom Hotel aus zu sehen war. Natürlich war es viel zu weit weg, um jemanden zu erkennen, der dort am Fenster stand. Aber das Blinken von Nellys Taschenlampe sah sie ganz deutlich. Viermal kurz, zweimal lang. Ihr gemeinsamer Code. »Tief durchatmen. Ich bin da. Okay?«

»Okay«, hauchte Fee. Es war schon schlimm genug, ein

solcher Feigling zu sein. Nun musste Fee sich zusammenreißen, um nicht auch noch wie eine Heulsuse gegen die Tränen zu kämpfen. Ihr fiel ein, was Junis zu ihr gesagt hatte. *»Wenn du jemanden in Not siehst, streck ihm die Hand hin, egal, wer es ist.«* Und genau so fühlte sie sich: Als hätte sie eben noch ganz allein in einem stürmischen Meer gegen Wellen gekämpft, die sie zu ertränken drohten. Um nun zu sehen, dass sie gar nicht alleine war und Hand in Hand mit Nelly sicher am Ufer stand.

29

Seltsamerweise träumte sie weder von der Marmorfrau noch von den *Harpyien*, nicht einmal von Fayra. Sie sah den blonden Jungen auf der Treppe. Er saß mit dem Rücken zu ihr auf einer Stufe und spielte völlig versunken auf seiner Laute. In ihrem Traum setzte Fee sich ganz dicht neben ihn und lauschte der Melodie. Als sie mit einem Lächeln die Augen öffnete, brauchte sie ein paar Sekunden, um zu begreifen, dass sie in einem Hotelzimmer lag, weit fort vom Herrenhaus. Und dann fiel ihr auf, was sie geweckt hatte: Ihre Narben kribbelten so heftig, dass es fast unerträglich war. Fee machte das Licht an und entdeckte einen Karton neben ihrem Bett. Darin befanden sich ihre Notenbücher und ihre Musiksammlung und neben dem Fenster wartete ihre Gitarre auf sie, liebevoll aufgestellt in der Halterung. Es fühlte sich wie eine warme, tröstliche Umarmung ihres Vaters an: Alles, was für sie Heimat war, hatte er sorgfältig zusammengesucht und mitten in der Nacht hierhergebracht, während sie schlief.

Über die Saiten ihrer Gitarre zu streichen war wie nach Hause zu kommen. Ganz leise, um ihre Eltern nicht zu wecken, suchte sie mit den Fingerspitzen die Melodie aus Fayras Welt. Zart und hell erwachte sie in ihrer Gitarre.

Farben und Bilder erblühten hinter Fees geschlossenen Lidern, als hätte Fee Fayras Wirklichkeit herbeigerufen. *Kann ich das?*, dachte sie. *Ist die Musik ein Schlüssel?* Sie hätte schwören können, dass es im Hotelzimmer nach Schatten und Geheimnissen duftete, nach Wildheit und Federn – und süß und schwer nach Rosenblüten. Doch als sie die Augen öffnete, war sie immer noch hier.

»Woher kennst du dieses Lied?«

Ihre Mutter lehnte an der Verbindungstür. Sie hatte nichts mehr von einer strahlenden Königin im langen Nachtkleid, sondern war nur noch eine gewöhnliche Frau in einem farblosen Pyjama. Der Hotel-Bademantel war ihr zu groß und ihre Augen müde und matt vom Kummer. Doch sie hielt ihr *Leo Mansion*-Album fest an die Brust gedrückt, als versuchte sie ihre verlorene Welt festzuhalten.

Fee zog die Hand zurück, als hätte sie sich an den Gitarrensaiten verbrannt. »Ich … das ist nur improvisiert. Für das Intro von Isabelles Video.«

Und wieso soll ich das Lied kennen?, dachte sie irritiert.

Ihre Mutter schloss leise die Tür und setzte sich zu Fee an den Bettrand. »Wie seltsam«, sagte sie nachdenklich. »Ich habe seit über zehn Jahren nicht mehr an diese Melodie gedacht. Und du warst damals doch noch viel zu klein, um sie dir zu merken. Aber offenbar hast du dich ganz unbewusst daran erinnert.«

Endlich fiel bei Fee der Groschen. »Du kennst das Lied?«

Über Mamas Gesicht huschte ein Schatten. »Im Krankenhaus nach deinem … deinem Unfall am Lagerfeuer habe ich dir die Melodie als Schlaflied vorgesummt.«

Jetzt war Fee endgültig hellwach. *Kennt sie auch die andere Wirklichkeit?*

»Und woher … hattest du die Melodie, Mama?«

Ihre Mutter wich ihrem Blick aus. »Ich weiß es nicht genau, das ist schon so lange her.«

Junis würde jetzt sagen, dass du das Lügen noch üben musst, dachte Fee mit klopfendem Herzen. »Hast du sie im Park gehört?«, fragte sie ganz direkt. »Damals, als du mit deiner Freundin heimlich dort warst?«

Mama zog den Bademantel enger um sich. »Du meine Güte«, murmelte sie. »Ich wusste gar nicht, dass du so genau zugehört hast, als ich von früher erzählt habe. Aber … ja, schon möglich.«

Fee musste sich räuspern, so trocken war ihre Kehle plötzlich. »Wer war deine Freundin? Woher stammte sie?«

»Tja, sie war … einfach ein Nachbarsmädchen, abenteuerlustig und furchtlos. Und obwohl sie erst neun war, erschien sie mir mit meinen sechs Jahren schon unglaublich groß und erwachsen. Ich wollte so schön und so mutig sein wie sie. Sie hatte wildes rotblondes Haar und grüne Augen, die blitzten, wenn sie lachte. Und sie lachte oft. Ehrlich gesagt weiß ich gar nicht, aus welchem Wohnviertel sie kam, sie erzählte kaum etwas von sich. Ich traf sie immer nur auf der Straße zur alten Post. Vielleicht war ihr Zuhause einfach kein schöner Ort. Und da ich mich auch meistens draußen herumtrieb, taten wir uns zusammen.«

»Wie hieß sie?«

Ihre Mutter zuckte bedauernd mit den Schultern. »Unsere Namen wechselten, je nachdem, wer wir gerade im Spiel waren. Ich nannte sie manchmal Alice – weil ich damals den Film *Alice im Wunderland* mochte. Leider hat sie mir niemals ihren richtigen Namen verraten, was schade ist. Sie ist ja ganz plötzlich weggezogen und ich hätte so gerne nach ihr gesucht.«

Fee war enttäuscht. *Sie weiß es also nicht. Sie denkt, das Mädchen im Park sei ein gewöhnliches Kind gewesen.*

»Ich hieß in jenem Frühling meistens *Sinta*«, fuhr ihre Mutter fort. »Meine Freundin nannte mich allerdings auch *Springechse* oder *Kobold*. Ich war nämlich ziemlich trotzig und kratzbürstig. Sogar mit ihr habe ich mich gestritten und einmal sogar geprügelt, aber jedes Mal fanden wir wieder zusammen.«

Geprügelt? Fee blieb die Spucke weg. Und ihre sanfte, verträumte Mutter sollte *kratzbürstig und trotzig* gewesen sein? Konnte es wirklich sein, dass sie ihre eigene Mutter so wenig kannte?

»Es waren die schönsten Tage meiner Kindheit«, fuhr Mama wehmütig fort. »Die einzige Zeit, die für mich wirklich zählte.«

»Wolltest du deshalb immer ins Löwenhaus zurück?«, fragte Fee vorsichtig.

»Vielleicht ja«, erwiderte Mama. »Aber wie man sieht, kann man die Vergangenheit nicht zurückholen und niemand anderen dorthin mitnehmen. Ich hätte wissen müssen, dass du in diesem Spukschloss nicht glücklich sein kannst, Fee. Die Art, wie du dich plötzlich verändert hast, deine übergroße Ängstlichkeit, die häufigen Albträume, das Schlafwandeln – all das hätte mir zeigen müssen, dass du dich dort nicht wohlfühlst. Tut mir leid, dass ich dich mit aller Gewalt in meine Vergangenheit entführen wollte.« Sie legte Fee einen Arm um die Schultern und gab ihr einen Kuss auf die Schläfe. »Danke, dass du es trotzdem versucht hast. Aber bestimmt bist du erleichtert, dass du heute nicht in einem Löwenbett schlafen musst.«

Im Gegenteil, dachte Fee. Und das war nun wirklich das Verrückte daran. Sie konnte zum ersten Mal nachfühlen, was das Haus ihrer Mutter bedeutete. Es war, als wäre ihre eigene Welt farblos wie ein blasses Schwarz-Weiß-Foto, während Fayras leuchtende und magische Wirklichkeit nach Fee rief. Und irgendwo zwischen den Zeiten hörte Fee das Lachen von zwei kleinen Mädchen.

»Das Haus ist ein Rattenfänger, vor allem Kinder werden magisch davon angezogen«, erinnerte sich Fee an Lunas Worte. *»Und wer einmal drin war, vergisst es niemals wieder und sehnt sich sein restliches Leben danach, es wieder zu betreten. Es zieht dich immer tiefer in seine Geheimnisse hinein, bis du dich darin verlierst.«*

Fee drückte ihre Gitarre fester an sich. »Als ihr damals im Park gespielt habt – hast du da etwas Seltsames gesehen? Zum Beispiel Tiere, die du nicht kanntest oder … sonstige Wesen?«

»Aber ja!« Ihre Mutter nickte mit leuchtenden Augen. »Ich hatte als Kind eine blühende Fantasie. Der Park war für mich voll von Wundern. Im Seerosenbecken schimmerten Gesichter von Wasserfrauen in der Tiefe. Es gab Katzenkobolde, die auf zwei Beinen liefen. Sie waren hässlich wie die Nacht, aber sie hatten ein gutes Herz und hinterließen uns leere Schneckenhäuser als Geschenke. Und ich schwöre, das Pferd im See tat nur so, als wäre es eine Bronzeskulptur. Sobald ich wegsah, schlug es mit den Flügeln.« Sie lachte verlegen. »Ich weiß, das klingt albern. Und heute weiß ich natürlich, dass alles nur Einbildung war. Kinder schaffen sich Fantasiewelten, das ist ganz normal. Für sie gibt es Monster unter dem Bett tatsächlich. Viele haben sogar unsichtbare Freunde, mit denen sie sprechen, oder Kuscheltiere, die für sie lebendige Wesen sind. Diese Ticks verlieren sich aber spätestens mit fünf oder sechs Jahren.«

Hast du eine Ahnung!, dachte Fee bei sich.

»Eine Weile dachte ich als Erwachsene sogar, dass ich mir meine Freundin ebenfalls nur eingebildet hätte«, fuhr ihre Mutter fort. »Sie war ja damals von einem Tag auf den anderen verschwunden. Aber als ich nach deiner Geburt alte Fotos sortierte, fand ich den Beweis.« Sie klappte ihr gelbes Album auf und zog ihr Kinderbild heraus. »Dieses Foto hat sie von mir gemacht. Also gab es meine Freundin wirklich.«

»Hast du auch ein Foto von ihr?«

»Tja, ich habe eines geknipst – aber es war so unscharf, dass ich es weggeworfen habe. Blödes Pech, hm?«

Fee betrachtete das kleine Mädchen mit dem Zahnlückengrinsen auf dem Foto. *Wie glücklich Mama darauf aussieht*, dachte sie. *Und sie hat keine Ahnung, dass sie damals an der Grenze zwischen zwei Welten gespielt hat.* Für einen Moment wünschte sie sich nichts so sehr, als ihrer Mutter alles erzählen zu können. Aber aus irgendeinem Grund wagte sie es nicht. Und das lag nicht nur an dem Schwur, den sie Fayra gegeben hatte.

»Du … musst traurig gewesen sein, als deine Freundin einfach fort war«, sagte sie stattdessen.

»Ich fühlte mich verlassen und ganz allein auf der Welt«, erwiderte Mama völlig aufrichtig.

»Tut mir leid«, sagte Fee aus vollem Herzen. »Wegen deiner Freundin. Und auch … das mit unserer Wohnung.«

Ganz von selbst fanden sich ihre Hände. Es war ein inniger Moment, eine neue Art der Nähe. Fee kam es vor, als würde sie nicht nur ihre Mutter vor sich sehen – sondern gleichzeitig auch das kleine, wilde Mädchen, das sie einst gewesen war.

»Du warst als Kind ganz anders als ich«, sagte Mama. »Du hattest keine Fantasiefreunde, deine Stofftiere hatten nicht einmal Namen. Niemals musste Papa Monster unter deinem Bett vertreiben. Du bist zum Glück die Vernünftige in unserer Familie und wirst nie Hirngespinsten und Träumen nachjagen. Man kann sich nämlich darin verlieren und vergessen, wie schön das Leben ist, das man hat.« Sie drückte Fees Hand und zwinkerte ihr zu. »Es ist sicher nicht einfach, zwei Träumer als Eltern zu haben. Und dann verkleidet sich deine Mutter auch noch als Prinzessin, weil sie albernen Erinnerungen nachhängt.«

»Die sind überhaupt nicht albern«, widersprach Fee heftig. »Und es ist schade, dass du jetzt wieder so langweilig normal herumlaufen willst wie vorher.«

Es stimmte tatsächlich. *Neuerdings ist wirklich alles anders*, dachte Fee.

»Das sind ja ganz neue Töne, seit du dich mit Marie und Isabelle triffst«, sagte auch Mama verwundert und lachte. »Muss ich mir etwa Sorgen machen, dass du demnächst auch noch unsichtbare Freunde anschleppst?«

Wenn sie nur unsichtbar wären, dachte Fee.

»Weißt du, ich bin froh, eine so vernünftige, besonnene Tochter zu haben«, sagte Mama plötzlich. »Und es ist gut, dass du so vorsichtig bist. Ich war ein richtiger Streuner. Wenn ich heute als Mutter daran zurückdenke, wie ich als kleines Mädchen nachts heimlich von zu Hause weggelaufen bin und durch dunkle Schächte kroch, wird mir ganz anders. Gut, dass Oma Hillu das nie erfahren hat.«

»Schächte?« Fee horchte auf. »Seid ihr etwa so in den Park gelangt?«

»Genau erinnere ich mich nicht, ich war noch zu klein. Damals bin ich einfach meiner Freundin gefolgt. Irgendwo in der Poststraße war ein buntes Graffitibild an einer Wand, ich glaube, ein Tiger. Und dann krochen wir ein Stück durch einen engen Schacht und kamen im Park heraus. Ich bin wirklich froh, dass du für Abenteuer noch nie zu haben warst. Übrigens habe ich mir einige Videos von den Rollenspiel-Cons auf Isabelles YouTube-Kanal angeschaut. Jetzt verstehe ich, was du daran magst. Es ist ja fast wie Theaterspielen, es gibt richtige Drehbücher und Spielleiter, die alles planen und lenken.«

Na, das klang ja nicht gerade nach einem Kompliment für Mut. *Sie traut mir wirklich gar nichts zu*, dachte Fee. Sie versuchte vergeblich, nicht gekränkt zu sein. Aber offenbar war es wirklich möglich, einander so nahe zu sein und sich trotzdem gar nicht richtig zu kennen. Und zu allem Überfluss fügte ihre Mutter auch noch hinzu: »Schön, dass du ein kreatives Hobby gefunden hast, das so gut zu deiner vorsichtigen Art passt.«

»Mhm«, sagte Fee nur vage. Ihre Narben pochten wieder schmerzhaft deutlich, als wollten sie mahnend an Fayra erinnern. Sie ertappte sich dabei, dass sie schon eine ganze Weile über die Echsenhaut rieb. Auch ihre Mutter hatte es bemerkt. Ein Schatten vom Kummer huschte über ihre Miene.

»Ich werde mir nie verzeihen, dass ich damals nicht besser auf dich aufgepasst habe«, sagte sie leise. »Oft frage ich mich, ob der Unfall dir die Fantasiewelten und damit einen Teil deiner Kindheit genommen hat? Weil du so früh lernen musstest, dass die Welt kein Märchenland ist, oft genug ist sie nicht einmal ein sicherer Ort.«

Fee hätte ihrer Mutter nur zu gerne erklärt, *wie* gefährlich das Märchenland ihrer Kindheit war. Stattdessen sagte sie nur energisch:

»So ein Unsinn. Du konntest nichts dafür. Und ich bin froh, dass ich mich als Sechsjährige nicht mit Monstern unter dem Bett herumschlagen musste.« *Harpyien mit zwölf reichen völlig.*

Mama lachte und zog sie an sich. Es war ein vertrauter, warmer Augenblick, der auch etwas von einem Zuhause hatte. Und ein Teil von Fee hätte sich am liebsten für immer in die Sicherheit dieser Umarmung verkrochen. Mama holte entschlossen Luft. »Weißt du was, Fee? Es wird Zeit, dass ich aufhöre, an Vergangenem zu hängen. Verzeih mir, dass ich so oft von dir erwartet habe, jemand anderes zu sein, als du bist. Morgen fange ich damit an, für uns eine ganz normale Wohnung zu suchen.« Sie stand auf und überreichte Fee das Foto. »Hier, ich brauche es nicht mehr, ebenso wenig wie das *Leo Mansion*-Album. Diese Zeiten sind für immer vorbei.«

30

Im Frühstücksfernsehen lief ein Live-Bericht über den »Falken-Flashmob« beim Herrenhaus. Ein Biologe erklärte, dass atmosphärische Störungen bei Gewitter die Vögel so irritiert hatten, dass sie alle im Parkviertel gestrandet waren. Sehr überzeugt von seiner Theorie klang er allerdings nicht. »Da, im Hintergrund!«, rief Nelly. »Schon wieder ein Umzugswagen beim Herrenhaus.« Ein paar Hotelgäste, die ebenfalls im Frühstücksraum saßen, schauten sich missbilligend zu ihr um. Aber Nelly starrte nur gebannt auf den Monitor über der Büfetttheke. Hinter dem Moderator tauchte die Portolion-Crew auf. Sie trugen alle dunkle Sonnenbrillen. »Hast du dir eigentlich mal den Firmennamen genauer angesehen?«, raunte Nelly. »Der besteht aus *Porto* und *Lion*, klingt wie *Löwenportal*. Das würde zu den atmenden Löwenschlössern aus Fayras Welt passen. Sie sind offen oder unpassierbar, je nachdem, wer den richtigen Schlüssel hat. Und genauso ist es mit den magischen Toren.«

Fee nickte. »Ich glaube, die Firma wurde nur gegründet, um Gebäude wie das *Leo Mansion* als Checkpoints zwischen den Welten zu errichten, genau dort, wo sich die Grenzen überlagern.«

»Aber nicht mehr lange«, murmelte Nelly. »Die geben

den Stützpunkt hier tatsächlich auf. Und damit auch das Tor.«

Eine Pause entstand, in der sie beide ihre Spiegeleier niederstarrten, als wären die gelben Dotter Zauberspiegel, die ihnen die Lösung zuraunen würden.

Stattdessen kam nur Fees Mutter in den Frühstücksraum zurück. Fees Vater schlief nach seinem Nachtdienst im Krankenhaus und Mama hatte ein paar Frühstücksbrote im Hotelzimmer deponiert. Nun trug sie ihre langweiligste graue Büro-Kleidung und die strenge Hochsteckfrisur. Ihre Augenringe waren so tief, dass sie wie Tarom Schattenauges Tante aussah. Fee fand, dass sie beängstigend farblos und fremd wirkte.

»So, Mädchen«, sagte Mama gekünstelt munter. »Ich muss zur Arbeit. Fee, ich habe Papa einen Zettel hingelegt, dass du den Vormittag über bei Nelly bist und dann direkt zu deinem Gitarrenworkshop in der Musikschule gehst.« Fee versuchte möglichst neutral zu nicken und nicht daran zu denken, dass ihre Gitarre versteckt unter dem Hotelbett lag, damit ihre Eltern keinen Verdacht schöpften.

Mamas Blick fiel auf Fees Tasche. Obenauf schimmerte die Goldschrift eines Märchenbuchs. Normalerweise hätte ihr das ein Lächeln entlockt, aber heute reagierte sie völlig gleichgültig. »Für Marie?«, fragte sie nur sehr sachlich.

Fee nickte beklommen. Es war wirklich gespenstisch. Und plötzlich wurde ihr klar, was sich an ihrer Mutter über Nacht noch verändert hatte. *Es sind ihre Augen. Sie strahlen nicht mehr wie sonst.*

Auch Nelly schaute ihr verwundert nach. »Sie ist ja erstaunlich gefasst«, bemerkte sie. »Steht sie unter Schock oder so?«

»So was in der Art«, murmelte Fee.

Im Fernsehbericht sah man Raubvögel, die vor Autos herumsegelten und für Chaos sorgten. »Sie suchen immer noch nach Fayra«, stellte Fee fest. Nelly nickte finster und fischte Fees Handy aus ihrer Tasche. In Windeseile tippte sie etwas ein. »Vielleicht kann ich rauskriegen, wohin die Portolions die Sachen bringen. Das ist bestimmt das neue Hauptquartier.«

»Sollen wir dem Umzugswagen folgen?«, fragte Fee.

»Nicht wir. Ich. Du nimmst einen möglichst großen Umweg und gehst zu Fayra. Es ist ohnehin besser, wenn wir nicht zusammen gesehen werden. Noch haben die Spione mit den Krähenschnäbeln nicht abgespeichert, dass wir zu zweit sind.« Sie gab Fee das Handy zurück. »Junis' Nummer findest du unter dem Namen 007. Ich komme später nach.«

Fee musste zumindest aus der Ferne einen Blick auf das Herrenhaus werfen. Und wieder spürte sie diese seltsame, ziehende Sehnsucht, als würde es sie locken und rufen. Es kostete sie Überwindung, umzudrehen und nach Norden zu laufen. Im Gehen holte sie ihre Notizen hervor. *Alte Post*, hatte sie heute Nacht in Kritzelschrift notiert. *Unterführung. Tiger-Graffiti. Poststraße.* Zumindest die Straße hatte sie auf dem Stadtplan gefunden. Sie befand sich ein ganzes Stück nördlich von der Parkmauer. Fee fegte um die Ecke und hätte fast jemanden umgerannt. »Ha … hallo Pauli«, stotterte sie. *Was macht der denn so weit weg von den Baracken?* Der alte Seemann kniff die Augen zusammen. »Hallo *Deern*«, erwiderte er mürrisch und ging an ihr vorbei. Fee schaute ihm mit einem unguten Gefühl nach. Auf einen Gehstock gestützt trippelte der Alte auf die nächste Straßenecke zu. *Ob er mich bei Luna verpfeift?* Aber zu den Baracken würde er in seinem Schneckentempo noch eine Weile unterwegs sein. Noch einmal prüfte Fee den Himmel. Kein einziger Raubvogel. Die geflügelten Spürhunde kreisten inzwischen weit in der Ferne über der Siedlung.

Die Poststraße entpuppte sich als eine winzige Gasse. Auf dem Gehsteig türmten sich volle Plastiksäcke und Sperrmüll. Eine Pfütze mit einer Ölschicht schimmerte in der Sonne wie ein Regenbogen. Und eine Post gab es nicht, nur etwas, das früher mal eine Kneipe namens *Alte Post* gewesen war. Auch nebenan reihten sich leere Geschäfte wie in einer Geisterstadt. Die Vorstellung, dass ihre Mutter als sechsjähriges Mädchen in dieser finsteren Gegend alleine herumgestreunt war, war ziemlich beunruhigend. Hinter einem Altglascontainer fand Fee einen Durchgang zwischen zwei Häusern. An einer Wand voller Macken und Abdrücke prangte eine verblasste Zeichnung, die mit etwas Fantasie als gestreifte Raubkatze mit einem ziemlich schlimmen Rückenschaden durchgehen konnte. Aber es gab hier keinen Gang in den Herrenhaus-Park. *Sackgasse*, dachte Fee enttäuscht. Sie machte trotzdem ein paar Fotos und kehrte um. Während sie zurückging, wollte sie nach Junis' Nummer suchen. Nur kurz hob sie den Blick für den Raubvogelcheck.

Und schaute mitten in eine schwarze, zerknautschte Fratze.

Ehe sie sich rühren konnte, stieß sich Mopsgoblin schon auf dem Altglascontainer ab und schnellte ihr mit flatterndem Halstuch entgegen. Der Aufprall fühlte sich an, als würde sie von einem vollen Einkaufswagen gerammt, und holte sie von den Beinen. Knurren dröhnte in ihren Ohren, übler Hundeatem schlug ihr ins Gesicht. Ölgestank umwaberte sie, Krallen kratzten über den Boden, und ihre Faust traf etwas Dickes, das den Schlag abfing wie ein Sandsack. Doch als sie das nächste Mal Luft holen wollte, stellte Fee fest, dass sie wie ein Käfer auf dem Rücken lag und sich kaum rühren konnte. Auf ihrer Brust lastete das schwarze Biest wie eine Kanonenkugel aus Blei, Hundekrallen drückten sich in die Gruben unter ihren Schlüsselbeinen. Seine triumphierend hechelnde Fellfratze füllte den Himmel und enthüllte mindestens zweihundert Zähne. Neben Goblins Grinsen erschien Lunas grimmiges Gesicht zwischen Schäfchenwolken. »Da hatte Pauli ja einen guten Hinweis für mich«, sagte sie.

Wie konnte er sie so schnell informieren?, dachte Fee. *Sind die beiden in einer WhatsApp-Gruppe?*

»Die kleine Elster ist wieder auf Diebeszug, hm?« Luna beugte sich herunter und griff in Fees Tasche. *»Pfoten weg!«*, wollte Fee schreien, aber unter Goblins Gewicht konnte sie nur ächzen. Luna angelte Fees Schlüsselbund aus der Tasche und hakte ihren klobigen Schlüssel los. Als wäre das sein Stichwort, wälzte der Hund sich endlich von Fee herunter. Fee rang nach Luft. Aufspringen ging nicht, als sie sich aufsetzte, wurde ihr schwindelig. Außerdem knurrte Goblin drohend.

Luna beugte sich zu ihr herunter. Ihre Augen waren frostiges blaues Glas. Und Fee fiel auf, dass ihr weißes Haar nur gefärbt war. Die Ansätze wuchsen dunkler nach, als würde sich Luna bewusst älter machen, als sie in Wirklichkeit war.

»Mir kannst du nichts vormachen«, sagte Luna bedrohlich leise. »Du hast das Tor gefunden und weißt, was dahinter ist. Warst du auf der anderen Seite?«

Fee schrie auf, als die Alte sie grob am Shirt packte. »Mach endlich den Mund auf. Wo hast du sie versteckt? Hier in der Gegend?«

Fee war eiskalt geworden. Lunas Augen hatten plötzlich etwas Besessenes.

»Ich weiß nicht, wovon Sie reden«, presste Fee hervor. »Lassen Sie mich los!«

Der Griff verstärkte sich nur. »Oh nein, du kommst mit mir und wirst alles erzählen, kleine Elster. Das ist ein fairer Preis für einen magischen Schlüssel, findest du nicht?« Irgendwo hinter Fee brauste ein Auto auf der Straße heran. Und im Bruchteil einer Sekunde sah sie sich selbst gefesselt auf dem Rücksitz zwischen Leuten mit schwarzen Sonnenbrillen und englischem Akzent. *Leute, die Fayra töten wollen.* Das gab den Ausschlag. Ihre Panik legte den Schalter um, alles knipste weg und die Zeit sprang nach vorne.

Sie musste sich losgerissen haben und war auf die Beine gekommen. Luna taumelte gerade keuchend zurück, als hätte sie einen fiesen Schlag erhalten. Die schwere Tasche pendelte an Fees Schulter, als sie herumwirbelte und damit ausholte. Ein jämmerliches Jaulen ertönte, als die Tasche Mopsgoblin vom Bürgersteig fegte. Wie ein speckiger Fußball rollte er zwischen die Müllsäcke. Fee sprang auf die Straße und rannte. Blöderweise gab es keine Seitenstraße zum Wegtauchen. Im nächsten Moment galoppierte Goblin mit wehender Zunge und irren Glupschaugen neben ihr. Fee brach nach links aus – und wurde von einem Lieferwagen gestoppt, der so scharf vor ihr bremste, dass die Reifen quietschten. Die Tür auf der Beifahrerseite flog auf. »Halt!«, hörte Fee Luna rufen.

»Einsteigen!«, befahl Gizmo. Fee war viel zu perplex, um nicht zu reagieren. Goblin versuchte hinterherzuspringen, aber Fee knallte die Autotür zu. Krallen kratzten über den Lack, das irre Mopsgesicht schnellte mit fliegenden Ohren an der Scheibe hoch wie ein Springteufel. Der Motor röhrte auf. Dann entfernten sich Luna und der geifernde Goblin mit Lichtgeschwindigkeit im Rückspiegel.

»Was machst du denn ganz allein in dieser verlassenen Gegend?«, fragte Gizmo.

»Und was machst du hier?«, konterte Fee atemlos.

»Ich war zufällig in der Nähe.« Er schaute in den Rückspiegel und lachte triumphierend. »Die Töle haben wir abgehängt.«

Zufällig in der Nähe? Im Niemandsland? Fee sah Gizmo scheu von der Seite an. Heute trug er keine Drachenaugen-Kontaktlinse, und sein Haar hatte er zu einem braven Pferdeschwanz zusammengefasst, was ihn wie einen harmlosen, gewöhnlichen Nerd aussehen ließ. »Was wollte die Frau von dir?«, fragte er. »Schien ziemlich wütend zu sein, wenn sie dich sogar verprügeln wollte. Oder hast du versucht, ihr die Tasche zu klauen?«

Fee sackte tiefer in den Sitz. Immer noch war ihr heiß und kalt und ihr Herzschlag hämmerte in ihren Schläfen.

»He, das war nur ein Witz«, lenkte Gizmo mit einem Seitenblick ein. Als sie hastig ihre Narbe vor ihm verbergen wollte, bemerkte sie, dass ihr Haar an der Seite mit Pfützenwasser getränkt war. Auf ihrem Shirt prangten Ölflecken. »Ich habe mich nur gegen den aufdringlichen Hund gewehrt«, erklärte sie.

In diesem Moment schwirrten zwei Bussarde so dicht am Boden über die Straße, dass Gizmo ausweichen musste. Er riss das Steuer herum, als auch noch eine Wolke von Krähen an der Straße entlangschoss. Fee sah nur ihre Schatten auf der Lehne. Sie selbst war längst in den Fußraum gerutscht und kauerte sich dort zusammen, die Tasche als Sichtschutz über dem Kopf erhoben. »Du magst wohl keine Vögel«, bemerkte Gizmo trocken.

»Geht so«, japste Fee.

Wenn Gizmo sie jetzt für einen kompletten Freak hielt, verbarg er es jedenfalls gut. »Soll ich dich irgendwo absetzen?«, fragte er nur. »Bei Izzy vielleicht?«

»U-Bahn-Haltestelle«, brachte Fee hervor. Sie musste so schnell wie möglich von den Spähern und der Straße weg.

»Du kannst wieder aus der Deckung kommen, die Vögel sind weg«, meldete sich Gizmo zu Wort. »Und schnall dich endlich an.«

Fee atmete auf und kroch zittrig auf den Sitz. »Danke. Das war … echt nett von dir.«

»Nett?« Gizmo lachte und schüttelte den Kopf. »Drachentöter sind nicht *nett.*« Fee erinnerte sich an das kalte Echsenauge, das ihn gestern so bedrohlich hatte aussehen lassen. *Sei nicht hysterisch*, redete sie sich zu. *Das ist doch nur ein harmloser Nerd.* Gizmo warf ihr fragende Seitenblicke zu. Die Stille im Wagen wurde unangenehm lang. *Sag was!*, befahl sich Fee. *Irgendwas.* »Du … spielst bei den Conventions also einen Drachentöter?«

»Ich *spiele* nicht, ich bin einer. Jedenfalls dann, wenn ich nicht gerade Mädchen vor tobsüchtigen Omas rette oder an Computern herumschraube.«

Fee musste sich räuspern. »Und gehörst du schon länger zu Izzys Gruppe?«

»Nein, ich habe meine eigene Gruppe, wir sind die *Dracs.* Izzy habe ich erst vorgestern auf dem Konzert von Taroms Band kennengelernt. Sie ist cool, auch wenn sie leider auf geschminkte Wichtigtuer steht. Aber ihr scheint eine spannende Truppe zu sein. Was verbirgt sich wirklich hinter dieser Fluchtgeschichte mit Marie?«

»Es ist keine Fluchtgeschichte«, murmelte Fee.

Gizmo lächelte kryptisch. »Hm, warum glaube ich dir nicht so ganz?«

Zum Glück kam endlich die U-Bahn-Unterführung in Sicht und Gizmo fuhr an der Treppe rechts ran. Aber bevor Fee aus dem Auto flüchten konnte, zog er ein paar Ausdrucke und Danes' schwarzes Smartphone hervor. »Das kannst du Izzy mitbringen. Viel war auf ihrem LARP-Phone allerdings nicht gespeichert. War eine Mordsarbeit, es so schnell auszulesen. Das nächste Mal soll sie sich das Passwort irgendwo aufschreiben.«

Fee war völlig perplex. Gizmo war also der Programmierer, von dem Nelly gesprochen hatte. Izzy hatte ihm offenbar erzählt, dass sie das Phone nur für Rollenspiele benutzte. »Ach stimmt, Izzys zweites Phone«, sagte sie lahm. Sie steckte es ein und schielte zu dem obersten Blatt. Ein paar Telefonnummern und Namen reihten sich untereinander.

»Auf Seite drei sind SMS-Nachrichten ausgedruckt«, sagte Gizmo. »Sie waren in Englisch abgefasst, ich habe sie übersetzt. Dieses Spiel läuft offenbar ohne Elfen und Schwertkämpfer. Es scheint eher etwas mit Agenten zu tun zu haben, die *Harpyien* jagen?«

Wahrscheinlich gingen die Nerven mit Fee durch, aber plötzlich fand sie, dass seine Augen auch ohne Echsen-Kontaktlinsen seltsam kalt wirkten.

»Keine Ahnung. Meine … Bahn kommt.« Sie stopfte auch noch die Blätter in die Tasche und sprang aus dem Auto.

31

Es hatte kaum zehn Minuten gedauert, bis Junis an der Haltestelle aufgetaucht war, und nun folgte Fee ihm über neue Schleichwege, bis sie durch Waschkeller und eine Tiefgarage von einer ganz anderen Seite zu Junis' Wohnung gelangten. Seine Kartons und Bücher türmten sich nun im Flur und seine Matratze lag in dem Raum, den Fee gestern für die Küche gehalten hatte. Nun erkannte sie, dass es hier nicht einmal fließendes Wasser gab, nur zwei Kochplatten auf einem umgedrehten Karton und einen Wasserkocher. »Du hast Marie das Wohnzimmer überlassen?«

»Sie braucht Ruhe«, erwiderte er knapp. Aber der Ernst in seiner Stimme ließ Fees Herz sofort losgaloppieren. »Geht es ihr nicht gut?«

Junis zuckte mit den Schultern. »Sag du es mir.«

Nelly und Junis hatten wirklich alles darangesetzt, es Fayra im Wohnzimmer behaglich zu machen. An Wäscheleinen aufgehängte Vorhänge teilten den Raum, bunte Decken und Laken bildeten eine Zeltkuppel über dem ausgeklappten Sofa. Kerzen brannten in leeren Marmeladengläsern rund um das Sofa und brachten das rosa Ballkleid zum Funkeln. Als würde eine gute Fee neben Fayras Lager wachen, schwebte es an einem Bügel hängend über dem Boden. Doch zwischen den leuchtend bunten Decken und Kissen lag Fayra wie eine blasse, verwelkte Blüte und schlief so tief, dass man sie kaum atmen sah. Es sah aus, als würde die Phönixtochter einfach verschwinden wie ein Bild, das verblasste. Sogar ihr Haar hatte sein Glühen eingebüßt.

»Nelly sagte gestern, sie braucht so viel Feuer wie möglich in ihrer Nähe, aber es scheint ihr nicht mehr zu helfen«, hörte Fee Junis besorgt sagen. Beim Klang seiner Stimme regte sich Fayra leicht, als würde sie träumen, aber sie wachte nicht auf. Und Fee wagte nicht, sie wach zu rütteln. »Es geht ihr überhaupt nicht gut«, sagte sie mit erstickter Stimme zu Junis.

Er nickte ernst und winkte ihr zu, ihm zu folgen.

Als Fee den Nebenraum betrat, brodelte es schon im Wasserkocher und Junis war dabei, Tassen mit Kräutern und Kandis zu füllen. Es duftete nach frischer Minze, als er den Tee aufgoss. »Hier, trink erst einmal. Das wärmt den Schreck aus den Knochen.« Zum ersten Mal in diesen verrückten Tagen hatte Fee das Gefühl, ruhig zu werden und durchatmen zu können. Während sie schweigend den Tee tranken, musterte sie Junis verstohlen. Er schien nicht im Mindesten neugierig zu sein oder sich zu wundern. *Ganz im Gegensatz zu Gizmo.* Noch jetzt war Fee unbehaglich zumute, wenn sie an den seltsamen Nerd dachte.

»Kommt dir … das nicht komisch vor?«, brach sie die Stille. »Ich meine, du musst dich doch wundern, warum Marie so …« Sie verstummte.

»… anders ist?« Junis lächelte schmal. »Das wusste ich bereits, als ich sie das erste Mal am Fenster gesehen habe.«

Er holte einen Schuhkarton und kippte eine Kaskade von Fotoausdrucken auf den Teppich. Fee staunte. Junis fotografierte absolut alles: Autokennzeichen, Pauli beim Altglascontainer und sogar Mopsgoblin, der wie eine Straßenkatze Mülleimer durchwühlte.

Junis schob Fee ein Foto hin. Es zeigte vermutlich Fayra, die noch völlig rußverschmiert am Fenster kauerte, aber in jedem Gespensterweb-Forum wäre dieses Foto als Beweis für die Existenz von Geistern durchgegangen. Fayra war halb durchsichtig und verschwommen. Man erahnte nur, dass ihre Haut schwarz war, umso unheimlicher glühten in dem schattenhaften Gesicht zwei gleißende weiße Flecken als Augen. Ehrlich gesagt sah sie wie eine Dämonengestalt aus einem Gruselfilm aus. *Und offenbar kann man Elementare nicht ablichten*, dachte Fee. *Deshalb war auch das Foto von Mamas Freundin völlig unscharf.*

»Dass es kein technischer Fehler an der Kamera war, zeigt dieses Bild.« Junis legte das nächste Foto dazu. Fee neben Fayra am Fenster – gestochen scharf neben dem wolkigen Gespenst. »Von der Baustelle aus habe ich am Fenster nur ein Mädchen mit rußverschmiertem Gesicht gesehen, aber das Foto hat mir gezeigt, dass Marie kein normales Mädchen ist.«

Fee schluckte. »Warum machst du all diese Bilder?«

»Damit ich immer weiß, woran ich bin. Unsere Augen können uns täuschen, aber die Kamera ist unbestechlich.

Und manchmal entdecke ich dabei Dinge, nach denen ich gar nicht gesucht habe.«

Seine Mitternachtsaugen bekamen bei diesen Worten etwas Trauriges, und gleichzeitig glänzte darin eine Härte auf, die Fee verunsicherte. Sie räusperte sich und fragte: »Du hast Marie gestern *Dschinniya* genannt. Was bedeutet das?«

»Kennst du das Märchen von Aladin nicht? *Dschinn* sind Wüstengeister. Sie wurden einst aus rauchlosem Feuer erschaffen. Manche sind böse und locken Wanderer in ihr unsichtbares Reich. Wer es einmal betritt, kann es nie wieder verlassen. Manche aber sind den Menschen wohlgesonnen und haben die Aufgabe, ihre Begleiter zu sein. Gehört man zu diesen Auserwählten, hat man sein Leben lang einen Gefährten in der Geisterwelt.«

Fee schielte zu dem Foto, auf dem sie und Fayra zu sehen waren: Menschenmädchen und geisterhaftes Gegenstück.

Ein Klopfzeichen erklang, viermal kurz, zweimal lang. Ein paar Sekunden später schlüpfte Nelly in die Wohnung.

»Bist du verrückt?«, schimpfte Junis. »Hatte ich dir nicht gesagt, du sollst nie auf eigene Faust herkommen, sondern mich von einem der Treffpunkte aus anrufen?«

»'tschuldigung«, haspelte Nelly aufgeregt. »Ich konnte nicht warten, aber keine Sorge, mich hat niemand gesehen. Die Umzugswagen sind in Richtung Autobahn abgebogen«, wandte sie sich an Fee. »Wenn es ein neues Hauptquartier gibt, dann liegt es in einer anderen Stadt. Und als ich zurückkam, wurde gerade das Schloss am Haupteingang des Herrenhauses ausgetauscht. Dein Haustürschlüssel passt jetzt nicht mehr, die haben euch ausgesperrt.«

Fee fühlte sich, als hätte ihr jemand in den Magen geboxt. Das war nicht nur *ausgesperrt*. Nein, so musste es sein, einfach am Straßenrand ausgesetzt zu werden. Im Regen. Ohne Schuhe.

»Und dieser komische Mops mit dem pinken Halstuch streunt ohne sein Frauchen vor dem Löwenhaus herum«, setzte Nelly nach. »Ups, was ist denn mit dir passiert?«

Sie deutete auf die Ölflecken auf Fees Shirt.

»Luna hat mich abgepasst und sich den Schlüssel wiedergeholt«, murmelte Fee.

»Oh nein!«, rief Nelly. »Hat ihr Kampfhund dich aufgespürt?«

»*Kampfhund?*« Junis lachte los. »Dieses alte Keksgrab? Nein, Goblin ist der harmloseste Streuner, den ich kenne. Er hat sogar vor Katzen Angst und ist so alt, dass er gar nichts mehr riecht. Der würde nicht mal einen verfaulten Hering aufspüren können.«

Nach harmlos *hat sich die Attacke aber nicht angefühlt*, dachte Fee. *Und für ein altes Keksgrab konnte er vorhin erstaunlich hoch springen.*

Junis sah an ihr vorbei und sein Grinsen verlosch. Fee und Nelly drehten sich um. Fayra war lautlos aufgetaucht und lehnte an der Tür zum Wohnzimmer. Sie trug eine Jogginghose und das Leoprint-Shirt, das einer der Hinterhof-Hyänen gehörte. Ihre Lippen waren inzwischen dunkelgrau. Mit ihrem zerzausten Haar und den schwarzen Augenringen bot sie einen erbärmlichen Anblick. Nelly warf Fee einen erschrockenen Blick zu, der alles sagte. *Sie verlischt!*

Junis holte seine Kamera und schnappte sich seine Schlüssel.

»Wohin gehst du?«, rief Fee ihm hinterher.

»Heißeres Feuer suchen«, erwiderte er und knallte die Tür hinter sich zu.

32

»Das sieht ja aus wie aus Tausendundeiner Nacht«, rief Nelly. »Wann hat Junis das Wohnzimmer so umgebaut?«

»Heute Nacht«, murmelte Fayra. »Er schläft fast nie.« Sie kauerte sich frierend auf dem Sofa zusammen. »Und?«, fragte sie mit banger Stimme. Angespannt hörte sie zu, während Nelly und Fee berichteten. Schließlich holte Fee Gizmos Ausdrucke hervor. »Schlüsselservice Schmidt«, las Nelly vor. »Umzugsfirma Langendorf, Optironol GmbH …« Sie konnte ihre Enttäuschung kaum verbergen. »Firmenkontakte? Das ist alles?«

Auf dem zweiten Blatt prangte ein verschlungenes Symbol, das Fee wiedererkannte. »Das hat Danes nach der Tornadonacht mit der Asche der Platane auf dem Boden der Empfangshalle gezeichnet. Könnte ein magisches Bannzeichen sein, oder?«

Fayra schüttelte müde den Kopf. »Das ist nur das Torzeichen der *Dryáda*. So wie der Ring aus Phönixfedern über unseren Feuertoren.«

»Heißt das, es gibt verschiedene Tore?«, wollte Nelly wissen.

»Natürlich. Jeder Clan kann nur durch das Tor gehen, das seinem Element entspricht. Die *Aguana* haben Wassertore und die *Dryáda* Torbäume.«

Dryáda. Fee rief sich ins Gedächtnis, was Fayra gestern über diesen Clan erzählt hatte. *»Nur ganz selten berührt der Fuß einer Dryáda den Boden, in Jahresringen lesen sie wie andere in Büchern und ihr Schmuck sind die Blüten und Früchte der Bäume.«* Aber was hatte Danes mit diesem Clan zu tun? Sie erinnerte sich, wie der alte Verwalter geweint hatte, während er die Asche der Platane zusammenkehrte, als würde er um den Baum trauern.

»Die SMS-Nachrichten erzählen auch nichts Neues«, sagte Nelly. »Cassandra ist offenbar ein hohes Tier in der Zentrale und Danes hat sie nach der Tornadonacht um Hilfe gebeten.« Sie beugte sich über das letzte Blatt und las laut: *»Worauf wartest du noch? Schick endlich Verstärkung aus London. Falls die Harpyia wirklich noch auf unserer Seite der Grenze ist, werde ich nicht alleine mit ihr fertig. Du weißt, was diese Kreaturen anrichten.«*

Fee kaute nachdenklich auf ihrer Unterlippe und dachte an Cassandra. Ihr schönes Gesicht mit den kühlen, scharfen Augen. Und die Art, wie sie mit der Netzharpune ohne Gnade Fayra gejagt hatte. *Zusammen mit den Harpyienadlern. Als würden sie ihr gehorchen.* Und mit einem Mal fielen ihr die verschorften Kratzer an Danes' Unterarm ein. »Vielleicht … ist ja gar nicht Danes der Böse?«

»Wow, du verteidigt Mister Danes?«, bemerkte Nelly. »Habe ich verpasst, dass ihr zwischen Verfolgungsjagd eins und Hetzjagd zwei Freundschaft geschlossen habt?«

»Nein. Aber seine Nachrichten zeigen, dass er glaubt, es mit einer echten *Harpyia* zu tun haben. Er weiß nicht, dass es nur ein Mensch ist, der die Magie eines *Harpyiaherzens* nutzt. Fayras Entführer muss eine Verletzung von Fayras Kupfermesser haben, aber unter Danes' Verband waren nur Kratzer wie von Vogelkrallen. Vielleicht hat er sich in der Tornadonacht ja nur gegen einen Raubvogel gewehrt? Was, wenn derjenige, der die Elementare jagt, unerkannt von der Firma aus agiert? Was, wenn … Cassandra das *Harpyiaherz* besitzt?«

»Die Jägerin mit dem Netz?« Fayra bekam schmale Augen.

Fee nickte. »Sie könnte von der Zentrale aus angeordnet haben, dass im Herrenhaus nur noch ein alter Verwalter zurückbleibt, der das Tor alleine nicht bewachen kann. Cassandra kennt alle Tore und weiß, wie man sie öffnet und schließt. Und sie hat Komplizen: Claudius und Luna.«

Nelly stieß einen anerkennenden Pfiff aus. »Jedenfalls würde das erklären, wer die *Harpyienadler* auf Fayra losgelassen hat, während sie auf der Mauer war.«

Fee nickte. »Und sie wird es bestimmt so hindrehen, dass Danes in der Firma als Schuldiger dasteht. Warum sonst sollte sie so auffällig betonen, dass der Verräter aus den eigenen Reihen kommen muss?«

»Fayra bekommt sie jedenfalls nicht.« Nelly zerknüllte wütend die Ausdrucke und warf sie auf den Boden. »Also gut, kein Hinweis, wo es weitere Tore gibt. Dann müssen wir auf der anderen Seite der Grenze suchen. Fayra, wo liegt vom Herrenhaus aus gesehen in eurer Welt das nächste Feuertor?«

Fayra zuckte mit den Schultern. »Nur die Ältesten meines Clans wissen, wo sich die anderen Tore befinden.« In ihren Augen glomm nur zu deutlich die Angst. *Die Ältesten*, dachte Fee mit einem mulmigen Gefühl. *In Fayras Welt.* Es war nur der Funke einer Idee, und alles in ihr sträubte sich, auch nur daran zu denken, aber mit klopfendem Herzen hörte sie sich sagen: »Vielleicht kann ich es herausfinden? Ich … kann die Grenze zu deinem Land übertreten, ohne durch ein Tor gehen zu müssen. Zumindest … manchmal.«

»Das ist viel zu gefährlich«, widersprach Nelly heftig. »Genauso gut könntest du in einem Kleid aus Koteletts in einen Löwenkäfig spazieren. *Phönia* mögen keine Menschen, schon vergessen? Und auch dein blonder Gitarren-Buddy kann dich mit Feuer pulverisieren.«

Ein Punkt für Nelly, dachte Fee verzagt. »Wer ist blond?«, fragte Fayra.

Fee musste sich räuspern. »Ein Junge. Er war etwa zehn Jahre alt und spielte auf einer Laute. Ich bin ihm nachts im Südflügel begegnet und glaube, er gehört zu deinem Clan. Der Steg seiner Laute hatte die Form eines Drachenhalses …«

»Eine *Phaneira*-Laute?« Fayra blinzelte irritiert – und das wollte bei ihr etwas heißen. »Was hat dieser Junge darauf gespielt?«

Fee zückte ihr Handy und spielte die Melodie ab, die sie beim Üben zu Hause aufgenommen hatte. Fayra wurde schon bei den ersten Takten noch grauer, als sie ohnehin war. »Nur mein Bruder spielt dieses Lied«, stieß sie hervor. »Niemand weiß davon. Du hast ihn gesehen?«

»Nicht nur gesehen.« Vorsichtig zog Fee auch noch das schwarze Band, das sie von der Laute abgerissen hatte, aus der Hosentasche. Die rote Feder war inzwischen völlig zerfasert.

Fayra stieß einen Schrei aus – und dann konnten Fee und Nelly nur noch betroffen zusehen, wie die Phönixtochter in Tränen ausbrach.

»Ups«, murmelte Nelly. »Ich dachte, das wäre eine gute Nachricht.«

»Ich werde meine Familie nie wiedersehen«, rief Fayra. »Das ist ein Trauerband und die rote Phönixfeder das Symbol für meinen Namen. Das heißt also, sie haben mich für tot erklärt und suchen nicht mehr nach mir. Und nach dem, was mit mir passiert ist, haben sie alle Tore längst geschlossen!«

Fee schluckte. »Dann … muss ihnen jemand sagen, dass du noch lebst.«

»Echt jetzt, Fee?«, fragte Nelly mit zittriger Stimme. Sie deutete ein entsetztes Kopfschütteln an, das Fee sofort verstand. *Das wäre dein Tod.* Es war nicht gerade ermutigend, dass Fayra etwas Ähnliches zu denken schien. »Es wäre zu gefährlich. Die Ältesten würden dich töten, ohne dich auch nur anzuhören.«

Ein ängstlicher Teil von Fee hätte nichts lieber getan, als »Okay, dann eben nicht« zu antworten.

Aber als sie Fayra betrachtete, die nur noch ein Schatten zu sein schien, lernte sie etwas über sich selbst. Es war schlimm, Angst um das eigene Leben zu haben, aber es wäre tausendmal schlimmer, tatenlos zuzusehen, wie jemand, der ihr so am Herzen lag, vor ihren Augen sein Leben verlor.

»Ich gehe nicht zu den Ältesten, sondern hinterlasse deinem Bruder eine Nachricht, die ihm beweist, dass du noch lebst. Dann könnte er die Ältesten überzeugen, das Tor wieder zu öffnen und … dich zurückzuholen.«

Fayra sagte lange Zeit kein Wort, sondern starrte nur in die Kerzenflammen. Doch schließlich hob sie den Kopf. »Es könnte vielleicht gelingen«, murmelte sie nachdenklich. »Wir müssten den Wächtern nur weismachen, du seist eine von uns, dann könntest du gefahrlos zur Ruine gehen. Mein Bruder zieht sich oft heimlich dorthin zurück.« Sacht berührte sie Fees Hals und lächelte. »Deine Narbe ähnelt einem Phönixmal.«

»Ich habe nur keine Ahnung, ob es noch einmal funktioniert«, gab Fee zu bedenken. »Ich weiß nicht einmal, was ich tun kann, um in deine Welt zu wechseln.«

»Einmal hat es ja schon funktioniert«, meldete sich nun auch Nelly zu Wort. »Dann brauchen wir also einen Plan, wie wir Fee gut getarnt in den Park schmuggeln können.« Mit einem Satz war sie bei ihrer Tasche und kramte ihr Laptop heraus. »Die Aktion müsste allerdings nachts stattfinden, wenn die Vögel dich nicht sehen …«

Fayra begann zu strahlen, und als wäre die Hoffnung ein ganz eigenes Feuer, entzündete sich ihr Leuchten. Funkenschlag knisterte in ihrem Haar. Und während in ihrem Gesicht die Hoffnung wie eine Sonne aufging, rutschte Fee das Herz bis unter den Teppich. Denn jetzt gab es kein Zurück mehr.

»Hm, durch das Gebäude kommt Fee nicht mehr in den Park«, fuhr Nelly fort. »Also bleibt uns wohl nur der Zugang über die Mauer …«

»Über diese Mauer klettert niemand mehr.« Lautlos wie ein Geist war Junis ins Wohnzimmer getreten, unter dem Arm einen Karton. Wenn er sich darüber freute, dass Fayras Leuchten zurückgekehrt war, dann zeigte er es nicht. »Eure Theorie mit Luna scheint zu stimmen«, sagte er nur in seiner sachlichen Art. »Sie hat die ganze Nachbarschaft auf dich angesetzt, Fee.«

»Du warst bei Luna?«, keuchte Nelly.

Junis schüttelte den Kopf und stellte den Karton ab. »Ich habe mir bei einem anderen Nachbarn etwas ausgeliehen. Und mich bei der Gelegenheit bei der Siedlung umgesehen.«

Auf dem Display seiner Kamera vergrößerte er ein neues Bild der Mauer.

»Sie installieren eine Kameraüberwachung«, hauchte Fee.

»Die verwandeln das Herrenhaus in Fort Knox«, stellte Nelly fest.

Fee deutete auf den Rand des Fotos. »Junis, wer steht da?«

In der Vergrößerung war die Person, die im Hinterhof der Siedlung stand und telefonierte, deutlich zu erkennen. Sie trug nicht ihre Portolion-Uniform, sondern hatte sich mit Sonnenbrille und Kopftuch als harmlose Passantin getarnt. Aber Fee hätte sie überall sofort erkannt. »Cassandra schleicht also in der Siedlung herum.«

Nelly nickte voller Unbehagen. »Das heißt, sie weiß, dass unser Versteck irgendwo in der Nähe ist. Wir müssen noch vorsichtiger sein, wenn wir herkommen.«

Junis zog den linken Mundwinkel zu einem ironischen Lächeln hoch. »Das sagt ja genau die Richtige!«

Nelly biss sich ertappt auf die Unterlippe und beugte sich noch tiefer über das Display. »Wer ist der Kerl dahinten? Gehört der auch zu den Portolion-Leuten?«

Fee kniff die Augen zusammen. In der Einfahrt zur Siedlung stand eine vertraute Gestalt neben einem weißen Lieferwagen. »Nein, das ist nur Gizmo. Er ist wohl öfter in der Gegend.«

»Allerdings.« Nelly deutete auf ein paar ältere Fotos aus Junis' Sammlung, die auf dem Boden lagen. Jetzt fiel auch Fee auf, dass der weiße Lieferwagen auf mehreren Bildern am Straßenrand parkte.

»Vielleicht wohnt er ja hier irgendwo?«, überlegte sie.

»Warum wollt ihr überhaupt über die Mauer?«, fragte Junis.

Betretenes Schweigen machte sich breit, Blicke flogen hin und her.

»Die Mädchen retten mein Leben«, sagte Fayra dann mit leiser Stimme. »Dafür muss Fee nachts in den Park gelangen. Nur dort überlagern sich die Grenzen unserer Welten, und die Magie ist so stark, dass Fee meine Wirklichkeit betreten und Hilfe für mich holen kann.«

Die Stille, die folgte, schien noch lauter zu donnern. Junis runzelte finster die Stirn und verschränkte die Arme. Es war wohl eine Sache, an Wüstengeister zu glauben, aber eine andere, sich etwas von magischen Weltengrenzen direkt vor der Haustür erzählen zu lassen. Doch der Junge mit den Mitternachtsaugen überraschte Fee ein weiteres Mal.

»Wenn es so ist«, sagte er nur, »müssen wir einen anderen Weg in den Park finden.«

33

Nelly hatte aus Schuhkartons und Schulbüchern ein Modell des Gebäudes samt Mauer zusammengeschoben. Zu dritt knieten sie davor auf dem Boden, kombinierten und tüftelten. Fayra beobachtete sie aus Augen, die nur noch wenig Goldglanz hatten. *Deutlicher kann man nicht sehen, dass ihre Hoffnung schwindet*, dachte Fee besorgt.

»Um in den Park zu kommen, müssten wir mit dem Fallschirm abspringen«, sagte Nelly. »Und vom Geheimgang, den deine Mutter erwähnt hat, ist auf deinen Handy-Fotos nichts zu erkennen, Fee.«

»Vielleicht kann ich meine Mutter dazu bringen, dass sie mit mir zur Poststraße geht«, überlegte Fee. »Möglicherweise erinnert sie sich dann wieder daran, wo der Eingang war.«

»Vielleicht war er genau vor deiner Nase und du hast nicht genau genug hingeschaut?«, sagte Junis. »Ich werde mir die Stelle vor Ort ansehen.«

»Damit du Luna in die Arme läufst?« Nelly schüttelte den Kopf. »Die suchen jetzt bestimmt auch das Viertel um die Alte Post ab. Fee hat doch genug Bilder gemacht. Seht ihr? Nur kahle Wände.«

Junis studierte noch einmal die Fotos, die Nelly auf das

Laptop gezogen hatte, und vergrößerte das Tiger-Graffiti. Fayra glitt plötzlich flink vom Sofa und kauerte sich neben Junis. Ihre schmalen Augen scannten raubtierscharf den Bildschirm ab. »Da unten, neben dem Bein der Katze.« Sie deutete auf einen dunkleren Fleck an der Wand.

»Das ist doch nur eine Macke«, sagte Nelly.

»Das ist nicht *nur eine Macke*«, erwiderte Fayra ungeduldig. »Sondern eine Hand, seht ihr?« Sie spreizte ihre eigene Hand neben dem Bildschirm.

Nelly legte zweifelnd den Kopf schief. »Du hast aber keine stumpenkurzen Wurstfinger. Für mich sieht das eher so aus, als hätte jemand einen Seestern in feuchten Mauerputz gedrückt.«

»Dann hätte dieser Seestern sechs Arme«, meldete sich Fee zu Wort. »Und außerdem Krallen.«

»Wandler haben sechs Finger«, erklärte Fayra. »Nur daran erkennt man sie in jeder Gestalt.« Es klang, als müssten sich nun alle an die Stirn klatschen und »Ach ja, logisch!« rufen.

»Ähm … nur für die Akten«, meldete sich Nelly. »Wandler sind …?«

»… schlimmer als Kobolde«, erwiderte Fayra. »Räuberische Schädlinge, die einen Wandelzauber beherrschen. Sie tarnen sich manchmal sogar als Katzen oder kleine Kinder. Wir jagen sie, aber es ist schwer, sie zu entlarven und noch schwerer, sie von Speisekammern, Ledermänteln oder kleinen Tieren fernzuhalten. Sie sind tückisch und gefräßig, und sie können Wände öffnen und wieder versiegeln.«

Fee fröstelte. Die Vorstellung von sechsfingrigen Gruselkindern, die kleine Haustiere verspeisten, würde sie sicher noch nachts verfolgen. Nelly war weniger empfindlich. Ihre Augen leuchteten fasziniert auf. »Wie sehen sie in ihrer wirklichen Gestalt aus?«

Fayra winkte ab. »Glaub mir, das willst du nicht wissen.«

»Das heißt, der Handabdruck ist so etwas wie ein Schloss?«, fragte Junis. »Und die Hand eines Wandlers der Schlüssel?«

»Ja. So erschaffen sie Durchgänge, die nur sie öffnen können. Und wenn sie die Wand hinter sich wieder verschließen, kann ihnen niemand folgen, wenn sie sich mit der Beute davonmachen.«

»Aber dann wären sie doch perfekte Diebe, Boten und Spione«, bemerkte Nelly. »Wieso fangt und dressiert ihr sie nicht lieber, statt sie zu erlegen?«

Fayra warf ihr einen Blick zu, als hätte Nelly vorgeschlagen, Kakerlaken als Köche auszubilden. »Sie dulden niemals einen Herrn. Und ehe sie einer *Phönia* gehorchen, sterben sie lieber.«

»Das heißt, ein Wandler könnte diesen Durchgang öffnen?«, fragte Junis.

Fayra nickte. »Wenn er noch lebt, ja. Oder man benutzt die Hand eines toten Wandlers, solange sie noch warm ist. So arbeiten unsere Jäger, um an ihre Nester heranzukommen.«

»Uah.« Nelly schüttelte sich. »Dann müssten wir also nur ein Monster einfangen und ihm die Hand abhacken.«

»Nur … gibt es keine Wandler in unserer Welt«, murmelte Fee.

»Ich weiß.« Fayra seufzte tief. Und als würde ihre Hoffnung jäh von Zweifel und Angst verdrängt, schien nun ein todbringender Schatten auf sie zu fallen, so schnell verschwand jedes Licht aus ihr. Fee wollte schon neue Kerzen holen, doch Junis war ebenfalls aufgesprungen und zog aus dem Karton eine runde Dose mit einem Aufsatz, der an in seiner Form an eine Metallblume erinnerte. Erst als er ein Feuerzeug zückte, erkannte Fee den Gegenstand. »Ein Campingkocher?«

»Eine Gasflamme«, erwiderte Junis ernst. »Heißeres Feuer, das ihr vielleicht mehr Zeit verschaffen kann.« Ein Kranz aus blauen Flammen zuckte hoch und brannte fauchend weiter. Es war ein seltsamer Moment, als Junis sich Fayra zuwandte, als würde er einer Dschinnprinzessin eine blaue Blume zum Geschenk machen. Das *Phöniamädchen* betrachtete Junis prüfend. Lange hielt er diesem scharfen Blick aus Drachenaugen stand. Dann endlich legte Fayra die Hände um die Flamme und atmete auf. »Es funktioniert!«, flüsterte Nelly. Fayras Haut sog die Wärme auf, bis sogar ihre Lippen rosig wirkten und der Schatten völlig verschwunden war. Das Schönste aber war das Lächeln, das sie ihnen allen nun schenkte. »Danke«, sagte sie leise. »All das … habe ich nicht erwartet, als ich hierherkam.«

Sie sah von einem zum anderen, bis ihr Blick plötzlich an Fees Shirt hängen blieb und ihr Lächeln schlagartig erlosch. Aber erst als auch Junis die Augen aufriss und Nelly erschrocken die Hand vor den Mund schlug, schaute Fee an sich herunter. Unter ihren Schlüsselbeinen prangten nur die Ölflecken, die sie Mopsgoblins Attacke zu verdanken hatte. Doch als sie nun genauer hinsah, war sie froh, dass sie bereits saß, sonst hätten sicher die Knie unter ihr nachgegeben. Die Flecken waren zwei fette, ölige Pfotenabdrücke.

Nur, dass es gar keine Pfoten waren, sondern winzige Seestern-Hände mit sechs Fingern.

Beim Abendessen, das wieder aus Pizza im Hotelzimmer bestand, musste Fee aufpassen, dass ihr die Gabel nicht zum vierten Mal aus der Hand fiel.

»War wohl ein anstrengender Gitarrenworkshop?«, fragte ihr Vater. »Deine Hände sind ja ganz zittrig. Was war denn heute das Kursthema?«

Schlammcatchen gegen Mopsdoggen-Wandler, dachte Fee. »Einführung E-Gitarre«, log sie.

»Und was steht morgen auf dem Programm?«

Fee versuchte sich fieberhaft daran zu erinnern, was im Werbeflyer gestanden hatte. Seit Monaten hatte sie sich brennend auf diesen Ferienworkshop gefreut, doch jetzt kam es ihr vor, als würde all das zu einem ganz anderen Mädchen mit einem anderen Leben gehören. »Morgen … üben wir das Stück mit der Gruppe vom Musical-Workshop ein.«

Mama blätterte nur die Zeitung um und zückte den Textmarker. Sogar beim Essen durchforstete sie verbissen Wohnungsanzeigen.

Papas missmutiger Blick sprach Bände. »Hör doch endlich auf, nach einer Wohnung zu suchen, Silke. Ab Montag ziehen wir in unser Übergangsquartier, bis wir ins Herrenhaus zurück …«

»Ich dachte, das hätten wir heute bereits besprochen«, unterbrach ihn Mama mit harter Stimme. »Ich will nicht zurück.«

»Ich verstehe dich nicht, Silke!«, brauste Fees sonst so ruhiger Vater plötzlich auf. »Seit wir uns kennen, war es dein größter Lebenstraum …«

»Eben, Kai«, unterbrach ihn Mama ebenso heftig. »Es war nur ein Traum. Er war schön, aber jetzt ist er vorbei und das ist gut so. Jetzt müssen wir realistisch sein. Fee braucht ein normales Umfeld – und wir auch.«

Fees Vater wirkte, als hätte er eine Ohrfeige bekommen. Ratlos und traurig betrachtete er seine Frau. *Mama hat sich völlig verändert*, dachte Fee beklommen. *Ist das so, wenn Sternenträume verlöschen?*

Ihre Mutter beugte sich wieder tief über die Zeitung und markierte mit verkniffenem Mund weiter Anzeigen. Papa legte seine Pizza hin und wollte aufstehen. Fee hielt ihn am Arm zurück. »Warte kurz, Papa … ich muss euch noch etwas fragen.«

Sie hoffte, er würde nicht bemerken, dass ihr das Herz bis zum Hals schlug und ihre Stimme komisch klang. »Kann ich morgen bei Nelly übernachten? Ich würde gerne direkt nach dem Workshop zu ihr fahren.«

»Schon wieder zu Nelly?« Ihr Vater runzelte die Stirn. »Ihr seht euch doch sowieso jeden Tag.«

Jetzt war Fee wirklich froh, dass sie ihr Alibi mit Nelly geprobt hatte. »Ja, aber morgen findet abends ein Treffen der Rollenspieler bei Izzy statt. Izzys Mutter fährt uns danach zu Nelly.«

»Ein Treffen bei Isabelle?« Jetzt legte Mama endlich die Zeitung beiseite. »Was macht ihr da?«

Fee schob sich ein Pizzastück in den Mund und nuschelte beiläufig: »Och, Spaghetti essen und dabei den Spielablauf für den nächsten *Con* besprechen. Nelly und ich wollen diesmal mitmachen und …«

»Oh, du bekommst einen LARP-Charakter?« Jetzt lächelte ihre Mutter sogar wieder. »Ist das dieses Rollenspiel, in dem es um einen Phönix geht? Oder war es *Phönia*?«

Fee hätte sich fast an ihrer Pizza verschluckt. »Was?«

Ihre Mutter lachte verlegen. »Entschuldige, ich wollte nicht schnüffeln. Als du vorhin im Bad warst, wollte ich ein paar Sachen aus dem Lagerkarton holen und habe dabei zufällig deine Notizen gesehen. Ist das euer neues Rollenspiel-Drehbuch?«

Fee war ganz anders geworden. Sie hatte ihre Aufzeichnungen von heute Nachmittag tatsächlich in dem Karton versteckt. »Ja, das ist … der erste Entwurf.«

»Musst du diese ganzen komplizierten Worte und Namen auswendig lernen?« Fee nickte und versuchte sich an einem Lächeln. Jetzt war ihr wirklich ganz schlecht. Ihr Vater musterte sie nämlich so kritisch, als würde er durchschauen, dass etwas nicht stimmte. Aber offenbar war sie in den vergangenen Tagen doch eine bessere Lügnerin geworden, denn als er das Wort ergriff, merkte sie, dass er ihr tatsächlich glaubte. »Für meinen Geschmack bist in letzter Zeit eindeutig zu viel unterwegs, Fee. Wir sehen dich ja kaum noch zu Hause …«

Er stockte, als ihm wohl einfiel, dass von *zu Hause* keine Rede mehr sein konnte. Auch Mama war zusammengezuckt. »Lass sie doch, Kai«, fuhr sie ihn an. »Freitag ist ihr letzter Ferientag. Und was soll sie hier machen? Im Hotelzimmer sitzen und Trübsinn blasen?«

Fees Vater sah aus, als hätte er in einen sauren Apfel mit Senf gebissen, aber schließlich gab er widerwillig nach und nickte. »Na schön«, murmelte er. »Aber das Wochenende gehört der Familie.«

»Hat es geklappt?«, flüsterte Nelly.

Fee schloss die Verbindungstür und zog sich mit dem Handy am Ohr zum Fenster zurück. »Ja, und bei dir?«

»Mein Alibi für morgen Abend steht. Izzy hat mit meiner Mutter telefoniert und gefragt, ob ich zu einem Treffen mitkommen darf.«

»Und was hast du Izzy erzählt?«

Nelly räusperte sich. »Naja … dass wir uns noch ein letztes Mal mit Marie treffen, bevor sie mit ihrem Freund heimlich die Stadt verlässt. Ich musste Izzy nur schwören, dass ich für den Rückweg ein Taxi nehme und spätestens um elf wieder da bin, damit sie mich wie mit meiner Mutter verabredet pünktlich zu Hause absetzen kann. Allerdings hat sie mich ganz schön mit Fragen gelöchert. Langsam habe ich echt genug davon, meinen Leuten ständig Märchen zu erzählen.«

Fee seufzte. »Ich auch«, sagte sie aus vollem Herzen. »Hat sich Junis gemeldet?«

»Nein. Aber mach dir keine Sorgen. Er weiß genau, wo Goblin oft alleine herumstreunt. Wahnsinn, oder? Dass Luna ein Wesen aus Fayras Welt als Haustier hat?«

Wohl eher als Universalschlüssel, dachte Fee. *Vielleicht besticht sie ihn mit Keksen, wenn sie ihn schon nicht dressieren kann.*

»Bis morgen«, flüsterte Nelly. »Und lern heute Nacht deine Vokabeln!«

Schlafen werde ich sicher nicht, dachte Fee, als sie auflegte. Auf etwas wackeligen Beinen ging sie zu dem Karton und holte ihre Notizen hervor. Zehn Seiten voller Informationen über Fayra und ihre Wirklichkeit. Noch jetzt schwirrte ihr der Kopf von den Geschichten, die das *Phöniamädchen* ihr heute mit leiser Stimme zugeraunt hatte. Ihre Mutter hatte zum Glück nur die vorderste Seite gesehen, auf der nur die *Phönianamen* von Fayras Clan prangten – und eine Zeichnung, die Fayra gemacht hatte. Sie zeigte einen der Wächter. Fee schluckte.

Sie wollte die Blätter auf dem Boden ausbreiten, als ihr im Karton etwas auffiel. Ein vergilbter Briefumschlag war zwischen ihre Notenhefte gerutscht. Fee holte ihn hervor. Alte Fotos fielen heraus und verteilten sich wie Konfetti auf dem Teppich. Fee stutzte. *Fotos von Mama als Kind?* Diese Bilder hatte sie noch nie in ihrem Leben gesehen. Und dann staunte sie nur noch.

Junis hatte recht. Fotos verrieten alles. Als Mama noch klein gewesen war, hatte niemand sie stolz mit einer Schultüte oder bei Geburtstagsfeiern fotografiert. Die Handvoll Schnappschüsse, die das Mädchen zeigten, hatten wohl andere Leute gemacht. Die kleine Silke erinnerte auf jedem von ihnen an Fayra: halb verloschen und ohne jegliches Strahlen. Nichts erinnerte an die glückliche, kleine Jägerin im Park des Herrenhauses. Fees Mutter war ein blasses, trauriges Kind mit trotzigen Augen und schäbiger Kleidung gewesen. Man sah sie ohne ein Lächeln müde an einem Kneipentresen sitzen, wo sie Hausaufgaben machte, während Oma Hillu als Barfrau arbeitete. Es gab nur zwei Klassenfotos, auf denen sie sich ganz am Rand herumdrückte und zornig und verloren wirkte. Es schnitt Fee ins Herz, als sie auch noch das einzige Weihnachtsfoto betrachtete. Es zeigte einen struppigen Weihnachtsbaum in der Bar, einen Tisch voller Bierflaschen und einen vollen Aschenbecher. Fees Mutter kauerte auf einem Stuhl und las ein Märchenbuch, während Oma Hillu mit ein paar Gästen am Tisch Karten spielte. *Kein Wunder, dass sie diese Fotos nie in unsere Familienalben geklebt hat*, dachte Fee erschüttert. *Deshalb wollte sie nie zu Hause sein und lief schon als kleines Mädchen lieber weg.* Sie hatte Oma Hillu nie gemocht, aber jetzt hatte sie eine richtige Wut auf sie. Und vor allem verstand sie nun, warum ihre Mutter nur im Löwenhaus so glücklich gewesen war.

34

Fayras Zeltzimmer hatte sich in einen orientalischen Basar verwandelt. Und das lag nicht nur an der immer fiebriger werdenden, aufgeregten Stimmung. Nelly und Junis hatten Kleider und Tücher für Fees Mission organisiert. Elfengewänder von Izzy Green, ein goldener Faschingsrock, glänzende Tücher und bunte Tunikas pendelten an den Bügeln. Nelly hatte im Waschkeller nebenan ein altes Radio gefunden und ließ zur Ablenkung fröhliche Musik laufen. Es duftete nach Minztee und Schokoladenkeksen. Der große Spiegel aus dem Badezimmer thronte auf einem Stuhl. Nelly hatte sich irgendwann ein moosgrünes Mantelkleid übergeworfen. Fayra dagegen trug wieder ihr rosa Ballkleid, in dem sie sich am wohlsten fühlte. Die heiße blaue Flamme hatte der Phönixtochter tatsächlich mehr Zeit verschafft, doch die Schatten unter ihren Augen waren zurückgekehrt. Nelly sah nicht viel besser aus. Sie hatte vor Aufregung die ganze Nacht nicht geschlafen.

Die Kerzen blakten und rußten, während Fayra nun gedankenverloren in dem Märchenbuch von Fees Mutter blätterte.

»Hast du darin gelesen?«, fragte Fee.

»Sie kennt doch unsere Schrift nicht«, kam es von Nelly.

»Junis hat mir daraus vorgelesen«, antwortete Fayra knapp und legte das Buch weg. Fee wunderte sich, wie sich ihre Miene dabei verfinsterte. *Sicher macht sie sich Sorgen.* Es war schon neun Uhr abends und Junis war immer noch auf Goblinjagd. *Was, wenn er ihn nicht findet?*, dachte Fee. *Was, wenn Cassandra & Co ihn entdeckt haben, was, wenn …*

»Hör auf, herumzuzappeln«, schimpfte Nelly. Sie zog das Laptop, auf dem Izzys Frisuren-Tutorial lief, näher heran und machte sich weiter mit Haarspangen und goldenem Geschenkband an Fees Haar zu schaffen.

»Du musst es an den Seiten hochstecken«, mischte sich nun auch noch Fayra ein. »Die Wächter müssen das Phönixmal auf den ersten Blick sehen.« Sie glitt vom Sofa und kniete sich neben Fee. Nelly machte ihr Platz und ging in den Nebenraum. Geschickt teilten Fayras Hände Fees Haar und befestigten die mit Bändern geschmückten Zöpfe hinter den Ohren. Sofort bedeckte Fee ihren Hals mit den Händen. »Verstecke das Mal nicht«, sagte Fayra sanft. Fee nahm die Hände nur widerwillig herunter. »Fayra? Anfangs hast du mir nur wegen dieser Narbe vertraut, nicht wahr? Du hast gedacht, ich hätte irgendeine Verbindung zu den *Phönia* und hast mir nur deshalb deinen Clansnamen genannt?«

Fayra nickte zögernd. »Ich … war für einige Momente verwirrt und geschwächt. Vielleicht hielt ich deine Narbe deshalb für ein Verbündetenzeichen.«

Fee versuchte sich lieber nicht vorzustellen, wie eine wütende, in die Enge getriebene *Phönia* ohne diese Verwechslung auf sie reagiert hätte.

Fayra lächelte, als könnte sie Fees Gedanken lesen. »Wir haben beide großes Glück gehabt. Und bestimmt wirst du dich eines Tages wieder an deinen Unfall erinnern.«

Noch deutlicher als in meinen Albträumen?, dachte Fee. *Nein danke.*

Nelly kam mit der Kosmetiktasche zurück. »Make-up mit Goldschimmer und Glitterpuder«, verkündete sie. Sie wischte und cremte, während Fayra für Fee ein Kleid aussuchte. »Das hier ähnelt unseren Trauergewändern«, hörte Fee sie sagen.

»Hauptsache, ich kann es im Park auch im Dunkeln anziehen«, murmelte Fee. Weicher Samt streifte ihre Haut, als sie in ein schwarzes Mantelkleid schlüpfte, das Izzy gehörte. Die aufgeklebten Blumenranken wirkten wie echte Silberstickerei. Fayra legte ihr noch den Gürtel um. Nelly setzte die letzten Tupfen Goldpuder auf Fees Wangen und trat ein paar Schritte zurück. »Perfekte Mimikry«, sagte sie mit blitzenden Augen.

Fayra drehte Fee dem Spiegel zu.

Ein blondes Mädchen in einem prächtigen Trauerkleid sah ihr zweifelnd entgegen. Ihre Haut schimmerte zwar im Kerzenlicht und ihr mit Goldbändern und Federn geschmücktes Haar glich den Frisuren der Frauen von Fayras Clan. *Aber das ist immer noch Fee Hasenherz.*

Es klickte leise. Nelly hatte Fees Handy genommen und ein Foto gemacht. »Das kannst du deiner Mutter als Alibi schicken«, schlug sie vor. »Fee als LARP-Charakter. Und das ist nicht mal gelogen.« Fee betrachtete sich weiter zweifelnd im Spiegel. Nelly lachte und stieß ihr mit dem

Ellenbogen in die Seite. »Kinn hoch und nicht zwinkern«, forderte sie Fee auf. »Vergiss nicht: Du bist ein lebender Flammenwerfer, eine stolze, brandgefährliche *Phönia*. Und eine mies gelaunte dazu, falls die Wächter Zicken machen.«

Klar doch, dachte Fee verzagt. Aber sie richtete sich auf und funkelte sich im Spiegel grimmig an. Und für einen Moment hatte sie das Gefühl, einer Fremden in die Augen zu schauen. Einer *Phönia* mit kühlem, gefährlich starrem Blick und einer Haut, die neben dem schwarzen Samt noch flammender zu leuchten schien. Und als Fayra ihr im Spiegel zunickte, war es, als wären sie *Phöniaschwestern. Nur dass ich diejenige bin, deren Haut nun viel heller leuchtet.*

Junis kam atemlos ins Wohnzimmer.

»Endlich!«, rief Nelly. »Hast du ihn erwischt?«

Junis hob nur triumphierend den Daumen. Fee und Fayra zuckten zusammen, als Nelly die Fäuste hochriss und einen Jubelschrei ausstieß. »Wo ist das Biest? Hat es seine richtige Gestalt angenommen? Wie sieht es aus?«

»Immer noch wie ein Hund.« Junis zog den Rucksack von den Schultern und öffnete die Schnallen. Fee wich sofort hinter den Spiegel zurück. Doch Junis zog nur eine Kuchenschachtel mit dem Aufdruck einer türkischen Bäckerei heraus. »Das beste Baklava-Gebäck der Stadt. Ich hoffe, ihr mögt Pistazien.«

»Du hast Goblin gar nicht mitgebracht?«, rief Nelly aus. Es war typisch, dass sie so enttäuscht war.

»Er ist im Heizungskeller«, erwiderte Junis.

»Du hast einen Wandler eingesperrt?« Nelly schüttelte

den Kopf. »Tolle Idee. Er kann doch einfach durch die Mauer entwischen.«

»Das könnte er. Wenn er wach wäre.«

Junis lächelte wie ein Dieb. »Wandler sind wirklich verfressen. Goblin hat nicht gemerkt, wie viele Schlaftabletten in den Baklava-Stücken steckten, die er mir aus der Hand geschnappt hat.«

Nelly pfiff anerkennend durch die Zähne. Fee kam wieder aus ihrer Deckung hervor. Sie musste grinsen, als Junis bei ihrem Anblick vor Überraschung fast die Schachtel aus der Hand fiel. Aber er wäre nicht Junis gewesen, wenn er seine Begeisterung über die Verkleidung gezeigt hätte. »Gute Tarnung«, bemerkte er nur in seiner trockenen Art. »Aber warum hat Nelly sich als grüner Grashüpfer verkleidet?«

Nelly boxte ihm in gespielter Entrüstung gegen den Oberarm. Und Fee musste plötzlich kichern. Vielleicht lag es an der Spannung der letzten Stunden, die sich mit einem Mal in Erleichterung auflöste, aber in der nächsten Sekunde lachte auch Nelly los. Und als im Radio ein fetziger Song einsetzte, war es mit der angespannten Ruhe ganz vorbei. Mit zwei Sätzen war Nelly beim Radio und drehte das Lied lauter. »Dein Lieblingssong von den *Skankaroos*, Fee!« Sie schob einen Tisch zur Seite und machte Tanzverrenkungen, die aussahen, als würde eine grüne Graselfe versuchen, Breakdance zu machen. Als Fee loslachte, wurde sie einfach am Arm gepackt und im nächsten Moment tanzten sie beide zwischen den schaukelnden Kleidern und den zuckenden Schatten an den Wänden wie in einer Dschinndisco. Junis wehrte sich, als Nelly auch ihn am Ärmel fasste, aber schließlich gab er widerwillig nach. Und obwohl er mehr hinkte als tanzte und Fee sich immer noch fürchtete, obwohl Nelly nach ihrer schlaflosen Nacht tiefe Ringe unter den Augen hatte und draußen Späher und Jäger nach ihnen suchten, erstand in diesen Raum eine ganz neue Wirklichkeit. Sie war magisch und strahlend bunt, und sie bestand aus Lachen und Geborgenheit, aus Junis' unbeholfenem Tanz, aus Nellys wilder Fröhlichkeit, aus Fees Stimme, als sie ihr Lieblingslied mitsang – und aus Fayras verwundertem Lächeln.

35

Die Kerzen waren heruntergebrannt, das Honiggebäck verspeist und die fiebrige Fröhlichkeit verschwunden. Wie an einem Lagerfeuer saßen sie um die letzten Lichter, in deren Mitte der blaue Kranz der Gasflamme blühte.

»Es wird Zeit, dass ich Nelly zum Taxistand bringe«, brach Junis die Stille.

Nelly wurde schlagartig blass, aber sie nickte. Fee half ihr dabei, die Kleider und Tücher einzupacken. »Ich kann nicht fassen, dass ausgerechnet unsere ungläubige Fee sich als Agentin ins Märchenreich einschmuggelt«, sagte Nelly betont munter.

»Ich komme *nicht* aus einem Märchenreich«, widersprach Fayra energisch. »Eure Märchen sind nur völlig verdrehte Geschichten unserer Clans.«

»Ach ja?«, gab Nelly gereizt zurück. »Dann ist Rotkäppchen eine *Phönia* oder was?«

»Bei uns gab es niemals ein leichtgläubiges Mädchen mit roter Kappe«, erwiderte Fayra überraschend heftig. *Was ist denn jetzt los?*, wunderte sich Fee. Das *Phöniamädchen* kauerte sich näher an die Flammen. »In Wirklichkeit hieß sie Danéja«, fügte es leiser hinzu. »Ihre Großmutter wurde von Wolfsblütern getötet, deshalb musste Danéja mit nur dreizehn Jahren den *Phöniathron* besteigen. Ihr Haar war dunkelrot. Deshalb wurde sie die rote Kindkönigin genannt. Und euer Märchen von Schneewittchen ist nichts weiter als die Geschichte eines schrecklichen Hinterhalts. In Wirklichkeit hieß das Mädchen Níva. Sie gehörte zum Clan der *Aguana*, die dem Wasser befehlen. Ihre Macht war schon als Kind so groß, dass sie fern von ihrem Clanssitz in den Bergen lebte. Sie verwandelte nämlich Wasser in Eis und Schnee. Diese Gabe machte ihr Herz bei den Jägern besonders begehrt.«

»Also ist es eine Geschichte über Menschen?«, bemerkte Nelly ein wenig spitz. »Sind wir wieder mal die *Bad Guys*?«

Fayra seufzte. »Es war einer der ersten Angriffe gegen uns. Eine Jägerin tarnte sich als *Aguana* und schlich sich durch ein magisches Spiegeltor in die Festung. Es gelang ihr, Níva zu entführen. Der zweite Jäger wartete schon im Wald, wo er … ihr Herz raubte.« Sie zog die Beine noch dichter an den Körper, als müsste sie sich schützen. »So sieht die wahre Geschichte hinter der Version eurer Brüder Grimm aus. In Wahrheit gab es kein gutes Ende. Und es gab niemals einen Prinzen.«

»Es gibt immer einen Prinzen«, sagte Junis leise. »Und oft genug ein gutes Ende.«

»Was weißt du denn davon?«, fragte Fayra bitter.

»Vielleicht sind Märchen einfach nur schillernde Mäntel für dunkle Geschichten«, erwiderte Junis. »Manchmal brauchen wir Glanz und ein gutes Ende, um wenigstens für eine Weile die Schatten zu vergessen. Aber wer sagt, dass Märchen nicht trotzdem wahr sind?«

Nelly schaute zu Fayra, als würde sie eine scharfe Erwiderung erwarten. Aber das *Phöniamädchen* schwieg.

»Ich kenne auch ein Märchen«, fuhr Junis fort. »Es handelt von einem jungen Arzt, der jede Krankheit heilen konnte. Sein Name war Abdi. Eines Tages kam ein geflügeltes Ross zu ihm. ›Ich bin ein Bote des Dschinnkönigs‹, sprach das Ross. ›Seine jüngste Tochter ist sehr krank.‹ Die Töchter des Dschinns, müsst ihr wissen, haben die Gestalt schöner Vogelfrauen. Wenn der Mond scheint, fliegen sie zu einem See. Sie legen ihre Federgewänder ab, verwandeln sich in Menschenfrauen und baden im Mondschein.«

Nelly hatte innegehalten und starrte Junis an, als hätte er sich vor ihren Augen in einen Flaschengeist verwandelt. *Junis redet?*, dachte auch Fee. *Freiwillig?* Noch nie hatte sie ihn so lange am Stück sprechen hören.

»›Vor einigen Monden wurde der jüngsten Tochter des Dschinnkönigs ihr Federkleid gestohlen‹, sprach das Windross. ›Seitdem muss sie in ihrer Menschengestalt verharren. Eine tiefe Traurigkeit hat von ihr Besitz ergriffen. Bald wird der Strom ihrer Tränen die Wüste überschwemmen. Der König bittet dich, seine Jüngste von dieser Traurigkeit zu heilen. Du hast die Wahl, aber wenn ich ohne dich in den Palast zurückkehre, wird er dich natürlich zu Staub in der Wüste zermahlen.‹

›Eine wahrhaft schwierige Wahl, schönes Windross‹, antwortete Abdi. ›Ich werde mein Bestes tun, um die Tränen der *Dschinniya* versiegen zu lassen‹. Er setzte sich auf den Rücken des Pferdes und sie flogen zum Palast des Königs. Als Abdi die Tochter erblickte, wusste er, dass sein Herz für immer ihr gehören würde. Er brauchte kein Heilmittel. Ihre Tränen vertrieb er mit seinen Geschichten, er brachte sie zum Lachen und verzauberte sie so sehr, dass sie sich in ihn verliebte. Doch der Dschinn würde ihr die Heirat mit einem Menschen niemals erlauben. Da rief sie das Windross herbei. Auf seinem Rücken flohen sie aus dem Palast, flogen über Wüsten und Meere und ließen sich in einem fremden Land nieder. Dort bekamen sie einen Sohn, den sie ihren Prinzen nannten. Viele Jahre waren sie glücklich. Abdi heilte Menschen und die *Dschinniya* kümmerte sich um die Mädchen in ihrer Stadt und lehrte sie alles, was sie wusste. Doch als sie eines Tages im Garten saß, flogen ihre Schwestern herbei und warfen ihr ein verzaubertes Federkleid über. Kaum berührte es ihre Haut, verwandelte die *Dschinniya* sich in einen weißen Falken und musste ihren Schwestern folgen. Ihr klagender Schrei hallte bis zu den Wolken wieder. Der rachsüchtige Dschinnkönig ließ Sturm und Verderben auf Abdis Stadt regnen. Mit seinem Sohn floh Abdi aus ihrem einstürzenden Haus, aber Steinschlag folgte ihnen. Der Junge wurde verletzt, also trug sein Vater ihn auf seinem Rücken. Feuer folgten ihnen. Mit Mühe und Not konnten sie sich retten. Abdi heilte die Wunde seines Sohnes und half anderen Verletzten. Doch der Dschinnkönig wütete weiter. Mit einem magischen Brief und Gold schickte Abdi seinen Sohn schließlich zu einem Mann, der ihn in Sicherheit bringen sollte. Doch dieser stahl dem Jungen den Brief und das Gold und ließ ihn in der Fremde zurück. So irrte Abdis Sohn durch die Welt. Eines Tages, als seine Verzweiflung so groß war, dass er keinen weiteren

Schritt mehr gehen wollte, erschien seine Mutter ihm im Traum. ›Folge dem goldenen Weg‹, sprach sie. Als er erwachte, fand er in seiner Hand einen Ring, der seiner Mutter gehört hatte. Und neben seinem Bett lag eine silberweiße Feder. Als er sie berührte, verwandelte sie sich in das Windross. Es trug ihn zu einer Stadt, die nicht weit entfernt war. Dort sprang der Ring aus seiner Hand und fiel in einen Garten. Abdis Sohn stieg vom Rücken des Pferdes – und als er den Ring aufheben wollte, da berührte seine Hand eine andere, die eben dasselbe tun wollte. Sein Vater stand vor ihm! Die *Dschinniya* hatte sie wieder zusammengeführt. Überglücklich feierten sie bis zum Morgen und lebten glücklich und in Frieden.« Junis' Augen leuchteten, als er fortfuhr: »Das Windross aber flog davon. Wenn ihr in den Nachthimmel schaut, könnt ihr seinen leuchtenden Schweif sehen – immer dann, wenn eine Sternschnuppe fällt, galoppiert es über den Himmel.«

Fee ertappte sich dabei, wie sie lächelte. Immer noch sah sie das Windross vor sich – und zwei Hände, die einen goldenen Ring berührten. Aber sie wäre nicht die ungläubige Fee gewesen, wenn sie hinter dem schillernden Bildermantel nicht auch den Kern einer anderen Wahrheit erkannt hätte.

»Das ist … deine Geschichte, nicht wahr? Dein Vater ist Arzt und deine Mutter … war sie Lehrerin? Jedenfalls ist sie früh gestorben. Und der Sturm, den der Dschinnkönig geschickt hat – war das ein Krieg? Du wurdest am Bein verwundet, deshalb hinkst du. Dein Vater ist im Land geblieben, aber dich wollte er in Sicherheit bringen. Aber auf deiner Flucht ging alles schief. Der Brief … waren das deine Papiere oder dein Pass? Du hast den Kontakt zu deinem Vater verloren und versuchst ihn wiederzufinden.«

Junis stand auf. »Ich wollte euch nur zeigen, dass in jedem Märchen etwas Wahrheit steckt.«

»Deshalb lebst du hier also ganz alleine und schlägst dich mit Reparaturen durch«, sagte Nelly leise. »Du gehst nicht zur Schule, sondern versuchst dir mit den Schulbüchern selbst etwas beizubringen. Wie alt warst du, als du hergekommen bist?«

»Vierzehn«, erwiderte Junis. »Das war vor fast zwei Jahren.«

Nelly verschlug es wohl genauso die Sprache wie Fee. Junis lächelte ein wenig verlegen und wandte sich Fayra zu.

»Deshalb brauchen wir Märchen«, sagte er leise zu ihr. »Wenn wir verzweifelt sind und alles verloren scheint, geben sie uns Hoffnung und zeigen uns, dass auch die schlimmste Geschichte ein gutes Ende haben kann.«

Fee wurde es ganz warm im Herzen. Bisher hatte sie den seltsamen Junis einfach nur gemocht, aber jetzt hätte sie ihn am liebsten umarmt – für seinen Mut, für seine Großzügigkeit und sein gutes Herz, Fayra zu helfen, obwohl er selbst einsam und in Not war. Es kam ihr vor, als würde sie ihn zum ersten Mal wirklich sehen. Und plötzlich verstand sie auch, warum er oft so bitter und finster wirkte. *Wie einsam und hoffnungslos muss er sich ohne seine Eltern fühlen?*, dachte sie beklommen. Fee konnte nicht sagen, ob Junis' Geschichte die Phönixtochter berührte, aber sie blinzelte mehrere Male und ihre Augen wurden bernsteinfarben. Nach und nach verloschen alle Kerzen. Zurück blieb nur der Schein der Gasflamme, eine geisterhaft blaue Feuerstelle im Wüstenzelt einer Dschinnprinzessin.

36

Es war bizarr, um Mitternacht durch stockdunkle Straßen zu laufen, zusammen mit einem Jungen, der einen schnarchenden Rucksack auf dem Rücken trug. Andererseits war es praktisch, im Finsteren einfach Goblins Geröchel zu folgen. Die Straßenbeleuchtung war nämlich längst ausgeschaltet worden und wie Fee trug auch Junis dunkle Kleidung, die ihn fast unsichtbar machte. Fee hatte ihre Frisur unter der Kapuze ihres Hoodies verborgen und trug ihre nachtblauen Ninja-Leggings.

Dass sie bei der Alten Post angelangt waren, erkannte Fee erst, als der Lichtpunkt einer LED-Leuchte wie ein Glühwürmchen über das Tiger-Graffiti huschte. Fee wurde ganz anders, als Junis den Rucksack abstellte und hineingriff. Und als er vorsichtig ein Mops-Vorderbein hervorzog und auf die Sohle leuchtete, wäre sie am liebsten davongelaufen. Das Ding war nicht größer als ihre Handfläche, es war hornig und schwarz vom Laufen auf Asphalt, aber unter dem Pfotenfell verbarg sich eindeutig eine sechsfingrige Hand mit stumpfen Krallennägeln. Junis drückte sie auf das Siegel. Es musste ein anderer Wandler gewesen, der das Siegel in die Wand gesetzt hatte. Goblins Hand war kleiner, aber Fees Herz machte einen erschrockenen Satz, als die

Wand zum Leben erwachte. Stein knirschte, als würde sie wütend die steinernen Zähne zusammenbeißen, dann klaffte in der Wand ein Spalt auf. Modriger Geruch von feuchter Erde schlug ihnen entgegen. Junis' triumphierendes Grinsen blitzte im LED-Licht wie das Lächeln der Grinsekatze aus *Alice im Wunderland* auf. »Wir lassen den Durchgang geöffnet und schieben als Tarnung eine Mülltonne davor«, bestimmte er.

Kurze Zeit später betraten sie einen Gang, in dem sie nur geduckt vorwärtskamen. Fees Rucksack schleifte an der Decke entlang. Nach gefühlten hundert Stunden machte der Tunnel eine Biegung nach rechts. Der Lichtpunkt verschwand aus Fees Sichtfeld. »Junis, warte!« Sie tastete sich geduckt weiter – und schrie auf, als riesige Krallenhände sie abfingen. Knochenharte Finger kratzten ihr über die Wange und zerrten an der Kapuze.

»Keine Angst«, hörte sie Junis' Stimme. Das Licht glitt über die Krallen und zeigte, was sie in Wirklichkeit waren. *Baumwurzeln.* Fee atmete auf. Sie waren direkt unter einem Baum angekommen, der in den Schacht hineinwuchs. Junis kletterte an den Wurzeln hoch. Erde rieselte, dann verschwand er über Fee in einer Art Erdloch. Fee hangelte sich ebenfalls nach oben. Junis zog sie das letzte Stück über einen holzigen Rand. Dann atmete sie frische Nachtluft. Sie waren in einer engen Höhle angelangt, aber vor ihnen klaffte ein spitzer Spalt. Dahinter klapperten hängende Zweige im Nachtwind. »Das ist eine der Trauerweiden im Park«, flüsterte Fee. »Wir sitzen in einem hohlen Baum am Seerosenbecken.«

Junis drückte ihr die LED-Leuchte in die Hand. »Zieh dich hier um. Ich warte draußen auf dich.« Mit dem schnarchenden Rucksack in den Armen zwängte er sich durch den Höhlenausgang.

Fee sah sich um. Die Baumhöhle war schartig und alt, doch an den Wänden fing das Licht Zeichnungen von Strichmännchen ein – als hätten Kinder vor langer Zeit hier Höhlenmenschen gespielt. *Mama und Alice?* Es war ein unwirkliches Gefühl, den Spuren ihrer Mutter so weit in die Vergangenheit zu folgen. Vorsichtig entledigte sie sich ihres Hoodies, streifte ihre Sneakers ab und deponierte alles bei ihrem Rucksack. Die flache Campinggürteltasche, ihr Shirt und die Leggings behielt sie an und zog das Kleid darüber. Zuletzt band sie sich den eigentlichen Gürtel um und trat nach draußen.

Über ihr bildeten die hängenden Zweige der Weide eine schützende Kuppel. Doch die Spähervögel waren über Nacht verschwunden und suchten auch tagsüber nicht mehr im Park. *Zumindest das ist beruhigend*, dachte Fee. Direkt vor ihr glänzte das Wasser des Seerosenbeckens wie ein schwarzer Spiegel, auf dem wie kleine Glühwürmchen die Spiegelungen von Sternen tanzten. Junis saß auf dem steinernen Rand und betrachtete das geflügelte Pferd, das in der Mitte des Seerosenbeckens auf seinem Sockel thronte. Fee fuhr ein Schauer über den Rücken. *Das ist ja das Wolkenross aus seinem Märchen!* Junis hatte wohl denselben Gedanken. Sogar im Sternenlicht erahnte sie in seinen schattigen Zügen eine solche Traurigkeit und Sehnsucht, dass es ihr die Kehle zuschnürte. »Du findest deinen Vater bestimmt bald wieder«, flüsterte sie ihm zu. Als Junis nicht antwortete, raffte sie den Rock und setzte sich neben ihn. »Wie konntet ihr euch aus den Augen verlieren?«

Junis seufzte. »Ich schreibe ihm immer, wo ich gerade bin. Aber seit einigen Monaten antwortet er nicht mehr.«

Fee wurde ganz kalt beim Gedanken daran, was das bedeuten konnte.

»Woher kommst du genau?«, wagte sie sich weiter vor.

Ein schattiges Schulterzucken war die Antwort. »Such es dir aus, Fee«, murmelte er. »Mein Vater spricht Syrisch und Arabisch, die Muttersprache meiner Mutter war Griechisch. Mein Großvater sang ihr als Kind türkische Lieder vor. Eine meiner Großmütter hat Nomadenblut in den Adern. Sie musste ihre Kinder alleine versorgen. Und wenn sie nachts hungrig an der Feuerstelle im Wüstenzelt saßen, fütterte sie die Kleinen mit Geschichten. Ich bin also Junis von überall und nirgendwo. Ich habe niemanden außer mich selbst.«

Die Einsamkeit in seinen Worten schnitt Fee ins Herz. »Du hast Freunde«, wandte sie leise ein. »Und Nachbarn, die dir helfen. Pauli, der dich nicht verrät, und der Mann, bei dem du lebst …«

Junis schnaubte. »Natürlich helfen sie mir. Aber nur, solange ich nützlich bin. Herr Schmitt ist in einer Reha-Klinik und froh, dass jemand zwei Monate lang seine Wohnung bewacht.«

»Aber du hast Nelly und mich! Und du kannst dir Hilfe holen, statt im Untergrund zu leben und …«

»Hilfe?«, stieß er bitter hervor. »Nein danke, die hatte ich schon einmal und sie hätte mich fast mein Leben gekostet. Nein, ich vertraue niemandem mehr.«

»Auch uns nicht?«

Er bemerkte wohl, wie gekränkt sie klang, denn er biss sich auf die Unterlippe und fügte etwas freundlicher hinzu: »Ihr … habt euer Leben in Sicherheit und euren Platz in der Welt. Ich habe nur mich. Und wenn unser Feuermädchen gerettet ist, wird es Zeit für mich, weiterzuziehen. Denn spätestens, wenn Luna herausfindet, wer ihren Hund entführt hat …«

Junis verstummte im selben Moment, als auch Fee aufhorchte. Das Schnarchen hatte aufgehört. Doch bevor sie beide zum Rucksack herumfahren konnten, ertönte ein lautes Platschen im Wasser. Etwas Dunkles paddelte blitzschnell auf die andere Seite des Beckens und kroch an Land. Fee war erschrocken aufgesprungen. Endlose Sekunden lang starrten sie und das Ding auf der anderen Seite einander nur an. Das Wesen richtete sich auf zwei Beine auf. Bösartige gelbe Augenschlitze glühten im Mondlicht und ein knurrendes Fauchen und Spucken hallte über das Wasser. Es klang wie eine wütende Schimpftirade in einer Sprache, die wohl nur Monster verstanden. Dann warf sich der Wandler herum und tauchte in der Dunkelheit ab. Das Letzte, was Fee und Junis von Goblin hörten, war das Geräusch seines klobigen Körpers, der im holprigen Hinkesprint krachend durch die Hecken brach.

Junis fluchte wohl in seiner Muttersprache und hob den leeren Rucksack hoch. Nun, ein Rucksack war es nicht mehr, sondern nur noch Fetzen an zwei Gurten. »Warum hat er sich verwandelt?«, fragte Junis.

»Vielleicht, weil das hier Grenzland ist?«, hauchte Fee.

Junis schnaubte. »Hoffentlich läuft er nicht direkt zu Luna zurück. Komm, wir dürfen keine Zeit mehr verlieren.«

Das Gras unter Fees Sohlen war kalt und taufeucht. Barfuß, wie es sich für eine Phönia gehörte, huschte sie Junis hinterher. Schließlich wurde das Gras zu weichem Moos, und als sie den Blick hob, schien das Herrenhaus sie mit bedrohlich schwarzen Fensteraugen anzustarren. Sie wich zur Seite und flüchtete in die Sicherheit von Baumschatten. Vergeblich versuchte sie dort die dunkle Woge von Furcht niederzukämpfen. Und es half kein bisschen, dass eine gemeine Stimme in ihrem Inneren immer lauter *Feigling* kreischte.

»Fee?«

»Hier«, piepste sie.

Ein Rascheln ertönte, dann war Junis bei ihr. »Was ist los? Hast du Angst?«

Sie war froh, dass er nicht sah, wie rot sie vor Scham wurde, aber ihr Nicken erahnte er wohl. »Nelly sollte hier sein«, wisperte sie. »Sie ist die Mutige von uns beiden.«

Zu ihrer Überraschung lachte Junis leise auf. »Warum glaubst du, dass nur Nellys Art von Mut zählt? Es gibt so viele Arten von Mut, Fee. Eine davon ist, auf sein Herz zu hören und den eigenen Weg zu gehen, obwohl man Angst hat. Und mehr Mut als alles andere erfordert es, einer

Fremden wie unserer *Dschinniya* die Hand zu reichen und dein Herz für sie zu öffnen.« Sein Lächeln war nur eine schattige Sichel, aber es wärmte Fee wie eine Flamme. »Viel Glück, Fee Löwenherz. Ich warte beim Wolkenross auf dich.«

37

Löwenherz, wiederholte Fee in Gedanken. Sie hätte sich fürchten müssen, aber es war, als wäre dieser Name ein Mantel, unter dem sie sich geborgen fühlte. »*Namen haben eine Seele*«, erinnerte sie sich an Fayras Worte. »*Sie hallen in uns wider.*« Noch nie war ihr aufgefallen, dass das offenbar auch für Worte galt, mit denen man bezeichnet wurde.

Atemlos kam sie beim Südflügel an. Genau an der Stelle, die Fayra ihr beschrieben hatte, legte sie die Hand an die Mauer. Ihr Herz stolperte wieder vor Angst, aber diesmal fühlte es sich einfach nur richtig an. *Bitte lass es funktionieren*, flehte sie und schloss die Augen. Sie suchte nach dem Duft von Rosen und dem weichen Licht von Fayras Wirklichkeit. Ihre andere Hand legte sie an ihre Taille, genau dorthin, wo unter dem Kleid versteckt ihr Campinggürtel war. Und im Gürtel als Talisman das kleine Foto ihrer Mutter. Wärme erfüllte sie und mit ganzem Herzen gab sie der Sehnsucht nach, die sie seit der ersten Begegnung mit dieser anderen Wirklichkeit verspürte. Leise, ganz leise summte sie die Melodie, die vor langer Zeit einem anderen Mädchen gehört hatte – einer tapferen kleinen Jägerin mit Zahnlücken und derselben brennenden Sehnsucht im Herzen. Am liebsten hätte sie gejubelt, als die Narbe auf ihrer rechten Hand zu kribbeln begann. Die Echsenhaut wurde warm, als würde heißer Wüstensand darübergeweht. Und unter ihren Fingern wurde der Stein zu Luft. Glatter Marmor floss unter ihren Sohlen dahin, als Fee einfach loslief. Keine Mauer hielt sie auf. Und als sie die Augen öffnete, war sie in Fayras Welt.

Im ersten Moment sah sie gar nichts, so grell schien hier eine goldene Nachmittagssonne. Und sobald sich ihre Augen an das Tageslicht gewöhnt hatten, hätte sie schwören können, in dem Märchenbuch ihrer Mutter gelandet zu sein: Dornröschens Schloss, das im Laufe von hundert Jahren zu einer Ruine zerfallen war. Rosen hatten den einstigen *Phönia*-Clanssitz in Besitz genommen. Sogar die Treppe war von blütenschweren Zweigen umsponnen. Durch die Lücken in den Wänden und leere Fensterhöhlen strahlte ein tiefblauer Herbsthimmel. Die Luft duftete süß, trockenes Laub und Rosenblätter wurden vom Wind über die Stufen gewirbelt. Alles schien verlassen, aber Fee wusste, dass sie hier nicht allein war. Schwärme von spatzengroßen roten Vögeln flatterten erschreckt von der Treppe auf. Fee schritt mit erhobenem Kopf mitten durch den Schwarm und erklomm die ersten Stufen. *»Zeige kein Zögern und keine Angst«*, hörte sie die Ermahnung der Phönixtochter. Dennoch zuckte sie leicht zusammen, als sie hinter sich das trockene Kratzen hörte. Schuppen, die aneinanderrieben; ein bisschen erinnerte das Geräusch auch an hornige Nägel, die über eine Schultafel strichen. Fee biss die Zähne zusammen. Ein Teil von ihr wollte losrennen, aber der andere Teil, der wusste, dass es ihr sicherer Tod sein würde, zwang sich weiterzugehen, ohne den Blick von der Treppe zu wenden. Das Kratzen wurde zu einem Schleifen, als würde jemand eine große Plastikplane entfalten. Dann traf ein Windstoß Fee von hinten und ließ ihren Rock flattern. Der Flügel, der ihn entfacht hatte, roch nach trockenem Papier und Leder, das zu lange in einem modrigen Keller gelegen hatte. Und als der Schatten über sie hinwegglitt, musste sie für einen Moment die Augen schließen. *Weiter!*, befahl sie sich. Es war, als würde sie einem anderen Mädchen zusehen, wie es Schritt für Schritt die Treppe hinaufging. Und als sie die Mitte erreicht hatte, waren die Wächter da.

Es waren zwei. Sie glitten so flink durch die Luft wie Aale durch Wasser. Ihre Schwingen waren bronzefarbenes Leder, gesäumt von dunklen Federn, und ihre Köpfe lang gezogen und schlank wie die von Hunden, mit Zähnen, lang und gebogen wie Dolche. Sie landeten vor ihr auf den Stufen und Fee erkannte mit einem Schaudern, dass sie nur Vorderbeine hatten, mit denen sie sich hochstemmen konnten. Die langen Schlangenleiber wanden sich, drohend rieben Echsenschuppen aneinander. *»Es sind nur Fiederschlangen«*, erinnert sie sich an Fayras Worte. *»Sie sind gute Wächter, aber nicht sehr schlau. Behandle sie wie Hunde, denen du befiehlst.«*

Klar doch, dachte Fee. Ihre Knie schlotterten unter dem Kleid, sie musste die Finger in den Rock krampfen, sonst hätte ihr Zittern sie verraten. *»Sie erkennen keine Gesichter, ihre Aufgabe ist es nur, zu sehen, ob vor ihnen eine Phönia* *steht.«* Auch das hatte Fayra gesagt. Hoffentlich stimmte das. *Aber wenn sie wie Hunde sind, riechen sie Angst?*

Ihre Augen brannten bereits, so sehr bemühte sie sich nicht zu zwinkern und zu blinzeln. Auch dann nicht, als das größere Monster sich ihr mit geblähten Nüstern entgegenwälzte, als würde es ihre Witterung aufnehmen.

Er prüft das Phönixmal. Sie spürte den fauchenden Atemstoß an ihrem Hals und zwang sich dazu, das Kinn zu heben und ihre Narbe zu zeigen. Aber ihr wurde ganz schlecht, als der Wächter das Maul aufriss. Dolchzähne glommen weiß in dem lang gezogenen Maul. *Weitergehen!*, schrie es in ihr. Noch zwei Schritte und sie würde genau gegen die Brust des zweiten Wächters laufen. Sie konnte ihr kleines, verzerrtes Spiegelbild in den seelenlosen Reptilienaugen sehen, eine klägliche, verkleidete Gestalt. Der Mund war ängstlich zu einem bleichen Strich zusammengepresst. »*Hasenherz*«, hörte sie Oma Hillu höhnen. »*Feigling.*« Und vielleicht war es das, was den Ausschlag gab. Vielleicht sprach sie ja zu Oma Hillu, als sie nun Luft holte und ihren ganzen Zorn in ein einziges Wort legte. »*Kattchierró!*« – »*Verschwindet!*«

Diesen Befehl in der alten Phönixsprache schleuderte sie den Wächtern entgegen, ein Wort wie Fauchen und Knurren, das tief aus ihrer Kehle kam. Der größere Wächter zuckte zurück, als sie ihn fast schon berührte. Und als sie grimmig ihre Schritte beschleunigte, glitt er erschrocken die Treppe rückwärts hoch, stieß gegen die zweite Fiederschlange. Sie wälzten und wanden sich, sie fielen und krochen treppaufwärts. Flügelknochen knackten, Krallen kratzten über die Treppen im Bemühen, der *Phönia* auszuweichen. Fee wurde noch schneller, trieb die Ungeheuer vor sich her. Wie furchtsame Hunde, die sich nicht schnell genug trollen konnten, sprangen sie schließlich auf die Brüstung und flüchteten durch den viel zu engen Raum zwischen Treppe und Seitenwand. Nur aus den Augenwinkeln verfolgte Fee, wie sie mehr stürzten als flogen. Ihre Flügel rissen Rankenteppiche von den Wänden und der Wind ihrer Flügelschläge fegte einen Sturm von Rosenblättern über die Treppe. Alles, was von den Wächtern blieb, war der Geruch von modrigem Leder und das Kratzen ihrer Krallen, als sie sich wieder in ihrem Schlupfwinkel verkrochen.

Fee hätte am liebsten laut gelacht, aber sie war zu atemlos. Inzwischen rannte sie mit wehendem Rock treppauf, erreichte den ersten Stock und dann den zweiten. Wenn sie die Augen unscharf stellte, konnte sie wie eine schemenhafte Schablone ihre eigene Wirklichkeit erahnen, die zerstörte Treppe, über die sie hier hinwegschreiten konnte, als würde sie über Luft gehen. In einer anderen Welt, einer anderen Zeit hätte sie nun Angst gehabt, jetzt aber zögerte sie keine Sekunde mehr. Erst im obersten Stockwerk blieb sie stehen und wirbelte atemlos herum. Hinter ihr lag die verwinkelte Treppe, ähnlich der im Südflügel und doch ganz anders. Und hier stand Fee, immer noch mit zitternden Knien, aber mit einem Herzen, das in wildem Triumph galoppierte und einem Mund, der nicht aufhören konnte zu lachen. Sie riss die Fäuste hoch und drehte sich in wildem Triumph um sich selbst. Und nie wieder, das wusste sie, würde sie zulassen, dass Namen, die andere ihr gaben, ihr Schicksal bestimmten.

38

Das geheime Versteck von Fayras Bruder befand sich dort, wo in Fees Welt die schmale Stiege in den Dachboden mündete. Hier befand sich ein schmaler Turm, der höchste Punkt des alten Clanssitzes. Mit den spitz zulaufenden Fenstern wirkte das oberste Turmzimmer wie eine kleine achteckige Kathedrale. Ein Teil einer Wand fehlte völlig und gab den Blick frei auf den Abgrund vieler Stockwerke und die fernen Berge. In der Mitte der Kammer erhob sich die steinerne Skulptur eines Phönixvogels. Er glich einem Pfau, nur sein Schweif war länger und prächtig wie eine Sternschnuppe. Seine Flügel setzten wie steinerne Bögen auf dem Boden auf. Flammen wurden zu Federn, als würde der Phönix sich eben aus seiner Asche erheben. Auf seinem Rücken ruhte eine schwarze Marmorscheibe. Sternsymbole aus Perlmutt waren darin eingelassen, Umlaufbahnen aus Silber und verwitterte Zahlen und Zeichen zeigten den Nachthimmel in Fayras Welt. *Die Kammer der Astronomen*, erkannte Fee. Sie war am Ziel. Wie Fayra es beschrieben hatte, fehlte das Dach. Es war vor langer Zeit eingestürzt, nun bog sich der Himmel über der Kammer wie eine Kuppel aus Lapislazuli. Sogar am Tag erkannte man die Sterne und einen blassen Sichelmond. *Es ist wirklich eine andere Zeit*, dachte Fee staunend. In ihrer Wirklichkeit war der Mond noch fast voll. Auch die Jahreszeiten waren hier verschoben. Über den Wäldern lag schon der frostweiße Hauch des nahenden Winters. Fee trat zu der breiten Mauerlücke, wo sie nur noch ein Schritt vom Abgrund trennte. Fayras Land war so schön, dass es fast schmerzte, es zu betrachten. Fee atmete den Schneeduft der vereisten Berge und sah das Wasser unendlich tiefer Seen leuchten wie kristallblaue Aquamarine. *Das ist das Reich der Aguana*, dachte sie fasziniert. Nur mühsam riss sie sich von dem Land los und kroch unter den rechten Steinflügel des Phönix. Wie Fayra gesagt hatte, gab es dort tatsächlich einen Hohlraum. Und als sie darin einen hölzernen, geschnitzten Steg ertastete, hätte sie am liebsten gejubelt. Vorsichtig zog sie das Instrument hervor. Es war die *Phaneira*-Laute mit dem geschnitzten Drachenkopf. Fee holte Fayras Brief hervor und schob ihn in das hölzerne Maul. Eine Strähne von Fayras Haar wand sie um die geschnitzten Zähne. Doch als sie das Instrument wieder im Versteck verstauen wollte, streifte sie aus Versehen die Saiten. Ein paar zaghafte Töne erklangen. Fee hielt inne. *»Halte dich nicht auf«*, hörte sie Fayras mahnende Stimme. *»Lauf sofort wieder zurück in deine Welt.«* Doch die Töne vermischten sich mit dem Rauschen der fernen Wälder und Wasserfälle, als würde das Land selbst lockend nach Fee rufen. Und die Sehnsucht erblühte so jäh in ihr, dass sie nicht widerstehen konnte. Mit der Laute in der Hand kroch sie halb unter dem Phönixflügel hervor. *Nur noch eine Minute*, redete sie sich zu. *Nur ein paar Augenblicke*. Vorsichtig suchte sie nach der Melodie und ließ sie leise erklingen.

Irgendwo raschelten Rosenblätter, die roten Vögel flatterten auf, aber Fee konnte nur die Berge betrachten, während die Melodie sie trug wie ein fliegender Teppich, der aus Notenschlüsseln und Klängen gewebt war.

»Hier versteckt er sich also.«

Fee fuhr erschrocken herum und stieß sich den Kopf an dem Steinflügel.

»Bringt ihn her«, rief eine Frau mit schneidender Stimme. Ehe Fee reagieren konnte, griffen Hände unter den Steinflügel und packten sie so fest, dass sie aufschrie. Sie wurde nach draußen gerissen und stolperte über eine vertrocknete dornige Rosenranke. Ein reißender Schmerz an ihrem Schienbein brachte sie endgültig zurück. Sie schlug lang hin und hätte fast mit dem Kinn gebremst. Direkt vor ihrer Nase schwang der Saum eines goldbestickten Kleides. »Wie oft habe ich dir schon gesagt, du sollst dieses Lied nie wieder heimlich …« Die herrische Frau verstummte abrupt. Als Fee hochsah, wich die *Phöniafrau* einen Schritt nach hinten. Sie war sicher schon vierzig Jahre alt, hochgewachsen, mit harten Linien um den Mund. Eine Kriegerin in langem schwarzem Trauergewand und einer scharfen Kupfersichel am Gürtel. Ihre Augen waren blitzgrün und kalt, und als sie Fees Frisur und ihre Narbe betrachtete, wurden sie schmal vor Misstrauen. Als Fee vor Schreck einmal blinzelte, wurde ihr im selben Moment mit siedend heißem Schreck klar, dass sie sich genau damit verriet. »Ein Mensch!«, stieß die *Phönia* hervor. Es klang, als wäre das Wort Eiswasser auf glühenden Kohlen. Und dann brach der Sturm los. Fee wurde vom Boden hochgerissen. Jemand packte sie so grob am Genick, dass sie aufschrie. Aus dem Augenwinkel sah sie, wie die Laute quer durch den Raum schlitterte – und über den Rand der bodentiefen Öffnung in der Wand nach draußen rutschte – im selben Moment, als ein blonder Junge unter dem linken Flügel des Phönix hervorsprang und versuchte, das Instrument noch abzufangen. »Nein!«, keuchte Fee. Und im selben Moment rief auch der Junge »Nein!«, bevor ihm sein Instrument durch die Hände glitt und über die Bruchkante kippte. Einen Moment lang hatte Fee Angst, dass der Junge nach draußen fallen würde, aber ein Windstoß schob ihn wie eine Hand aus Luft in den Raum zurück. Draußen umflatterten die Wächter wie riesige Fledermäuse den Turm. Ihre Flügel entfachten in der Kammer einen Sturm aus wirbelnden Blättern und staubigem Wind. Der größere Wächter hatte die Laute in der Luft geschnappt. Bevor der zweite ihm das Spielzeug abjagen konnte, warf er den Kopf zurück und riss das Maul auf. Das Letzte, was Fee von Fayras Botschaft sah, waren Papierfetzen, die im Wind davongetragen wurden, und das Aufblitzen der roten Haarsträhne, bevor die Laute unwiderruflich im Schlund des Wächters verschwand.

Dann wurde Fee herumgerissen. Ihr wurde der Arm auf den Rücken gedreht. Für einen Moment wusste sie nicht, was mehr schmerzte: ihr Schienbein oder ihre Schulter. »Au!«, keuchte sie, doch es blieb ihr nichts anderes übrig, als in die Knie zu gehen. Der Kerl, der sie festhielt, war kaum älter als Junis, er hatte rotbraunes Haar und ein auffallend schönes, schmales Gesicht. Von einem älteren Bruder hatte die Phönixtochter nichts erzählt, vielleicht war dieser Junge ja ihr Verlobter? Jetzt erst fiel Fee auf, dass Fayra ihn überhaupt nicht erwähnt hatte. Doch über den bärtigen Krieger hatte sie gesprochen. Es war der Mann, der in Fees Traum verwundet auf der Liege gelegen hatte. Seine Schulter war immer noch verbunden. *Sein Name*, schrie es in Fees Kopf. *Ich weiß doch seinen Namen*. Nur blöderweise wischte die Panik alles, was sie gelernt hatte, einfach weg. Erst als er sein Kupfermesser zückte, erwachte Fee aus ihrer Schreckstarre. »Fayra schickt mich!«, brüllte sie. Die Nennung des Clansnamens schien die Zeit einzufrieren. Nicht einmal die roten Vögel regten sich. Nur die Augen der *Phöniafrau* schienen giftgrünes Feuer zu versprühen. »Fayra sitzt in unserer Welt fest«, sprudelte Fee weiter. »Ich hatte ihre Nachricht an der Laute angebracht. Eine Haarsträhne, die nicht erloschen ist – der Beweis, dass sie noch lebt. Und einen Brief von ihr …«

Fee keuchte auf, als die Frau sie an der Kehle packte und so fest gegen die Phönix-Statue drückte, dass sie kaum noch Luft bekam. Unter der Berührung der *Phöniahand* schien Fees Narbe heiß aufzuglühen.

»Woher kennst du den Namen?«, fragte die Frau mit einer Stimme wie Donner und Feuer.

»Fayra hat ihn mir verraten«, krächzte Fee. »Sie lebt und sie braucht eure Hilfe. Ihr müsst ein zweites Feuertor für sie öffnen und sie zurückholen.«

Aus dem Augenwinkel sah sie, wie der blonde Junge blass wurde und die Hände vor den Mund schlug. Angst und Sorge glommen in seinem Blick. Doch die zwei Männer und die Frau funkelten Fee nur feindselig an. »Sie lügt«, knurrte der Bärtige. »Sie müssen den Namen erpresst haben, bevor sie sie töteten.«

Fee schielte Hilfe suchend zu Fayras Bruder. »Bitte, du kennst mich doch – du hast mich im Raum des Feuertors gesehen. Du bist ihr jüngster Bruder, dein Clansname lautet … Peykír, aber Fayra nennt dich nur Lír. Das bedeutet *Glut unter der Asche.* Weil du nicht viel redest und dich lieber zurückziehst, weil du alles Verborgene liebst und Geheimnisse hütest. Sie hat mir erzählt, dass sie mit dir hier Sterne beobachtet hat und …« Ihr wurde schwindelig, als die Eisenhand ihr auch die letzten Worte abwürgte.

»Bring den Ausreißer endlich hinaus«, befahl die *Phönia* barsch. Und als der jüngere Mann Fayras Bruder packte und zum Ausgang zerrte, wurde Fee klar, dass Lír sich die ganze Zeit über hier versteckt hatte und die *Phönia* wohl nach ihm gesucht hatten. *Dann hat er mir beim Spielen zugehört, statt mich sofort zu verraten.* An der Tür schaute Lír über die Schulter zurück, aber sie konnte nicht sagen, ob er sich vor ihr fürchtete oder sie überhaupt wiedererkannte. Doch als wäre Lírs Name ein Zauberwort gewesen, fiel ihr plötzlich wieder alles ein, was Fayra ihr über die anderen *Phönia* ihrer Familie erzählt hatte. »Lokan«, flüsterte sie dem Bärtigen zu. »Du bist Fayras Onkel und wurdest auf ihrer Hochzeit verwundet, als du sie verteidigen wolltest. Und du …«, Sie konnte nur den Blick zu der Frau wenden, »… musst Tisara sein. Fayras …« Bevor sie das Wort *Mutter* aussprechen konnte, stieß die Frau sie von der Phönixstatue weg. Mit einem Schrei gelang es Fee gerade noch, sich abzufangen, bevor sie das Schicksal der Laute teilen konnte.

Sie schlitterte trotzdem gegen die Wand, ihr Rock flatterte aus der Scharte und Wind zerrte winterkalt an den Strähnen, die sich aus ihrer Frisur gelöst hatten. Die Frau kam auf sie zu. Fee krallte sich an Mauersteinen und Ranken fest, überzeugt davon, dass die *Phönia* sie einfach in den Abgrund stoßen würde. Groß und furchterregend ragte sie vor ihr auf. »Wer bist du?«, fauchte sie.

Fee wollte schon antworten, als ihr einfiel, dass es keine gute Idee war, ihren echten Namen vor einer *Phönia* zu nennen. Nur zu gut erinnerte sie sich an Fayras erste Reaktion darauf. »Sinta«, brachte sie mit heiserer Stimme hervor. Es war seltsam, den Fantasienamen zu verwenden, den ihre Mutter als Kind getragen hatte, aber auf eine verdrehte Art fühlte es sich richtig an.

Die Miene der *Phönia* verfinsterte sich so schnell, dass Fee erschrak. »Du hast recht, sie lügt«, sagte sie zu Fayras Onkel. »Jetzt schicken die Jäger sogar ihre Kinder in den Krieg gegen uns, getarnt als *Phönia.* Sie haben ihr sogar ein Phönixmal in die Haut gebrannt, um unsere Wächter zu täuschen.«

»So ist es nicht«, rief Fee verzweifelt. »Das mit dem Phönixmal war Fayras Idee, damit ich euch ihre Nachricht überbringen kann. Ich bin nicht euer Feind, ich bin Fayras Freundin …«

»Freundin?«, höhnte der Bärtige voller Bitterkeit. »*Phönia* und Menschen können ebenso wenig Freunde sein wie edle Drachen und schleimige Würmer.«

Und die Würmer sind natürlich wir, dachte Fee.

Die *Phönia* hob das Kinn. »Bring sie zum Schweigen«,

befahl sie dem bärtigen Krieger. Doch seltsamerweise zitterte ihre Stimme bei diesen Worten und als sie sich nun brüsk abwandte und hinauseilte, wirkte es, als würde sie fliehen. Einige rotblonde Locken hatten sich aus ihrer strengen Frisur befreit und tanzten auf ihrem Rücken. Im Sonnenlicht sah es aus, als würden Flammen um ihren Körper züngeln. Und in der glasklaren Sekunde, als Fayras Onkel die geflügelten Wächter herbeirief, wirbelten Sätze und Worte durch Fees Kopf und fanden sich wie Scherben zu einem Bild, das vor langer Zeit zerbrochen war. *»Ich wollte so schön und so mutig sein wie sie«*, hörte sie die Stimme ihrer Mutter. *»Sie hatte wildes rotblondes Haar und grüne Augen, die blitzten, wenn sie lachte. Und sie lachte oft.«*

Nun, diese bittere, harte Kriegerin lachte sicher nicht mehr oft, und vielleicht hätte nicht einmal Fees Mutter sie wiedererkannt. *Aber sie hat auf den Namen Sinta reagiert!*

»Bist du … Alice?«, rief Fee ihr hinterher.

Die *Phönia* blieb stehen.

»Bist du das Mädchen, das mit meiner Mutter im Park gespielt hat, als ihr noch Kinder wart?«, redete Fee hastig weiter. »Damals wart ihr Freundinnen.«

Die Phönia drehte sich zu Fee um. Und für den Bruchteil eines Herzschlags wurde die Maske aus Zorn und Kälte durchsichtig. Etwas anderes schimmerte hindurch, etwas Weiches, vielleicht sogar ein alter Schmerz. Doch zu Fees Enttäuschung verschwand dieser Moment, als hätte es ihn nie gegeben. »Du irrst dich«, sagte die *Phönia* kühl. »Niemals hätte ich einem *Menschen* vertraut.«

Fee klappte der Mund auf. *Warum lügt sie?*

»Du hast meine Mutter *Sinta* genannt – und manchmal auch Kobold«, beharrte sie. »Und sie wollte immer so sein wie du …«

Noch während sie das aussprach, fiel ihr ein, dass das nicht der beste Satz war, den ein Mensch zu einer *Phönia* sagen konnte. Und als die *Phönia* scharf Luft holte und Fayras Onkel grimmig nickte, wusste sie, dass sie endgültig verloren hatte. Stein splitterte unter Krallen, Flügel schabten am Gemäuer. Fee sprang im selben Moment auf, als eine ledrige Schwinge sie mit voller Wucht an der Schläfe traf.

39

Als Fee wieder zu sich kam, war sie überzeugt davon, blind zu sein. Die Schwärze um sie herum roch nach nassem, modrigem Stein. Ihr Kopf dröhnte, und an der Schläfe, wo der Flügel der Wächterschlange sie erwischt hatte, pochte greller Schmerz. Ihr Schienbein brannte höllisch, und als sie danach tastete, fand ihre Hand dick verschorfte Kratzer von Rosendornen. *Immerhin lebe ich noch,* dachte sie. *Aber wo bin ich?* Schwankend kam sie auf die Beine und tastete in der Luft herum. Ihre Finger stießen gegen raue Mauersteine. Es schien ein runder Schacht zu sein. Als ihre Augen sich langsam an die Dunkelheit gewöhnten, erahnte sie Mauerwerk und weit über sich ein dunkles Rund, das sich bewegte wie wolkiges Wasser. Als Wind aufrauschte, erkannte Fee, dass es Wolken waren. Nun trieben sie auseinander und enthüllten das schmale, spöttische Lächeln eines Sichelmonds. Fee sank der Mut. *Es ist schon Nacht? Wie lange war ich bewusstlos?* »Hallo?«, rief sie nach oben. Die Silhouette eines langen Echsenkopfes schob sich vor den Sichelmond. Die Wächterschlange fauchte sie von oben an. Fee drückte sich sofort wieder an die Wand. Reglos wartete sie, bis das Ungeheuer aus ihrem Sichtfeld verschwand, dann tastete sie nach dem Camping-Geldgürtel unter ihrem

Kleid. Die *Phönia* hatten sie nicht durchsucht, ihr Handy lag noch gut verborgen im Gürtel. Doch natürlich funktionierte es in Fayras Wirklichkeit nicht. Das Feuerzeug dagegen, das Fee mehr aus neuer Gewohnheit eingesteckt hatte, zündete und zeigte ihr schartige, endlos hohe Mauern. Sie saß in einem Kerkerloch unter freiem Himmel, offenbar ein Brunnen. Sie schloss die Augen und versuchte sich verzweifelt in ihre eigene Realität zurückzubeamen. Sie stellte sich den Spätsommer vor, versuchte den Geruch nach Asphalt und Baustelle zu finden. Sie sah Junis, der auf sie wartete, nur wenige Meter und eine ganze Wirklichkeit entfernt. Sie summte sogar das Lied ihrer Lieblingsband, aber alles, was ihr gelang, war nur ein schemenhafter Blick in ihre Welt und die Erkenntnis, dass der Schacht dort keinen Himmel hatte. Es war eine versiegelte Gruft, vermutlich irgendwo in den Kellern des Herrenhauses, in dem sie lebendig begraben wäre. Sie musste sich beherrschen, um nicht loszuheulen.

Was würde Junis tun?, dachte sie verzweifelt. »*Auf jeden Fall nicht heulen und einfach aufgeben*«, hörte sie im Geiste Nelly ungeduldig sagen. »*Denk nach, Agent Faye! Was steht in den Märchen, wenn es um Brunnen geht?*«

Das einzige Brunnenmärchen, das ihr einfiel, war die Geschichte von Goldmarie und Pechmarie. Hier war der Brunnen ein Durchgang in Frau Holles Welt. *Vielleicht hat auch dieser Brunnen Seitengänge?*

Mit zitternden Händen suchte sie nach einem Spalt in der Wand. Nur von Zeit zu Zeit wagte sie es, das Feuerzeug kurz zu zünden. Und nach einer Weile fand sie einen Funken von

Hoffnung: einen kleinen Luftzug, der die Flamme zum Flackern brachte. Er kam aus einem Mauerspalt. Fieberhaft ruckelte Fee am Stein, bis sie einen flachen Keil gelöst hatte, mit dem sie lose Mauerstücke frei kratzen konnte.

Sie wusste nicht, wie viel Zeit vergangen war, doch der Mond war längst aus dem Rund gewandert und ihre geschundenen Hände schmerzten höllisch. Doch der Plan ging nicht auf. Es war ein Hohlraum entstanden, aber mehr als drei Finger konnte sie nicht hindurchzwängen. *Ich bin Dornröschen down under*, dachte sie. *Nur noch hundert Jahre graben, dann bin ich draußen.* Sie sackte an der Wand zusammen und jetzt heulte sie doch. Über ihr schleiften die Schlangenleiber, Schwingen schlugen. Und Stein knirschte und rieb auf Stein. Fee hob den Kopf. *Knirschen?* Es war ein Geräusch, das nichts mit den Wächtern zu tun hatte. Und was noch wichtiger war: Genau dieses Geräusch hatte sie schon einmal gehört. Wieder mahlte Mauerwerk, dann wurde der Luftzug stärker. Fee fingerte das Feuerzeug hervor. Mit einem Schnappen zuckte die kleine Flamme hoch – und enthüllte in einer Blitzlichtsekunde ein Ding, das wie das Experiment eines verrückten Horror-Regisseurs aussah. Einer, der versucht hatte, ohrlose Katzen und schuppige Echsen zusammen mit einem schmutzigen Flokati-Teppich zu einer neuen Monsterart zu vermischen. Das gedrungene Wesen, das eben mitten durch die Mauer geschlüpft war, stand auf zwei kurzen Echsenbeinen, es hatte eine haarige Krötenfratze und schräge, schielende Katzenaugen. Mitten in diesem Gesicht flatterte verzweifelt ein blutroter Vogel. Und jetzt sah Fee auch, dass das Ding wie nach einem

Beutezug schwer beladen war: Es schleppte einen zerknüllten, mit Goldfäden bestickten Ledermantel mit sich herum und ein Bündel erlegter roter Vögel, die an den Beinen zusammengebunden waren. Die geschlitzten Pupillen der Katzenaugen wurden zu Strichen, als der Wandler Fee entdeckte. Er spuckte den Vogel und ein ganzes Büschel von Federn aus und fauchte sie drohend an. Fee machte einen Satz zurück und prallte gegen die Mauer. Der Vogel flatterte erschreckt nach oben und hinterließ einen Regen aus roten Flaumfedern. Wie farbiger Schnee landete eine davon auf dem pinkfarbenen Tuch, das um den speckigen Hals des Monsters gebunden war. »Goblin?«, kiekste Fee.

Die Fratze verzog sich zu einem Fletschen, das eine Reihe von schiefen Zähnen enthüllte. Wenn es so etwas wie eine Wandlersprache gab, dann war sie ein Jaulen und Knurren, und nach Goblins Gesichtsausdruck zu urteilen war diese Ansprache gespickt mit Vorwürfen und Schimpfwörtern. Fee war zu sprachlos, um zu reagieren. Und als von oben ein anderes, dunkleres Fauchen erklang, verstummte auch Goblin. Offenbar waren die *Phönia* nicht die einzigen Wesen, die Wandler für Ungeziefer hielten. Beide Wächter glitten über den Rand des Brunnens und kletterten echsenschnell nach unten. Goblin jaulte erschrocken auf, er strauchelte und stürzte fast, aber er ließ seine Beute nicht los, sondern wackelte ächzend zur Wand. Dort, wo seine Hand gegen die Mauer patschte, stieg Rauch auf, als würde sich seine Hand wirklich wie ein Siegel einbrennen. Dann knirschten die Mauersteine. Der größere Wächter legte die Flügel an und machte sich zum Sprung bereit. Noch eine

Sekunde, dann würde er sich das kleine Monster schnappen und es verschlingen wie vorhin die Drachenhalslaute. Fee hechtete wie ein Torwart quer durch den Brunnen. Und in der Sekunde, bevor die Wächterschlange den Brunnengrund erreichte, erwischte sie Goblin gerade noch, bevor er durch seine Wandlertür flüchtete. Ihre Finger krallten sich in das speckige Fell. Mit einem Ruck wurde sie durch das Tor geschleift. Mit einem weiteren Handpatschen schloss sich die Wand, dann hörte Fee nur noch das Toben der Wächter hinter Mauern, die nun wieder versiegelt waren. Ein fieser Tritt erwischte sie am Schlüsselbein. Das Fell entglitt ihr, dann hörte sie nur noch das Schimpfen und den stampfenden Hinkesprint des Monsters, das so schnell flüchtete, wie seine kurzen Beine es trugen. Zittrig stand sie auf. Märchen logen wohl nicht, sie war in einer Art Kanalgang gelandet. Blöderweise hatte sie ihr Feuerzeug im Brunnen verloren, also folgte sie dem Echo von Goblins leiser werdenden Sprüngen. Es ging nach einer Weile steil bergauf, Stein wurde zu glattem Marmor. Sie keuchte schon, als sie über sich endlich eine Öffnung ertastete. Beziehungsweise ein Gitter, das ihr den Ausgang versperrte. »Nein!«, stieß sie hervor. »Nein, nein, nein!« Doch während sie noch wie verrückt an dem Gitter rüttelte und sich dagegenstemmte, hörte sie ein angestrengtes Keuchen. Das Gitter ruckelte, ein Stück eines Ledermantels lappte durch die Stäbe und streifte ihr Gesicht. »Goblin?«, flüsterte sie fassungslos. Das Gitter löste sich und wurde weggezogen. Und Fee schwor sich, nie wieder einen Wandler als hässliches Monster zu bezeichnen, nicht einmal in Gedanken. So schnell sie konnte, kroch sie nach oben und zog sich auf einen glatten Boden. »Danke!«, sagte sie in die Dunkelheit.

Leder schleifte über Stein, schleichende Schritte entfernten sich. Dann entzündete sich von selbst eine Flamme. Fee wagte nicht mehr, sich zu rühren. Sie kauerte in einem staubigen Raum mit hohen Marmorsäulen, der ganz aus grünem Marmor bestand. Nur wenige Schritte entfernt stand eine schmale Gestalt in einem langen Ledermantel und musterte sie im Schein einer Lampe ohne ein Blinzeln.

Und Goblin war es nicht.

40

Verrückterweise war alles, was Fee sagen konnte: »Diesmal siehst du mich?«

Fayras Bruder nickte hastig. Er war blass wie ein Stück Papier. Es war ihm anzusehen, dass er viel lieber weggelaufen wäre, aber das Seil, ein Meißel und ein Stemmeisen, die auf dem Boden lagen, zeigten, dass er offenbar vorgehabt hatte, sie aus ihrem Gefängnis zu befreien. »Ich habe dich vorhin spielen gehört«, sagte er leise. »Du spielst gut. Ich wusste nicht, dass Menschen Musik mögen.«

»Ich liebe Musik!«, antwortete Fee. »Alle Menschen mögen Lieder.« Ihre Stimme klang in dem leeren Raum so verloren wie Mäuseflüstern. »Und dieses Lied, das du gespielt hast, als wir uns zwischen unseren Welten begegnet sind … meine Mutter hat es einst von deiner Mutter gelernt.« Seine grünen Augen wurden schmal vor Misstrauen, was ihn Fayra sehr ähnlich machte. Er kaute nervös auf der Unterlippe und musterte sie ebenso prüfend wie sie ihn.

»Geht es meiner Schwester gut?«

»Nicht besonders«, erwiderte Fee wahrheitsgemäß. »Sie verlischt. Aber immerhin lebt sie. Also … *noch.*«

Auf der Stelle hätte sie sich für diese Worte ohrfeigen können. Lír riss erschrocken die Augen auf. *Sehr einfühlsam, du Trampeltier*, schalt sie sich. Die anderen *Phönia* hatten hart und unnahbar gewirkt, aber der stille, scheue Lír schien überhaupt nicht zu ihnen zu passen. *Wahrscheinlich ist er das schwarze Schaf der Familie*, dachte Fee. *Und irgendeine Phöniaoma nennt ihn Hasenherz.* Er blinzelte und erinnerte kein bisschen mehr an ein gefährliches Wesen, das Macht über das Feuer hatte. Vor Fee stand nur ein zerbrechlicher, blasser Junge, der solche Angst um seine Schwester hatte, dass ihm nun die Tränen in die Augen stiegen. Fee war mit einem Satz bei ihm und legte ihm tröstend die Hand auf die Schulter. Lír zuckte zusammen, als würde er erwarten, unter der Berührung eines Menschen wie ein Vampir im Sonnenlicht zu Asche zu zerfallen.

»Tut mir leid, ich wollte dich nicht erschrecken«, sagte Fee. »Wir tun alles, um deine Schwester zu helfen. Wir haben sie vor den Jägern versteckt, aber sie muss so schnell wie möglich zurück in eure Welt.«

Lír wischte sich die Tränen weg. Und dann überraschte er Fee ein weiteres Mal. »Komm mit«, sagte er und nahm ihre Hand. »Ich weiß, wo wir nach dem zweiten Tor suchen müssen.«

Lír war wirklich jemand, der das Verborgene liebte. Fee kannte keinen der Schleichwege. Flammen entzündeten sich von selbst, während sie vorbeiliefen, und erloschen hinter ihnen. Es war, als würden Irrlichter den Weg durch Kanalgänge und verlassene Flure zeigen. Erst als Lír eine Tür aufstemmte, die sich als Rückseite eines Spiegels entpuppte, erkannte Fee, dass sie vermutlich im Zwischengebäude waren. Es war ein hoher Raum, der ein wenig dem Ballsaal im Nordflügel ähnelte. Überall hingen Trauerzeichen für Fayra: Spiegel waren mit schwarzen Tüchern verhüllt, Bänder mit roten Federn wanden sich um Lüster und Kerzenleuchter. Sogar die Vorhänge, die eine breite Fensterfront verhüllten, bestanden aus schwarzem Samt. Lír wollte Fee dorthin ziehen, wo vermutlich ein Balkon war, doch das Geräusch von großen Schwingen ließ Fee zurückweichen. Der Wind der Flügelschläge riss die Vorhänge auf und enthüllte die Wächterschlangen. Sie landeten draußen gerade auf der Brüstung des Marmorbalkons. »Keine Angst«, sagte Lír. »Sie werden dir nichts tun. Das Tor liegt in den Vulkanbergen, und die Wächter sind die Einzigen, die dich auf ihren Rücken schnell genug dorthin bringen können.«

Schlangenrodeo?, dachte Fee erschrocken. *Was ist das denn für ein Plan?*

Doch ehe sie protestieren konnte, durchschnitt eine wohlvertraute raue Stimme die Luft: »Die Geisel fliegt nirgendwohin, Lír.«

Sie fuhren herum. Fayras und Lírs Mutter trat in den Raum. Bei ihrem Anblick warfen sich die Fiederschlangen in die Luft und flohen in die Nacht. Lír umschloss Fees Hand fester und zog sie hinter sich, als wollte er sie beschützen. Aber die *Phönia* beachtete Fee gar nicht, ihr kalter Blick ruhte nur auf ihrem Sohn.

»Dachte ich es mir doch, dass du es warst, der sie aus dem Kerker befreit hat.« In ihren Worten schwang Enttäuschung und Verachtung. »Mein *Wandlerkind*, das immer in verborgenen Winkeln herumkriecht wie ein Wurm«, fuhr die *Phönia* fort. »Und du hast also auch die Ältesten ausspioniert, um das zweite Tor zu finden?« Ihre Stimme knisterte vor Zorn. Fee konnte spüren, wie Lírs Hand in ihrer zitterte. Und als die *Phönia* losdonnerte, duckten sie sich beide. »Was denkst du dir dabei, mit einem Menschen auch nur zu reden!«, schrie die *Phönia.* »Dafür sollte ich dich in den Brunnen sperren, bis dein wirrer Kopf endlich etwas Vernunft lernt. Willst du so enden wie deine arme Schwester?«

»Fayra lebt noch«, sagte Fee.

»Wage es nicht, den Namen meiner Tochter noch einmal in den Mund zu nehmen, Lügnerin!«

Es war Lír, der verhinderte, dass die *Phönia* Fee wieder am Kragen packte. Er sprang vor sie. Mit ausgebreiteten Armen stand er zwischen ihr und seiner Mutter und wich keinen Schritt, obwohl jeder Blinde sah, wie sehr seine Knie zitterten. Fee wagte nicht einmal mehr zu atmen.

»Ich glaube ihr«, brachte Lír mit bebender Stimme hervor. »Und es stimmt nicht, dass du niemals einem Menschen vertraut hast, Mutter. Die Einzige, die vorhin nicht die Wahrheit gesagt hat, bist du.«

Oh nein. Fee zog den Kopf ein. Die Augen der *Phönia* verfärbten sich zu grüngelben Flammen. Die Luft zwischen den beiden Elementaren knisterte wie elektrisch aufgeladen. Es fehlte nur noch ein Funke, der alles entzünden würde. Doch als Lír mit stockender Stimme weitersprach, wurde Fee klar, dass der schüchterne, ängstliche Junge viel stärker und mutiger war, als sie ihn eingeschätzt hatte. »Ich habe dir genau angesehen, dass du den Namen Alice wiedererkannt hast, Mutter«, beharrte er tapfer. »Du warst früher also wirklich mit einem Menschenmädchen befreundet? Darf deshalb niemand mehr das verbotene Lied spielen? Weil es dich an eine Freundin erinnert, die es offiziell nicht geben darf?«

»Dass wir Freunde waren, dachte nur ich«, fauchte die *Phönia.* »Das Menschenmädchen war lediglich als Köder auf mich angesetzt worden, um mich ins Grenzland zu locken.«

»Das ist nicht wahr!«, brach es aus Fee heraus. »Sie wusste doch nicht einmal, dass sie mit dir im Grenzland war. Für sie war es nur ein märchenhafter Park.«

Die *Phönia* lachte höhnisch auf.

Wann ist sie so hart geworden?, dachte Fee erschüttert. Auf eine Art erinnerte Fayras Mutter sie an Junis. An die finstere, enttäuschte Seite von ihm.

»Für diese ›Freundschaft‹ und meine Gutgläubigkeit habe ich teuer bezahlt«, sagte die *Phönia.* »Beinahe hätte sie mich mein Leben gekostet.«

Mit einem Ruck zog sie den Ärmel ihres Trauerkleides ein Stück nach oben. Fee wurde ganz anders, als sie die dunkelrote, lange Narbe betrachtete. Es musste einst eine tiefe Wunde gewesen sein. Sie sah aus, als hätte die *Phönia* versucht, ein Messer abzuwehren, indem sie den Arm hochgerissen hatte. »Deine Mutter hat mich verraten, Menschenkind«, sagte sie voller Bitterkeit. »Sie hat mich in Sicherheit gewiegt, sich mein Vertrauen erschlichen und mich dazu gebracht, immer wieder zu ihr zu kommen. Aber als ich eines Tages in meine Welt zurückkehrte, lauerte mir dort schon ein menschlicher Jäger auf. Es war ein Wunder, dass mein Bruder mich noch rechtzeitig rettete.«

Deshalb ist Alice also von einem Tag auf den anderen verschwunden, begriff Fee. »Mit diesen Jägern haben wir aber nichts zu tun«, hielt sie dagegen. »Nicht alle Menschen sind eure Feinde. Meine Mutter wusste ja nicht einmal, dass du aus einer anderen Welt stammst. Bis heute denkt sie, du seist ein Nachbarsmädchen gewesen, das plötzlich weggezogen ist.« Mit zitternden Händen holte sie das Foto hervor. Es kostete sie unendlich viel Mut, einen Schritt aus der Deckung zu treten und der *Phönia* das Bild zu zeigen. Sie spürte, wie die Luft heißer wurde, je näher sie Fayras Mutter kam. »Einen Frühling lang waren ein Menschenmädchen und du beste Freundinnen. Ihr habt euch oft gestritten, aber immer wieder versöhnt. Meine Mutter sagt, die Zeit mit dir war der schönste Teil ihrer Kindheit. Als du fort warst, hat sie wochenlang geweint und jeden Tag auf dich gewartet, und sie vermisst dich noch heute.«

Sie konnte nicht sagen, was in der *Phönia* vorging, während sie das vor Glück strahlende Mädchen mit den Zahnlücken betrachtete. Ihre Maske aus Härte und Strenge gab keine Regung preis. Aber vielleicht war es ja ein gutes Zeichen, dass sie Fee nicht sofort wieder an die Kehle ging.

»Es ist lange her, dass ich den Fehler machte, einem Menschen zu vertrauen«, sagte die *Phönia* nach einer Weile. »Warum sollte ich jetzt dir glauben?«

»Weil sie die Wahrheit sagt«, meldete sich Lír leise zu Wort. Seine Mutter runzelte die Stirn, als er ihr etwas in die Hand drückte. *Fayras Haarsträhne*, erkannte Fee. *Wow.*

Sie wollte sich lieber nicht vorstellen, wie Lír an diese Beute der Wächterschlangen gekommen war.

»Die Strähne hatte sich am Fangzahn verhakt, als die Schlange meine Laute gefressen hat«, murmelte er. »Das Haar leuchtet noch ein wenig, Mutter. Also … lebt Fayra.«

Das Bündel aus Feuerfäden knisterte in der Hand der *Phönia.* Und als die Kriegerin mehrmals blinzelte, war es, als würde unter ihren starren Maske etwas anderes hervorschimmern. Schmerz, aber auch verzweifelte Hoffnung, die in ihren Augen aufloderte wie ein grünes Feuer. Doch zu Fees Erstaunen verlosch beides sofort wieder.

»Wenn es so ist, wird der Clan über den nächsten Schritt entscheiden«, sagte die *Phönia* sehr beherrscht. Fee und Lír wechselten einen ungläubigen Blick.

»Die Gefangene kehrt in den Kerker zurück, bis der Rat der Ältesten sie zur Anhörung ruft.«

Nicht nur Fee klappte die Kinnlade nach unten.

»Du willst sie wieder in den Kerker stecken?« Lírs Stimme überschlug sich. »Sie muss sofort zurückkehren, es geht um Fayras Leben.«

»Ja, sie verliert mit jeder Minute in meiner Welt mehr Kraft«, mischte sich Fee ein. »Morgen kann es längst zu spät für sie sein …«

»Schweigt!« Dieser scharfe Befehl ließ sie beide verstummen.

»Hast du unsere Gesetze vergessen?«, wies die *Phönia* Lír scharf zurecht. »Der Clan steht immer an erster Stelle, über der Familie. Und der Rat der Ältesten entscheidet über das Schicksal jedes Einzelnen zum Wohle des Ganzen. Das Tor ist geschlossen worden, und der Rat kann nur einstimmig beschließen, es wieder zu öffnen. Deine Schwester ist stark, sie … muss durchhalten, bis die Ältesten eine Entscheidung gefällt haben.«

»Geht's noch?« Das hätte Nelly jetzt gerufen. Fee konnte nur völlig entgeistert diese Frau anstarren, die von Fayra sprach, als wäre es nicht ihre Tochter, die in Lebensgefahr schwebte. Und erst jetzt verstand sie, was für ein Leben Fayra geführt hatte. Als Teil eines strengen Clans, der schon mit dem Namen den Lebensweg und die Aufgabe ihrer Kinder vorgab. *Kein Wunder, dass Fayra mich für eine Rebellin hält, nur weil ich niemanden heiraten würde, den meine Eltern für mich aussuchen.*

»Und wenn die Ältesten das Tor nicht öffnen?«, rief Lír. »Du weißt, wo es sich befindet und wie man es öffnet. Also tu es!«

Fee trat neben ihn und nahm seine Hand, umschloss sie ganz fest und drückte sie anerkennend. »So einfach ist es nicht, Lír«, sagte Fayras Mutter mit brüchiger Stimme. »Wir haben Krieg. Ein falscher Schritt kann uns alle ins Verderben reißen. Die Clans an der Grenze tragen eine besondere Verantwortung. Wir sind die Wächter, auf die sich alle anderen Clans und Familien im Land verlassen müssen. Wir dürfen nicht schwach sein, nicht einmal dann, wenn unsere Stärke uns das Herz bricht.« Sie schluckte schwer. »Wir wissen nicht, ob das Mädchen die ganze Wahrheit sagt, Sohn. Es könnte auch eine Falle sein, dass sie Fayra noch am Leben lassen, um uns auf die andere Seite zu locken …«

»Das glaubt du wirklich?«, platzte es aus Fee heraus. »Hey,

ich führe keinen Krieg gegen euch! Und meine Freunde auch nicht.« Und ehe die *Phönia* sie zurechtweisen konnte, erzählte sie von der Rettungsaktion mit Nelly, von Junis, von der blauen Gasflamme, die Fayra am Leben hielt – und von dem menschlichen Jäger mit dem *Harpyiaherz*. »Du warst doch früher genauso wie Lír«, fuhr sie hitzig fort. »Als Kind hast du auch Geheimnisse geliebt und heimlich unsere Welt erkundet. Du warst mutig genug, dir die Menschen selbst anzuschauen, statt zu tun, was der Clan dir befiehlt und blind zu glauben, was man dir über Menschen erzählt hat. Ja, okay, ein Jäger hat dich verwundet. Ich wäre in den letzten drei Tagen fast von *Harpyien* gefressen und von Steinstatuen erschlagen worden – und dass Fayra mich bei unserer ersten Begegnung nicht zu Asche pulverisiert hat, war reines Glück. Und trotzdem bin ich hier, um ihr zu helfen. Zählt das etwa gar nicht?«

»Das verstehst du nicht, Menschenkind.«

»Nein, das verstehe ich wirklich nicht«, brach es aus Fee heraus. »Was ist eigentlich mit euch Elementaren los? Man könnte meinen, ihr habt gar kein Herz, das sich zu stehlen lohnt! Liebt ihr eure Kinder denn gar nicht?« Lír riss entsetzt die Augen auf, aber Fee war es mit einem Mal völlig gleichgültig, dass sie ein leibhaftiges Feuerwesen beleidigte. »Fayra ist deine Tochter!«, wetterte sie weiter. »Sie stirbt! Ihr sagt, dass wir Menschen Monster sind, aber wenn ich in eurer Welt gefangen wäre, dann würde meine Mutter Himmel und Hölle in Bewegung setzen, um mich zu retten. Und es wäre ihr piepegal, was irgendein Clan oder Torschutzverein dazu sagt.«

Lír hatte die Hand entsetzt vor den Mund geschlagen. Seine Mutter dagegen schien aufzuglühen wie Kohle, die vom Wind angefacht wurde. Es war ein zorniges, lavaheißes Licht, das solche Hitze abstrahlte, dass Fee schützend den Arm heben musste. *Das war's*, dachte sie. Aber komischerweise fürchtete sie sich nicht. Im Gegenteil: Es fühlte sich einfach nur richtig an, hier zu stehen und keinen Zentimeter zu weichen. Eine flammende Ewigkeit lang starrten die *Phönia* und Fee einander nur zornig in die Augen, dann wandte Fayras Mutter sich brüsk ab und rauschte mit wallendem Kleid hinaus auf den Balkon.

Lír war sprachlos vor Verblüffung, doch dann atmete hörbar er auf und gab Fee einen rüden Schubs. »Folge ihr!«, befahl er flüsternd.

Echt?, dachte sie. Aber sie setzte sich mit weichen Knien in Bewegung. Der Nachtwind kühlte ihre glühenden Wangen, als sie an die Balustrade trat. *Das ist der Balkon auf der Vorderseite des Herrenhauses*, erkannte sie. Zwei Stockwerke unter ihnen musste sich die Steintreppe mit den Löwen am Haupteingang befinden. Und den Balkon stützten die zwei Marmorfrauen, die nicht beschädigt worden waren. In Fayras Wirklichkeit hatten sie allerdings Flügel anstelle von Armen. Fayras Mutter schaute in die Ferne, wo im Mondlicht verschneite Bergspitzen schimmerten. »Du bist genauso rebellisch wie damals deine Mutter«, sagte sie leise. Und als sie sich Fee zuwandte, brach endlich ihre Maske und Fee blickte in das Gesicht einer müden, traurigen Frau mit Augen voller Kummer. *Natürlich liebt sie Fayra*, dachte Fee.

»Das hat mich damals auch an Sinta so erstaunt«, fuhr

die *Phönia* nachdenklich fort. »Sie erinnerte an eine Lavaquelle, sie war unberechenbar, chaotisch und … unvernünftig. Sie stritt und weinte so leidenschaftlich, als ginge es um ihr Leben, sie hatte wirre Ideen und Träume und sie tanzte – einfach so! Niemand hier tanzt ohne Grund, ohne, dass es ein Fest gibt oder eine Zeremonie. Und wenn sie lachte, dann umarmte sie die ganze Welt.«

»Du hast mit meiner Mutter gelacht«, gab Fee zu bedenken. »Und es stimmt, manche Menschen sind Monster. Aber die meisten von uns sind ganz in Ordnung.«

Die Kriegerin erlaubte sich tatsächlich ein schmales Lächeln. »Sei froh, dass mein Sohn dich nicht auf gut Glück in den Bergen ausgesetzt hat. Ihr hättet das Feuertor niemals alleine gefunden.« Sie hob die Hand und richtete die Finger auf einen der spitzen Vulkanberge. Die Feuersäule, die auf einem verschneiten Gipfel entflammte, war so grell, dass Fee geblendet war und die Augen mit der Hand abschirmen musste. »Merke dir gut, wo es sich befindet.«

Fee suchte nach einem Anhaltspunkt, aber in Fayras Wirklichkeit konnte sie nur erkennen, dass das Tor offenbar direkt an einem Abgrund thronte. Dann war das Feuerzeichen schon wieder erloschen, als hätte es nie existiert. Bevor Fee nachfragen konnte, winkte ihr die *Phönia*, ihr zu folgen und verließ den Balkon.

41

Fayras Mutter eilte so schnell über Wendeltreppen und durch schmale Gänge, dass Lír und Fee nur rennend Schritt halten konnten. Eine Tür knarrte, dann schlüpften sie in einen Raum, den Fee trotz der Dunkelheit sofort wiedererkannte. Es war das Bernsteinzimmer, der Saal der Erinnerungen. In der Wirklichkeit der *Phönia* existierten die Schreibtische der Portolion-Mitarbeiter nicht. Und obwohl es mitten in der Nacht war, glomm ein dunkles, rötliches Licht in dem Bernsteinarchiv an den Wänden. Jeder der polierten, runden Bernsteine barg ein kleines Stück Papier. Es wirkte, als würden die Geschichten darauf sich selbst mit einem Flüstern erzählen. Doch es war nur der Wind, der draußen in den Kronen der Bäume rauschte. »Beeil dich«, flüsterte Lír aufgeregt und zog Fee mit sich. Erst jetzt merkte sie, wie erschöpft sie war. Sie taumelte mehr, als sie lief. Irgendetwas klopfte und hämmerte ekelhaft laut, aber Lír schien es gar nicht zu hören. Als Fee zum Fenster schaute, wurde ihr noch schwindeliger. Für einen Moment schob sich Hell über Dunkel.

»Das ist ja ein feiner Plan«, knurrte ein Mann. Und eine Frauenstimme erwiderte: *»Es ist nun mal so beschlossen worden, Tiberius. Dein Flug nach London geht in vier Stunden.«*

Fee stolperte. Lír fasste sie um die Taille und stützte sie bei den nächsten Schritten. Seine Mutter stand bereits an einer Wand und fuhr mit der Hand sacht über die Bernsteinblumen. Es klickte leise, als ein großer Archivstein sich aus der Wand löste. Im Raum verbreitete sich der intensive Duft nach Weihrauch und komischerweise roch Fee auch Autoabgase. Die Luft waberte, als würden sich Bilder überlagern wie Spiegelungen auf einer Wasseroberfläche. *Als wäre die Grenze hier dünner*, dachte Fee. Sie schwankte, als Fayras Mutter zu ihr trat und ihr den Edelstein in die Hand drückte. Das winzige Papierstück darin brannte. »Hüte den Stein gut«, sagte Fayras Mutter.

»... müssen die restlichen Akten noch einpacken«, echote wie ein Störsender eine andere Stimme. Das Hämmern setzte wieder ein. Fee zwang sich dazu, nur dem Flüstern von Fayras Mutter zu lauschen. »Wenn das letzte Stück Papier im Bernstein zu Asche zerfällt, öffne ich das Tor«, raunte die *Phönia* ihr zu. »Aber alleine kann ich den Durchgang nur wenige Augenblicke offen halten.«

»Ich wusste, dass du Fayra nicht im Stich lässt!«, rief Lír. Er strahlte seine Mutter an. Und als die strenge Frau ihm zärtlich durch das Haar fuhr und sein Lächeln erwiderte, glaubte Fee in ihren Zügen einen Abglanz des Mädchens zu sehen, das einst den Namen Alice getragen hatte.

Fees Herz stolperte und raste, als würde die andere Wirklichkeit an ihr zerren. Doch je mehr sie darum kämpfte, sich an Fayras Wirklichkeit festzuhalten, desto schneller zerrann sie wie Sand in ihren Händen. Lír und seine Mutter lösten sich auf und es blieb nur noch der Lärm und gleißende Helligkeit. »Wo finde ich auf meiner Seite das Tor?«, rief Fee gegen das Hämmern an. Dann hatten sich ihre Augen an das Licht gewöhnt und sie verstummte. Sie stand zwischen Schreibtischen und blickte direkt auf Danes, Cassandra und Claudius, die ihr den Rücken zugewandt hatten. Draußen auf der Baustelle hämmerte der Pressluftbohrer immer noch mit stechender Schärfe.

»Mach endlich die Fenster zu, Claudius«, hörte sie Cassandra gegen den Lärm anschreien. Dann drehte die Portolion-Frau sich zu Fee um.

In ihrer Welt funktionierte die Panikreaktion noch bestens. Einen Wimpernschlag später kauerte Fee unter einem Schreibtisch. Allerdings brannte ihr zerkratztes Schienbein höllisch. Offenbar war sie auf allen vieren unter den Tisch gekrochen. Dabei hatte sich ein Stück Wundschorf gelöst. Sie spürte einen Blutstropfen, der bis zu ihrem Zeh wanderte, aber sie wagte nicht sich zu rühren. Die Sonne fiel auf die Trümmer einer Steinstatue, die in einiger Entfernung auf dem Boden lagen. *Das war bestimmt Nummer zwei*, dachte Fee.

»Du warst ein guter Wächter, Tiberius«, setzte Cassandra ein Gespräch fort, das wohl schon eine Weile dauerte. »Und wir wissen alle, wieviel dir das *Leo Mansion* bedeutet. Aber deine Aufgabe hier ist beendet.«

»Was im Klartext bedeutet, die Zentrale zitiert mich nach London vor die Untersuchungsbehörde«, sagte Danes.

»Das ist doch nur ein Formalität«, wiegelte Cassandra

ab. »Die Untersuchung wird ergeben, dass du unschuldig bist.«

»Es ist besser für dich, Tiberius«, meldete sich nun auch Claudius zu Wort. »Du hängst Zeiten hinterher, die längst vorbei sind. Du trauerst sogar um Statuen, denen du Namen gibst. Einsamkeit macht so etwas mit Menschen. Sobald alles geklärt ist, wirst du in die Verwaltungszentrale nach London versetzt. Du wirst nette Kollegen haben und ein ruhiges Leben führen …«

»Und was verwalte ich dort?«, schnauzte Danes. »Die Einkaufslisten für Netzharpunen für euren Krieg gegen die Elementare?«

»Sie führen Krieg gegen *uns*!«, wies Claudius ihn freundlich, aber bestimmt zurecht.

»Nein. Mein Platz ist hier, an der Grenze«, beharrte Danes.

Eine unbehagliche Pause entstand. Fee konnte fast spüren, wie die beiden Jüngeren vielsagende Blicke tauschten.

»Irgendwann muss er es ja doch erfahren«, sagte Claudius wohl zu Cassandra. »Die Zentrale hat das *Leo Mansion* bereits aus den Akten gelöscht, Tiberius. Das Gebäude wird nicht nach Cornwall versetzt und archiviert, wie ursprünglich geplant, sondern komplett abgetragen und vernichtet, Stein für Stein.«

Fee hielt die Luft an. Das Herrenhaus sollte vom Erdboden verschwinden?

Eine lange Pause entstand. Und als Danes wieder anfing zu sprechen, klang seine Stimme brüchig und leise. »Das ist nicht der richtige Weg.«

»Wir wissen, was wir tun«, erwiderte Cassandra spitz. »Ihr Alten wart leichtgläubig, aber wir haben aus euren Fehlern gelernt. Ihr dachtet, diesen Kreaturen könnte man vertrauen. Dabei haben sie uns geduldig beobachtet, um unsere Welt für sich zu erobern.«

»Wir waren alles andere als *leichtgläubig*«, widersprach Danes energisch. »Und ich mag ein alter Trottel sein, aber mein Herz ist es nicht. Ich weiß, was ich gefühlt und gesehen habe. Ihr seid zu jung, ihr wart nicht dabei, als wir uns im Grenzland begegneten und im Ballsaal Feste feierten. Als es an manchen Abenden nur eine einzige Welt gab, in der wir alle gemeinsam lachten und tanzten. Das alles habt ihr nicht erlebt! Und ich glaube nach wie vor, dass nicht alle Elementaren diesen Krieg gegen uns Menschen führen. Nicht alle!«

Fee beugte sich ein Stück weiter vor. Hatte sie richtig gehört? Danes verteidigte die Elementarwesen?

Cassandra und Claudias lachten. Es klang mitleidig, und Fee ertappte sich dabei, wie sie die Fäuste ballte.

»Die Kreaturen haben euch geblendet, Tiberius«, erklärte Cassandra gönnerhaft. »Aber ich verstehe dich gut, ich hätte ihnen auch geglaubt. So wie Claudius und ich warst auch du ein verlassenes Waisenkind, dem die Firma eine Heimat und einen Platz im Leben gegeben hat, eine Familie, eine Aufgabe. Natürlich warst du als junger Mann berauscht von den Wundern der fremden Welt. Du hast die Nächte durchgetanzt und ein Mädchen vom Clan der *Dryáda* geküsst. In Vollmondnächten saßt ihr zusammen in den höchsten Ästen der Platane, und sie hat dir Geschichten ins Ohr geflüstert, so schön und märchenhaft, dass sie wie kühler Balsam auf der Wunde deiner Einsamkeit waren. Dort oben im Baum habt ihr zwei davon geträumt, für immer zusammen zu sein, nicht wahr?«

Fee war die Kinnlade nach unten geklappt. *Danes war vor hundert Jahren in ein Elementarmädchen verliebt?* Nun ergab es einen Sinn, warum er mit der Asche der Platane ausgerechnet das Clansemblem der *Dryáda* auf das Rosenmosaik gezeichnet hatte. *Hat er deshalb um die verbrannte Platane geweint? Weil sie für ihn ein Ort schöner Erinnerungen gewesen war?*

»Ihr habt euch ja sehr genau über mich informiert«, bemerkte Danes bitter.

»Wir haben alle unsere Geschichten«, sagte Cassandra. »Wir alle lieben und zweifeln und irren uns und haben sehnsüchtige Herzen, die Wünsche nur zu gerne als Wirklichkeit sehen. Aber die *Dryáda* hat dich nie geliebt, Tiberius. Sie war als Agentin auf dich angesetzt worden, um dich auszuhorchen. Immerhin warst du damals der angehende Torverwalter.«

»Woher willst du wissen, dass sie mich nicht geliebt hat?«, herrschte Danes Cassandra an.

»Hat sie nicht deine Hand losgelassen und ist zu ihrem Versprochenen gegangen, um ihn zu heiraten? Ohne zu zögern oder sich noch einmal nach dir umzudrehen?«

Das saß offenbar. Ein Stuhl knarzte, als müsste sich der alte Verwalter setzen.

»Die Zeit der Tänze und Feste ist vorbei, Tiberius. Das Herrenhaus ist keine Botschaft mehr, in der Gesandte verschiedener Welten sich treffen, sondern eine Bastion, die bald fallen wird. Immer öfter schicken die Clans Spione über die Grenze. So wie jetzt, als sie eine *Harpyia* und diese *Phönia*, die uns auf der Mauer entwischt ist, durch das Tor geschleust haben. Früher mögen es Einzelfälle gewesen, wie du sagst, aber nun arbeiten die Elementare geschlossen gegen uns. Und das, was wir jetzt erleben, ist erst der Anfang. Wenn wir uns jetzt nicht mit aller Kraft wehren, wird unsere Welt untergehen.«

»Du kannst wirklich nur hoffen, dass die Zentrale dich von dem Verdacht freispricht, ein Verräter zu sein, der für die Gegenseite arbeitet«, bemerkte Claudius. »Immerhin konnte eine *Phönia* sich vor deinen Augen im *Leo Mansion* verstecken. Und ihre kleine menschliche Gehilfin hat einen der magischen Schlüssel. Man könnte denken, du hast ihn dem Mädchen zugespielt …«

»Ich weiß nicht, woher sie den Schlüssel hatte«, brauste Danes auf. »Und hätte es die Zentrale nicht so eilig mit Mietern im Südflügel gehabt, wäre das alles nicht passiert. Ich war immer dagegen, Kinder auch nur in die Nähe des Hauses zu lassen. Auf beiden Seiten der Grenze waren es immer die Kinder, die uns Probleme gemacht haben. Sie werden magisch von Anderwelten angezogen und sie sind Zweigänger, die im Grenzland die andere Seite nicht nur sehen, sondern auch jenseits der Tore betreten können. Zu meiner Zeit sind sogar einige von ihnen für immer in die Anderwelt gegangen, und die Firma hatte alle Hände voll zu tun, das Verschwinden dieser Streuner zu erklären …«

»Anna-Fee war in dieser Hinsicht nie eine Gefahr«,

widersprach Claudius energisch. Fee war zusammengezuckt. Es war komisch, ihren eigenen Namen aus dem Mund des Portolion-Agenten zu hören. »Du weißt so gut wie wir, dass sich bei allen Kindern diese Zweigänger-Gabe im Alter zwischen drei und sieben Jahren verliert«, fuhr Claudius fort. »Danach sind die Grenzen auch für sie undurchdringlich.«

»Grenzen sind niemals undurchdringlich«, murmelte Danes. »Es gibt immer Möglichkeiten, hindurchzuschlüpfen. Ihr wisst, wie viele Wesen aus der Anderwelt schon lange bei uns leben. Die *Harpyienadler*, die sich in Südamerika angesiedelt haben, sind eine eingewanderte Art aus der Anderwelt. Und ohne die Phönixvögel gäbe es in unserer Welt keine Pfauen. Sie tarnen sich hier mit anderen Farben, aber sie können sich noch jederzeit verwandeln. Ganz zu schweigen von all den anderen Arten, die unbemerkt aus der Anderwelt eingewandert sind und seit jeher für Aufregung bei uns Menschen sorgen. In ihrer eigenen Welt heißen sie Wandler, in unserer nennt man sie eben Trolle, Poltergeister, Aliens, Werwesen ...«

»Wir reden aber nicht von Wandlern, sondern von Kindern wie Anna-Fee«, berichtigte ihn Claudius. »Sie ist fast dreizehn und hat das Zweigänger-Alter längst hinter sich.«

Warum habe ich die Gabe dann immer noch?, schoss es Fee durch den Kopf.

»Wir haben alle Mieter genauestens ausgewählt. Schließlich haben wir aus dem Fehler mit Monica Laverne gelernt. Manche sagen, du hättest Monicas kleine Tochter damals ins *Leo Mansion* eingeschleust, um sie auf die andere Seite zu schicken und so zu erfahren, was aus deiner *Dryáda* geworden ist …«

»Offenbar hast du diesen Teil meiner Akte nur schlampig gelesen«, fiel Danes ihm scharf ins Wort. »Ja, ich mochte Monica Laverne. Als alleinstehende junge Mutter hatte sie es nicht leicht und suchte dringend Arbeit. Aber sie hatte angegeben, ihre Tochter Luna lebe bei den Großeltern. Niemand wusste, dass sie ihr Kind immer wieder heimlich ins Haus schmuggelte und dass die Kleine alleine das Gebäude durchstreift hat. Wenn Luna nicht auch noch einen streunenden Hund ins Haus gebracht hätte, wäre es ihr vielleicht sogar gelungen, unentdeckt zu bleiben.«

Trotz allem konnte Fee sich ein überraschtes Lächeln nicht verkneifen. *Streunender Hund, klar.*

»Ich habe Luna erwischt, als sie zusammen mit diesen beiden *Phöniakindern* auf die andere Seite überlaufen wollte«, fuhr Danes fort. »Die *Phönia* habe ich zurückgejagt. Und Monica und ihre Tochter mussten noch am selben Tag das Herrenhaus verlassen. Sie durften nicht einmal ihre Sachen mitnehmen.«

Und Monica trug bestimmt noch ihre Portolion-Uniform, dachte Fee. *Luna hat sie aufgehoben.* Langsam bekam alles einen Sinn. *Dann war Luna früher einfach nur ein neugieriges kleines Mädchen – genau wie meine Mutter.*

»Und genau deshalb ist Tiberius Danes ein Held, Claudius«, sagte Cassandra. »Ohne ihn hätten wir nie erfahren, dass Kinder die Zweigänger-Gabe haben. Jahrhundertlang konnten sie unbemerkt die Grenze passieren, bis er dieses Treiben beendet hast.« Es hörte sich so an, als würde sie

Danes bei diesen Worten auf die Schulter klopfen. »Das ist eine Lebensleistung, auf die du stolz sein kannst: Dank dir wurden alle Kinder unter zehn Jahren aus allen Stützpunkten an den Grenzen verbannt.«

Heuchlerin, dachte Fee.

Danes seufzte tief. Und dann sagte er etwas Erstaunliches. »Vielleicht war ja genau das der Fehler«, murmelte er kaum hörbar.

Man konnte fast spüren, wie die Luft in Frost erstarrte. »Ich wollte die Kinder nur vor der Anderwelt beschützen«, fuhr Danes leise fort. »Ich wusste, dass es kein Zurück gibt, wenn man einmal auf der anderen Seite war. Ich kannte die Sehnsucht, die einen nie wieder verlässt, so alt man auch wird. Ich wollte ihnen diesen Schmerz ersparen. Nichts ist schlimmer, als etwas so Kostbares zu verlieren und sich das ganze Leben lang nach diesem verlorenen magischen Ort zu sehnen, ohne ihn jemals wieder wahrnehmen und betreten zu können.« Seine Stimme wurde leiser und so gedankenverloren, als würde er mit sich selbst sprechen. »So wie Luna Laverne: Wie oft ist sie als Kind noch beim *Leo Mansion* aufgetaucht? Sie hat zu den Fenstern hochgestarrt in der Hoffnung, ihre Freunde wiederzusehen. Und wusstet ihr, dass sie vor einem Jahr plötzlich wieder in der Gegend aufgetaucht ist und seitdem um das Herrenhaus herumschleicht?«

»Luna?«, fragte Cassandra. »Bist du sicher?«

Danes lachte leise auf. »Ich vergesse nie ein Gesicht, da hilft ihr auch nicht die Tarnung mit den weiß gefärbten Haaren und die Verkleidung als gebrechliche Großmutter.

Und ich wette, sie denkt, ich habe ihre Freunde auf dem Gewissen. Schließlich sah sie, wie ich sie davonjagte.«

»Oh ja, im Vertreiben von Kindern bist du gut«, bemerkte Cassandra. »Du bist furchterregend. Das vergisst niemand, der es einmal erlebt hat.«

Danes schwieg kurz, dann holte er tief Luft und sagte mit heiserer Stimme: »Es war nur zu ihrem Besten. Ich wollte sichergehen, dass sie niemals wiederkommen und sich in Gefahr bringen. Aber dennoch: Vielleicht habe ich damit einen Fehler gemacht, geblendet durch meinen eigenen Kummer?«

»Das meinst du nicht ernst!«, entrüstete sich Claudius.

»Oh doch«, antwortete Danes. »Die Kinder haben Freundschaften geschlossen, selbst dann noch, als es die ersten Toten und Angriffe gab. Sie kannten keine Angst voreinander, kein Misstrauen, keine Feindschaft, sie waren einfach nur neugierig. Vielleicht wäre das ja der Weg gewesen? Zuzulassen, dass unsere Welten sich auf diese Weise weiterberühren?«

»Was redest du da, Tiberius?«, rief Cassandra. »Und wie kannst du die Brut der Kreaturen als *Kinder* bezeichnen? Sie fühlen nicht wie wir und sie schließen keine Freundschaften mit uns, sie setzen ihre Nachkommen nur als Köder ein, um über unsere Kinder an Informationen und Zugänge zu kommen.«

Wow, dachte Fee. *Jetzt klingt sie wie Fayras Mutter.*

»Wir dürfen nie wieder zulassen, dass Kinder ins Grenzland gelockt werden«, ereiferte sich nun auch Claudius. »Und was Luna betrifft …«

»Lasst sie in Ruhe«, fuhr Danes ihn an. »Sie weiß nichts, sie ist völlig harmlos.«

»Luna interessiert uns nicht«, sagte Cassandra ungeduldig. »Und um Anna-Fee kümmern wir uns, sobald heute beide Tore endgültig zerstört sind.«

Fees Hand schloss sich fester um den Bernstein. Sie konnte die Hitze des Feuers hindurchspüren. *Keine Panik*, beschwor sie sich.

»Zeit, deinen Koffer für London zu packen, Tiberius«, mahnte Cassandra. »Verabschiede dich, während wir die restlichen Ordner zusammenpacken.«

Schritte entfernten sich zur Tür, dann hörte Fee ein Schleifen, als würden die beiden am anderen Ende der Halle Kartons herumschieben.

Danes trat in Fees Sichtfeld und ging zum Kopf der zerbrochenen Statue. Dort beugte er sich hinunter. Sein Gesicht war aschgrau und unendlich traurig. Fee bildete sich ein, dass ihr rasender Herzschlag laut wie Donner im Raum widerhallen musste. *Wenn Danes nach links schaut, sieht er mich.* Aber Danes streckte nur die Hand aus und strich über die steinerne Wange. »Lange her, dass wir miteinander gelacht haben, Amalthea«, sagte er bekümmert. »Ich hätte dir ein anderes Ende gewünscht.«

Langsam richtete er sich wieder auf und kam auf Fees Tisch zu. Erschrocken hielt sie die Luft an. Über ihr raschelte es, als würde Danes Papiere zusammensuchen.

»Kommst du, Tiberius?«, rief Cassandra von der Tür.

»Ja, du *Harpyie*«, murmelte Danes kaum hörbar. Fee wollte schon aufatmen, als Danes mitten im Schritt erstarrte, als hätte er etwas entdeckt. Fee blieb fast das Herz stehen. *Die Sonne.* Eben noch hatte sie im Schatten gesessen, aber jetzt brachte ein Sonnenstrahl direkt vor dem Tisch den gelben Teppich zum Leuchten. Und ebenso ein paar Blutstropfen, die wie die Brotkrumen im Märchen von Brüderchen und Schwesterchen den Weg wiesen – direkt zu ihrem großen Zeh, der ebenfalls wie ein Bühnenscheinwerfer angestrahlt wurde. *Er sieht mich!* Alles in Fee krampfte sich zusammen in der Erwartung, dass Danes sie packen und hervorzerren würde, aber zu ihrer maßlosen Überraschung setzte er den angefangenen Schritt einfach fort und verschwand aus ihrem Sichtfeld. »Ihr könnt mich wohl nicht schnell genug loswerden«, hörte sie ihn mürrisch sagen. Dann klappte die Tür zu und Fee war allein.

42

Fee nestelte ihr Handy hervor und schaltete es ein. Es funktionierte wieder und blinkte wie eine Alarmleuchte, als alle Nachrichten eintrudelten. Die Uhr zeigte, dass es schon halb zehn Uhr vormittags war. Nelly und Junis hatten seit Mitternacht versucht, sie zu erreichen. Und ihre Eltern hatten ihr heute Morgen eine Nachricht mit einem Foto aus dem Hotel geschickt. Beide prosteten ihr verschmitzt lächelnd mit Kaffeebechern zu. »*Guten Morgen, Elfenprinzessin*«, las sie den Text darunter. »*Wunderschönes Kleid! Nelly sagt, es war eine lange Nacht und du schläfst noch. Melde dich mal, wenn du wach bist. 1000 Küsse und bis später.*« Fee musste lächeln. Wärme erfüllte sie, und für einen Moment war sie einfach nur froh, keine strengen *Phöniaeltern* und keinen Clan zu haben. »Fee, endlich!« Junis schien ein ganzes Gebirge vom Herzen zu fallen. »Geht es dir gut? Wo bist du?«

»Ich sitze im Bernsteinzimmer fest«, wisperte Fee. »Und die *Men in Black* sind hier.«

»Keine Sorge. Nelly hält vor dem Haus Wache und hat mir eben eine Nachricht geschickt, dass Danes und die zwei anderen eben zum Haupteingang herauskamen.«

Fee atmete auf. »Bist du bei *Dschinnyia*?«

»Was? Nein!«, kam es verärgert zurück. »Nelly hat sich

bis vor Kurzem um sie gekümmert. Ich bin immer noch auf meinem Posten im Park. Ich sagte doch, ich warte auf dich.«

Fee musste schwer schlucken. Es tat wirklich gut, sich auf solche Freunde verlassen zu können.

Im Laufen zog Fee das Kleid aus und knüllte es unter dem Arm zusammen. Nur in Leggings und Shirt rannte sie, so schnell sie konnte. Im Zwischengebäude waren alle Möbel zusammengeschoben und mit weißen Laken abgedeckt worden. Wie erstarrte Gespenster warteten sie wohl darauf, abgeholt zu werden. Genau dort, wo Fayra es ihr gestern beschrieben hatte, fand Fee die Nische in der Zwischenwand. Eine Maske, die ein schlafendes Gesicht darstellte, war hier in die Mauer eingelassen. Fee berührte das rechte Augenlid aus Stein und drückte sanft dagegen. Es funktionierte tatsächlich. Es klickte, die Augen öffneten sich, dann schwang ein Stück Wand nach innen und Fee konnte durch eine Lücke in der Wandverkleidung in den türenlosen Ballsaal im Nordflügel schlüpfen. Er war leer, sogar die goldenen Spiegel waren verschwunden. Nur das Deckengemälde leuchtete über ihr in all seinem Glanz. Draußen wartete Junis mit der Holzleiter vom Schuppen. Fee vergewisserte sich noch einmal, dass kein Spähervogel am Himmel war. Dabei fiel ihr etwas Seltsames auf: Nicht nur die Krähen und Falken waren verschwunden, der Park schien völlig ausgestorben zu sein.

Sie warf das Kleid nach draußen und kletterte aus dem Fenster. Junis fing sie auf, sobald sie in seiner Reichweite war. Dann riss er sein Handy aus der Jackentasche und drückte eine Kurzwahltaste. »Hab sie«, sagte er knapp zu Nelly. »Nein, alles in Ordnung … ja, ihr geht es gut … he, kein Grund, mir ins Ohr zu schreien! Wir treffen uns in fünf Minuten in der Alten Post.«

»In« der Alten Post war wörtlich gemeint. Jemand hatte das Vorhängeschloss an einer Hintertür entfernt und in der ehemaligen Bar wartete bereits eine totenblasse Nelly. »Mann, du Gurke!«, schimpfte sie los. »Was fällt dir ein, die ganze Nacht wegzubleiben! Ich dachte schon, die hätten dich auf der anderen Seite den Drachen zum Fraß vorgeworfen.«

Knapp daneben, dachte Fee. Sie begann hastig zu erzählen. Und nachdem sie geendet hatte, sagten Junis und Nelly eine ganze Weile nichts.

»Dann ist es also wirklich so, wie wir vermuten«, stellte Nelly dann fest. »Cassandra und wahrscheinlich auch Claudius stecken hinter der ganzen Sache. Und sie wollen Danes als Schuldigen dastehen lassen?«

»Sie haben es jedenfalls auffällig eilig, ihn loszuwerden«, erwiderte Fee. »Wahrscheinlich, damit sie freie Bahn haben. Cassandra sagt, sie wollen die Tore heute Abend zerstören.«

»Das ist sicher nur die Version für die Firma«, murmelte Junis. »Wenn das Tor offiziell zerstört ist, haben sie in Zukunft einen geheimen Zugang über die Grenze. Und den brauchen sie, um weitere Herzen der Elementare zu erbeuten.«

Nelly nickte finster. »Es sind also nur wenige Verschwörer, die im Hintergrund die Fäden ziehen und beide Seiten gegeneinander aufhetzen …«

»… um irgendwann selbst die Macht über beide Länder zu gewinnen«, beendete Fee ihren Satz. »Mithilfe der gestohlenen Elementarkräfte.«

»Wenn sich zwei streiten, freut sich der Dritte«, murmelte Nelly. »Altes Sprichwort.«

»Vielleicht hat Luna damals das Herrenhaus gar nicht verlassen, sondern ist auf die andere Seite gegangen?«, überlegte Junis. »Wo war sie, bevor sie vor einem Jahr ganz plötzlich aus dem Nichts wieder auftauchte?« Er hob vielsagend die Brauen. »Die Jäger müssen ihre Leute auf beiden Seiten der Grenze haben, richtig?«

»Und sie hat Goblin«, spann Nelly den Faden weiter.

Doch Fee verzog zweifelnd den Mund. »Und wenn sie wirklich nur ein Mädchen war, das immer herausfinden wollte, was mit ihren Freunden geschehen ist? Meine Mutter ist schließlich auch wieder zum Herrenhaus zurückgekehrt.«

Nelly lachte trocken auf. »Klar, glaubst du, Klein-Luna hätte sich im Lauf der Jahre nicht gewundert, dass ein Mops über fünfzig wird? Nein, sie weiß Bescheid.«

Zugegeben, das klang logisch. Fee seufzte. »Wie geht es *ihr*?«, fragte sie Nelly.

Ihre Freundin wählte eine Nummer auf ihrem Handy und reichte es Fee. »Frag sie selbst. Herr Schmitt hat ein Festnetztelefon und ich habe ihr heute Morgen gezeigt, wie man es benutzt.«

Fee war verblüfft, als tatsächlich jemand am anderen Ende abhob. Niemand meldete sich, also sagte sie leise: »Hallo?«

»Fee!«, rief die Phönixtochter. »Du hast es geschafft?«

»Ja. Ich habe mit deinem Bruder und deiner Mutter gesprochen und ...«

»Gesprochen? Mit meiner Mutter?« Es klang wie: *»Warum lebst du noch?«*

Fee konnte sich ein Grinsen nicht verkneifen. Dann begann sie zu erzählen. Als sie geendet hatte, war auch Fayra eine Weile sprachlos. Aber dann konnte Fee sogar durch das Telefon wahrnehmen, wie die Phönixtochter zu strahlen begann. »Ich habe mich wohl getäuscht«, hörte Fee sie leise sagen. »Feen existieren doch. Du bist nämlich meine.«

»Hör auf zu grinsen wie ein Honigkuchenpferd«, sagte Nelly, als sie ihr Handy wieder einsteckte. »Noch ist sie nicht in Sicherheit.«

Junis hielt den Bernstein gegen das Licht. »Das Papier ist schon einige Millimeter heruntergebrannt. Wann hast du den Stein bekommen, Fee?«

Fee überlegte. Länger als zehn Minuten hatte sie dem Gespräch im Herrenhaus sicher nicht gelauscht und beim Einschalten des Handys hatte sie die genaue Uhrzeit gesehen. »Viertel nach neun.«

»Dann brennt das Papier etwa drei Millimeter pro Stunde herunter«, kombinierte Junis. »Macht bei der Größe des

Blattes … höchstens drei Stunden, bis Fayras Mutter das zweite Tor öffnet.«

»So wenig Zeit haben wir?«, hauchte Nelly.

»Countdown läuft«, sagte Junis in seiner trockenen Art. »Wir müssen das Tor suchen.«

Fee sank der Mut. *Kein Problem*, dachte sie. *Das Tor ist auf dem dritten Vulkanberg links, gleich bei der Feuersäule. Das müsste doch problemlos bei Google Maps zu finden sein.*

Nelly und Junis sahen sie beide erwartungsvoll an. »Ich … konnte nicht viel erkennen«, stotterte sie. »Das Feuer war so hell, dass ich es mit der Hand abschirmen musste. Vom Balkon aus gesehen wäre dieser Berg jedenfalls links von der Kirche in der Weststadt.«

»Wie weit links?«, wollte Junis wissen.

»Keine Ahnung«, platzte es aus Fee heraus. »Bin ich ein Cyborg mit Entfernungsmessung im Computerauge?«

»Wenn du deinen Daumen quer hältst, wie oft würde er ungefähr zwischen die Kirche und das Tor passen?«

Fee blinzelte irritiert.

»Na, du hast doch eben gesagt, dass du deine Augen mit der Hand abschirmen musstest«, erklärte Junis geduldig. »Halte deinen Arm genau so, wie du es gemacht hast.«

Nelly hatte begriffen und pfiff anerkennend durch die Zähne. »Du bist gut in Mathe, hm?« Fee schloss die Augen und versuchte die Bilder der verschiedenen Welten im Geist zu überlagern.

»Höchstens … drei Daumen.«

»Und wie viele Handbreit zwischen Kirchenspitze und Tor?«

»Drei. Ungefähr.«

»Gut.« Junis lächelte zufrieden. »Von der Höhe her müsste es eines der Hochhäuser in der Weststadt sein. Sobald wir zu Hause sind, gleichen wir es mit dem Stadtplan ab und stellen ein paar Berechnungen an. So kreisen wir das Tor zumindest schon einmal ein.«

Fee stutzte. Es war seltsam, dass Junis tatsächlich »zu Hause« gesagt hatte. Aber noch seltsamer war, dass es sich auch für sie tatsächlich ein bisschen so anfühlte. Erst als Nelly ihr leicht in die Rippen stieß, bemerkte sie, dass ihr Handy mit einem Blinken einen Anruf meldete. Fee bekam sofort Herzflattern. »Meine Mutter.«

»Keine Panik«, sagte Nelly. »Geh einfach ran und sag ihr, du bist gerade aufgewacht. Ich habe ihr heute Morgen versprochen, dass du dich bei ihr meldest.«

Fee nickte. Aber es fühlte sich gar nicht gut an, heuchlerisch fröhlich: »Hallo Mama« zu sagen. Ihre Mutter sparte sich eine Begrüßung. »Anna-Fee, hör mir jetzt gut zu und tu, was ich dir sage«, sagte sie mit bebender Stimme. »Egal, wo du jetzt bist und mit wem: Du kommst SOFORT ins Hotel!«

43

»Glaub mir, es ist überhaupt nichts passiert«, sagte Nelly sicher zum zehnten Mal. »Wir können nicht aufgeflogen sein. Sie hat weder bei meinen Eltern noch bei Izzy angerufen.«

Das ist meine geringste Sorge, dachte Fee. Sie versuchte sich nicht vorzustellen, dass Cassandra im Hotel aufgekreuzt war. Natürlich war es Unsinn, aber trotzdem rannte sie durch die Hotellobby, als ginge es um Sekunden.

»Na gut«, keuchte Nelly, als sie Fee vor dem Fahrstuhl eingeholt hatte. »Schau kurz nach, ob alles in Ordnung ist, ich warte hier. Und dann stoßen wir wieder zu Junis. Bis gleich.«

Fee betrat den Hotelaufzug. Von den verspiegelten Wänden blickte ihr ein Schreckgespenst mit einer zerrauften Fantasy-Flechtfrisur voller Perlen und Federn entgegen. Rasch rubbelte sie sich mit dem Ärmel noch Schmutz von der Wange – und drapierte ihre Hoodie-Kapuze über ihre Narbe.

Sie war unendlich erleichtert, die Stimme ihrer Mutter durch die Tür zu hören. Offenbar telefonierte sie mit jemandem. Und es klang nicht so, als sei sie in Gefahr. Fee überlegte, ob sie einfach gleich wieder gehen sollte, aber im selben Moment wurde die Tür aufgerissen. Wahrscheinlich hatte Mama den Aufzug gehört. Nun packte sie Fee am Arm und zog sie in das Hotelzimmer. »Wurde auch Zeit«, herrschte sie Fee an.

»Was soll das?«, rief Fee. Aber sofort verstummte sie.

»Lange nicht gesehen«, sagte Tiberius Danes mit kaum verhohlener Ironie. Er saß am Tisch, in einem langen schwarzen Mantel. Ein ebenso schwarzer Reisekoffer stand neben ihm.

»Ist es wahr, was Mister Danes auf einer Überwachungskamera entdeckt hat?«, fragte ihre Mutter. »Du warst heute Nacht im *Leo Mansion*?«

»Die Aufzeichnung zeigt jedenfalls ein Mädchen in einem schwarzen Kleid mit Silberstickereien«, setzte Danes hinzu. »Und wie ich Ihnen ja schon sagte, sieht man auf dem Video deutlich, wie sie stürzt und sich am rechten Bein verletzt.«

Er deutete auf Fees Fuß. Unter dem Rand der Leggings war tatsächlich getrocknetes Blut am Knöchel und am Rist zu sehen. Aber dieser letzte Beweis war gar nicht mehr nötig. *Mama hat ja gestern die SMS mit dem Foto von mir in dem Kleid bekommen.*

»Das war also euer harmloses Rollenspiel-Treffen bei Isabelle?«, wetterte ihre Mutter los. »Deshalb brauchtest du die Pläne vom Herrenhaus. Um mitten in der Nacht in das baufällige, abgesperrte Gebäude einzubrechen? Ist dir klar, dass ihr hättet sterben können?« Ihre Stimme überschlug sich.

»Ihre Tochter hatte großes Glück, dass die Böden nicht

nachgegeben haben, als sie stürzte«, sagte Danes. »Auf dem Video sah die Aktion sehr gefährlich aus.«

Fee ballte die Hände in den Taschen zu Fäusten. Und bemerkte, dass sie immer noch das Handy in der Rechten hielt. Sie tastete nach Nellys Kurzwahltaste.

»Hast du dazu nichts zu sagen?«, fuhr ihre Mutter sie an.

»Mister Danes hat also unsere ganze LARP-Gruppe auf einer Videoaufzeichnung im Herrenhaus gesehen?« Fee hoffte, dass sie laut genug sprach, damit Nelly es hören würde. »Er ruft dich im Büro an und kommt dann extra her, um dir das persönlich zu erzählen? Und du glaubst ihm, ohne dir das Video selbst angesehen zu haben? Mister Danes, können Sie uns Ihr Beweisvideo zeigen, bevor sie mich einfach so beschuldigen?«

Mama war völlig perplex. »Anna-Fee! Wie redest du mit Mister Danes …«

»Schon gut, Frau Fischer.« Danes stand auf. »Ich habe alles gesagt. Alles Weitere ist nun eine Sache zwischen Ihnen und Ihrer Tochter. Aber wenn Sie mir die Bemerkung gestatten: Wäre sie meine Tochter, würde ich ihr Hausarrest geben und sie nicht aus den Augen lassen.«

Fee funkelte ihn wutentbrannt an. Aber ihre Mutter wurde flammend rot und schluckte. »Ich hatte wirklich keine Ahnung, Mister Danes. Und ich kann mich nur noch einmal dafür bedanken, dass Sie auf eine Anzeige bei der Polizei verzichten.«

Danes lächelte ihr großväterlich zu und griff nach seinem Koffer. »Sie haben derzeit kein Hausrecht mehr im Gebäude, also ist es Einbruch und damit eine Straftat. Ich werde die Videoaufzeichnung löschen. Doch sollte ich ihre Tochter noch einmal auch nur in der Nähe des Hauses sehen, bin ich gezwungen, sofort die Polizei und meine Kollegen zu informieren.«

»Vielleicht sollten Sie ja auch Ihre Kollegen überwachen, die angeblich für die Sicherheit im Herrenhaus sorgen«, sagte Fee mit fester Stimme. »Fragen Sie doch mal Cassandra, was sie wirklich mit den baufälligen Türen vorhat. Vielleicht sollten Sie ja einfach darauf vertrauen, dass Kinder und Jugendliche Gefahren manchmal viel besser einschätzen können als Erwachsene.«

»Anna-Fee!«, zischte Mama. Danes' Miene verfinsterte sich. Er würdigte Fee keines Blickes mehr, sondern wandte sich an Fees Mutter. »Ihre Tochter ist ebenso vorlaut wie leichtsinnig«, sagte er kühl. »Und sie weiß nicht, wovon sie redet.« An der Tür wandte er sich noch einmal um. »Hausarrest, Frau Fischer. Kann ich mich darauf verlassen?« Als Fees Mutter grimmig nickte, blitzte er Fee noch einen warnenden Blick zu und verließ das Zimmer.

Es wäre einfacher gewesen, wenn Fees Mutter getobt und geschimpft hätte, aber sie wirkte nur maßlos enttäuscht.

»Du hast mich also die ganze Zeit angelogen. Du warst auch nicht in der Musikschule beim Workshop. Du lächelst lammfromm, wenn ich dir sage, wie froh ich bin, dass du so vernünftig bist und keine Dummheiten machst? Und dann machst du solche … kriminellen Aktionen. Was ist nur in dich gefahren? Oder ist das der Einfluss deiner neuen Freunde?«

Könnte man so sagen. Fee senkte den Kopf. »Tut mir leid, Mama. Aber es ist alles ganz anders, als es aussieht …«

»Oh, das heißt, du warst gar nicht im Herrenhaus?«, sagte ihre Mutter spitz.

Fee errötete. »Doch, schon. Aber …«

»Keine weiteren Fragen. Gib mir das Handy.«

Fee blieb nichts anderes übrig, als das Familienhandy herauszurücken. Als ihre Mutter es an sich nahm, berührten sich kurz ihre Hände. Es wäre der Moment gewesen, um ihrer Mutter endlich von Alice zu erzählen, von dem Märchenland und dem Bernstein, im dem die Asche eines Lebens wie in einer Sanduhr zerrann. Aber bevor Fee die ersten Worte finden konnte, klingelte das Hoteltelefon und ihre Mutter wandte sich brüsk von ihr ab und ging ran. »Kai! Gut, dass du zurückrufst. Warte kurz.« Sie drehte sich zu Fee um. Und nun funkelten ihre Augen vor Zorn. »Geh in dein Zimmer«, befahl sie. »Ich will jetzt kein Wort mehr hören.«

Fee stürzte sofort zum Fenster. Viele Stockwerke unter ihr lud Danes gerade seinen Koffer in ein Taxi und stieg ein. Kaum war das Auto um die Ecke verschwunden, sprang Nelly hinter einem geparkten Lieferwagen hervor und winkte ihr hektisch zu. Fee hätte brüllen müssen, um sich auf diese Entfernung verständlich zu machen. Aber ihre Freundin hatte wohl genug mitgehört.

Sie rief ihr etwas zu, was sie nicht verstand. Dann gestikulierte sie, als würde sie heftig gegen eine Tür klopfen.

Anschließend zeigte sie auf ihr Handgelenk, als trüge sie dort eine Uhr, und öffnete und schloss beide Hände einmal und dann die rechte ein weiteres Mal. Fee verstand. *In fünfzehn Minuten hole ich dich raus.* Sie nickte. Nelly hob beide Daumen und rannte davon.

»Oh nein, Kai«, hörte Fee ihre Mutter sogar durch die geschlossene Tür laut protestieren. »Verteidige sie nicht. Und komm mir nicht damit, dass jeder in diesem Alter Dummheiten macht. Das hier ist etwas anderes …«

Fee lächelte trotz allem. Es tat gut, dass ihr Vater selbst jetzt noch fest zu ihr hielt. Die Diskussion ihrer Eltern schien Stunden zu dauern. Aber es waren nur die längsten fünfzehn Minuten in Fees Leben. Und als draußen Nellys Klopfzeichen-Code so laut ertönte, dass Fee es sogar durch die Zwischentür hörte, schoss sie hoch und öffnete die Tür einen Spalt.

»Technischer Dienst«, sagte eine vertraute Stimme. »Mein Meister kommt gleich nach. Ich soll schon mal die Gastherme in Ihrem Bad überprüfen.«

Fee musste zweimal hinschauen, um zu glauben, was sie sah. Es war Tarom! Izzys angeberischer Freund. Er trug einen blauen Arbeits-Overall und hatte sich das lange Haar unter eine Schirmmütze gestopft. Seine schwarze Augenschminke war verschwunden. Allerdings hatte er vergessen, sein breites Nieten-Hundehalsband abzulegen. Doch ihrer Mutter schien es nicht aufzufallen. Sie starrte nur ratlos auf den Zettel voller Zahlen und Technikdaten, den Tarom ihr nun hinhielt. »Dauert nur 'ne Minute«, sagte Tarom. Er entdeckte Fee und zwinkerte ihr zu. »Darf ich?«

»Das Bad ist dort drüben«, sagte Mama. Tarom tippte sich lässig an die Schirmmütze und stellte seinen Werkzeugkoffer an der Tür ab. Er deutete darauf und nickte Fee verstohlen zu, bevor er ins Bad trottete. »Können Sie ihre Sachen wegräumen?«, rief er ein paar Sekunden später. Mama schnaubte genervt, aber sie folgte ihm ins Bad. Fee huschte aus dem Nebenzimmer und schnappte sich ihr Handy vom Tisch. Dann öffnete sie den Werkzeugkasten. Er war leer bis auf einen Zettel mit einer Nachricht. *Warte in der Hotelgarage. Parkdeck B1, Nummer 31.*

44

Fee hatte erwartet, Nelly zu treffen, aber es war Tarom, der kurz darauf atemlos angerannt kam. Er zog die Mütze vom Kopf und schüttelte das schwarze Haar. »Deine Mutter wird ganz schön sauer sein, wenn sie merkt, dass du weg bist«, bemerkte er. »Und ich bekomme Ärger, sobald mein Vater sieht, dass sein Arbeits-Overall verschwunden ist. Aber die Montur ist eine gute Tarnung, was?«

Er grinste, aber diesmal wirkte es nicht eitel, sondern nur diebisch verschmitzt.

»Ja, und ähm … also danke«, antwortete Fee.

Er winkte ab. »Ich wohne hier gleich um die Ecke und war ohnehin zu Hause.«

Nun, dafür, dass Fee ihn als Angeber kennengelernt hatte, klang er heute ziemlich normal. »Und außerdem …«, fügte er hinzu, »… hat Izzy mich schließlich darum gebeten.« Er lächelte ein wenig verlegen und Fee wurde klar, dass nicht nur Izzy bis über beide Ohren verliebt war. Ein bisschen schämte sie sich nun dafür, sich mit Nelly so über Tarom lustig gemacht zu haben. *Eigentlich ist er ja ganz in Ordnung.* »Wo ist eigentlich Nelly abgeblieben?«, fragte sie.

»Auf der dunklen Seite der Macht«, antwortete Tarom geheimnisvoll. Er verschwand hinter einem Auto und kam mit einem Damenfahrrad, an dem zwei Helme befestigt waren, zurück. »Ich würde dich ja lieber in einem Raumschiff dorthin bringen, aber leider musst du dich mit dem Gepäckträger auf dem Fahrrad meiner Schwester begnügen.«

Es war wirklich komisch, dass ein Typ, der sich mit seinem Outfit so viel Mühe gab, düster und gefährlich zu wirken, sich jetzt ganz brav einen gelben Fahrradhelm aufsetzte. Den zweiten Helm reichte er Fee. »Schwing dich auf den Gepäckträger, Prinzessin.«

Der Weg führte in Richtung Herrenhaus. Fee duckte sich unwillkürlich, als sie in der Ferne einen schwarzen Schleier über der Siedlung sah. Es sah aus, als würde jemand ein riesiges Trauertuch über den Dächern herumwirbeln. Doch es waren nur Schwärme von Krähen, die über den Häusern kreisten. *Nicht gut*, dachte Fee. Tarom hielt ein paar Straßen von der Baustelle entfernt vor dem Zugang zu einem Hinterhof. *Jugendzentrum Ost* prangte in bunten Buchstaben auf einem Schild. Und im Hinterhof stand an einer Eingangstür eine *Darth Vader*-Figur mit einem Lichtschwert. *Dark Side* hatte jemand auf die Tür gesprüht.

Die *Dunkle Seite* erinnerte eher an ein gemütliches Spiele-Wohnzimmer. Es gab Buchregale und Spielesammlungen, an den Wänden hingen Poster von Bands. Auf bunt zusammengewürfelten Stühlen lümmelten ein paar Jugendliche an einem Tisch um ein Spielbrett herum. Einige von ihnen waren kaum älter als Fee. Auf dem Tisch reihten sich winzige Figuren – Orks und andere Ungeheuer. Es wurde gewürfelt, und Fee erkannte, dass die Gruppe wohl in ein Tisch-Rollenspiel vertieft war. Beinahe hätte sie Izzy unter den Spielern nicht erkannt. Heute war sie einfach nur ein ungeschminkter Teenager in einer abgewetzten Jeansjacke. Ihr gefärbtes Haar hing ihr zu einem lockeren Seitenzopf geflochten über die Schulter. Izzy nickte Fee nur erstaunlich kühl zu und wandte sich sofort wieder zum Spielbrett.

»Hier bin ich!«, kam es von der Seite. Nelly saß mit einem Laptop auf dem Schoß auf einem Sofa.

Fee hechtete zu ihr. »Was machst du im Jugendzentrum?«

»Ich habe mich allein nicht mal zur U-Bahn-Station in die Siedlung getraut. Hast du die Vogel-Invasion nicht gesehen?«

Fee nickte beklommen. »Ist Fayra noch in Sicherheit?«

»Ja, über ihrem Häuserblock suchen sie nicht mehr, sie weiten die Kreise nun aus. Junis war gerade bei ihr. Sie ist müde und schläft nun und Junis holt uns gleich ab. Ich habe die Zeit genutzt, um mir an Izzys Laptop die Hochhäuser anzusehen …«

»Aber du hast Isabelle doch hoffentlich nichts verraten?«

Nelly schüttelte den Kopf. »Was glaubst du denn, warum sie so sauer ist?«, murmelte sie. Tarom hatte sich inzwischen aus dem Overall geschält und sich in einen Rollenspieler in schwarzen Klamotten zurückverwandelt. Auf seinem ärmellosen Shirt prangte ein Logo. Ein Totenkopf, dessen Zähne aus Buchstaben bestanden, die das Wort *ANAGRAMM* bildeten. Fee erinnert sich daran, dass Taroms Schülerband so hieß. Nellys Handy meldete sich. »Junis?«, flüsterte sie. »Ja, wir kommen in den Hof.«

Junis trug heute eine helle Kapuzenjacke. Aber an seiner Kamera hätte Fee ihn sofort erkannt. Doch bevor sie einander begrüßen konnten, rief Izzy hinter ihnen: »Hey, Fremder!«

Sie lehnte mit verschränkten Armen an Darth Vader. »Lass mich raten«, sagte sie zu Junis. »Du bist der Romeo aus der Siedlung – Maries Freund? Die Sache ist wohl noch nicht beendet?«

Oh nein, dachte Fee. Junis' Miene verfinsterte sich prompt zu der verschlossenen, feindseligen Maske, die Fee schon lange nicht mehr gesehen hatte. Dann machte er auf dem Absatz kehrt und stürmte aus dem Hinterhof.

»Na toll«, murmelte Nelly und eilte ihm nach.

Izzy hielt Fee am Arm zurück. »Moment, Miss Undercover! Es wird Zeit, mir endlich die Wahrheit über diese seltsame Geschichte zu erzählen, meinst du nicht? Wer ist der Typ?«

»Nur ein Bekannter aus der Siedlung …«

»Ja klar, und den Weihnachtsmann gibt es wirklich«, schnappte Izzy. »Hör zu, ich habe genug davon, für euch die Feuerwehr zu spielen, ohne zu wissen, worum es hier geht. Es ist ja ganz offensichtlich, dass ihr in Schwierigkeiten steckt. Also erzähl schon! Wer ist Marie wirklich? Warum versteckt ihr sie? Und vor wem?«

Fee sah sich nach Nelly um, aber ihre Freundin war um die Ecke verschwunden. »Tut mir leid. Das … kann ich dir nicht sagen.«

Izzy presste die Lippen zusammen und schnaubte beleidigt. »Dann ruft das nächste Mal jemand anderen an, wenn ihr Hilfe braucht«, zischte sie und ging ins Haus zurück.

Nelly und Junis standen am Ende der Straße vor einem Zeitungskiosk und hatten offenbar ein hitziges Wortgefecht. »Wir hatten eine Abmachung«, hörte Fee Junis sagen, als sie aufgeholt hatte.

»Erstens: Von dir habe ich überhaupt nichts erzählt«, verteidigte sich Nelly. »Und zweitens: Izzy ist meine Cousine. Sie ist absolut vertrauenswürdig, was wäre also so schlimm daran, wenn wir uns Verstärkung holen?«

Junis schüttelte empört den Kopf.

»Hey, wir haben keine Zeit mehr, um uns hier herumzustreiten«, keuchte Fee.

»Eben!« Nelly hob mahnend ihr Handy hoch. Auf dem Display hatte sie den Countdown für das Feuertor eingestellt. Fee schluckte und auch Junis biss sich beim Anblick der rückwärtsrasenden Sekunden auf die Unterlippe.

»Wir können jede Hilfe gebrauchen«, fuhr Nelly fort. »Außerdem gibt es im Jugendzentrum Internet.«

»Aber Izzy glaubt uns das alles ohnehin nicht«, gab Fee zu bedenken.

»Machst du Witze?« Nelly lachte. »Wenn Fantasy-Rollenspieler nicht an magische Wesen glauben, wer dann? Die sitzen da drin an Spielbrettern und träumen davon, echte Monster zu jagen. Izzy und ihre Truppe trainieren in jeder freien Minute Schwert- und Stockkampf. Und außerdem sind sie prima getarnt, denn nach ihnen suchen die Spähervögel ja nicht …«

»Wir schaffen es auch allein«, widersprach Junis mit harter Stimme.

»Niemand schafft es jemals allein!«, platzte es so laut aus

Nelly heraus, dass ein paar Fußgänger auf der anderen Straßenseite verwundert zu ihr herübersahen. »Man braucht immer ein Team«, wetterte Nelly weiter. »Es geht niemals ohne Verbündete und Freunde. Gerade du solltest das doch am besten wissen, Junis. Bevor Fee und ich aufgekreuzt sind, hast du schließlich selbst erlebt, wie es ist, keine Freunde zu haben und ganz allein zu sein.«

Fee sah erschrocken zu Junis. Doch wenn Nellys Worte ihn getroffen hatten, verbarg er es gut. Nelly dagegen war vor Ärger knallrot geworden und ballte die Fäuste. Und Fee verstand wohl zum ersten Mal wirklich, wie ihre beste Freundin tickte. Wie wichtig ihr Freundschaften und Netzwerke waren. *Und sie lässt niemanden, der ihr am Herzen liegt, jemals im Stich.*

»Nelly hat recht«, sagte sie leise zu Junis. »Es ist eine Sache, sich ganz alleine durchzuschlagen, wie du es tun musstest, aber eine andere, wenn es um das Leben deiner Freunde geht.«

Nelly schenkte Fee ein Lächeln, das sich wie ein warmer Sonnenstrahl auf der Seele anfühlte.

»Wenn es um dein oder Fees Leben ginge, würde ich keine Sekunde überlegen, ob ich es auch allein schaffen kann«, sagte Nelly dann zu Junis. »Ich würde eine ganze Mannschaft zusammentrommeln, um euch zu helfen. Und außerdem habe ich genug von dieser ganzen Geheimnistuerei.«

Ich auch, dachte Fee aus ganzem Herzen.

»Und apropos nervige Geheimnisse« fuhr Nelly fort. »Unsere *Phönia* heißt nicht Marie und auch nicht *Dschinniya*. Ihr richtiger Name ist Fayra.«

Nun zuckte Fee doch ein wenig zusammen. Aber zu ihrer maßlosen Überraschung zog Junis nur den linken Mundwinkel hoch und antwortete: »Ich weiß.«

Nelly schien gar nicht mitzukriegen, was Junis da eben ganz nebenbei verkündet hatte, aber Fee staunte. *Fayra hat ihm ihren Clansnamen verraten?* Bisher hatte Fee den Eindruck gehabt, dass die Phönixtochter Junis gegenüber reserviert und zurückhaltend war. Aber offenbar hatte sie sich nicht nur bei Tarom getäuscht.

»Also weihen wir Izzy jetzt ein?«, fragte Nelly. »Was haben wir zu verlieren? Außer … Fayras Leben?«

Das saß auch bei Junis. Er schluckte schwer, aber bevor er antworten konnte, erhob sich wie aus dem Nichts das scharfe Rauschen von Flügeln und krächzenden Stimmen, die wie eine gewaltige Woge heranrauschten.

»In den Kiosk!« Junis packte Fee und Nelly an den Jacken und zog sie in den Tabakladen. Dort hechteten sie hinter einen Zeitungsständer und kauerten sich zusammen. Durch die Lücken zwischen den Zeitschriften sahen sie, wie sich draußen die Straße verdunkelte wie bei einer Sonnenfinsternis. Ein Krähenschwarm wälzte sich wie eine Flutwelle aus schwarzen Federn und Krallen am Fenster vorbei. Flügelspitzen streiften an der Scheibe.

Bremsen quietschten, Autos begannen zu hupen, dann war der Spuk genauso schnell vorbei, wie er gekommen war.

»Wenn ihr nichts kaufen wollt, verschwindet«, knurrte der Verkäufer an der Kassentheke. »Ich bin keine Katastrophenunterkunft.«

Junis stand bereits wieder an der Tür und spähte nach

draußen. Statt hinauszugehen, winkte er Nelly und Fee zu sich.

Und als Fee seinem ausgestreckten Zeigefinger folgte, wäre sie liebend gern wieder hinter dem Zeitschriftenständer in Deckung gegangen.

»Habt ihr den nicht im Park verloren?«, fragte Nelly.

Auf der anderen Straßenseite lief Goblin in seiner Mopsgestalt. Naja, Laufen war zu viel gesagt, er schleppte sich eher dahin, so vollgefressen war er. Sein runder Bauch schaukelte bei jedem tapsenden Schritt. *Kein Wunder, wenn man einen ganzen Ledermantel und ein Dutzend Ziervögel verspeist.* Als er nieste, taumelte eine glänzende rote Feder in die Luft und löste sich im Herabschweben auf wie ein Trugbild. Dann tippelte Lunas Ungeheuer träge um die Ecke. »Glaubst du, Luna schleicht auch hier herum?«, flüsterte Nelly. Fee nickte nur beklommen. *Zumindest kann sie hier lange nach Fayra suchen.*

»Ihr geht ins Jugendzentrum zurück und weiht Izzy ein«, sagte Junis leise. »Aber meine Geschichte haltet ihr aus der Sache raus, klar? Ich hole die Ausdrucke von Danes' Smartphone aus der Wohnung.«

»Nicht nötig.« Nelly zückte ihr Handy. »Ich habe gestern alles abfotografiert.« Sie war immer noch blass vor Schreck, aber sie grinste triumphierend. »Man braucht nämlich nicht nur Verbündete, sondern immer auch einen Plan B.«

Offenbar war es eine Sache, in Elfengewandung gegen verkleidete Orks zu kämpfen, aber eine ganz andere, an die

Existenz von echter Magie zu glauben. Seit zehn Minuten tickte die Zeit, während Izzy mit verschränkten Armen nur zuhörte und ihre Miene immer skeptischer wurde. Tarom saß neben ihr auf dem abgewetzten Sofa des Jugendzentrums und hörte mit zweifelnd gerunzelter Stirn zu, während Nelly erzählte. Junis lehnte etwas abseits an der Wand, als müsste er Wache halten. Fee musterte ihn und Tarom verstohlen. Größer hätten die Gegensätze zwischen zwei Jungen nicht sein können. Sie wirkten wie schwarz-weiße Spielfiguren: Junis in seiner hellen Jacke, mit der dunkleren Haut und den Mitternachtsaugen, die Leid und Krieg gesehen hatten. Und daneben – in schwarzer Kluft und mit Nietenhalsband, das gefährlich wirken sollte – der blasse Elftklässler, der noch nie echte Gefahren erlebt hatte und für den Kämpfe und Kriege nur Zeitvertreib und Rollenspiel-Abenteuer waren – mit Regeln und ohne Risiko. *Vielleicht wirkt Junis deshalb älter als Tarom?*, dachte Fee bei sich.

»Also noch mal zum Mitschreiben«, sagte Izzy. »Dieses Mädchen stammt also aus einer *magischen Parallelwelt* und ist eine Art *Feuerelfe*. Fee kann sich irgendwie in ihre Welt *beamen*, aber *die Elfe* braucht ein Tor.« Izzy sprach die Worte übertrieben deutlich aus. Fehlte nur noch, dass sie dabei Gänsefüßchen in die Luft malte. »Und wenn ihr die *Feuerelfe* nicht in weniger als drei Stunden zum *Weltenportal* irgendwo in der Weststadt bringt, dann schneiden ihr *Jäger* das Herz heraus, um ihre magischen Kräfte zu stehlen?«

Es war Tarom, der als Erster lachte. »Glaubt ihr das wirklich?«

Nelly bekam sofort zornrote Flecken auf den Wangen.

»Du wunderst dich wohl gar nicht, warum seit Tagen die ganzen Vögel herumschwirren? Das sind Späher!«

Izzy verbiss sich sichtlich das Grinsen. »*Späher*, klar. Und wer hat euch das alles verraten? Die Posteulen aus Harry Potter?«

Nelly sah aus, als würde sie ihr gleich ins Gesicht springen. »Sehr witzig«, zischte sie.

»Warum sich die Vögel hier versammeln, kam doch neulich im Fernsehen«, meldete sich Tarom zu Wort. »Das hat nichts mit ›Magie‹ zu tun.« Es war unfassbar, aber er zeichnete die Gänsefüßchen tatsächlich mit den Fingern in die Luft. »Es liegt an den atmosphärischen Störungen nach dem Gewitter.«

»Lasst uns gehen«, knurrte Junis genervt.

»Nein, warte.« Fee zog Nellys Rucksack heran und wühlte darin herum. »Du solltest langsam echt anfangen, an den Weihnachtsmann zu glauben«, sagte sie zu Izzy. Sie nahm deren Hand und legte den Bernstein behutsam hinein. Es wäre ein Foto wert gewesen, wie Tarom und ihr die Kinnladen herunterfielen. Der Glutrand hatte sich ein Stück weiter am Papier entlanggefressen. Das magische Licht ließ den Bernstein leuchten wie flüssiges Gold. Ein Abglanz davon tauchte Izzys und Taroms fassungslose Mienen in gelbes Leuchten, während sie die spinnenfeine fremdartige Schrift auf dem Papier betrachteten. Die Buchstaben wechselten ihre Farbe von Gold zu Schwarz und dann zu Rot, sie waberten und veränderten sich, als würden sie aus Rauch bestehen.

»Das … das ist doch ein Trick«, stotterte Tarom.

»Nö, nur atmosphärische Störungen«, antwortete Nelly trocken. »Wir nennen es ›Magie‹. Willkommen in unserer Welt.«

Es war Izzy, die nach einer fassungslosen Ewigkeit als Erste ihre Sprache wiederfand.

»Okay, keine Panik«, sagte sie und klang dabei wie Nelly. »Wir müssen also das Hochhaus mit dem Tor finden. Tarom, du rufst Gizmo an.«

»Gizmo, echt?«, fragte Fee. »Er ist irgendwie komisch. Und du kennst ihn doch erst seit ein paar Tagen.«

»Giz ist in Ordnung«, antwortete Izzy. »Wollt ihr das Mädchen etwa auf dem Fahrrad-Gepäckträger durch die Stadt spazieren fahren? Nein, wir brauchen ein Auto, damit sie vor den Spähern geschützt ist – und es ist immer gut, jemanden dabeizuhaben, der sich mit Technik auskennt. Das Hochhaus wird ja bestimmt gesichert sein.«

So weit hatte Fee tatsächlich nicht gedacht.

»Außerdem brauchen wir Andi«, mischte sich nun Tarom ein. »Er ist unser bester Stratege …«

»… und von den Mädchen holen wir Lia und Mara dazu«, ergänzte Izzy aufgeregt.

Tarom schoss vom Sofa hoch, schnappte sich seine schwarze Jacke und kramte sein Smartphone heraus. *Natürlich auch schwarz,* dachte Fee. Mit dem Phone rutschte ein kleines Mäppchen aus der Tasche und klatschte auf den Boden. Tarom bemerkte es nicht, er suchte schon nach Gizmos Nummer. Auch Izzy tippte bereits fieberhaft Nachrichten. Fee hob das Mäppchen auf. Es war Taroms Schülerausweis.

Nelly beugte sich neugierig zu ihr und schlug die Hand vor den Mund, um nicht laut zu aufzulachen. »Das ist ja wie Superman und Clark Kent«, raunte sie Fee zu.

»Nur dass Tarom kein Superman ist«, gab Fee ebenso leise zurück.

Auf dem Foto trug *Tarom vom Schattental* kein Nietenhalsband und kein Totenkopf-Shirt, sondern einen blauen Strickpullover und eine Nerd-Brille. Seine Haare waren brav nach hinten gekämmt. Und unter seinem Foto prangte sein richtiger Name. *Benjamin Bärtle*.

45

Im Jugendzentrum waren alle verfügbaren Laptops eingeschaltet, ein Drucker surrte, Ausdrucke und Notizen waren auf dem Tisch ausgebreitet. Nelly saß bei Izzy und ihrer Truppe. Auch Andi war inzwischen eingetroffen und hatte sich zu ihnen und Tarom gesellt. Wie Fee schon vermutet hatte, war Andi der Junge mit dem spärlichen Ziegenbart am Kinn, der sich Aldrion Elbenherz nannte und Spielleiter der LARP-Gruppe war. Auch zwei von Izzys Freundinnen waren dazugekommen. Mit ihrem langen blonden und dunklen Haar wirkten Mara und Lia wie etwas ältere Ausgaben von Fee und Nelly. Völlig fasziniert lauschten sie Nelly.

Fee saß mit Junis an einem Laptop und klickte sich am Bildschirm per *Streetview* durch das Hochhausviertel. »Es sind zu viele«, murmelte Fee. »Wir können doch nicht fünf Häuser durchsuchen!«

Junis vergrößerte die Hochhausspitzen, bis man die obersten Fenster sah. »Vielleicht findest du Ähnlichkeiten mit dem Herrenhaus. Die gleichen Gardinen vielleicht?«

Fee kniff die Augen zusammen und suchte so verzweifelt, dass ihr Kopf schon pochte. *PKV-Versicherung* prangte am obersten Stock eines Hauses. Und ein anderes krönte eine schäbige Reklameschrift. Viele Buchstaben waren kaputt oder fehlten ganz. *Opt…ro…l*, las Fee. Es kam ihr irgendwie bekannt vor.

Junis tippte hektisch die Adresse einer Live-Webcam ein, die Teile der Stadt filmte. Als er das Live-Video des Hochhausviertels öffnete, rutschte Fee das Herz sofort in den Bauch. *Wie viele Vögel sind das? Tausende?* Unzählige Falken und Bussarde umsegelten die Hochhäuser, als würden sie Patrouille fliegen. »Das zeigt immerhin, dass wir auf der richtigen Spur sind«, murmelte Junis.

»Und dass wir keine Chance haben, mit Fayra einfach so ins Hochhaus zu spazieren, ohne dass sie sofort Alarm schlagen«, fügte Fee hinzu.

Nur ganz am Rand nahm sie wahr, wie Izzy und die anderen jemanden begrüßten. Erst als ein Schatten auf sie fiel, hob sie den Blick und prallte vom Bildschirm zurück. Gizmo hatte sich direkt vor dem Tisch aufgebaut.

»Sei gegrüßt, Geheimnisträgerin«, sagte er.

»Ha … hallo«, brachte Fee heraus. Bei ihrem entgeisterten Blick grinste er und richtete sich noch mehr auf. Seine Drachenaugen-Kontaktlinse schillerte gelbschwarz. Und er trug einen langen grauen Mantel mit einer Schuppenstruktur, der bestimmt Teil seiner Rollenspiel-Gewandung war. Irgendwie sah er gruselig aus. *Drachentöter*, erinnerte sich Fee. *Seine Gruppe nennt sich die Dracs.*

»Du … weißt schon, dass das heute kein Rollenspiel ist?«, fragte sie.

Er zuckte nur lässig mit den Schultern. »Ein Drachenauge ist nützlich, wenn man gegen Mächte der Finsternis kämpft.« Er hob vielsagend die linke Braue. »Dachte ich es mir doch, dass sich hinter dieser Marie-Geschichte mehr verbirgt, als du zugeben wolltest. Viel mehr.«

Fee schluckte. »Jedenfalls … danke, dass du uns hilfst. Das ist übrigens Junis.«

»Hallo«, murmelte Junis nur. »Lass dir von Nelly alles erklären. Wir haben zu tun.«

Gizmo lächelte nur geheimnisvoll und trollte sich. Fee sah ihm mit etwas Unbehagen nach. Dann griff sie nach Mister Danes' Adressliste von seinem Smartphone. *Schlüsselservice Schmitt, Umzugsfirma Langendorf, Optironol GmbH …*

Sie stutzte und schaute zum Bildschirm. Dann stieß sie Junis so fest in die Seite, dass er »Au, was soll das?« rief.

Fee tippte auf die lückenhafte Reklameschrift auf dem Bildschirm. »Das ist die Firma von Danes' Adressliste!«

Ihr Ausruf hatte die Aufmerksamkeit von Izzy und den anderen geweckt. Sie kamen dazu und schauten Junis über die Schulter, während er googelte. »Eingetragen ist sie als Firma für Spiegel- und Glastransport«, stellte Junis fest. »Allerdings hat sie keine Homepage und auch sonst keine Treffer.«

»Aber die Spiegel wurden gut verpackt aus dem Herrenhaus abtransportiert«, meldete sich Nelly zu Wort. »Offenbar hat Danes diese Firma damit beauftragt.«

»Das kann nicht sein«, widersprach Gizmo. »Die Firma gibt es schon lange nicht mehr.« Fee starrte immer noch die Inschrift an, als müssten die Buchstaben ihr die richtige Antwort zublinken. *Blinken!* Natürlich. Jetzt wusste sie auch wieder, woher sie die Firmenschrift kannte. »Die

Firma muss noch tätig sein«, murmelte sie. »Wieso sollte sonst die Schrift leuchten? Sie hat einen Wackelkontakt, deshalb ist sie mir in der Tornadonacht aufgefallen.«

Tarom zog die Stirn kraus und schüttelte den Kopf. »Meine Großeltern wohnen in der Weststadt und schauen von ihrem Balkon aus direkt auf das Schild. Solange ich denken kann, hat das Ding hat noch nie geblinkt.«

»Stimmt«, mischte sich eine von Izzys Freundinnen ein. »Ich wohne auch in der Gegend. Die Schrift leuchtet nie.«

Fee blinzelte irritiert. *Warum habe ich sie dann gesehen?* Ihr Herz begann schon schneller zu schlagen, als sie die Antwort erahnte. *Gehörte das Leuchten schon zu Fayras Wirklichkeit?* Tarom hatte sich neben ihr auf dem Tisch aufgestützt. Plötzlich lachte er verwundert auf. »He«, rief er. »Anagramm!«

»Was hat denn deine Band damit zu tun?«, schnappte Nelly ungeduldig.

Tarom tippte auf den Firmennamen. »Nein, *Optironol* ist ein Anagramm. Vertauscht man die Buchstaben, ergibt sich der Name … *Portolion*. Vielleicht ist das Hochhaus eine Art Außenbüro?«

Fee und Nelly starrten ihn beide an, als hätte sich Benjamin Bärtle vor ihren Augen wirklich in Superman verwandelt. Der Rest der Truppe brach in Jubel aus. Izzy fiel Tarom um den Hals und küsste ihn auf die Wange. Jetzt strahlte Tarom nicht nur, sondern wurde zudem noch rot wie eine Signallampe.

»Gute Arbeit, Agent Bärtle«, sagte Nelly. Doch Tarom reagierte überhaupt nicht auf die Frotzelei.

Gizmo war der Einzige, der erstaunlich cool blieb. »Kriegt euch wieder ein! Selbst wenn Tarom recht hat – noch sind wir nicht im Haus.«

»Und außerdem wird das Hochhaus von Bussarden bewacht«, warf Fee ein. »Wir brauchen einen Plan, wie wir jemanden ungesehen hineinschmuggeln können.«

Gizmo zückte seine Autoschlüssel und nahm den Ausdruck mit Danes' Daten an sich. »Ich schaue mir das Schloss aus der Nähe an und checke die Technik.«

»Ich komme mit«, rief Tarom. Gizmo sah nicht aus, als würde ihn das begeistern, aber er nickte widerwillig. »Und ihr«, wandte er sich an den Rest, »überlegt euch, wie wir das Mädchen aus den Baracken schmuggeln.«

Seit wann gibt Gizmo denn hier die Kommandos?, dachte Fee ein wenig verärgert. Auch Nelly blitzte ihm einen ungehaltenen Blick zu.

»Da habe ich schon eine Idee«, erwiderte Andi Ziegenbart betont lässig. Er deutete auf ein Plakat an der Wand. *Mittelalter-Markt* stand darauf. *Stadthalle am Marktplatz.* »Wir werden die Späher so weit weglocken, dass wir freie Bahn haben. Aber dafür müssen die Mädchen so schnell wie möglich zu den Baracken.« Alle schauten Junis an. »Okay«, sagte er und kramte nach seinem Schlüssel. »Ich bringe euch hin.«

»Zu Fuß? Das ist viel zu riskant.« Schon wieder übernahm Gizmo einfach das Kommando. »Ich fahre euch erst zu den Baracken«, bestimmte er. »Ihr könnt euch auf der Ladefläche meines Wagens vor den Vögeln verstecken.«

Fee und Nelly hatten beide schon Luft geholt, um zu protestieren, aber jetzt machten sie den Mund wieder zu. Das klang nämlich tatsächlich nach einem vernünftigen Plan. Junis war wohl der gleichen Meinung. Wortlos zog er die Hausschlüssel aus der Tasche und überreichte sie Nelly.

Wenn jemand Fee erzählt hätte, dass sie einmal unter einer nach Motoröl stinkenden Decke versteckt durch die Stadt kurven würde, dann hätte sie gelacht und sich an die Stirn getippt. Platt wie Flundern lagen Nelly und Fee zwischen Kisten voller Technikkram und versuchten in den Kurven nicht durch die Gegend zu rutschen. Auch Lia und Izzy hatten sich auf der Ladefläche versteckt. Nur Mara saß vorne bei Gizmo. Mehrmals musste er scharf bremsen, weil ihm ein Schwarm Krähen direkt vor die Motorhaube flog. »Cool, jetzt fahren wir auch noch Auto wie Undercover-Agenten«, hörte Fee Nelly neben sich flüstern. Fee seufzte insgeheim. War ja klar, dass ihre Freundin wieder mal völlig begeistert war. Fee war dagegen nur schlecht vom Geschaukel. Sie schrak zusammen, als etwas aufleuchtete. Sie hatte völlig vergessen, dass ihr Handy immer noch auf lautlos gestellt war. Vierzehn verpasste Anrufe ihrer Eltern. Die neueste Nachricht war eben eingetrudelt. *ANNA-FEE, LETZTE WARNUNG!* Das schrieb eindeutig ihre Mutter. *GEH RAN!* Fee bekam schon beim Anblick der Großbuchstaben Herzrasen.

Macht euch keine Sorgen, schrieb sie zurück. *Es ist alles in Ord…* Doch dann hielt sie inne. Schon der Gedanke, noch einmal eine Lüge zu erzählen, lag ihr wie Blei auf der Seele.

Also löschte sie den Satz und tippte: *Mama, es tut mir leid, dass ich so viel vor euch verheimlicht habe. Ich hatte jemandem, der mir sehr wichtig ist, ein Versprechen gegeben. Die Wahrheit ist: Ich habe deine Freundin Alice gefunden und war heute Nacht bei ihr. Sie vermisst dich auch. Ich werde dir alles erzählen. Aber jetzt muss ich zu ihrer Tochter. Ja, Alice hat eine Tochter. Du kennst sie: Es ist Marie. Sie steckt in Schwierigkeiten, und ich bin die Einzige, die ihr helfen kann. Ich erkläre euch alles heute Abend. Eure Motte.* Sie drückte auf *Senden.* Dann schaltete sie mit schwerem Herzen das Handy aus.

Man merkte, dass Gizmo sich in der Gegend gut auskannte. Als sie unter der Decke hervorlugte, erkannte Fee, dass er rückwärts in den Hinterhof eingefahren war, in dem sich die Kellertür zu Junis' Unterschlupf befand. Doch erst als sie mit den Mädchen im schummrigen Kellergang stand, wagte Fee aufzuatmen. Witzigerweise waren es die coolen Rollenspielerinnen, die jetzt ganz blass und aufgeregt waren. »Und sie ist wirklich hier?«, hauchte Mara. »Ein Wesen aus einer anderen Welt?«

Fee winkte sie nur stumm zu Herrn Schmitts Wohnung. *Bitte lass es ihr gut gehen*, bat sie im Stillen. »Ich bin's, Fee!«, rief sie schon an der Tür. »Erschrick nicht, wir haben Freunde mitgebracht.« Ihr wurde ganz kalt, als keine Antwort kam. Doch sobald sie ins Wohnzimmer geschlüpft war, atmete sie auf. Die blaue Flamme fauchte unbeirrt vor sich hin. Und Fayra schlief friedlich auf dem Sofa. Ihre Hand hing nach unten und wärmte sich an der Flamme. Die Haut leuchtete immerhin noch bis zum Ellenbogen. Dennoch war der Phönixtochter deutlich anzusehen, dass sie dem Ende ihrer Kräfte entgegenging. Doch für Izzy und ihre Freundinnen war das, was sie sahen, immer noch magisch genug. Lia fiel vor Schreck ihre Tüte mit Kleidungsstücken aus der Hand. Die anderen wurden blass und schnappten fassungslos nach Luft. »Sie … sie leuchtet ja genau wie der Bernstein«, hauchte Mara.

»Normalerweise strahlt sie viel, viel heller«, erwiderte Fee.

Beim Klang ihrer Stimme regte sich Fayra. Ihr Haar rutschte über den Sofarand und ergoss sich auf die Flamme. Es fing die Hitze und glomm auf wie ein Vulkanstrom. Hinter Fee erklang wieder fassungsloses Keuchen der Mädchen. Fayra schlug die Augen auf. Sobald sie Fee erkannte, erstrahlte ihr Gesicht in einem Lächeln. Dann entdeckte sie die Mädchen und fuhr hoch. Ihre Augen glühten auf.

»Oh Mann«, sagte Izzy mit zitternder Stimme. »Wir … werden eine andere Perücke brauchen. Außerdem Farbspray …«

»… und mein Glimmer-Make-up und die Gold-Kontaktlinsen«, fügte Mara aufgeregt hinzu.

»Was soll das?«, stieß Fayra verärgert hervor. »Wer sind diese Fremden?«

»Mara und Lia«, erklärte Nelly. »Sie helfen dir, unerkannt zum Tor zu kommen. Und das hier«, sie deutete auf Izzy, »bist du. Zumindest werden die Späher das denken.«

46

Fee staunte, wie eingespielt und flink die drei Mädchen arbeiteten. Man merkte, dass sie es gewohnt waren, sich für ihre Rollenspiele in kürzester Zeit völlig zu verwandeln. Es roch nach Haarspray und Schminke. Fayra hustete im Puderstaub, aber sie protestierte nicht, als Izzy ihr auch noch eine ganze Kelle sandfarbenes Makeup ins Gesicht rieb. Fee war so fasziniert von der Verwandlung, dass sie fast das Klopfzeichen an der Tür überhörte. Es war Junis. Er war schwer beladen mit einem Werkzeugkoffer und einem prall gefüllten Rucksack. »Hier sind die Sachen, die jemand für euch im Jugendhaus abgegeben hat.« Izzy war schon aufgesprungen und holte sich den Rucksack. Junis winkte Fee und Nelly, ihm zu folgen. Bevor Fee aus dem Zimmer schlüpfte, schaute sie noch einmal zu Fayra, die ihr schief zulächelte. Vor ihr kniete Izzy und zerrte eine Perücke nach der anderen aus dem Rucksack. Es sah gruselig aus. *Wie eine Kriegerin mit ihren Skalp-Trophäen*, dachte Fee.

»Gizmo sorgt dafür, dass wir ungesehen ins Hochhaus kommen«, verkündete Junis, sobald sie im Nebenzimmer waren. »Den Code der Eingangstür hat er schon geknackt – und mit Taroms Overall als Techniker getarnt kommt er unauffällig ins Haus. Sobald wir dort sind, schaltet er die Überwachungstechnik aus.«

»Ja!« Nelly lachte und riss die Fäuste hoch.

»Freu dich nicht zu früh. Noch sind wir nicht drin.« Junis öffnete den Werkzeugkoffer. Darin lagen ein mit Edding-Notizen bekritzelter Stadtplan und ein Gewirr aus dünnen Kabeln und Ohrhörern. »Wir bleiben per Funk in Kontakt«, erklärte Junis. »Und Fee, hier auf dem Stadtplan ist die Route für dich und Fayra eingezeichnet.«

Fee schluckte. *Es passiert wirklich*, dachte sie. *Und das ist kein Spiel.*

»Fee?«, tönte Izzys ungeduldige Stimme aus dem Nebenzimmer. »Du bist dran.«

Als Junis Izzy und Fayra im Wohnzimmer sah, runzelte er verblüfft die Stirn. Und auch Fee war sprachlos. Vor dem Sofa schien Fayra im rosa Ballkleid zu stehen, mit stolzem Blick und leuchtender Haut. Izzys Augen wirkten dank Maras Schminkkunst genauso schmal und schräg geschnitten wie die der *Phönia*. Sie trug sogar goldene Kontaktlinsen. Nur wenn man genau hinsah, fiel auf, dass ihr Haar und die Haut etwas zu sehr glitzerten.

Daneben stand ein unscheinbares Menschenmädchen. Fayras Haut war matt und neutral geschminkt. Ihre Augen waren mit einer Sonnenbrille getarnt, wie man sie gerade an jeder Straßenecke sah. Sie trug Izzys Kleidung und Sneakers; ihr *Phöniahaar* war unter einer nussbraunen Perücke verschwunden. Dazu hatten die Mädchen ihr noch eine himbeerfarbene Beanie-Mütze übergezogen und rosa Lipgloss verpasst.

»Genial!«, rief Nelly begeistert. »Du siehst total langweilig aus!«

»Hey, vielen Dank!«, schnappte Izzy beleidigt. »Das sind meine Sachen.« Ihre Freundinnen prusteten los und auch Fee musste kichern. Kurze Zeit später erkannte sie sich auch selbst kaum wieder. Nachdem Mara und Lia mit ihr fertig waren, schaute sie aus dem Spiegel ein schwarzhaariges Mädchen in einer mit Glitzerstickern verzierten Jeansjacke an. Ein Fransentuch im Leoprint bauschte sich um ihren Hals. Ein bisschen erinnerte sie damit an die Hinterhof-Teenies aus der Siedlung. Fayra trat neben sie und zuckte zurück, als sie sich selbst im Spiegel sah. Ihr Blick schweifte erst nachdenklich zu Fee, dann im Hintergrund zu Izzy und den anderen. Alle strahlten die Phönixtochter an, sogar Junis lächelte ihr aufmunternd zu. Und Fee wurde ganz warm ums Herz. Mit einem Mal war sie unendlich stolz auf ihren Clan. *Ja, auch das sind wir Menschen. Nicht nur Feinde und Jäger.* Fayra erwiderte das Lächeln ihrer Freunde, dann sah sie ihr Ebenbild im Spiegel an und sagte mit weicher Stimme: »So ist es also, ein Mensch zu sein.«

Auch Taroms Miene war denkwürdig, als Junis ihn kurze Zeit später mit Andi in die Wohnung führte. »Wow«, rief er aus. »Izzy, du siehst … so … wow aus!«

»Jedenfalls nicht langweilig«, erwiderte Izzy mit einem scharfen Blick auf Nelly. Roter Glitzerstaub löste sich aus ihrem Haar, als sie vom Sofa aufstand. »Wollt ihr so rausgehen?«, wandte sich Fee an die Jungs. »Mit den ganzen

Kampfstöcken und so?« Tarom und Andi hatten sich keine Mühe gegeben, unauffällig auszusehen. Tarom hätte mit den schwarzen Lederstiefeln und einem langen Kapuzenumhang als Figur aus dem Computerspiel *Assassin's Creed* durchgehen können. Zu allem Überfluss hatte er sich auch noch mit schwarzer Schminke einen Maskenstreifen über die Augen gemalt. Andi hatte sich die gleiche Banditenmaske aufgemalt, ansonsten erinnerte er mit seinem schillernd blauen Umhang und einem langen Wanderstock eher an einen Zauberer. »Hey, wir gehen auf einen Mittelalter-Markt«, erklärte er Fee. »Die Stöcke brauchen wir, falls die Krähen uns zu nahe kommen.«

»Und außerdem *wollen* wir auffallen«, bestätigte Mara und strich sich ihr mittelalterliches Schnürkleid glatt. »Es muss so aussehen, als versuchten wir als Mittelalter-Truppe jemanden in unserer Mitte unauffällig aus dem Viertel zu schmuggeln.« Sie legte Izzy einen dunkelgrauen Umhang um, als wäre das ein stümperhafter Versuch, sie zu tarnen. Und auch bei dem Hofdamen-Schleier, den Izzy sich über das Haar legte, achtete sie darauf, dass ein paar Haarsträhnen wie zufällig darunter hervorlugten.

»Den Schleier verliert sie erst vor der U-Bahn-Haltestelle«, erklärte Andi. »Wir haben alles geplant.« Triumphierend zückte er Danes' Smartphone. »Das schalten wir ein, sobald wir in der U-Bahn sind. Gizmo sagt, dass die Portolion-Leute vermutlich nur darauf warten, das Mobiltelefon zu orten. Dann wissen sie, wohin wir uns bewegen und suchen uns. Doch auf dem Markt trennen wir uns, mischen uns unter das Publikum und tauchen unter. Das gibt euch genug Zeit.«

Nelly trat zu Fayra und umarmte sie zum Abschied. »Leb wohl«, sagte sie mit erstickter Stimme. »Es war schön, dich zu kennen.« Auch die Phönixtochter schlang die Arme um sie und drückte sie fest an sich. »Leb wohl, Nelly Drachenmut«, murmelte sie in Nellys Haar. »Ich danke dir für alles.«

Es war dieser Moment, als Fee plötzlich klar wurde, dass auch sie sich bald endgültig verabschieden musste. Schon der Gedanke daran fühlte sich wie ein klebriger schwarzer Knoten in ihrem Bauch an.

Nelly löste sich aus der Umarmung und rang sich ein schiefes Lächeln ab. »Viel Glück!«, sagte sie. Dann folgte sie den anderen.

Die Sekunden des Countdowns schienen dahinzurasen wie auf dem Tacho eines Rennwagens. *Nur noch vierundvierzig Minuten*. Längst schlug Fees Herz noch schneller als das Sekundenticken. Irgendwo draußen schloss sich die Gruppe auffällig eng um die falsche Fayra zusammen und huschte die Straßen entlang, als wollten sie das magische Mädchen schnell fortbringen.

»Test, Test«, hörte Fee plötzlich Nellys aufgeregte Stimme in ihrem Ohrhörer. »Hörst du mich noch?«

»Ja. Wo seid ihr?«

»Fast schon an der U-Bahn. Ihr könnt starten, Junis' Viertel ist vogelfrei. Izzy hat gerade planmäßig den Schleier verloren. Millionen von Vögeln flattern hier rum. Es funktioniert, Fee. Sie sind darauf reingefallen und folgen uns.«

Jetzt hörte Fee es auch: Vogelschreie im Ohrhörer. Im

Hintergrund Andis Ruf in gut gespielter Verzweiflung: »So ein Mist! Lauft, schnell!« Und dann das Trappeln von rennenden Füßen und Maras Kichern.

Sonnenlicht blendete Fee, als Junis die Hintertür aufriss. Über der Siedlung war der Himmel blitzblau und leer wie ein endloses Meer.

»Geht voraus«, raunte Junis. »Ich sage Gizmo Bescheid und folge euch in einer Minute. Das Auto wartet an der Unterführung in der Lilienstraße.«

Fee legte den Arm um Fayras Taille und sie schlenderten los, die Köpfe gesenkt, als würden sie gemeinsam die Playlist auf dem Smartphone studieren, das Fee in der Hand hielt. Zwei Freundinnen, die mit Ohrhörern derselben Musik lauschten. Doch als sie auf den Bürgersteig traten, konnte Fee spüren, wie das magische Mädchen nicht nur vor Schwäche zitterte. *Zum ersten Mal geht sie wirklich mit offenen Augen durch meine Welt*, dachte Fee. Sie hoffte, niemandem würde auffallen, dass Fayra in den ungewohnten Sneakers die Schritte so vorsichtig setzte wie eine Katze, die im Schnee lief. Aber keiner der Fußgänger beachtete sie. Die meisten starrten zum Himmel. In der Ferne, wo die U-Bahn-Haltestelle war, ballte sich nämlich ein schwarzer Tornado aus Vogelkörpern, der sich in Richtung Stadthalle wälzte.

Es knackte im Hörer. »Wir sind in der Bahn«, meldete Nelly. »Ein paar Krähen sind uns gefolgt und fliegen im Tunnelschacht der Bahn hinterher. Krass, oder?« Fee schluckte. Denn nun entdeckte sie noch etwas: Im Westen, wo die Hochhausiedlung war, schoss gerade ein schwarzer flirrender Pfeil in den Himmel und wurde zum bogenförmigen Schweif einer schwarzen Sternschnuppe, die über den Himmel schwirrte. »Passt bloß auf«, flüsterte Fee in das kleine Mikro, das in ihrem Schal versteckt war. »Gerade fliegt auch der Schwarm aus der Weststadt in eure Richtung.«

»Super«, war Nellys Antwort. »Das heißt, ihr habt freie Bahn. Das Hochhaus ist unbewach...«

Ein U-Bahn-Funkloch unterbrach die Verbindung.

Autos rauschten vorbei, Baustellenlärm hämmerte in der Nähe. *Noch eine Straßenecke*, dachte Fee. Sie schaute sich verstohlen nach Junis um. Er folgte ihnen in einigem Abstand, das Handy am Ohr, als würde er telefonieren. Als sie sich wieder umdrehte, brach ihr der Schweiß aus. *Pauli.* Am Ende der Straße arbeitete er sich ihr im Trippelschritt entgegen. *Weitergehen*, befahl sie sich. *Er erkennt mich nicht.* Doch in diesem Moment blieb er stehen und starrte ihr und Fayra entgegen. »Wer ist das?«, flüsterte Fayra nervös.

»Niemand«, murmelte Fee. »Aber wir nehmen besser einen Umweg.«

So unauffällig wie möglich zog sie Fayra nach rechts in eine Seitenstraße, als hätten sie ohnehin vorgehabt abzubiegen. Als sie die nächste Straßenecke erreichten, rannten sie schon fast. Fee zog Fayra um die nächste Biegung – und fiel der Länge nach über ein kniehohes Hindernis. Ein jämmerliches Jaulen erklang. Der Knopf wurde aus ihrem Ohr gerissen, unter ihrem Ellenbogen zerbrach etwas mit einem Knacken. *Oh nein, mein Mikro!* Mopsgoblin rollte sich auf die Beine und schüttelte benommen den Kopf. Dann blinzelte er Fayra aus irren Glupschaugen an.

Offenbar ließen sich Wandler weniger leicht täuschen als Bussarde. Wenn ein Mops fassungslos vor Entsetzen sein konnte, dann sah es wohl so aus. Ihm klappte das Maul auf, die Glupschaugen wurden noch größer. Er vergaß sogar, dass er sich in dieser Welt als Hund tarnte und richtete sich auf die Hinterbeine auf. Aber erst als er zurückstolperte und mit der Hand verzweifelt gegen eine Hauswand patschte, ohne den schreckgeweiteten Blick von Fayra zu lassen, begriff Fee, dass er Todesangst hatte. *Die Phönia mögen Wandler nicht und töten sie*, erinnerte sich Fee. Nur offenbar funktionierten in Fees Welt nicht alle Wände als magische Durchgänge. Als Goblin sich nun panisch mit aller Kraft und Nase voran gegen die Mauer warf, befand sich dort keine magische Tür. *Autsch*, dachte Fee. Der Wandler kippte auf den Rücken wie ein erlegter Käfer und blieb japsend in Schockstarre liegen. Seine Mopszüge verrutschten zu einer komischen Mischung aus Hund und Wandler. Fee gruselte es. »Goblin?«, ertönte hinter ihnen eine besorgte Stimme. »Goblin, bist du hier?«

Klackernde Schritte ertönten, dann gellte es zornig durch die Straße: »He, ihr Gören! Lasst meinen Hund in Ruhe!«

Etwa zehn Meter hinter ihnen stand Luna, kochend vor Wut.

Fayra zog Fee auf die Beine. Goblin rappelte sich auf und rannte angstquietschend im Hinkesprint genau in die Richtung, in die Fee und Fayra mussten.

»Weiter«, zischte die *Phönia*. Doch die Sekunden hatten genügt. Vielleicht lag es an Fees verrutschter Perücke oder einfach daran, dass Luna sich mit Verkleidungen auskannte – jedenfalls wusste sie genau, wen sie vor sich hatte. Als würde sie ein Puzzle zusammensetzen, glitt ihr Blick nun zu Fayra und zu dem davongaloppierenden Wandler. Und dann machte ihr Gesichtsausdruck sie Mopsgoblin ziemlich ähnlich, so erschrocken starrte sie die Phönixtochter an. »Gob hat Angst vor dir«, stieß sie hervor. »Weil du … du … eine von ihnen bist!«

Im selben Moment tauchte Junis hinter Luna auf. Mit einem Blick erfasste er die Situation. *Lauft!*, gab er ihnen mit einem Wink zu verstehen, dann sprintete er los, um Luna in Schach zu halten.

Fee und Fayra überholten den panischen Mopsgoblin und rannten um die Ecke. Fee war unendlich erleichtert, als sie in der Unterführung den weißen Lieferwagen sah. Gizmo wartete mit laufendem Motor. Er hatte die Drachenkontaktlinse aus dem Auge genommen und trug jetzt den blauen Overall von Taroms Vater. Vorwurfsvoll tippte er gegen seine Armbanduhr. »Na endlich! Wo ist Junis?«

»Muss Luna aufhalten«, japste Fee.

»Ihr seid jetzt schon aufgeflogen?« Gizmo stöhnte auf, als wären sie alle hoffnungslose Fälle. »Dann müsst ihr ohne ihn klarkommen. Wir können nicht warten.«

47

»Hallo, hallo?«, quäkte eine mechanische Mottenstimme. Fee kramte den Ohrhörer aus den Falten ihres Schals. »Fee, hörst du mich?« Blöderweise konnte sie ohne Mikro nicht antworten. »Hier ist Chaos ausgebrochen«, schrie Nelly gegen Krächzen und Flattern an. »Der Mittelaltermarkt ist voller Vögel.«

»Hast du kein Mikro mehr?«, fragte Gizmo.

Fee wurde rot. »Kaputtgegangen«, antwortete sie.

Er schüttelte nur tadelnd den Kopf. »Hoffentlich war's das jetzt mit Pannen«, murmelte er. »Fehlt nur noch, dass diese Cassandra und Luna gar nicht mit drinstecken, sondern jemand ganz anderes.«

»Was meinst du damit?«

Er zuckte mit den Schultern. »Was, wenn ihr euch geirrt habt?«, sagte er ruhig. »Vielleicht ist der Jäger jemand, den wir gar nicht kennen. Oder noch schlimmer: Jemand, den wir zwar kennen, von dem wir es aber am wenigsten vermuten. Wäre ich ein Jäger, würde ich mich viel besser tarnen und unauffälliger verhalten als Cassandra oder Luna, um dann völlig überraschend aus dem Hinterhalt zuzuschlagen.«

Vielen Dank, das hat mir noch gefehlt, dachte Fee. Sie versuchte die Angst nicht hochkriechen zu lassen, aber plötzlich schien ihr jeder Passant, der zum Lieferwagen schaute, verdächtig zu sein.

»Ich will dir keine Angst machen«, sagte Gizmo. »Sondern nur sagen, dass wir die Augen aufhalten müssen.«

»Klar«, murmelte Fee überhaupt nicht beruhigt. »Wie … hast du eigentlich den Code für die Türen herausbekommen?«

»Das war leicht. Danes hat in seinem Smartphone die Zahlenkombination hinter dem Firmennamen als Telefonnummer getarnt. Machen viele alte und vergessliche Leute so.«

Er gab Gas und brauste um die Kurve. Dann bogen sie schon ins Hochhausviertel ein. Auch in der Weststadt schauten die Passanten mit offenen Mündern zu der Front aus Vogelschwärmen am Horizont. In den Hochhäusern standen überall Menschen an den Fenstern, die zum Himmel starrten – Sekretärinnen und Angestellte in Anzügen, ein paar Zahnärzte in weißen Kitteln, aber auch Leute, die einfach nur in den Hochhäusern wohnten. Fee spähte hinauf zum Optironol-Tower. Es war das einzige Haus, in dem die Fenster leer waren. *Irgendwo da oben müssen wir das Feuertor finden.*

Und als sie wieder auf die Straße blickte, rutschte sie vor Schreck tiefer in den Sitz. »Da drüben ist Cassandra!«

Sie stieg eben an einem Zebrastreifen aus einem Auto und schaute mit gerunzelter Stirn zu dem Vogeltornado über der Stadthalle. Dann zückte sie ihr Handy und begann wütend gestikulierend zu telefonieren.

»Ich bringe euch zum Hintereingang und halte sie auf«, murmelte Gizmo. »Ich schätze, Cassandra wird nicht ins Haus gehen, sondern sofort zur Stadthalle fahren, aber sobald ihr drin seid, ändere ich sicherheitshalber die Türcodes.«

Er kurvte um das Haus herum und bremste vor einer verglasten, schmalen Tür. »Gib mir deine Hand«, befahl er. »Da Junis nicht hier ist, wirst du den Schlüsselcode für die Tür im obersten Stockwerk selbst eingeben müssen.«

Er zog einen Edding-Stift aus der Tasche und schrieb ein paar Ziffern auf ihren Handrücken.

»Das Gebäude hat mehrere Treppenhäuser und einen Aufzug«, erklärte er. »Den Aufzug kann man im Erdgeschoss von der Straße aus durch die Scheiben sehen. Deshalb nehmt ihr erst einmal die Hintertreppe in den ersten Stock. Ich schicke euch den Aufzug in den ersten Stock nach. Alles klar?«

»Klar«, antwortete Fee, obwohl ihr jetzt wirklich übel war.

Gizmo sprang aus dem Wagen und half Fayra vorsichtig aus ihrem Versteck auf der Ladefläche. Fayra schenkte ihm ein Lächeln. »Danke für alles.«

»Schon okay«, murmelte er. Zu dritt schlüpften sie dann in ein schmales Treppenhaus, das nach Putzmittel roch. Endlich konnten Fayra und Fee die Perücken abstreifen. »Viel Glück«, rief Gizmo schon im Laufen über die Schulter. »Ihr schafft das!«

Wirklich?, dachte Fee. Als Gizmo durch die Tür in den vorderen Teil des Gebäudes verschwand, fühlte sie sich so allein wie nie zuvor. Auf Zehenspitzen huschten Fayra und sie die Treppen hoch. Ein Rumpeln wie ein Donnergrollen ertönte. Der Fahrstuhl fuhr direkt hinter einer dünnen Trennwand an der Treppe vorbei nach unten. »Fee, wo bist du?«, hörte sie wie aus weiter Ferne Nellys besorgte Stimme an ihrem Kragen. »Wir haben die Jungs im Getümmel aus den Augen verloren … und … he, weg, du Mistvieh!« Im Hintergrund schimpfte auch Izzy wüst los. Dann hörte Fee nur noch Krächzen und Rascheln.

Sie erreichten den ersten Stock und eilten aus dem Treppenhaus in den Hauptteil des Gebäudes. Fees Sneakers quietschten plötzlich laut auf spiegelglattem Boden. Das Stockwerk glich einem Geisterschloss. Durch offen stehende Türen konnte man in leere Räume mit riesigen Panoramafenstern schauen. Und rechts vom Aufzug schraubte sich eine Wendeltreppe aus Marmor wie eine gewaltige Schneckenhausspirale nach oben. Fayra hatte sich ihrer Schuhe längst entledigt und huschte lautlos hinter Fee zur geschlossenen Fahrstuhltür. Das Licht darüber zeigte an, dass der Aufzug eben im Erdgeschoss gelandet war. *Gleich schickt Gizmo ihn zu uns hoch*, dachte Fee. Rumpeln hallte durch das Haus. Unten ertönte ein kreischender, metallischer Schlag. Und dann … gespenstische Stille. Kein Surren, kein Geräusch mehr, nur das Licht über dem Aufzug flackerte und verlosch dann ganz.

»Was bedeutet das?«, hauchte Fayra.

»Der … Fahrstuhl scheint ausgefallen zu sein«, hörte Fee sich sagen. Hatte Gizmo die Technik lahmgelegt? *Aber warum sollte er den Aufzug blockieren?* Irgendwo in ihr schlich sich schon die Panik an. Und aus irgendeinem Grund erinnerte sie sich an Gizmos Worte über den Jäger. Es war nur ein vager, flatternder Gedanke in ihrem Hinterkopf, aber er genügte, um ihr Herz losrasen zu lassen. *Was, wenn einer der Jäger unten auf Gizmo gewartet hat? Vielleicht war Claudius schon im Haus …*

»Irgendetwas stimmt hier nicht«, hörte sie Fayra flüstern. Und als im selben Moment unten im Erdgeschoss etwas krachend zersplitterte, als würde eine Tür aufgesprengt, sprangen sie auf die Wendeltreppe.

»Schaffst du es zu Fuß bis nach oben?«, flüsterte Fee im Laufen. Fayra nickte tapfer, obwohl sie taumelte. Fee fasste sie um die Taille.

Zweiter Stock …

»Fee?«, meldete sich Nelly. »Falls du mich noch hören kannst: Ihr müsst euch jetzt *wirklich* beeilen. Ich will dir keine Angst machen, aber bei uns ist … ähm … ein bisschen was schiefgegangen und … hey, hau ab, du fiese Geierkrähe …« Ein Flügelflappen, dann knackte es scharf und die Verbindung war weg.

»Ein bisschen was schiefgegangen?«, dachte Fee. *Willkommen im Club!*

Sie biss die Zähne zusammen und zog Fayra weiter. Es war eine interessante Erfahrung, dass sie trotz zähneklappernder Panik einfach weitermachen konnte, während alle Ängste und Katastrophen in ihrem Kopf einen irren Tanz aufführten. Panisch lauschte sie auf das Surren des Aufzugs, aber er war immer noch tot. Stattdessen hörte sie plötzlich etwas anderes. Hallende Schritte, die sich von irgendwo näherten. *Jemand ist uns auf der Spur!*

»Warte«, flüsterte Fee. Sie streifte ihre verräterisch quietschenden Sneakers ab, dann hetzten Fayra und sie lautlos weiter. Inzwischen keuchten sie beide, als würden sie durch zähen Honig waten. Fayras Lippen schimmerten unter dem Lipgloss dunkelgrau und ihre Augen waren mitternachtsdunkel wie die von Junis geworden.

Stockwerk acht, schrie es in Fees Kopf. *Oder war es schon neun?*

Gehetzt schaute sie von der Treppe aus in einen der Lagerräume und wäre fast gestolpert. Hinter der Fensterfront gleißte ihre Stadt in der Sommersonne. Von hier oben konnte man sogar das weiße Dach der Stadthalle in der Ferne erkennen. Doch der Vogeltornado kreiste nicht mehr über dem Markt. Nein, die Front aus Raubvögeln sauste direkt auf das Hochhaus zu wie eine gewaltige gefiederte Faust. Das hatte Nelly also gemeint. Die Späher hatten die Täuschung mit Fayras Doppelgängerin durchschaut.

Fee und Fayra schrien beide auf, als der Vogelschwarm auf die Scheibe traf. Es klirrte, eine Flut von klimpernden Glasscherben wälzte sich über den Boden wie eine gläserne Woge, die an einem Marmorstrand auslief. Und die Faust aus Krähenleibern und Flügeln öffnete sich und enthüllte etwas, was Fee fast den Boden unter den Füßen wegzog. *Eine Harpyie?* Mit siedend heißem Schreck wurde Fee klar, dass sie sich damals nicht getäuscht hatte, als sie vor einigen Tagen im Regen den Umriss einer geflügelten Gestalt im Park erahnt hatte. Genauso sah der Umriss aus, auf den sie nun starrte. Im Gegenlicht des gleißenden Himmels wirkte das Wesen wie ein schrecklicher schwarzer Engel, der mitten im Raum über dem Boden schwebte. Gewaltige Flügelschläge trieben die Glasscherben klimpernd bis zu den Wänden. Doch dann erkannte Fee, dass es keine *Harpyie* war. Es war Cassandra.

An ihren Schultern und ausgebreiteten Armen hatten vier riesige Adler sie gepackt und liehen ihr ihre Flügel. Die Krallen hatten den Stoff ihres schwarzen Portolion-Jacketts zwar aufgerissen. Aber Fee sah, dass Cassandra darunter lederne Armschützer und ein Lederwams trug, dem die Krallen nichts anhaben konnten. In ihrer rechten Faust strahlte etwas Helles zwischen den Fingern hervor, als würde Cassandra einen weiß leuchtenden Bergkristall in der Hand bergen. *Das Harpyiaherz?*, dachte Fee mit einem Frösteln. *Natürlich, sie muss es haben, damit die Adler ihr gehorchen.* Die Absätze von Cassandras Schuhen knirschten auf Glassplittern, als die Raubvögel sie vorsichtig auf dem Boden absetzten und losließen. Cassandras Frisur hatte sich gelöst, ihr schwarzes Haar flatterte im Wind der Flügelschläge, als die Adler wieder aus dem zerbrochenen Fenster nach draußen segelten. Krähen umschwirrten immer noch wie schwarze Motten das weiße Leuchten des *Harpyiaherzes* in Cassandras Hand. Noch hatte sie nicht bemerkt, dass Fee und Fayra auf der Treppe kauerten.

»Weiter«, formte Fee mit den Lippen. Tief geduckt schlichen sie ins nächste Stockwerk, rannten dann treppauf – und wären nach zwei Treppen fast gegen eine Tür gestoßen. Vor Erleichterung wäre Fee am liebsten zusammengesackt. *Wir sind oben!* Vor ihr war die Glastür zum Obergeschoss. *Optironol GmbH* prangte in weißer Schrift darauf. Daneben war ein Metallkasten mit einem Ziffernfeld. Fees tippte den Code ein. Ein viel zu lauter Summton erklang, dann schwang die elektrische Tür auf, im selben Moment, als das Klacken von Schuhen so laut wurde, dass Fee herumfuhr. Rechts von ihnen war befand sich eine Seitentür, vermutlich verbarg sich dahinter ebenfalls eine Treppe oder ein Gang. *Claudius?*, dachte sie. *Wenn er Gizmo niedergeschlagen hat, dann weiß er, dass wir hier sind.*

Fee wirbelte herum und stieß Fayra voraus durch die offene Tür. Das magische Mädchen taumelte völlig entkräftet zur Treppe, die ins Obergeschoss führte. Fee hechtete hinter ihr durch die Tür und wollte sie zuknallen, aber blöderweise bewegte sie sich nicht. *Elektrische Tür*, begriff sie. *Sie schließt sich nur von selbst wieder.*

Das wäre der Moment gewesen, um vor Verzweiflung völlig gelähmt zu sein. Aber etwas Seltsames geschah. Ganz von selbst glitt ihre Hand in die Tasche und umfasste den Bernstein wie eine Waffe. Sie rannte nicht hinter Fayra her, sondern drehte sich um. Vielleicht war sie völlig verrückt, aber mit einem Mal wusste sie eines ganz sicher: Sie würde es Claudius so schwer wie möglich machen, durch die Tür zu kommen. Die Gestalt raste in dem Moment um die Ecke, als Fee die Faust mit dem Bernstein hochriss und dem Verfolger mit einem Kampfschrei entgegensprang. Noch während sie ausholte, erkannte sie die schreckgeweiteten Augen. Tarom sprang mit einem Riesensatz zurück. »Was soll das?«, keuchte er. »Wieso greifst du mich an?«

»Ich d… dachte, du wärst Claudius«, stotterte sie.

»Hast du mich nicht rufen gehört?«, fragte Tarom ebenso

zittrig. »Wir sind auf dem Markt aufgeflogen, weil eine Krähe Izzy die Perücke vom Kopf gerissen hat. Und als die Biester in Richtung Hochhaus abgedreht haben, habe ich mir ein Fahrrad geklaut und bin sofort hergerast. Ich habe gerade noch gesehen, wie ein Kerl unten im Erdgeschoss Gizmo niedergeschlagen hat. Dann bin ich …«

Die Luft ging ihm aus und er rang nach Atem.

»Sie sind beide hier«, zischte Fee. »Claudius und Cassandra.« Als wären diese Namen Zauberworte, hallte von unten Cassandras tückisch-freundliche Stimme durch das Treppenhaus. »Anna-Fee? Ich weiß, dass du irgendwo hier bist.«

Tarom zog Fee mit sich durch die elektrische Glastür und stemmte sie mit aller Kraft zu. Es zischte, als würde die Elektronik empört fauchen, dann knirschten Lager, etwas brach, und die Tür schnappte zu. Tarom sprang zu einem Sicherungskasten und zückte einen kleinen Schraubendreher, den er am Gürtel trug. Es gab einen fauchenden Kurzschluss. »Diese Tür geht nicht mehr auf«, sagte Tarom.

Fayra war schon fast am Ende der schmalen Treppe angekommen. Inzwischen zog sie sich nur noch am Treppengeländer hoch. Nun sackte sie auf einer Stufe zusammen und blieb sitzen.

»Warte, ich helfe dir!« Mit federnden Schritten ging Tarom die Stufen hoch, während Fee ihm hinterherstolperte. Im Schwung seiner geschmeidigen Schritte flappte sein langer Assassinen-Mantel über seine Schulter zurück. Ganz kurz erhaschte Fee dabei einen Blick auf seinen Gürtel. Sein Kostüm war wirklich perfekt. In einer Lederscheide steckte ein kleines, gebogenes Messer. Der Griff glänzte rotgolden auf. Fee stutzte. *Rotgold?*, dachte sie irritiert. *Oder ... Kupfer?* Und als Tarom Fayra die Hand entgegenstreckte, war es, als würde ein siedend heißer Blitz Fee durchzucken. Im Bruchteil eines Wimpernschlags fiel ihr noch etwas an Tarom auf. *Er trägt Armschoner aus Leder. Wie Cassandra.* *»Vielleicht ist der Jäger jemand, den wir gar nicht kennen«*, hallte Gizmos Warnung ihr im Ohr. *»Oder noch schlimmer: Jemand, den wir zwar kennen, von dem wir es aber am wenigsten vermuten.«*

Und als Taroms andere Hand zu seiner Waffe glitt, klickte auch das letzte Puzzlestück an seinen Platz. *Der Jäger hat Fayras Waffe im Kampf gestohlen*, schoss es ihr durch den Kopf. *Tarom hat Fayras Kupfersichel.*

Fee wollte schreien, aber ihre Kehle war wie zugeschnürt. Stattdessen reagierte irgendetwas in ihr ganz von selbst. Es war, als würde die Panik das Ruder übernehmen, nur, dass Fee diesmal alles mitbekam. Wie ein Zuschauer betrachtete sie sich selbst, wie sie blitzschnell ausholte und den Bernstein wie ein goldenes Geschoss durch die Luft schleuderte. Nelly hatte sich beim Handball immer darüber lustig gemacht, dass Fee eine Niete im Zielen war, aber jetzt traf sie mit dem Glück der Idioten. Mit voller Wucht traf der Bernstein Tarom am Kopf. Er taumelte zur Seite. Und jetzt endlich löste sich auch der Schrei in Fees Kehle. »Fayra, lauf! Es ist Tarom! Tarom ist der Jäger!«

Fayra reagierte schneller als Fee. Mit einem gezielten Tritt brachte sie Tarom endgültig aus dem Gleichgewicht. Mit wehendem Mantel fiel und polterte er die Treppe hinunter.

Fee rettete sich mit einem Satz zur Seite, bevor er sie mitreißen konnte, und sprang an ihm vorbei nach oben. Im Gehen hob sie den Bernstein auf. Fayra hatte auf Knien und Händen die letzten Treppenstufen erreicht. Doch bevor Fee zu ihr aufholen konnte, hörte sie hinter sich Taroms spöttisches Lachen. »Du glaubst, das hält mich auf?« Fee fuhr herum. Tarom war gegen die blockierte Tür geprallt, nun stand er langsam wieder auf. *Und wir sitzen in der Falle.* Hinter ihrem Rücken gab sie Fayra das Zeichen, weiterzulaufen. Aber sie selbst blieb stehen, umfasste den Bernstein noch fester und hob ihn drohend hoch. Aus dem Augenwinkel sah sie flüchtig, dass das Papier darin fast ganz heruntergebrannt war.

48

Tarom grinste. »Ihr habt keine Chance, wir haben bereits gewonnen. Aber es war ein amüsantes Spiel, die Spähervögel über der Stadt zu dirigieren und euch damit wie Mäuse hin und her zu treiben. Und noch viel amüsanter, dabei zuzusehen, wie eine Horde dummer Kinder versucht, eine Phönixtochter zu retten.« Fee schluckte schwer. Aber als er wieder spöttisch auflachte, machte sie eine interessante Entdeckung: Wut machte es sehr viel einfacher, sich nicht von Angst überwältigen zu lassen. *Er sieht nicht, wie wenig Zeit uns noch bleibt, bis das Tor sich öffnet,* überlegte sie. *Vielleicht kann ich genug Zeit gewinnen.* Sie senkte den Bernstein, als würde sie aufgeben. Dabei achtete sie darauf, das verlöschende Papier mit der Hand zu bedecken.

»Du warst es also die ganze Zeit, Tarom?«

»Oh, ich bin nicht Tarom. Dieser kleine Angeber war nur eine passende Maske für mich.«

»Aber … dann gibt es Tarom zweifach? Wie … Warum hat Izzy nichts bemerkt?« Das hilflose Stammeln gelang ihr ziemlich gut.

Er lächelte nachsichtig. »Erinnerst du dich an den Abend, als Izzy dich im Herrenhaus besuchte? Ich habe das Haus beobachtet, denn ich wusste, die Phönixtochter muss noch irgendwo in der Nähe sein. Als Izzy auf die Straße trat, wusste ich, dass sie die richtige Spur ist. Im Rucksack hatte sie Kleidung, die so stark nach Phönixfeuer roch, dass es wie eine Fährte war. Ich folgte ihr, und sie ging zum Konzert dieser Schülerband, in der Tarom als Sänger auftrat.« Fee schauderte. Es war unheimlich, Taroms schiefes Jungslächeln zu sehen und zu wissen, dass sich dahinter jemand anderes verbarg. »Der Rest war leichtes Spiel«, fuhr der Jäger fort. »Ich musste dem Sänger nur seinen Rucksack stehlen – mit seinem Smartphone, dem Schülerausweis und seiner richtigen Kleidung. Ich habe ihn studiert – der Dummkopf hat Hunderte von Videos von sich ins Netz gestellt. So lernte ich, wie er redet und sich gibt. Und dann nahm ich seine Gestalt an und sorgte dafür, dass Izzy und ich uns nach dem Konzert begegnen. Izzy hatte über Mail schon mit Tarom Kontakt gehabt und glaubte ihn bereits zu kennen. Und ich kannte sie schon aus ihren Videos. Ich wusste, dass sie LARP-Spiele mag, wer zu ihrer Truppe gehört und welche Musik sie hört. Als sie mir gegenüberstand, hatte ich leichtes Spiel. Ihr fiel überhaupt nicht auf, dass ich nicht der wirkliche Tarom bin. Wenn wir verliebt sind, sehen wir nur zu gerne das, was wir sehen wollen. Über Izzy hatte ich meine Verbindung zum Phönixherz und musste nur noch abwarten, bis die *Phönia* ihre Kraft verliert. Ja, Magie kann sehr nützlich sein.«

»Dann stammst du also aus unserer Welt«, brachte Fee hervor. »Wenn du das Internet kennst und Smartphones bedienen kannst …«

»Wir wissen uns in beiden Welten zu bewegen. Ein Fischer muss das Land kennen – und ebenso das Meer, sonst kann er keine Beute machen. Aber in gewisser Weise hast du recht: Meine Vorfahren stammten aus deiner Welt – Menschen, die vor Hunderten von Jahren in das Anderland gegangen sind. Aber während unsere Brüder und Schwestern zurückkehrten, hübsche Märchen geschrieben haben und von ewiger Freundschaft mit den Elementaren träumten, hatten meine Vorfahren größere Pläne.«

»Die Magie der Elementare zu stehlen«, sagte Fee leise.

Er zuckte lässig mit den Schultern. »Wir sind eben nur Menschen«, erwiderte er. »Gierig und sehnsüchtig. Wir träumen alle von Macht. Nur sind wir bereit, mehr dafür zu tun als harmlose Schafe wie Danes – oder wie du und deine Freunde.«

Fee konnte spüren, wie der Bernstein in ihrer Hand kühler wurde. *Weiterreden*, befahl sie sich. »Und deine Komplizen – Cassandra und Claudius – sind also auch von der anderen Seite zurückgekehrt. Wie habt ihr es geschafft, euch bei der Firma einzuschmuggeln?«

»Was Cassandra betrifft: Sie ist in deiner Welt geboren worden. Erst als Kind ist sie zu uns auf die andere Seite gekommen und wurde von meiner Familie aufgenommen. In ihrer Welt hatte sie niemanden mehr. Solche Weltenwechsler wie sie sind für uns wertvoll. Sie sind die Verbindung zu eurer Welt, und es ist leicht, sie bei Portolion als Mitarbeiter einzuschleusen, sobald sie alt genug sind.« Er lächelte selbstgefällig. »Die Firma ist ja so stolz darauf, armen Waisen Obdach und eine Heimat zu geben. Mitarbeiter ohne Familien, die zu viele Fragen stellen würden, sind ihnen am liebsten.

Aber Claudius?« Der Jäger schüttelte den Kopf. »Er gehört nicht zu uns. Er ist nur ein harmloser Portolion-Trottel, gutgläubig und aufrecht. Er dient uns nur dazu, unser Zeuge für die Gefahr zu sein, die der Menschheit von den Elementaren droht. Dank dir und deiner kleinen Freundin wird er jeden Eid schwören, dass *Phönia* gefährlich sind und mit Danes paktieren. Und später wird Claudius uns ebenso nützlich sein wie der gute alte Danes, der in London sicher bereits schuldig gesprochen wird. Solche wie ihn werden wir immer brauchen. Schließlich darf die Firma keinen Verdacht schöpfen, damit wir unerkannt weitermachen können, nicht wahr?«

Fee schauderte und ging rückwärts die nächsten Stufen hoch, als könnte sie so genug Abstand zwischen sich und dieses Ungeheuer bringen. »Intriganten und Lügner seid ihr«, stieß sie hervor.

Der Jäger zuckte nur mit den Schultern. »Gesetz der Eroberer«, sagte er lässig. »Man braucht immer einen Schuldigen. Solange zwei Parteien einander misstrauen und bekriegen, achtet niemand auf den Dritten, und die Schatzkammern sind unbewacht. Und was für Schätze es sind!« Seine Augen bekamen ein gieriges Glitzern, während er zu einem Lederbeutel griff, der an einem Band an seinem Gürtel befestigt war. Er zog etwas Ovales hervor, das wie ein ozeanblauer Edelstein schimmerte. *Das Herz der Aguana.* Fee konnte die Magie fast spüren, einen kühlen Hauch, wie eine Brise aus Wasser und Wind. Der Jäger flüsterte ein fremdartiges Wort und schüttelte den Kopf, als wollte er eine Hülle abstreifen. Das Lederband um seinen Hals löste sich auf wie ein Trugbild. Taroms vertraute Züge verschwammen wie ein Unterwasserbild und perlten an der Haut ab. *Sie tragen Masken aus Haut*, erinnerte sich Fee an Fayras Worte. *Und dafür benutzen sie Aguanamagie. Die Clans des Wassers sind Meister der Täuschungen und Spiegelungen.*

Die einzige Ähnlichkeit, die mit Tarom blieb, war das lange schwarze Haar und die Schattenmaske über den Augen. Aber Fee schaute in ein völlig fremdes Gesicht. Der Jäger hatte ebenmäßige, schöne Züge und einen lächelnden Mund. Man hätte ihn für einen Märchenprinzen aus einer Disney-Verfilmung halten können, aber die kalten Augen und die kaum verheilte Schnittwunde an seinem Hals verrieten ihn. *Dort hatte Fayra ihn also während ihrer Entführung verletzt.* Es war fast zum Lachen, dass ausgerechnet Fee, die ihre Narbe unter Halstüchern versteckte, bei Taroms Halsband nie misstrauisch geworden war.

»Danke, dass du die *Phönia* zum Tor gebracht hast«, sagte er mit einem miesen Lächeln. »Das hat uns die Mühe erspart, sie zu holen. Und ihr Kinder verschafft uns damit noch ein unverhofftes Geschenk: ein weiteres *Phöniaherz*. Wenn die andere *Phönia* das Tor für ihre Tochter öffnet, läuft sie uns direkt in die Arme.« Er hob die Sichel, ein kupfernes Grinsen, das Fee zu verhöhnen schien.

»Das wird nicht funktionieren!«, stieß sie hervor.

»Wetten?«, erwiderte er fast gelangweilt. »Die alte *Phönia* vertraut dir. Und wenn du es bist, die vor dem Tor steht und sie anfleht, ihre Tochter zu holen, weil diese zu schwach ist, dann wird sie dir bis in unsere Welt folgen.«

Fee begriff. *Dank der Aguanamagie kann er auch meine Gestalt annehmen und Fayras Mutter damit täuschen.* Erst jetzt wurde ihr das ganze Ausmaß der Katastrophe bewusst. Sie warf sich herum und rannte die Treppe hoch. Als sie gehetzt über die Schulter blickte, sah sie, dass der Jäger ihr nur langsam folgte, wie eine Raubkatze, die sich ihrer Beute sicher ist.

Irgendwo klirrte es und Scheiben barsten. Dann fegte Fee eine regnerische Bö entgegen. Und in dem Moment, in dem sie das Ende der Treppe erreichte, packte eine Faust aus Wind sie und warf sie nach vorn gegen eine halb offene Tür. Sie landete bäuchlings auf regennassem Teppich. Für ein paar Sekunden sah sie nur explodierende Sterne und rang vergeblich nach Luft. Doch sobald sie wieder atmen und klar sehen konnte, erkannte sie, dass sie allein in einem leeren Vorraum war. Alle Fenster standen offen, draußen ging ein Platzregen auf die Stadt nieder und wehte bis in den Raum. Wie Schatten in einem Regennebel sah man Vögel um das Hochhaus kreisen. Fee stemmte sich hoch, verschloss die Tür hinter sich und schob den Kettenriegel vor. *Was ihn auch nicht lange aufhalten wird.* Gegen den Wind kämpfte sie sich weiter. Sie sprang durch die nächste Tür und hätte in der plötzlichen Windstille im Raum fast das Gleichgewicht verloren.

Sie hatte einen Saal wie im Herrenhaus erwartet, aber es war ein modernes, graues Großraumbüro voller Schreibtische, die zur Seite geschoben worden waren. Offenbar diente es gerade als Zwischenlager. Goldene, mannshohe Spiegel lehnten an den Wänden. Fee erkannte sofort, dass sie aus dem Ballsaal im Nordflügel stammten. Vor dem größten Spiegel, halb abgewandt von Fee, stand Cassandra mit verschränkten Armen und regennassem Haar. Wahrscheinlich hatten die Adler sie gerade ins oberste Stockwerk getragen. Ihr Portolion-Jackett hing in Fetzen, darunter glänzte die Lederrüstung mit den Kratzern von Adlerkrallen. »Kleiner Hinweis«, rief sie Fayra spöttisch zu. »Das Tor hat die Form eines Spiegels, aber dieser ist es nicht.«

Verzweiflung schlug in Fee hoch, als sie Fayra entdeckte. Die Phönixtochter war kaum noch fähig zu stehen. Ihr Blick glitt gehetzt von Spiegel zu Spiegel. Wie in einem Spiegelkabinett sah Fee sie hundertfach, ein verzweifeltes Mädchen, das sich um sich selbst drehte, gefangen zwischen ihren eigenen Spiegelbildern. Fee suchte nach der anderen Wirklichkeit, aber es war unmöglich, sich auf etwas anderes zu konzentrieren als auf Cassandra, die sich nun ohne Eile in Bewegung setzte – im selben Moment, als Fayra die letzte Kraft verlor und zusammenbrach. Fee sprang zum nächsten Tisch und packte das Erstbeste, was sie zu fassen bekam. Es war eine Schublade aus Metall. Sie war schwer, aber Fee riss sie hoch und stürzte los. Im Schwung schleuderte sie die Schublade gegen Cassandra und brachte sie tatsächlich zu Fall. Sie hörte Fayras warnenden Ruf, dann beförderte ein wüster Stoß von hinten sie selbst zu Boden. Teppichstaub stieg ihr in die Nase und über ihr sausten flatternde Hosenbeine und staubige Lackschuhe durch die Luft. Japsend lag sie auf dem grauen Teppich, nicht weit von dem Fahrstuhl.

Zwischen den Tischbeinen hindurch sah sie Fayra auf dem Boden, halb aufgestützt, aber nicht fähig, aufzustehen. Und nicht weit von Fayra entfernt legte Mister Danes gerade die Netzharpune an. *Er ist nicht nach London geflogen, sondern war die ganze Zeit hier?*, schoss es Fee durch den Kopf. Offenbar hatte er hier auf der Lauer gelegen, denn nun entdeckte sie zwischen den Schreibtischen ein ganzes Arsenal von bereitliegenden Waffen.

»Nein!«, hörte Fee ihren eigenen gellenden Schrei. Sie rappelte sich auf – und hechtete wie ein Torwart nach vorne. Sie rammte Danes mit der Schulter im selben Moment, als er abdrückte. Das Sirren des Netzes klang scharf wie ein Zischen. Es fegte durch die Luft – riss zwei Spiegel um und zerbrach eine Fensterscheibe. Wind brauste in den Raum und ließ weitere Spiegel umkippen. *Tausend Jahre Pech*, fuhr es Fee durch den Kopf.

Cassandra reagierte blitzschnell. »Tiberius!«, rief sie mit gut gespielter Erleichterung. »Gott sei Dank, dass du hier bist! Sie haben uns aufgelauert und uns überwältigt.«

»Das ist eine Lüge!«, schrie Fee. »Cassandra ist die Verräterin …« Weiter kam sie nicht. Danes beförderte sie mit einem kurzen Karategriff zu Boden. »Ich habe dir doch gesagt, Kinder sollen sich nicht in Dinge einmischen, die sie nichts angehen«, zischte er ihr zu. Sie konnte nur noch zusehen, wie Danes eine zweite Harpune hochriss und ein weiteres Mal feuerte. Netz Nummer zwei verfehlte Fayra um fast einen Meter – und erwischte stattdessen Cassandra. Sie war so überrascht, dass sie nicht einmal aufschreien konnte. In dem Netz wurde sie bis zur Wand geschleudert. Dort war sie gefangen, als hätte eine riesenhafte Spinne einen schwarzen Schmetterling an einer Wand eingewoben. Und plötzlich wurde Fee klar, dass Danes überhaupt nicht auf Fayra gezielt hatte.

»Tiberius«, keuchte Cassandra. »Was soll das?«

»Ich mag alt sein, aber ich bin nicht dumm«, knurrte Danes. »Eine Weile war ich nicht sicher, ob du die Jägerin bist, aber heute Morgen hast du dich verraten. Als du sagtest, du erinnerst dich gut daran, wie es für ein Kind ist, von mir von einem der Tore vertrieben zu werden.« Er schnaubte. »Cassandra war als Kind nie in der Nähe der Tore. Du bist angeblich in einem Waisenhaus in Südwales aufgewachsen. Ich habe heute diese Geschichte überprüft und rate mal, was ich herausgefunden habe? Ein Mädchen namens Cassandra Tomlin gab es zwar, aber sie sah völlig anders aus als du. Und sie ist nie wieder aufgetaucht, nachdem du ihre Identität gestohlen hast. Aber ich habe mich schon immer gefragt, warum du mich an ein Kind erinnerst, das ich früher einmal vertrieben hatte. Vor fast dreißig Jahren, als einige Streuner ins Herrenhaus eingebrochen sind und auf die andere Seite gegangen sind …«

Irgendwo unten barst eine Tür.

»Mister Danes, Cassandra ist nicht allein!«, rief Fee. »Es gibt einen zweiten Jäger …«

»Nicht schlecht, Tiberius«, schleuderte Cassandra ihm entgegen. »Aber du kommst zu spät.« Das *Harpyiaherz* in ihrer Hand glühte gleißend kalt auf – und im selben Moment, als der schwarzhaarige Jäger in den Raum kam, rauschten draußen Schwingen auf, und der Himmel wurde dunkel vor Raubvögeln, die auf die Fenster zuflogen. Danes stieß einen englischen Fluch aus und wirbelte zu Fee herum. Blitzschnell stieß er sie zu Fayra. Dann kippte er einen Schreibtisch um und schob ihn wie einen Schutzwall vor sie. »Rührt euch nicht«, befahl er. Dann warf er sich den anstürmenden Adlern und dem Jäger entgegen.

49

»Er kann nicht gewinnen«, flüsterte Fayra mit erstickter Stimme. Fee hörte das Zischen eines weiteren Netzes und das Klirren zerbrechender Glasscheiben. Dann war der Raum erfüllt von Adlerschreien und schlagenden Schwingen.

In Fees Hand verglühte im Bernstein gerade der allerletzte Rand des Papiers zu einem dünnen gleißenden Faden.

Das Tor, hallte es in ihr. *Die andere Wirklichkeit*. Sie schloss die Augen und summte Lírs Lieblingslied. Mit aller Kraft versuchte sie zu lauschen, die Fühler auszustrecken, und für eine Sekunde glaubte sie andere Stimmen zu hören. *Lír?* Sie war ziemlich sicher, dass die Stimmen von hinten rechts gekommen waren. Fayra folgte ihr, als sie vorauskroch – unter den Schreibtischen hindurch zu drei Spiegeln an der Stirnseite des Raumes. *Aber nur einer ist an der Wand befestigt*, dachte Fee. Er war unscheinbar und schmal, aber im Spiegelrahmen aus schwarz angelaufenem Silber erkannte sie ein kleines Symbol. *Ein Ring aus Phönixfedern!*

»Dort ist das Tor!«, flüsterte sie. Fayra nickte und versuchte auf die Beine zu kommen, aber es gelang ihr nicht mehr. Kraftlos brach sie wieder zusammen.

Hinter ihnen lachte Cassandra triumphierend, obwohl sie immer noch im Netz gefangen war. Fee konnte in den

Spiegeln sehen, was hinter ihnen am anderen Ende des Raumes vor sich ging. Sie hatte den Eindruck, dass Cassandra und der Jäger einander kurz an den Händen berührten, bevor der Jäger einen Spiegel packte. Diesmal war der alte Mann nicht schnell genug. Der Spiegelrahmen traf ihn und brachte ihn zu Fall. Gefährlich nah bei einem zerbrochenen, bodentiefen Fenster blieb er liegen. »Das war's wohl, alter Mann«, sagte der Jäger spöttisch. Ohne Hast trat er zu Danes. Irgendwo ertönte ein metallisches Quietschen. Und dann geschah plötzlich alles auf einmal. In dem Moment, als im Bernstein das letzte Stückchen Glut zu Asche zerfiel, öffnete sich die Fahrstuhltür. Junis sprang in den Raum, im selben Moment, als Danes die kurze Ablenkung des Jägers nutzte, ihn mit einem fiesen Griff um die Knöchel aus dem Gleichgewicht brachte und aus dem Fester stieß. Das Letzte, was Fee von dem Jäger sah, war sein wehendes Haar, das wie eine schwarze Flamme durch die Luft schlug, bevor er ohne einen Schrei in die Tiefe stürzte. Die Adler drehten mit einem Schrei ab und fegten ihm hinterher. Einer davon rammte Danes an der Schulter, als er gerade auf die Beine kam. Er verlor das Gleichgewicht und rutschte aus dem Fenster. *»Nein!«*, wollte Fee schreien, aber aus ihrer Kehle kam kein Laut. Denn am anderen Ende des Raumes erklang eindeutig ihre eigene Stimme. »Junis!« Fee traute ihren Ohren nicht. Und als sie aufsprang, sah sie, wie Junis sich gegen den Fensterrahmen stemmte und Danes, der sich von außen am Fenster festgeklammert hatte, an der Jacke wieder in den Raum zog. Der alte Mann sackte auf dem Boden zusammen. Im Netz sah Fee sich selbst verzweifelt an den

Maschen rütteln. *Cassandra hat meine Gestalt angenommen! Die Jäger haben also vorhin ihre Waffen getauscht.* Der Jäger hatte nun das *Harpyiaherz*, und Cassandra die *Aguanamagie.* »Junis, halte sie auf!«, rief Cassandra mit Fees Stimme. »Cassandra hat sich verwandelt und wird die *Phönia* töten – in meiner Gestalt, es ist ein schrecklicher Hinterhalt.« Sie zeigte auf Fee.

»Das im Netz bin nicht ich, das ist Cassandra«, rief Fee. Aber ihr wurde ganz kalt, als über Junis' Miene Verwirrung huschte. Und es half kein bisschen, dass Fayra reglos vor ihr auf dem Boden lag, als hätte Fee sie niedergeschlagen.

Und schon hörte Fee draußen die Schwingen der Adler.

»Junis, pass auf!«, rief sie. »Der Jäger kommt mit den Adlern zurück.«

»Hilf mir«, rief Cassandra-Fee in perfekt gespielter Panik Junis zu. »Sie hat den Jäger gerufen. Er wird mich töten!«

»Wo hast du deine Narbe verloren?«, fragte Junis Cassandra. Jetzt fiel auch Fee auf, dass Cassandra sie offenbar nie genau genug angesehen hatte. Ihre rechte Hand war makellos. Junis drehte sich um und blitzte Fee ein kurzes Lächeln zu. Dann packte er Danes' Kampfstock, der am Boden lag, und wandte sich dem Fenster zu.

Der Spiegel gleißte so grell auf, dass Fee im ersten Moment blind war. Die Spiegelfläche wurde durchsichtig und gab den Blick frei auf Flammen, die bis über das Ringzeichen nach außen schlugen. Fee wäre am liebsten umgedreht und bis zum Horizont geflohen. Aber da war Fayra. Sie lag zu Fees Füßen und regte sich nicht. »Das Tor ist offen«, flüsterte Fee ihr zu. Sie versuchte das Mädchen auf die Beine zu ziehen, aber es verglomm in ihren Armen wie der letzte Rest des Papiers. Ihre Haut war plötzlich von einem dunklen Aschegrau und ihre Augen schwarz wie Kohle. »Ich … kann nicht«, hauchte sie. Fee schaute verzweifelt hoch. Der Vorhang aus Flammen loderte vor ihr. *Nur ein Schritt noch*, hallte es in ihr. Und im selben Moment, als sie entschlossen Fayras Arm um ihren Hals legte, hörte sie das magische Mädchen leise flüstern: »Keine Angst, *Finjamá.*« Schwer fiel ihr Kopf auf Fees Schulter. Asche rieselte aus ihrem Haar. Hinter ihnen krachten Spiegel auf den Boden. Aber für Fee stand die Zeit still, als sie Fayra noch fester umarmte und durch das Tor zog. Die Zeit dehnte sich und wurde zu Honig. Alles gerann zu einer Zeitlupe ohne Gestern und Morgen. Alle Klänge wurden langsamer, klangen tief und verzerrt, bis nur noch ein dunkles Brummen Fee einhüllte. Und Fee lief einfach weiter, mitten in ihre Angst hinein, von der sie nicht mehr wusste, ob es die Furcht vor Feuer oder die Sorge um Fayras Leben war.

Sie war überrascht, dass sie keine Hitze spürte, nur einen kühlen Wind. Es duftete nach Tannenzweigen und Fayras Gewicht war plötzlich verschwunden. Als sie die Augen öffnete, sah sie etwas Seltsames. *Träume ich?*, dachte sie benommen. Es war eindeutig der Wald aus ihrem Albtraum, die Tannenspitzen vor dem roten Himmel. Und sie selbst tapste unbeholfen über Gras – ein Kind, das gerade erst gelernt hatte zu laufen. Wie eine kleine Motte, fasziniert von dem roten Lichtschein, ging sie weiter. Bis zum Rand der Schlucht.

Ihre Mutter hatte ihr immer erzählt, dass sie sich an einem fast erloschenen Lagerfeuer verbrannt hatte. Aber es war kein Lagerfeuer gewesen, das sah sie nun. Es war ein Nest aus Asche. Der Vogel darin erinnerte an einen Pfau. Doch sein Gefieder war rot und leuchtete wie eine untergehende Sonne. *Phönixpfauen*, erinnerte sich Fees viel älteres Ich. Davon hatte Danes erzählt. Die magischen Wesen aus der Anderwelt, die sich in der Menschenwelt als gewöhnliche Tiere tarnten. Der Phönix schüttelte gerade die letzte Asche aus dem Gefieder und flog davon. Und das kleine Mottenmädchen, das Fee gewesen war, tapste mit ausgestreckten Armen hinterher – direkt auf den Abgrund zu.

Wie in ihrem Traum spürte Fee nun wieder den Sturz und das Fallen. Aber heute fügten sich alle verlorenen Stücke ihrer Erinnerung zu einem neuen Bild zusammen. Der rote Himmel über ihr – das waren die Schwingen des Vogels. Er fing sie mitten im Sturz und trug sie sicher in die Schlucht. Sanft setzte er sie ab. Nur dort, wo ihre Hand seine Federn berührt hatte und wo seine Flügelspitze beim Davonfliegen über ihren Hals strich, blieben die Zeichen der Anderwelt zurück, die nicht schmerzten. *Phönixfeuer*, dachte Fee. *Es sind also wirklich keine gewöhnlichen Brandnarben.*

Sie riss die Augen auf, als schneidende Eisluft ihr Gesicht traf und ihr Haar zerwühlte. Sie sackte auf die Knie und griff in frischen federweißen Schnee. Sie befand sich auf einem Bergplateau, umgeben von schneeverwehten Bergspitzen, die rosa im Morgenrot erstrahlten. Und weit entfernt, im herbstgoldenen Tal, lag winzig klein wie ein Spielzeughaus das Herrenhaus.

Lír kam herbeigerannt und ließ sich neben ihr in den Schnee fallen. »Ich wusste, du bringst sie zurück.« Neben ihr stand Fayra im Schnee auf und stürzte ihrer Mutter entgegen. Rotgraues Aschehaar vermischte sich im Wind mit rotblonden Locken, als sie sich in die Arme fielen. Und diesmal war die strenge *Phönia* nur eine Mutter, die lachte und weinte, weil sie ihre Tochter wiederhatte. Mit jedem Atemzug kehrte Fayras Kraft zurück. Das Licht erwachte in ihr. Ihr graues Haar bekam Farbe, ihre Lippen wurden rosig, und als sie sich aus der Umarmung löste und zu Fee herübersah, waren ihre Augen golden und warm.

Fee schaute auf ihre Narbe. Auch sie leuchtete im Schein der anderen Wirklichkeit. »Du … wusstest es die ganze Zeit?«

Die Phönixtochter lächelte. »Es ist ein Geschenk der Anderwelt. Jeder, der ein solches Zeichen trägt, bleibt mit meiner Welt verbunden.«

Deshalb kann ich immer noch wie ein Kind beide Welten sehen, dachte Fee. Es war ein komisches Gefühl, aber zum ersten Mal sah sie ihre Narbe mit ganz anderen Augen an. Nun erschien sie ihr schön.

»Wir müssen das Tor schließen«, sagte Fayras Mutter. »Lír, nimm das Menschenmädchen mit, bei uns ist sie in Sicherheit. Und sie wird den Ältesten einiges zu berichten haben.«

Es war, als würde dieser Satz Fee aus einem Traum wecken. Sie fuhr herum und schrak zusammen. Das Tor war noch geöffnet – ein scharf ausgeschnittenes Bild ihrer Wirklichkeit mitten im Schnee, das zeigte, was im Hochhaus geschah. Cassandra hatte sich aus dem Netz befreit und kämpfte gegen Danes. Aber viel schlimmer war die dunkle *Harpyiengestalt* des Jägers, der sich nun auf Junis stürzte. Die Sichel fuhr durch die Luft und bohrte sich in einen Schreibtisch, als Junis im letzten Moment wegtauchte. Schreibtische fielen um. Adlerkrallen rissen tiefe Furchen in das Holz, Schnäbel hackten nach Junis, der sich über einen Tisch abrollte. Hinkend rannte er auf das Feuertor zu. Für einen Moment glaubte Fee, dass er sie in der anderen Wirklichkeit sah, aber dann wirbelte er herum und stellte sich mit dem Rücken schützend vor das Tor – im selben Moment, als der Jäger wieder vor ihm landete. Das Bild wurde unklar und begann sich aufzulösen. Aber selbst jetzt konnte Fee noch sehen, wie ein ziemlich angeschlagener Gizmo zusammen mit Nelly und den anderen aus dem Fahrstuhl mitten in das Chaos stürzte.

»Ihr dürft das Tor nicht schließen!«, rief Fee verzweifelt.

»Wir haben keine Wahl«, sagte die *Phönia.*

»Wir haben immer eine Wahl«, widersprach Fayra heftig. Im selben Moment wurde Junis zu Boden geschleudert und blieb reglos liegen. Fayra schrie auf, es war ein Ruf, der Fee durch und durch ging. Zorn schien Fayra auszufüllen wie kochende Lava. Ihre Haut veränderte sich, die Züge wurden schärfer und gefährlicher, die Augen wurden zu schmalen Drachenaugen aus flüssigem Gold. Die Menschenkleidung an ihrem Leib verbrannte zu Asche und fiel von ihr ab. Zurück blieben Lavahaut und Haar, das sich wand wie vielfarbige Flammen. Fayra erhob sich und breitete die Arme aus. *Schwingen aus Flammen!*, dachte Fee erschrocken. Noch nie hatte sie das Phönixmädchen in ihrer wirklichen Gestalt und ganzen Kraft gesehen. Hitze strahlte von ihr ab und schmolz den Schnee, als sie auf das Tor zuging. Wie ein Flammenkleid wallten Feuerzungen um ihre Beine. Fee musste den Arm vor die Augen halten und stolperte zurück. Blinzelnd sah sie, wie die Phönixtochter sich duckte wie ein Raubtier vor dem Sprung, Auge in Auge mit dem Jäger auf der anderen Seite des Tors, der gerade das Sichelmesser über Junis hob.

»Tochter, nein!«, hörte Fee die *Phönia* rufen. Doch Fayra stieß sich ab und sprang. Das Feuertor barst mit einem brüllenden Fauchen. Der Jäger prallte mit zurück und entging nur um Haaresbreite dem Feuer der *Phönia.* Lír warf sich über Fee und drückte sie zu Boden, als wollte er sie schützen. Dann kam die Druckwelle. Zwei Zeiten und zwei Himmel flossen ineinander und verwirbelten. Als Fee die Augen öffnete, war sie im Hochhaus und gleichzeitig auf dem Berg. Dann floss die Anderwelt endgültig wie Lava in ihre Wirklichkeit und die Wände wurden zu Morgenrot und Wolken. Schreibtische und Spiegel standen kreuz und quer auf dem Berggipfel, ein bizarres Labyrinth, in dem ein Junge, den die Phönixtochter gerettet hatte, reglos am Boden lag. Fee hörte wie aus weiter Ferne, wie Nelly und die anderen aufkreischten und wie Danes »Unter die Tische, Kinder!« brüllte. Sie sah, wie der Jäger sich im Rennen abstieß und sich in den Abgrund warf, wie die Adler ihn mitten im Sturz fingen und wie Cassandra sich aufrichtete und das glühende *Aguanaherz* in die Luft hielt und einen Befehl zum Himmel brüllte. »Versteck dich«, flüsterte Lír Fee zu. Dann folgte er seiner Schwester.

Fee robbte los und erreichte gleichzeitig mit Nelly Junis. »Er atmet noch«, stieß Nelly hervor. Die Verletzung schien tatsächlich nicht schlimm zu sein, er hatte nur eine Platzwunde an der Schläfe und war bewusstlos. Nelly und Fee zogen ihn hinter einen umgestürzten Schreibtisch. Keine Sekunde zu früh. Cassandra hatte mit der *Aguanamagie* das Wasser gerufen. Als wäre der Himmel ein Meer, erhoben sich Wogen aus Regenschauern und trafen zischend auf Fayras Lavahaut. Sie wurde in der Luft zurückgeworfen und trudelte. Wie eine Drachenfrau aus Feuer und Rauch erhob sie sich dann in die Luft und legte den Kopf in den Nacken. Der Ruf, den sie ausstieß, war ein Drachenruf, sirrend und so scharf, dass er hätte Stein schneiden können. Und auf diesen Befehl hin erhob sich in der Ferne eine dunkle Front, wie Asche, die aus Kaminen hochwehte und sich in der Luft verdichtete und entzündete. Doch auch der Jäger mit dem *Harpyiaherzen* stieß einen Schrei aus und rief aus der anderen Wirklichkeit seine Helfer herbei. »Die *Harpyienadler*«, flüsterte Fee Nelly zu.

Wie Fayras Armee von Phönixvögeln erstanden die *Harpyienadler* durch Magie von selbst. Es war, als würden schwarze Wolken auf der einen Seite und rote Wolken auf der anderen Gestalt annehmen. Und dann konnten Fee und Nelly nur noch zuschauen, wie die Magie der Elemente vor dem kochenden Himmel aufeinanderprallte. Im Wolkensturm umkreisten sich die *Harpyiengestalt* des Jägers und Fayra wie zwei kämpfende Elementarwesen. Wasser, Wind und Feuer fluteten den Himmel. Blitze zerschnitten donnerkrachend die Wolken. *Harpyienschnäbel* hackten nach goldenen Flügeln der Phönixvögel. Irgendwo am Rand von Fees Sichtfeld warf sich eine kleine Gestalt in den Wind – Lír, der seiner Schwester zu Hilfe eilen wollte. Aber im Gegensatz zu der Phönixtochter war er wirklich nur ein Funke, den Cassandras Wasserfaust mühelos zurückschlug. Es war Lírs Mutter, die ihn im Sturz auffing. Ihre *Phöniagestalt* war grünliches Feuer, und auch sie brannte nicht so hell wie ihre Tochter. Mit einem Feuerstrahl trieb Fayra Cassandra zurück. Die Jägerin floh – und stürzte, als Danes sie mit einem überraschenden Angriff aus dem Gleichgewicht brachte. Donner ließ die Stadt erzittern, Lawinen lösten sich an den verschneiten Hängen. Ein Feuerstrahl und ein markerschütternder Schrei erklangen, dann sah Fee etwas Gleißendes, Helles durch den Raum rollen, der gleichzeitig ein halb geschmolzenes Schneefeld war. Das *Harpyiaherz* leuchtete ein letztes Mal auf und verlosch zu einem herrenlosen steinernen Artefakt, das direkt vor Fee liegen blieb. Fee griff danach und barg das Herz in ihrer Hand. Sie konnte das Knistern der Magie darin so stark spüren, dass ihr Herz stolperte. Und plötzlich fiel ihr auf, dass draußen nur noch leise Regen rauschte. In der Ferne verhallten die letzten Raubvogelschreie. An ihrer Seite spürte Fee, wie Nelly zitterte. Sogar ihre Zähne klapperten, als sie mühsam hervorbrachte: »Ich … glaube, Fayra hat gewonnen.«

50

Schulter an Schulter krochen Fee und Nelly unter dem Tisch hervor. Fayra trat eben aus der Luft in den Raum, als wäre der Himmel nur ein Teppich. Mit jedem Schritt wurden ihre Flammen blasser, aber sie behielt ihre *Phöniagestalt* und auch das Kleid aus Feuer. Hinter ihr landeten ihre Mutter und ihr Bruder. Und als hätten sie ihre eigene Wirklichkeit hinter sich gelassen, verblasste die Anderwelt endgültig, und die Mauern und zerbrochenen Fenster wurden wieder sichtbar. Sie alle befanden sich im völlig verwüsteten obersten Stockwerk des Hochhauses. Sogar von hier oben sah man, dass die Stadt einiges abbekommen hatte. Draußen heulten Feuerwehrsirenen um die Wette und am Horizont zog eine Sturmfront davon. Einige Hausdächer waren vom Wind abgedeckt worden und aus den Balkonen der anderen Hochhäuser floss Wasser wie aus undichten Aquarien. Der Jäger war verschwunden, und als Fee das *Harpyiaherz* in ihrer Hand betrachtete, wurde ihr mit einem Schaudern klar, was mit ihm geschehen war: Das steinerne Herz hatte Rußspuren und hellere Abdrücke, dort, wo die Finger des Jägers es bis zuletzt umfasst gehalten hatten. *Asche im Wind*, dachte sie. *Das ist alles, was von ihm geblieben ist.*

Es rumpelte, als sich neben Fee Tische verschoben. Zerzaust und blass krochen Izzy und die anderen aus ihren Verstecken. Und auch Danes richtete sich stöhnend auf. Nur Cassandra kauerte noch auf dem Boden – verschnürt wie ein Paket von einem Netz, das Danes wohl über sie geworfen hatte. Ein Trampeln erklang. Claudius stürzte in den Raum und erstarrte. Seine Augen wurden riesengroß, als er das Chaos erfasste. Und als er die drei *Phönia* erblickte, sah er aus, als würde er sich in ein Stück Papier verwandeln, so blass wurde er.

»Waffe runter«, befahl Danes. Claudius war geistesgegenwärtig genug zu gehorchen. Er ließ die Netzharpune fallen und hob die Hände, als wollte er sich ergeben. »Was ist hier los?«, flüsterte er.

»Das wird Cassandra uns und der Firma selbst erklären«, knurrte Danes. Auf seinen Wink hin sprang Gizmo herbei und übernahm die Aufgabe, Cassandra im Auge zu behalten. Und so grimmig, wie er sich vor ihr aufbaute, schien er die Aufgabe nur zu gern zu übernehmen. *Vermutlich hat sie ihn vorhin niedergeschlagen*, dachte Fee. Gizmo hatte nämlich ein ziemlich fieses blaues Auge und eine Beule an der Stirn.

Die drei *Phönia* rührten sich nicht, als Danes auf sie zuhumpelte. Aber Fee entging nicht, dass die Flammen von Fayras Mutter warnend aufglühten. Danes schien zu wissen, in welcher Gefahr er sich befand. Die Ader an seinem Hals pochte so schnell wie sein rasender Herzschlag. Aber er ging weiter, ein alter, erschöpfter Mann mit einer weißen Sturmfrisur in einem zerrissenen schwarzen Anzug. Vor

Fayras Mutter blieb er stehen. Seine Faust zitterte leicht, als er sie ausstreckte und die Hand öffnete. Das *Aguanaherz*, das er Cassandra abgenommen hatte, pulsierte immer noch in einem ozeanblauen Leuchten.

»Das gehört in eure Welt, nicht in unsere. Wir sind nicht eure Feinde. Aber … ich bin der Torwächter, ich … hätte bemerken müssen, was vor sich ging.« Er neigte den Kopf, und in dieser Geste und seinem kummervollen Gesicht lag so vieles, was keine Worte hätten fassen können. Fayras Mutter hob zornig das Kinn und funkelte den Menschen vor ihr an. Eine Weile standen sie sich gegenüber – Seelen aus zwei Welten und einem Krieg, der von Dritten begonnen worden war. Doch es war ein Moment, in dem sich irgendetwas veränderte.

Mit weichen Knien stand Fee ebenfalls auf und näherte sich den *Phönia*.

»Es … sind zwei Herzen«, sagte sie leise. Und als sie neben Danes trat und ihre Hand öffnete, die das *Harpyiaherz* barg, da lächelte ihr der alte Wächter von der Seite zu. Fayras Mutter sagte nichts, aber vielleicht war es Antwort genug, dass sie die Hand ausstreckte und das *Aguanaherz* an sich nahm. Auf ihr Zeichen hin ergriff Lír das *Harpyiaherz*.

»Gehen wir.« Brüsk wandte die *Phönia* sich ab und schritt zum zerbrochenen Spiegel, der immer noch ein Tor war. Lír grinste Fee verschwörerisch zu, bevor er seiner Mutter folgte. »Danke«, flüsterte er und schaute sich noch einmal neugierig zu den anderen um. Es war Nelly, die ihm zuwinkte und sein Grinsen erwiderte. Und Lír strahlte noch mehr und winkte zurück. Und auch Izzy und Andi erwachten aus ihrer Erstarrung und verabschiedeten sich von ihm. Es war dieser Moment, in dem Fee ganz sicher war, dass ab jetzt nichts mehr so sein würde wie zuvor.

Fayra war zu Junis getreten und hatte den Tisch zur Seite geschoben. Er regte sich, als würde er zu sich kommen und schlug die Augen auf – genau in dem Moment, als Fayra sich über ihn beugte. Erschrocken fuhr er hoch. Seine Augen weiteten sich vor Überraschung, und Fee wurde bewusst, dass auch er das Drachenmädchen noch nie in ihrer wahren Gestalt gesehen hatte. Er wagte nicht sich zu rühren, sie sahen einander nur an, als könnte die kleinste Regung den kostbaren Moment zerbrechen lassen. Und als Fayra Junis zulächelte und seine Miene wie im Widerschein weich und sehnsüchtig wurde, wurde Fee klar, dass das, was Fayras Mutter und Lír bei sich trugen, nicht die zwei Herzen waren, um die es hier eigentlich ging. *Sie haben sich ineinander verliebt.* Unbemerkt, in den Nächten, in denen sie beide schlaflos ihre Ängste und ihre Schicksale teilten, hatte die Phönixtochter ihr Herz an einen Menschen verloren. Jetzt kam Fee sich vor wie das blindeste Huhn der Stadt. Aber offenbar war sie nicht die Einzige. »Das waren also die Märchenstunden mit Junis«, murmelte auch Nelly fassungslos.

»Tochter, wo bleibst du?«, erklang der harsche Befehl. »Deine Aufgaben warten auf dich. Vergiss nicht, wer du bist.«

Fayras Lächeln verschwand.

»Das vergesse ich nicht, Mutter«, erwiderte sie sehr sachlich und kühl, ganz gehorsame *Phönia*. Doch bevor sie aufstand und ihrem Clan folgte, ohne sich noch einmal umzusehen, legte sie federleicht die Hand auf Junis' Brust, genau dorthin, wo sein Herz schlug. Junis holte überrascht Luft. Der Stoff seines Shirts zerfiel an dieser Stelle zu Asche, aber er spürte offenbar keinen Schmerz. Und Fee wurde ganz warm, als sie daran dachte, was Junis zu der Phönixtochter gesagt hatte, als sie das erste Mal miteinander gesprochen hatten. *»Das Einzige, was zählt, ist das hier: zwei Herzen – und das, was sie verbindet. Nicht das, was sie trennt.«*

»Was macht sie denn da?«, flüsterte Nelly.

»*Phönia*-Abschiedsgeschenk«, raunte Fee ihr zu. »Ich schätze, Junis muss in Zukunft keine Wandler mehr kidnappen, um Fayras Welt betreten zu können.«

51

Es war ein kalter Januartag. Schneewehen bedeckten Fees Stadt bis zu den oberen Spitzen der Gartenzäune. An diesem Nachmittag fuhr kein Bus und kaum ein Auto, die Menschen kämpften sich zu Fuß durch den Schnee. Und Fee und Nelly mussten die langen Kleider fast bis zu den Knien raffen, damit die Säume nicht im Schnee schleiften. Fee bekam Herzklopfen, als sie in die Straße zum Löwenhaus einbogen. Seit vier Monaten war sie nicht mehr hier gewesen. Selbst wenn sie Luna in der Siedlung besucht hatte oder zum Jugendzentrum radelte, hatte sie das Herrenhaus in weitem Bogen umrundet wie eine Katze, die um einen zu tiefen Brunnen schlich. Manche Dinge brauchten ihre Zeit, und so viel war in diesen wenigen Sommertagen passiert, dass Fee den Herbst und den Anfang des Winters abwarten musste, um zur Ruhe zu kommen.

Doch als das Herrenhaus ihr nun mit warm erleuchteten Fenstern entgegenstrahlte, durchrieselte sie eine warme Welle von Glück und Vorfreude. Sie spähte zum dritten Stockwerk, dorthin, wo ihr Zimmer war. Die Fenster dieser Wohnung waren hell erleuchtet, denn oben machten ihre Eltern sich gerade für das große Fest fertig. *Ab heute Abend ist die Wohnung wieder unser Zuhause*, dachte Fee. Die Renovierungsarbeiten waren abgeschlossen; ihre Eltern hatten schon vor Wochen das Möbellager gekündigt und konnten es kaum erwarten, heute ganz offiziell wieder einzuziehen. Aber vorher würde noch ein besonderes Ereignis stattfinden, dem nicht nur Fee schon seit Wochen entgegenfieberte.

Sie schaute nach oben zu den beiden Marmorfrauen. In manchen Nächten träumte sie noch von ihnen, und als wären diese Träume eine Art Echo ihrer früheren Albträume, rannte sie dabei jedes Mal durch einen leeren, staubigen Saal, verfolgt von einer Steinfrau, verzweifelt auf der Suche nach einem Ausgang und voller Angst, Fayra nicht retten zu können. Aber nun war sie ganz ruhig. Sie spürte Fayras Wirklichkeit wie eine Ahnung von warmer Luft und einem Hauch von Blütenduft mitten im Schnee. Noch tastete und suchte sie nicht danach, obwohl sie vor Sehnsucht und Vorfreude schon ganz aufgeregt war.

»Kommst du endlich?« Nelly wartete schon ungeduldig an der offenen Tür.

»Ja, steh nicht auf der Treppe herum, wir erfrieren!«, rief jemand hinter Fee. Izzy und ihre Freundinnen hatten aufgeholt. Wie eine verirrte Elfenschar stapften sie durch den Schnee, zähneklappernd in die viel zu dünnen glitzernden Samtumhänge gehüllt.

Fee traute ihren Augen kaum, als sie die Halle betrat. Ja, es hatte sich vieles verändert. Die neue Treppe schimmerte in weißem, poliertem Marmor. Es gab wieder eine Flügeltür zum Ballsaal im ersten Stockwerk. Außerdem war die Rückwand zum Park verschwunden. Es gab nun eine Glasfront wie in einem Wintergarten. Durch die breiten Glastüren konnte man aus der Empfangshalle direkt hinaus in den Park gehen. Für die Gäste waren am Fuß der Treppe Garderoben aufgestellt. Einige Gäste hatten sich bereits eingefunden und schälten sich vor den Spiegeln gerade aus den schneeverkrusteten Mänteln. Gizmo schien schon länger da zu sein. Er trug seine graue *Dracs*-Drachenjäger-Uniform. Zusammen mit Andi Ziegenbart alias Robin Hood schleppte er einen Verstärker und Kabelrollen zu der Treppe, die zum Ballsaal im ersten Stock führte. Im Vorbeigehen winkten sie Fee und den anderen zu und eilten weiter.

»Na, wenn das nicht Schneeweißchen und Rosenrot sind«, rief Luna ihnen entgegen. Auch sie hatte sich verändert. Sie färbte sich das Haar nicht mehr fliederweiß, sondern war nun einfach sie selbst: eine etwa sechzigjährige Frau mit dunklen Locken, die von grauen Strähnen durchzogen waren. Ihr grünes Abendkleid und ein zierliches Handtäschchen ließen sie wie eine elegante englische Lady wirken.

»Wo hast du denn dein Ungeheuer gelassen?«, wollte Fee wissen.

Luna schnaubte. »Ihr wisst genau, dass *Phönia* keine Wandler mögen. Ich habe ihn schon einmal vor dem sicheren Tod bewahrt, als ich ihn als Kind aus dem Garten rettete. Nein, der Goblin hat es aus gutem Grund vorgezogen, zu Hause zu bleiben.« Ihre Augen blitzten unternehmungslustig auf, als sie zum Ballsaal hochschaute. »Nicht zu glauben, was? Dass ich auf meine alten Tage doch noch einmal ins Herrenhaus komme … Und ich werde sie heute wirklich sehen?«

Fee nickte. »Alle werden heute gemeinsam im Grenzland feiern.«

Lunas Gesicht erstrahlte in einem Lächeln. »Wie lange habe ich mich danach gesehnt! Ich habe nie verstanden, warum ich nichts mehr wahrnehmen konnte, als ich älter wurde. Es war, als hätte ich mir das märchenhafte Land und meine Freunde nur eingebildet. Wenn ich Goblin nicht als Beweis bei mir gehabt hätte, dann wäre ich irgendwann tatsächlich zu dem Schluss gekommen, dass ich nur geträumt habe.« Sie seufzte noch tiefer und schaute auf Fees Narbe. »Ein bisschen neidisch bin ich schon«, gab sie zu. »Du kannst sie jederzeit besuchen.«

»Ah, unsere Ehrengäste.« Tiberius Danes trat zu ihnen. Sein weißes Haar war akkurat nach hinten gekämmt und seinen strengen Portolion-Anzug zierte tatsächlich eine weiße Rose im Knopfloch.

»Schickes Outfit«, frotzelte Nelly sofort. »Aber haben Sie keine Angst, dass Sie mit all dem übertriebenen Las-Vegas-Glitzer auffallen wie ein Pfau unter Hühnern?«

»Interessantes Kleid, Helene«, konterte Danes mit gespielter Strenge. »Aber ich hatte schon erwähnt, dass das hier kein Empfang für den *Aguanaclan* wird?«

Nelly wurde rot und zupfte an ihrem langen blauen Kleid, das wirklich etwas Nixenhaftes hatte. In ihr dunkles Haar hatte Izzy sogar Muschelschalen und Silberfäden eingeflochten. Fee dagegen hätte als *Phönia* durchgehen können. Sogar einige ihrer blonden Haarsträhnen waren mit rotem und orangefarbenem Glitterspray eingefärbt und das schulterfreie goldene Samtkleid betonte ihr Phönixmal, das sie seit jenem Spätsommertag niemals wieder hinter Halstüchern versteckt hatte. Und als sie sich nun verstohlen in einem Spiegel betrachtete, war es, als würde sie Fayra sehen. Plötzlich war sie noch viel aufgeregter. Wie würde es sein, ihr nach so langer Zeit zu begegnen? *Kennen wir einander noch? Hat sie sich verändert?*

Danes zog eine altmodische Taschenuhr unter seinem Jackett hervor und wurde plötzlich sehr nervös. »Ich muss die Delegation in den Ballsaal bringen. Beeilt euch.«

Damit eilte er zur Tür, durch die eben eine ganze Gruppe von Portolion-Mitarbeitern trat. Es waren zwanzig Männer und Frauen, alle in schwarzen Mänteln. Wahrscheinlich kamen sie gerade aus der Londoner Firmenzentrale und hatten sich vom Flughafen hierhergekämpft. Sie blickten ernst drein, nur Claudius winkte Fee und Nelly verstohlen zu. Doch er war ebenso nervös wie Danes, als er die Delegation die Treppe hinaufführte. Als letzter Gast trat ein junger Mann in den Saal und schaute sich suchend um.

»Zeig mir Junis und ich zeige dir einen Danes-Klon«, feixte Nelly. »Fehlt nur noch, dass er uns mit dem Besen in den Festsaal treibt.« Fee musste lachen. In den zwei Monaten, die Junis in der Firmenzentrale in London verbracht hatte, hatte er sich wirklich verändert. Sein Portolion-Anzug war maßgeschneidert, die schwarzen Locken trug er nun seriös nach hinten gekämmt, und er schien größer zu sein, aber vielleicht lag es auch nur daran, dass er aufrecht stand wie jemand, der sich nicht mehr verstecken muss. Und sobald er Fee und Nelly entdeckte, ging ein Strahlen über sein Gesicht. Er kam auf sie zu und war wieder der Junge mit dem unregelmäßigen Gang, der Fee Märchen von Vogelfrauen und geflügelten Pferden erzählt hatte.

»Hey, ich habe gehört, du wirst demnächst mit Brief und Siegel englischer Staatsbürger?«, rief Nelly ihm entgegen. »Muss ich dich ab jetzt Mister Smith nennen?«

Junis lachte und schüttelte den Kopf. »Ich bin immer noch Junis. Und der werde ich immer sein.«

»Aber du bist doch Danes' neuer Assistent?«, bohrte Nelly weiter. »Und du wohnst jetzt im obersten Stockwerk im Nordflügel?«

»Noch bin ich nur ein Gehilfe. Und ja, bis auf Weiteres habe ich hier ein Quartier bekommen. Aber Tiberius ist nun tatsächlich der offizielle Verwalter des Feuertors im Herrenhaus und dazu Diplomat im Dienste der Friedensverhandlungen mit den Elementaren. Portolion hat sich auf das Experiment eingelassen, das *Leo Mansion* als Botschaft bestehen zu lassen. Kommt mit, es geht gleich los.«

Der Saal summte inzwischen vor aufgeregten Stimmen wie ein Bienenstock. Alles drängte und schob zur Treppe. »Stimmt es, was Luna erzählt hat?«, fragte Fee Junis im Gehen. »Deinem Vater geht es gut?«

Die Art, wie Junis zu strahlen begann, sprach Bände.

»Das Wolkenross hat mir wohl Glück gebracht«, erwiderte er. »In London hat Danes alles darangesetzt, um mit den Möglichkeiten der Firma meinen Vater ausfindig zu machen. Wir haben ihn in Marokko aufgespürt, wo er übrigens nach mir suchte. In einem Monat sehen wir uns wieder – und zwar hier im Herrenhaus.«

»Cool!«, sagte Nelly. »Dein Vater wird mächtig stolz auf dich sein.«

Junis lächelte. »Jetzt haben wir erst einmal andere Gäste. Hoffen wir, dass der Abend heute allen Seiten zeigt, dass eine Verständigung zwischen unseren Welten wieder funktionieren kann. Und mal sehen … wer unsere Einladung annehmen wird.«

»Na, eine, die garantiert kommen wird, kenne ich jedenfalls«, sagte Nelly völlig unbesorgt. »Und du weißt ja: Drei Menschen und eine *Phönia* sind eine Party.«

Junis lachte zwar. Aber Fee bemerkte, dass seine Hand wie zufällig über sein weißes Hemd strich. Genau über die Stelle, an der Fayra ihn berührt hatte. Und ihr wurde bewusst, dass auch Junis zum ersten Mal Fayra wiedersehen würde und sich dieselben Fragen stellte wie Fee. Nur zu gut erinnerte sie sich an die Worte von Fayras Mutter. *»Vergiss nicht, wer du bist, und erfülle deine Aufgaben.«*

Für einen Moment hatte sie Angst, dass Fayra den Weg gegangen war, den ihr Clan für sie vorgesehen hatte und heute an der Seite ihres Versprochenen – beziehungsweise ihres *Phönia*-Ehemanns – auftauchen würde.

Ein kleiner Tumult entstand an der Tür, als Izzy und die anderen die Treppe hochrannten und die ehrwürdigen Portolion-Leute einfach überholten. »Wahnsinn!«, hörte Fee Izzy schon von draußen rufen.

Und als Fee den Ballsaal betrat, verstand sie die Begeisterung.

Tiberius Danes und Fees Eltern hatten in den vergangenen Tagen wirklich ganze Arbeit geleistet. Hunderte von

Kerzenflammen tanzten in den goldenen Spiegeln und flirrten in den frisch polierten Kristalllüstern. Rosengirlanden aus Seidenpapier verwandelten den Saal in einen verwunschenen Ort. Aber im Saal hatte sich noch viel mehr verändert: Es gab nun mehrere Türen. Über einer davon prangte der kupferne Ring aus den fünf Phönixfedern.

Izzy und ihre Freundinnen drehten sich mit wirbelnden Kleidern, während sie das Deckengemälde bestaunten. Mara stieß sogar einen anerkennenden Pfiff aus, stirnrunzelnd betrachtet von der englischen Delegation. *Tja, neue Zeiten*, dachte Fee bei sich. *Gewöhnt euch daran, ihr Anzugträger.*

»Schau mal«, raunte Nelly ihr zu. »Da kommen die Schöne und das Biest.«

Izzy und ihre Mädchen brachen in tosenden Applaus aus, als Fees Eltern den Ballsaal betraten. Auch Gizmo und Andi, die an der Musikanlage standen, klatschten und johlten mit. Mamas gelbes Ballkleid schwang wie eine Glocke aus Seidenstoff und Rüschen. Und Papa erinnerte an einen bärenhaften Märchenprinzen, der seine zierliche Prinzessin zum Tanz ausführte. »Kai, dahinten sind sie!«, rief ihre Mutter und winkte Fee aufgeregt zu. Und Fee durchrieselte eine kleine Welle von Glück, als ihre Eltern auf sie zuliefen. Ihre Mutter strahlte nämlich heller als tausend Sternenwünsche. *Allein dafür hat sich alles gelohnt*, dachte Fee. Papa legte ihr den Arm um die Schultern und drückte sie an sich.

»Meine Damen, meine Herren!«, mahnte Danes mit lauter Stimme. »Ruhe bitte.« Er hob die Uhr hoch und alles im Saal verstummte.

Plötzlich hatte Fee wieder Herzklopfen und trotz allem etwas Angst. Sie schielte zu ihrer Mutter, die schon ganz blass vor Aufregung war und sich an Papas Arm krallte, als wollte sie ihm das Blut abschnüren. *Bitte lass Fayras Mutter heute kommen*, bat Fee im Stillen. Aber ganz sicher war sie sich nicht.

Tiberius Danes atmete tief durch, dann steckte er die Uhr ein und öffnete feierlich die Tür. Diesmal schlugen die Flammen nicht hoch, es war eher, als würde die Sonne aufgehen. Ein Raunen setzte ein, als der rote Schein sich wie eine Welle in den Ballsaal ergoss und ausbreitete. Die Luft waberte und verschob sich, ein warmer Wind brachte die Kleider zum Flattern und drückte die Fenster auf. Vogelgezwitscher drang in den Raum, Duft von Gras und Frühlingsblumen. Fayras Welt, in der längst Frühling war, floss mit Fees Wirklichkeit zusammen, vermischte und überlagerte sich. Ein Raunen erhob sich, einige Gäste drängten zu den Fenstern und sahen in den Park, über den sich nun ein flammendes Abendrot spannte. Gras leuchtete frühlingsgrün vor verschneiten Bergen. Und Fee staunte ein zweites Mal an diesem Abend. Die Bäume waren schwer von duftenden Blüten. Lampions und bunte Bänder waren an den Zweigen aufgehängt worden. Wasser sprudelte in den Becken und frisch aufgestreute Kieswege warteten darauf, dass Gäste aus der Menschenwelt einen Fuß in die Anderwelt setzten. »Kai, sieh doch, das ist mein Märchengarten!«, hörte Fee ihre Mutter rufen.

Die Festgesellschaft raunte wieder auf. Diesmal nahm nicht nur Fee wahr, wie die Gestalten hinter der Tür aus dem Nichts auftauchten und sichtbar wurden. Atemlos starrten die Gäste die Prozession an, die durch das Tor in den Ballsaal schritt. Fayras Mutter ging voraus, mit ernster Miene nickte sie Danes zu und hörte seine Begrüßungsrede an. Andere *Phönia*, die Fee noch nie gesehen hatte, folgten ihr. Das waren sicher die Ältesten. Fees Herz machte einen Satz, als sie Lír entdeckte, der ihr aufgeregt zuwinkte. Und dann – endlich – sah sie zwei weitere Gestalten durch den roten Schein treten. Im ersten Augenblick sank ihr der Mut. *Fayra an der Seite eines Mannes. Also hat sie doch geheiratet?* Doch als Fayra in den Raum kam, erkannte sie, dass der Mann ihr Onkel war. Fayra trug zwar eine strenge *Phöniatracht* und blickte genauso ernst drein wie die anderen. Doch sobald sie Junis entdeckte, ließ sie den Arm ihres Onkels los und löste sich aus der Prozession. Und als sie bei Fee und den anderen angekommen war, da zögerte sie keinen Moment, sondern schlang die Arme um Junis' Hals und küsste ihn vor aller Augen und ohne Rücksicht darauf, dass die *Phönia* aufzischten. »Oh, oh«, murmelte Nelly.

Fayra wandte sich um. »Willkommen auf unserer Seite des Grenzlandes«, sagte sie laut in die ungläubige Stille. Fee musste fast laut lachen, denn im Moment machte die Fassungslosigkeit die *Phöniaältesten* und die Portolion-Delegation ähnlich wie Zwillinge. Fayras Mutter sah alles andere als glücklich aus, aber offenbar hatte Fayra in den vergangenen Monaten einen ganz eigenen Kampf geführt. Und zwar den gegen eiserne Clansregeln.

»Rebellin«, raunte Fee Fayra zu.

»Da spricht ja genau die Richtige«, gab die Phönixtochter ebenso leise zurück. Sie zwinkerte Fee lächelnd zu, ohne Junis' Hand loszulassen.

Fayras Mutter seufzte tief auf, als würde sie sich endgültig in ihr Schicksal ergeben. »Nun«, sagte sie. »Wie meine Tochter bereits gesagt hat: Willkommen.«

»Alice?« Der Ruf ließ die *Phönia* überrascht aufblicken. Mama lachte und schlug die Hände vor den Mund. »Du bist es wirklich?«, rief sie. »Wie habe ich dich vermisst!« Fee war unendlich stolz darauf, dass ihre Mutter, gar nicht damenhaft, einfach losrannte. Und als sie die überrumpelte *Phönia* umarmte wie eine lange verlorene Freundin, war der Bann endgültig gebrochen. Izzys Truppe johlte und klatschte los und Gizmo warf die Musik an. Eine fröhliche Melodie mit Gitarren und launigen Bässen hallte bis in den Park hinaus. Fayra zog Junis mit sich auf die Tanzfläche und Lír holte Nelly zum Tanz. Fees Vater verbeugte sich übertrieben tief. »Tja, meine Tanzpartnerin ist mir gerade abhandengekommen«, sagte er mit einem Seitenblick auf Mama und Fayras Mutter, die sich offenbar viel zu erzählen hatten. »Aber vielleicht tanzt du ja mit deinem Vater?«

Sie lachten viel und stolperten. Fee trat ihrem Vater mehr als einmal auf die Füße. Die tanzenden Paare glitten anmutig um sie herum, sie sah ihre Mutter und Alice, und Danes im Gespräch mit den *Phöniaältesten*. In den Spiegeln flirrten die Bilder lachender Gesichter an ihr vorbei und vermischten sich mit den Motiven des Deckengemäldes, bis Fee nicht mehr wusste, ob sie auf einem Fest in der Vergangenheit oder in der Gegenwart war. Damals wie heute gab es Tanz und Lachen, Schnee und Frühlingsblüten, Feuer und Wasser, Menschen und Elementare, die miteinander lachten. *Das ist alles, was zählt*, dachte Fee. *Und das Beste aus beiden Welten.*

Nina Blazon, geboren in Koper bei Triest, las schon als Jugendliche mit Begeisterung Fantasy-Literatur. Selbst zu schreiben begann sie während ihres Germanistik-Studiums. Ihr erster Fantasy-Jugendroman wurde mit dem Wolfgang-Hohlbein-Preis und dem Deutschen Phantastik Preis ausgezeichnet. Seither haben Nina Blazons Bücher zahlreiche Auszeichnungen erhalten, zuletzt 2016 den Seraph für das Beste Buch, für »Der Winter der schwarzen Rosen«. Die erfolgreiche Kinder- und Jugendbuchautorin lebt in Stuttgart.

Von Nina Blazon sind bei cbt ebenfalls erschienen:

Silfur – Die Nacht der silbernen Augen (16366)
Lillesang – Das Geheimnis der dunklen Nixe (16287)
Laqua – Der Fluch der schwarzen Gondel (22462)

Der Winter der schwarzen Rosen (16364)
Der dunkle Kuss der Sterne (16155)

Zweilicht (30869)
Ascheherz (30823)
Faunblut (30847)

Nina Blazon

Silfur – Die Nacht der silbernen Augen

ca. 420 Seiten, ISBN 978-3-570-16366-5

Sommerferien in Island, einem Land, in dem die Menschen sich am Lagerfeuer Geschichten über Feenwesen und Wiedergänger erzählen. Doch handelt es sich dabei wirklich nur um Geschichten? Die Zwillingsbrüder Tom und Fabio sind sich da zunehmend unsicher. Elín, das wilde isländische Mädchen, das im »Mitternachtshaus« nebenan wohnt, glaubt jedenfalls fest an das verborgene Volk. Es heißt, dass man es mit Silber anlocken kann. Tom beschließt, den Elfen eine Falle zu stellen und begeht einen folgenschweren Fehler.